Un PRÍNCIPE encantador

Un PRÍNCIPE encantador

ALISON COCHRUN

Traducción de Xavier Beltrán

TITANIA

Argentina • Chile • Colombia • España

Estados Unidos • México • Perú • Uruguay

Título original: *The Charm Offensive*
Editor original: Atria Paperback, an imprint of Simon & Schuster, Inc.
Traducción: Xavier Beltrán

1ª. edición Febrero 2023

ISBN: 978-84-19131-01-0
E-ISBN: 978-84-19497-10-9
Depósito legal: B-22.000-2022

Fotocomposición: Ediciones Urano, S.A.U.
Impreso por Romanyà Valls, S.A. – Verdaguer, 1 – 08786 Capellades (Barcelona)

Impreso en España – *Printed in Spain*

*Para Heather, Meredith y Michelle, porque todo el mundo
sabe que las amigas son lo mejor que hay.*

LA PRIMERA NOCHE
DE RODAJE

Pasadena (California) – Sábado, 5 de junio de 2021
20 concursantes y 64 días restantes

Dev

Dev Deshpande sabe el momento exacto en que empezó a creer en los finales felices de cuento de hadas.

Tiene diez años, está sentado con las piernas cruzadas en el salón de su casa viendo maravillado *Y comieron perdices* en la televisión. Se parece a las historias que lee antes de ir a dormir, refugiado debajo de las sábanas de *Star Wars* mucho después de que sus padres le hayan dicho que apague las luces; son historias sobre caballeros y torres y besos mágicos. Como las películas que ve con su niñera, Marissa, historias sobre corsés y hombres atractivos de rostro serio y bailes silenciosos que lo dicen todo. Historias que hacen que su corazón sea demasiado grande para su cuerpecito.

Pero es que *Y comieron perdices* es mejor que esas historias porque es de verdad. Es un *reality show*.

En la pantalla, un apuesto rubio le ofrece una tiara enjoyada a una mujer con un vestido rosa.

—¿Te interesaría convertirte en mi princesa?

La mujer vierte una única lágrima mientras de fondo crece la música.

—Sí. ¡Sí! —Se lleva las manos a los labios, y el hombre le coloca la corona en la cabeza, oro encima de cabello dorado. La pareja dorada se da un beso y se abraza.

Ese mundo de carruajes tirados por caballos, de vestidos de baile y de grandes gestos románticos lo tiene embelesado. Los viajes con destino en países extranjeros, y los besos contra paredes de ladrillo por los que vale la pena desmayarse mientras a lo lejos estallan fuegos artificiales. Ese mundo en que los finales felices de cuento están garantizados. Observa la pantalla y se imagina siendo una de las mujeres, que baila un vals en el salón de la mano de un apuesto príncipe.

—Apaga esa porquería patriarcal y anacrónica —le espeta su madre cuando vuelve a casa con dos bolsas de la compra, una debajo de cada brazo.

Pero Dev no apagó aquella porquería patriarcal y anacrónica. De hecho, hizo lo contrario. Se unió a ese mundo de fantasía.

—¡Un brindis! —exclama mientras llena con el resto del champán las copas de manos nerviosas y alzadas a su alrededor—. ¡Por el comienzo de la aventura de encontrar el amor!

Dev tiene veintiocho años y está sentado en el asiento trasero de una limusina acompañado de cinco mujeres borrachas en la primera noche de rodaje de una nueva temporada de *Y comieron perdices*. Son una *miss* de hace unos años, una bloguera de viajes, una estudiante de Medicina, una ingeniera de telecomunicaciones y una tal Lauren. Son bellísimas y brillantes, y ocultan los nervios con ingentes cantidades de champán de limusina, y, cuando por fin llegan a las puertas del castillo, todas levantan la copa con emoción. Dev bebe el obligatorio sorbo de champán con el deseo de que fuera algo un poco más fuerte para atenuar el dolor que siente en esos momentos su corazón demasiado grande.

Durante las siguientes nueve semanas, estas serán las concursantes que deberá preparar delante de las cámaras, a quienes guiará durante las Misiones Grupales y las Ceremonias de Coronación, y a quienes ayudará a elaborar su perfecta historia de amor. Si hace bien su trabajo, dentro de nueve semanas una de esas mujeres se hará con la Tiara Final, con la proposición, con el final feliz de cuento de hadas.

Y quizá él olvidará que en su vida los finales felices de cuento de hadas no están garantizados nunca.

Esboza su mejor sonrisa de productor.

—¡Muy bien, chicas! ¡Ya casi ha llegado el momento de conocer al Príncipe Azul! —Un coro de chillidos se adueña de la limusina, y él espera a que las voces se acallen—. Voy a hablar con nuestra directora. Enseguida vuelvo.

Ya preparada, una ayudante de producción le abre la puerta. Dev baja del coche.

—Ey, cariño —dice Jules con un ademán—. ¿Cómo lo llevas?

—A mí no me trates con condescendencia. —Dev se cuelga la mochila sobre el pecho.

La mujer ya ha dado media vuelta y ha comenzado a caminar a toda prisa para ascender la cuesta en dirección al castillo.

—Si no quieres que te trate con condescendencia, supongo que no vas a necesitar esto —se extrae un paquetito de Oreos de menta de debajo del brazo— para mantener a raya tu devastadora depresión.

—«Devastadora» es un pelín exagerado. A mí me gusta pensar que me he aventurado en la depresión.

—Y ¿cuántas veces has llorado en las últimas veinticuatro horas mientras escuchabas la misma canción de ruptura de Leland Barlow?

—Ahí tienes razón.

Jules le estampa las Oreos en el pecho sin dejar de caminar. A continuación, le lanza una mirada de reojo, casi como si buscara señales que dieran fe del festival de lloros en la ducha de hace tres horas, que había repetido en el Lyft de camino al salón del hotel para recoger a las concursantes. Se fija en su atuendo. Dev lleva su típico uniforme de primera noche de rodaje: pantalón cargo con bolsillos enormes, una camiseta —negra para ocultar los cercos de sudor de las axilas— y zapatos cómodos que le permitan superar un rodaje de doce horas.

—Te pareces a un Kevin James indio en una foto de después de haber perdido peso.

Dev esboza su encantadora sonrisa de Dev el Divertido y acepta el jueguecillo que le propone. Jules lleva un mono de pana y una camiseta de un concierto de la banda Paramore, además de sus gigantescos zapatos Dr. Martens, una riñonera por delante como si fuera una faja y la cabellera espesa recogida en el moño de siempre. Jules Lu es la típica estudiante de veinticuatro años de Los Ángeles con un montón de deudas que aspira, ilusa, a repetir el éxito de Greta Gerwig.

—Tú pareces la asistente triste y vieja de un concierto de Billie Eilish.

Jules le hace la peineta con ambas manos mientras camina hacia atrás rumbo a la puerta de seguridad. Los dos le muestran la identificación al guarda antes de tener que apartarse de inmediato para evitar un carrito de golf en el que viajan dos ayudantes. Esquivan la grúa, que registra tomas desde seis metros de altura, y se dirigen hacia el primer ayudante de dirección, que los aborda con hojas de llamada de color rosa corregidas. Dev siempre ha estado un poco enamorado del caos y de la magia de la primera noche de rodaje.

—¿Seguro que no quieres que lo hablemos? —le pregunta Jules, devolviéndolo a la realidad con brusquedad. Con ese «lo» se refiere, obviamente, a su ruptura de hace tres meses y al hecho de que Dev está a punto de ver a su ex por primera vez desde que dividieron sus pertenencias; Ryan se quedó la PS5, el piso y todos los muebles de verdad; Dev se quedó las tazas coleccionables de Disney y las cajas de los DVD. Ese «lo» es el hecho de que Dev deberá trabajar codo con codo con Ryan durante las próximas nueve semanas.

Hablar de eso es lo último que le apetece a Dev, así que se mete tres Oreos en la boca. Jules ladea la cabeza y se queda mirándolo fijamente.

—Aquí me tienes, ya lo sabes. Por si... —Pero no termina la frase; es incapaz de comprometerse de verdad con su oferta de apoyo emocional. Se limita a volver a sus bromas habituales—. Tú avísame cuando estés recuperado y quieras pasarlo bien. Conozco a por lo menos cuatro chicos del gimnasio con los que podría organizarte algo.

—Ay, cielo, no finjas. Tú no has pisado un gimnasio en tu vida.

—Solo intento ser una buena amiga, imbécil. —Le da un puñetazo en el brazo.

Jules es una gran amiga, pero uno no se recupera así como así de una relación de seis años, y la idea de volver a conocer a gente hace que le entren ganas de meterse en la cama durante otros tres meses. Dev no quiere pasar por una incómoda primera cita con gais fibrosos y arreglados de Hollywood que serán incapaces de ver algo más allá de su cuerpo flacucho, sus vaqueros del supermercado Costco y sus gafas poco atractivas.

Creía que ya había dejado atrás las primeras citas.

—Creo que voy a tomarme un tiempo sabático de hombres —le dice a Jules con una ensayada indiferencia mientras prosiguen el camino hacia el centro de control—. Me voy a concentrar en escribir los guiones de las historias de amor de los demás.

Jules lo obliga a detenerse junto a la mesa dispuesta para que se rellenen la taza con café frío.

—Sí, bueno, pues esta temporada el trabajo te lo tendrá que hacer alguien. ¿Ya has conocido al Príncipe Azul?

—No, pero es imposible que sea como parece en el grupo de chat.

—Es peor. —Junta las manos para separar con dramatismo las palabras—. Es. Un. Desastre. Skylar dice que se cargará la temporada. Y todo el programa.

A Dev le preocuparía más que Skylar Jones no siempre lanzara opiniones apocalípticas durante la primera noche de rodaje.

—Skylar cree que todas las temporadas serán la última. Dudo de verdad de que Charles Winshaw vaya a cargarse un programa que lleva veinte años en antena. Y en Twitter ya está todo el mundo a tope con el *casting*.

—Bueno, por lo visto la sesión de fotos previa fue horrible. Lo llevaron a la playa, y casi se cayó del caballo blanco.

Dev debía admitir que aquello no sonaba genial.

—Charles no viene de este mundillo. Es probable que necesite un tiempo para adaptarse a las cámaras y a los focos. Pueden resultar agobiantes.

—No venir de este mundillo no convencerá a nadie de que estos *influencers* de Instagram acuden al programa a encontrar el amor. —Jules pone los ojos en blanco.

—No son *influencers* de Instagram —insiste Dev. Más ojos en blanco por parte de Jules Lu—. La mayoría de ellos no son *influencers* de Instagram. Y claro que vienen a encontrar el amor.

—Y nunca a promocionar su línea de diademas festivas de Etsy —le replica—. Los únicos que de verdad vienen al programa a encontrar el amor tienen el cerebro lavado hasta tal punto por la industria de las bodas, y están tan persuadidos de que su valía como persona está ligada al matrimonio, que terminan convenciéndose de que se han enamorado de alguien con quien han pasado un total de diez horas.

—Es muy triste ver tanto cinismo en alguien tan joven.

—Y es muy triste ver tanto idealismo ciego en alguien tan viejo. —Dev le lanza una Oreo, aunque Jules en parte lleva razón. Sobre Charles Winshaw, no sobre el amor y el matrimonio.

En los seis años que lleva Dev trabajando en *Y comieron perdices*, la nueva estrella siempre ha resultado escogida entre el plantel de rechazados de la temporada anterior que mejor les cayeron a los seguidores. Pero recientemente este patrón ha provocado que algunos críticos de dentro de la Familia Cuento de Hadas sembraran la duda acerca del realismo romántico del programa. En lugar de presentarse para encontrar el amor, algunas personas se apuntaban para convertirse en la siguiente estrella televisiva. De ahí que Maureen Scott, la productora ejecutiva, decidiera captar a alguien de fuera de los platós para poner patas arriba la nueva temporada.

Charles Winshaw, el enigmático y millonario genio tecnológico con unos abdominales inexplicables, es bueno en términos de audiencia, independientemente de que sepa montar a caballo.

Dev extrae una copia de la revista *People* de la mochila. Es el número que cuenta con su nueva estrella en la portada, con las palabras «¡El soltero más codiciado de Silicon Valley!» estampadas en la página. Rizos rubios y mandíbula ancha y hoyuelo en la barbilla. Un perfecto Príncipe Azul.

Conforme se alejan de la mesa del café, el sol empieza a hundirse detrás de las torres gemelas del castillo, bañando el plató de una suave luz anaranjada. En los árboles resplandecen numerosas luces parpadeantes como si fueran estrellas, y el aire es fragante por los ramos de flores, y es exactamente como en los cuentos de hadas que Dev imaginaba cuando era pequeño.

—¡Estamos en la mierda, Dev! ¡Estamos en la mierda, joder! —grita Skylar Jones cuando los ve entrar en la carpa del centro de control. Ya se ha comido medio paquete de caramelos Tums, lo cual nunca es una buena señal a una hora tan temprana.

—¿Por qué estamos en la mierda exactamente?

—¡Porque esta temporada está jodida por completo!

—Siento mucho que me digas que estamos jodidos antes de empezar. —Dev se coloca los auriculares cuando Jules le entrega un *walkie-talkie* de la estación de carga—. ¿Es porque estuvo a punto de caerse del caballo?

—Ojalá se hubiera caído del caballo —sisea Skylar—. Si el caballo lo hubiera pisoteado, podríamos llamar a uno de los Jonas Brothers o a un Hemsworth de segunda división.

—Creo que todos los Jonas y los Hemsworth están casados.

—Ah, ¿y por eso tenemos que conformarnos con un friki de los ordenadores que está estreñido?

Dev conoce lo bastante bien a su jefa como para no reírse en su cara. Siendo una mujer negra *queer*, Skylar Jones no se convirtió en la directora de un potente *reality show* por arte de magia. Cuando antes de los cuarenta, y por culpa del estrés del trabajo, desarrolló una temprana alopecia femenina, decidió raparse la cabeza. Con dos cojones.

—¿Cómo te puedo ayudar, Sky?

—Cuéntame lo que sepas de Charles Winshaw.

—A ver... Charles Winshaw... —Dev cierra los ojos, visualiza las páginas de información que recopiló gracias a sus contactos y a sus búsquedas en Google al prepararse para la nueva temporada, y empieza a escupir datos a toda prisa—. Tiene el cerebro de Steve Wozniak y el cuerpo de un superhéroe de Marvel. Se graduó del instituto cuando tenía dieciséis años al ganar un concurso de codificación y una beca para estudiar en Stanford. Antes de cumplir los veinte, diseñó su *startup*, WinHan, con Josh Han, su compañero de habitación. Dejó la empresa a los veintiséis y ahora dirige la Fundación Winshaw como un millonario de veintisiete años. Ha aparecido en la portada de *Time* y de *GQ*, pero ha sido muy celoso de su vida privada hasta ahora, así que se sabe más bien poco de su historial amoroso. Pero...

Dev abre los brazos. Es parte de su trabajo.

—Por lo que sabemos, diría que Charles busca a una mujer entre los veinticinco y los treinta que no mida más de uno setenta. Deportista, pero no demasiado amante del aire libre. Una mujer con los pies en el suelo y ambiciosa, con la vida asentada y unos claros objetivos en el futuro. Inteligente, pero no más inteligente que él, familiar y sociable. Él dirá que busca a alguien apasionado y con un gran sentido del humor, pero lo que quiere de verdad es alguien fácil de llevar y agradable que se adapte sin problemas a su vida en San Francisco. Con este perfil, ya he preparado dosieres de las tres mujeres que es más probable que lleguen hasta la final.

Skylar señala a los ocupantes de la carpa con un gesto.

—Y por eso Dev es el mejor, gente.

Dev le dedica una burlona reverencia a un técnico de sonido. Skylar le da una palmada en la espalda.

—Mira, esto es lo que vas a hacer, Dev. Vete corriendo a la puerta oeste para recibir al coche de Charles y lo llevas hasta su marca.

Por más que a Dev le encanta una buena carrera, sobre todo la primera noche de rodaje, no se mueve.

—¿No debería ser Ry...? Es decir, ¿no debería ser el responsable de Charles quien lo llevara hasta su marca?

—Ahora eres tú el responsable de Charles. Acabo de asignarte una nueva tarea. Y a no ser que quieras que el programa acabe en el cubo de la basura de la cadena, te sugiero que dejes de estar aquí quieto con la boca abierta y eches a correr de una puta vez.

—Perdona, pero es que no lo entiendo. —Dev sigue sin moverse—. Yo soy el responsable de las concursantes, y... Ryan es el responsable del príncipe.

A Ryan Parkes se le da bien hacerse amigo de los chicos y a Dev se le da bien animar a las chicas. Como se enteraron todos en la ruptura pública que tuvo lugar en la fiesta del veintiocho cumpleaños de Dev, no se les daba bien estar juntos.

—Pero es que Ryan no pudo conseguir las fotos de la sesión previa, así que ahora ha pasado a ser supervisor de producción, y tú te encargarás de su príncipe. Mira. —Skylar le agarra la cara a Dev con las manos en un claro ejemplo de fragrante transgresión de las circulares de la cadena acerca de los límites en el puesto de trabajo—. Eres el mejor responsable que tenemos, y con este hombre habrá que utilizar al mejor.

Lo único que a Dev le gusta más que el programa es que alaben sus capacidades como productor del programa.

—Para conseguir que la temporada vaya bien, necesito ayudando a nuestra estrella al Dev Deshpande que cree de verdad en los cuentos de hadas. ¿Podrás hacerlo por mí?

Dev no piensa en su propio cuento de hadas fracasado. Tan solo dice lo que su jefa quiere oír.

—Pues claro.

—Excelente. —Skylar se vuelve hacia Jules—. Ve a buscar el dosier de Charles y se lo llevas a Dev. Vas a ser su ayudante personal durante la temporada. Échale una mano con Charles. Venga, marchaos los dos. Ya casi ha anochecido.

Dev ni siquiera es capaz de disfrutar de la expresión de repulsa de Jules al ser nombrada su ayudante personal de producción porque ahora tan solo piensa en ver a Ryan por primera vez en tres meses y después de haberle robado el trabajo.

Pero en estos momentos no hay tiempo para obcecarse con eso. Hace lo que le han ordenado que haga. Recorre a toda prisa el maldito camino de adoquines hacia la puerta oeste, donde espera la limusina con su estrella.

Y quizá sea bueno. Quizá sea lo mejor. Dev sabe guiar a las mujeres incluso dormido; pero Charles Winshaw será un reto, la clase de desafío en que él deberá entregarse en cuerpo y alma para así embelesarse con las luces brillantes y las historias preciosas.

Se precipita hacia la limusina, alarga una mano hacia la manecilla de la puerta trasera y, quizá demasiado entusiasmado, la abre con más fuerza de la necesaria, porque el Príncipe Azul sale despedido del coche en una maraña de extremidades y cae de bruces a sus pies.

Charlie

—¿La corona no es un tanto excesiva?

Maureen Scott no levanta la vista del móvil ni parece haberse enterado de que él ha hablado.

Charlie se remueve incómodo en el asiento trasero de la limusina, enfundado en un esmoquin que le aprieta el pecho por los motivos incorrectos. Su cuerpo no parece el suyo desde que lo depilaron y lo broncearon y lo empaparon con una colonia muy intensa. Lo mínimo que podrían hacer sería permitirle quitarse la corona, para así no parecerse a un príncipe Guillermo de Inglaterra vestido de estríper. Ha tenido que comprobar un par de veces que no fuera un esmoquin de los que se abren y se desgarran con facilidad.

(No lo es. Sin embargo, en el contrato había suficientes cláusulas de desnudez como para que fuera una preocupación legítima).

Baja la mirada hacia la revista colocada como si tal cosa en el asiento que los separa a ambos, y experimenta la disonancia cognitiva de ver fotos de sí mismo. Si pudiera mirarse en un espejo ahora mismo, sabe que se vería con el rostro sudoroso y rojo, arrugado en la comisura de los ojos y de la boca por los nervios. Pero el tipo de la portada de la revista no está en absoluto nervioso. Tiene el rostro suave, los ojos amistosos, la boca ladeada ligeramente. El tipo de la portada de la revista es un desconocido.

El tipo de la portada de la revista es una mentira..., una mentira que él tendrá que interpretar a lo largo de los próximos dos meses. Ha hecho un pacto con el célebre demonio, y por el momento no puede controlar gran cosa de lo que le ocurra, pero al menos sí que puede quitarse la ridícula corona de plástico. Levanta las manos.

—No lo hagas, querido —le espeta Maureen Scott sin apartar la mirada del móvil.

A pesar del «querido», en la voz de la productora ejecutiva hay cierta aspereza, y Charlie baja las manos. Tocará llevar la corona, pues.

O... podría bajar del coche en movimiento y abandonar de inmediato esa absurda y desacertada estratagema publicitaria. Comprueba la manecilla, pero está bloqueada, cómo no. Creen que hay riesgo de que huya, y por eso la creadora del programa en persona lo escolta desde el estudio hasta el plató.

Hace dos días, *Y comieron perdices* lo llevó a una playa donde pretendían que montara sobre un caballo blanco para el tráiler del programa, como deben hacer todos los Príncipes Azules. En teoría, todos los Príncipes Azules saben montar a caballo. Obviamente, no se espera de ellos que les den miedo los caballos. En lugar de aparecer fornido y viril, no dejó de escurrirse, de retrasar a los productores y de poner muecas con cada incómodo movimiento de la silla de montar, hasta que se puso el sol y todo el mundo acabó harto de la sesión de fotos. La mujer calva que dirigía el set lo tildó de un «puto inasesorable».

Que, siendo sincero, no se aleja de la realidad.

Charlie intenta recordar lo que le dijo su publicista antes de irse:

—Eres Charlie Winshaw, joder. Fundaste una empresa de un valor de diez mil millones de dólares antes siquiera de quitarte los aparatos de la boca. Cómo no vas a poder apañártelas en *Y comieron perdices*.

—Pero perdí mi empresa —le había respondido mascullando. Parisa fingió no haberlo oído. Ella ya sabe lo que perdió. Por eso está ahí. Es su última oportunidad para recuperarlo todo.

Charlie nota la presión sobre los hombros, y, antes de que su ansiedad generalizada doble la esquina y se convierta en un auténtico ataque de pánico, prueba sus estrategias tranquilizadoras: tres respiraciones hondas, contar hasta treinta en siete idiomas distintos, formar la palabra «calma» con código morse trece veces sobre la rodilla.

Maureen Scott deja de deslizar los pulgares por la pantalla del móvil y lo mira; lo mira de verdad por primera vez en toda la tarde.

—¿Qué vamos a hacer contigo? —murmura con tono tan dulce como espantoso.

A Charlie le entran ganas de recordarle que fue ella quien lo buscó a él. Fue ella la que incordió a su publicista durante meses hasta que accedió a participar en el programa. No le responde.

—Debes relajarte —le aconseja, como si en la historia de la humanidad el hecho de decirle a alguien que se relajara hubiese conseguido ese efecto alguna vez. La melena plateada de Maureen se balancea con elegancia cuando le lanza una mirada penetrante—. El futuro de todos depende de esto. Por razones evidentes, necesitas un cambio de imagen. El programa también. No lo mandes todo a la mierda, anda.

Le gustaría que su historial diera fe de que él no manda nada a la mierda a propósito. Le gustaría mucho no ser una persona que manda nada a la mierda. Si fuera esa clase de persona, ahora mismo no sería la flamante estrella de un programa televisivo de citas.

—No seas tan pesimista, cariño. —Maureen lo mira con los ojos entornados—. Vas a conocer a veinte mujeres atractivas, y, cuando termine, le propondrás matrimonio a la que quede. ¿Por qué es tan espantoso?

¿Por qué es tan espantoso tener una cita en la televisión cuando lleva dos años sin tener una cita de verdad? ¿Por qué es tan espantoso prometerse de mentira con una casi desconocida bajo la débil promesa de que cuando todo termine quizá pueda volver a trabajar?

Por nada. Por nada en absoluto. Charlie está encantado de la vida.

Dicho de otra manera, es probable que vaya a vomitar.

—Y quién sabe —tercia Maureen, empalagosa—, quizá al final encuentras el amor de verdad.

No lo encontrará. Es lo único que tiene más claro que el agua.

El coche se detiene con suavidad y Maureen se guarda el móvil en el bolsillo.

—Ahora, cuando salgamos, conocerás a Dev, tu nuevo responsable, y él te enseñará cómo actuar en la ceremonia de entrada.

Charlie quiere preguntar qué le ha pasado a su antiguo responsable, pero el conductor apaga el motor y, sin añadir ni una sola palabra más, Maureen baja del vehículo y se adentra en la noche. Charlie no sabe si debería seguirla o quedarse sentado en el asiento como un bonito cachorro hasta que alguien aparezca para sujetarle la correa.

Escoge lo primero. Se niega a renunciar por completo al libre albedrío aun embarcándose en un viaje de dos meses por el infierno de los *reality shows*. Con sumo dramatismo, se apoya con todo su peso contra la puerta..., que cede con una sospechosa velocidad.

Porque resulta que alguien la abre en ese mismo instante. Charlie pierde el equilibrio. Con un rápido movimiento, aterriza de bruces sobre los pies de alguien.

—Mierda. ¿Estás bien?

De repente, lo agarran unas manos que lo ayudan a levantarse como si fuera, en efecto, un bonito cachorro. Las manos pertenecen a un hombre alto de piel oscura cuya nuez de Adán se encuentra justo delante del ojo de Charlie. Resulta un tanto desconcertante tener que levantar la mirada tanto para ver a alguien. Charlie levanta la vista. Mejillas prominentes, ojos intensos detrás de unas gafas de pasta y labios divertidos. El hombre que le ha agarrado el esmoquin (¿Dev?) le pasa los dedos por el pelo para colocarle bien la corona, y es demasiado.

Demasiado tocamiento.

Demasiado todo; demasiado deprisa.

La ansiedad se apodera de su cerebro y, aterrorizado, se echa hacia atrás para apoyarse en la puerta del coche y mantener las distancias. El nuevo responsable responde arqueando una ceja.

—¿Nada de toqueteos, pues? —Le dedica a Charlie una sonrisa torcida, como si fuera una broma.

Para Charlie, tocar a alguien no es nunca una broma. Como norma general, no lo detesta, pero sí que prefiere una advertencia previa y la aparición de gel hidroalcohólico. Sabe que ha convenido en participar en un programa donde es necesario tocar, así que intenta explicarse.

—Me puedes tocar donde quieras —empieza a decir.

Y sabe que lo ha verbalizado de forma poco elegante cuando su interlocutor levanta las dos cejas.

—Espera, no, quería decir que... no me importa que me toques, pero ¿podrías..., mmm, podrías lavarte las manos primero? No es que piense que las tienes sucias. Seguro que eres muy limpio. O sea, hueles a limpio, pero soy maniático con los gérmenes, y ¿podrías avisarme, quizá? Antes de tocarme, digo.

Eso es lo que le pasa cuando intenta mantener una conversación verbal con un desconocido. Al principio, su responsable tan solo lo mira en silencio, boquiabierto. Y a continuación...

—¡No! —exclama con firmeza—. Vuelve a subir al coche.

Dev abre la puerta de la limusina y le da un puntapié a Charlie en las piernas con la punta de sus Converse. El regreso de Charlie en el coche es tan grácil como su salida de hace un par de minutos. Intenta desplazarse para dejarle sitio al hombre tan alto que ahora está casi sentado encima de él.

Dev le pide al conductor que se baje.

—Lo siento —farfulla Charlie. Disculparse siempre ha sido una buena idea cuando no comprende una interacción social, y ahora mismo no tiene la más mínima noción de lo que está ocurriendo.

—¡Cállate, por favor! —Dev mete las manos en una mochila gigantesca y extrae una botellita de gel hidroalcohólico verde. Se frota las manos, y el gesto conmueve un poco a Charlie. Acto seguido, cuando es consciente de que el gel de manos significa más toqueteo, el gesto le hiela un poco la sangre.

—Inclínate —le ordena Dev.

—Eh...

—¡Rápido! ¡Inclínate!

Charlie se inclina hacia delante y ese completo desconocido le pone las manos en la espalda y le levanta la camisa. Sus cálidos dedos le recorren la piel. Y, sí, en los últimos días, Charlie ha aprendido que en Los Ángeles la gente trata de una forma un tanto extraña el espacio personal y los cuerpos desnudos, pero Charlie no es de Los Ángeles. No está acostumbrado a que lo manoseen en un coche hombres que llevan un pantalón cargo horrendo.

Los dedos de Dev son como pinchazos cada vez que le rozan la piel mientras palpa el micrófono con cinturón color carne que le han puesto a Charlie en el estudio. Después de quince insoportables segundos, durante los cuales Charlie pronuncia «Misisipí» una y otra vez para evitar perder el control, Dev se aparta y se deja caer en el asiento. Charlie exhala, por fin.

—Joder. Estabas conectado.

—Eh... ¿Cómo?

—El micro. —Dev señala hacia la camisa de Charlie, que ya no está metida por dentro del pantalón, y luego apunta hacia sus auriculares, donde alguien debe de estar gritándole cosas—. Te han dejado el micro abierto, y ahora estás en un radio receptor. Siempre tienes que ser consciente de los micros. Tómatelo como tu primera lección de tu nuevo responsable: todo lo que digas se sacará de contexto. El soliloquio en que me has dicho que me dejabas tocarte se insertaría fácilmente en un tipo de escena muy distinto.

—Oh. —De repente, Charlie ha recordado que es el mes de junio y está en el sur de California, y sin el aire acondicionado está sudando—. Ya. Vale, ya. Sí. Lo siento.

A medio metro de él, su nuevo responsable lo observa atentamente tras las gafas. Charlie le sostiene la mirada durante un Misisipí, dos Misisipís, y luego baja la mirada, nervioso, y se coloca bien los gemelos.

—¿Te has hecho daño al caerte del coche? —le pregunta Dev con suavidad—. Parece que te duela algo.

—Ah. No, no.

Dev hurga de nuevo en su mochila.

—Tengo calmantes y pomada muscular y tiritas. ¿Qué necesitas?

—Na... nada —murmura—. Estoy bien.

Dev sostiene con las manos un auténtico kit de primeros auxilios.

—Pero tu cara... La tienes arrugada, como si te doliera algo.

—Ah. Pues no. Mi cara es así.

Al oírlo, Dev echa la cabeza hacia atrás y se ríe. Uno de los grandes fracasos vitales de Charlie es su incapacidad para comprender cuándo alguien se ríe con él y cuándo alguien se ríe de él. Nueve de cada diez veces, es lo segundo.

—Es curioso —comenta Dev con un tono que hace que Charlie casi piense que se ríe con él—, porque te pareces al protagonista de un elegante anuncio de colonias, pero te comportas como el protagonista del anuncio de un medicamento contra el colon irritable.

—Puedo ser las dos cosas al mismo tiempo.

—No, en este programa no. —Dev agarra la revista *People* sobre la que se había sentado y clava un dedo en el rostro de la portada—. Si queremos que esto funcione, para las cámaras tienes que ser este.

Charlie se queda observando la versión de sí mismo de la revista y busca una manera de explicarse. «Yo no soy ese tipo. No sé cómo serlo. Eso fue un grave error».

—Yo...

La puerta del coche junto a Dev se abre. Él consigue, con suma facilidad, no caerse de bruces.

—¡Dev! ¿Qué cojones haces aquí? Vamos pillados de tiempo, y Skylar nos va a degradar a la fase de *casting* como no llevemos al príncipe a su puta marca en este puto instante.

La bajita malhablada extiende un brazo hacia Charlie.

—Jules Lu. Encantada de conocerte. Soy tu ayudante de producción. Es mi trabajo asegurarme de que estás donde se supone que debes estar cuando se supone que debes estar allí. Y ahora mismo no deberías estar aquí.

—Lo siento. —Se queda mirando la mano de ella, pero no se la estrecha—. Eh, tú... Encantado, sí.

—¿Cree que eso ha sido una frase? —le pregunta Jules a Dev—. Dios, estamos jodidos.

Jules tira de Dev para que salga del coche, y Dev tira de Charlie para que salga del coche, y lo que fuera a decirle Charlie a Dev se pierde engullido por la locura que los rodea. Se disponen a recorrer el camino hacia el plató, que en teoría se asemeja a un paisaje de cuento. A lo lejos, el castillo está iluminado, y el presentador del programa, Mark Davenport, espera delante de una decorada fuente. Hay luces titilantes y flores, y un carruaje de caballos sacado directamente de *Cenicienta*.

Sí que debería asemejarse a un paisaje de cuento, pero el castillo es en realidad la casa de un millonario en Pasadena, y hay miembros del equipo vestidos de negro que gritan y fuman cigarrillos electrónicos. Mark Davenport le chilla a su ayudante acerca de una *kombucha*, hasta que la pobre se echa a llorar.

No es precisamente la visión de Walt Disney, no.

—Ponte aquí, por favor. —Dev señala hacia una equis marcada en el suelo y advierte a Charlie antes de volver a tocarle la espalda para encender su micrófono. Charlie se tensa. Ha llegado el momento. Ya no puede deshacerlo, ya no puede echarse atrás, ya no puede ocultarse. Si piensa con demasiado ahínco en el último año y en todas las cosas que lo han llevado hasta allí, hasta ese mero acto de desesperación, sabe que no será capaz de mantener la compostura.

—Recuerda —le murmura Dev al oído— que ahora en el centro de control todo el mundo puede oírte.

Charlie se traga el nudo que se le está formando en la garganta.

—Tienes un aspecto terrible.

—Ah, será porque estoy de un humor terrible.

—El micro.

—Estoy..., eh..., terriblemente contento de estar aquí.

—Lo has salvado de forma muy convincente. Tienes un don para la tele.

Charlie sonríe aun sin quererlo, y Dev explota de entusiasmo.

—¡Sí! ¡Sí! —Forma un encuadre con los dedos y mira entre el rectángulo como si estuviera contemplando la escena—. ¡Justo! Sonríe así cuando te estén grabando.

Por desgracia, la sonrisa de Charlie se desmorona en cuanto Dev le presta atención.

—Vaya, ahora parece que estés a punto de vomitar.

—Es que estoy a punto.

—¡No vas a vomitar! ¡Vas a conocer a veinte mujeres que han venido aquí con la intención de enamorarse de ti! —Dev cree que se trata de una idea maravillosa, como si todos los sueños de cuento de hadas de Charlie estuvieran a punto de ser realidad. Como si Charlie tuviese algún sueño de cuento de hadas—. ¡Será maravilloso, ya verás!

Dev olvida la norma de avisar antes de tocar, y su mano rodea el bíceps de Charlie, ardiente sobre el tejido del esmoquin. Charlie no está seguro de lo que le está pasando a su cuerpo en ese momento, pero no es bueno. Quizá sea muy muy malo.

Dev se inclina un poco más. Su aliento cálido le golpea a Charlie sobre la mejilla. Huele a azúcar y a chocolate y a algo que Charlie es incapaz de identificar.

—Sé que ahora mismo estás histérico, pero, cuando termine el programa, habrás encontrado el amor —susurra—. Dentro de nueve semanas, te habrás prometido con una mujer.

Y es entonces cuando Charlie vomita de verdad encima de Dev.

Dev

Sus Converse están manchadas de vómito.

De acuerdo, la primera noche de rodaje siempre acaba con los zapatos manchados de vómito, pero suele ocurrir al amanecer, no al atardecer, y el vómito a menudo lo ha arrojado una concursante que ha bebido de más, no el mismísimo Príncipe Azul.

Aunque, bueno, resulta que Charles Winshaw no encaja con la definición de Príncipe Azul, por más que parezca que su físico sí encaje. Y vaya si encaja. Espalda ancha, vestido con un esmoquin que no consigue ocultar sus músculos. Nariz recta y mandíbula cuadrada y frágil... Fue la fragilidad lo que sorprendió a Dev cuando Charles se cayó de la limusina. Todos los hombres que participan en el programa son atractivos. Ninguno de ellos ha sido nunca frágil.

Pero ninguno de ellos había sido tan atractivo tampoco, eso es cierto. Charles Winshaw es en cierto modo el hombre más guapo que Dev ha visto en persona, incluso con un poco de vómito en el hoyuelo de la barbilla. Incluso hablando de forma incoherente. Incluso sudando por los nervios.

(Quizá sobre todo sudando por los nervios).

—Lo... lo si... siento mu... mucho —balbucea.

Si Dev iba a enfadarse por el vómito, su enojo desaparece en cuanto contempla los ojos gigantescos de Charles Winshaw. Parece un pajarillo aterrorizado. Un pajarillo de casi cien kilos de peso con una arrolladora ansiedad y una fobia a los gérmenes bastante intensa que no es capaz de formar una frase de principio a fin.

Un escenógrafo aparece con una manguera para limpiar como si tal cosa el vómito del suelo y ducha a Dev con una cortina de agua fría, hasta el momento todo normal.

—Yo... De verdad... Siento mucho —repite Charles cuando el equipo de maquillaje corre a retocarle la cara sin perder ni un segundo.

El vómito ha desaparecido de su barbilla, los focos se han ajustado, y desde algún punto de la oscuridad el primer ayudante de dirección exclama:

—¡Últimos retoques, por favor! —Da igual si Charles está preparado para ser el Príncipe Azul o si no.

Obviamente, no lo está. Tiene la piel grisácea y enfermiza, y Dev quiere quedarse a su lado, pero el ayudante de dirección anuncia que empiezan a grabar, y Dev sale fuera de plano de un salto en el último segundo.

Y todo comienza. El ruido de los cascos de los caballos sobre los húmedos adoquines se adueña del plató, y a continuación aparece el carruaje, que se dirige a la fuente donde espera Charles. La cámara 1 está concentrada en Charles, mientras que la cámara 2 graba cómo se abre la puerta. Del carruaje baja una mujer con un vestido azul, con unos ojos azules a juego con el vestido, rizos de un rubio arena y silueta delgada. Sonríe con timidez al ver a Charles, con un colgante en forma de cruz por encima del bajo escote.

Se llama Daphne Reynolds y es la *miss* de la limusina de Dev. No sorprende que Maureen la haya enviado la primera con el carruaje. Para ser sinceros, es como si alguien hubiera programado una impresora 3D con el algoritmo para crear a una ganadora de *Y comieron perdices*. Dev sabe, gracias a su dosier, que la joven tiene una carrera y que su padre es reverendo, con lo cual es la perfecta personificación del arquetipo preferido por el gran público conservador del programa sin por ello dejar de lado al público feminista, todavía mayor, que asegura verlo desde un prisma irónico.

—Hola —dice Daphne, y sus tacones repiquetean contra los adoquines. Charles no le devuelve el saludo. Charles no se mueve. Está junto a la fuente, con los brazos rígidos en una extraña posición, como si no le pertenecieran, y no reacciona a la bella mujer que se le aproxima. No hay sonrisa. No hay destello de lujuria.

Quizá como respuesta a la indiferencia de él, Daphne vacila al acercarse. Balbucea, se detiene, y durante unos instantes parece valorar la posibilidad de salir corriendo. Da otro paso adelante, y ya sea porque su tacón plateado se engancha con el dobladillo del vestido o porque resbala en un adoquín bastante húmedo, tropieza y cae de cruces sobre la pared inmóvil y estoica que forma Charles Winshaw. Ha sido un encuentro casi perfecto —si bien un tanto atípico para el programa—, pero, en lugar de extender un brazo para rescatar a Daphne, Charles se encoge y se aparta cuando ella le roza el pecho. La muchacha consigue enderezarse sin su ayuda.

—¡Corten! ¡Cooorten! —grita Skylar. La directora sale disparada de la carpa del centro de control hacia el plató, aunque en *Y comieron perdices* las cámaras nunca dejan de grabar—. ¿Qué mierda ha sido eso? ¿Cómo es posible que dos personas tan sexis por separado sean tan poco sexis cuando están juntas? Es casi ofensivo. ¡Repetimos!

El responsable de Daphne la escolta de regreso al carruaje, y retoman la escena desde el momento en que se abre la puerta. Esta vez, Daphne no tropieza, pero Charles sigue aparentando un gran desinterés, y se estrechan la mano como si estuvieran en una reunión de trabajo. Así que graban otra vez. Y otra vez. En la quinta toma, Jules se esconde dentro de su mono por vergüenza ajena, Charles parece a punto de vomitar de nuevo por el estrés y Skylar aúlla blasfemias en los auriculares de todos los presentes.

Dev debe hacer algo antes de que la temporada sí que se vaya a la mierda del todo. Agita las manos delante de la cámara para llamar la atención de Skylar desde el centro de control y pide una pausa de cinco minutos. Acto seguido, atraviesa el plató a toda prisa y se dirige a la primera limusina, donde las concursantes esperan a que el carruaje las lleve hasta Charles.

—¡Chicas! —las saluda al entrar en el vehículo—. ¿Cómo va todo por aquí?

Llevan dos horas adicionales bebiendo champán en la limusina, acompañadas de su nueva responsable, Kennedy, que al parecer está anonadada por su inesperado y súbito ascenso. Las mujeres responden con gritos y carcajadas. Por lo visto, están de fiesta. Durante unos segundos, Dev lamenta el hecho de que no vaya a pasar las siguientes nueve semanas con esas increíbles mujeres.

—Siento haberos abandonado, pero me han enviado a trabajar con vuestro Príncipe Azul. Está un poquito nervioso por conocer a tantas mujeres atractivas.

Un «Oh» colectivo llena el interior de la limusina. «Perfecto».

—Creo que necesita que lo ayudéis a relajarse.

Dev se vuelve hacia Angie Griffin, la estudiante de Medicina, y la siguiente en subirse al carruaje. Angie tiene un bonito rostro en forma de corazón, enmarcado por un precioso peinado afro, y esboza una pícara sonrisa, que da a entender que es la candidata perfecta para lograr que su friki de la tecnología se relaje.

—Se me acaba de ocurrir una cosa: Angie, ¿qué te parece si sales y lo convences para bailar un poco? —Dev zarandea los hombros como demostración.

Angie sopesa el posible peligro de humillación televisiva y la emoción de bailar con Charles Winshaw, y se bebe de un trago el champán que le quedaba en la copa.

—¡Vamos! —exclama, emocionada, y Dev sabe que será perfecto. Primera parte lista.

Sale de la limusina y trota rumbo a Charles para poner en marcha la segunda parte.

—Voy a volver a tocarte —le advierte Dev. Charles ¡se ruboriza! (por el amor de Dios) cuando Dev se le acerca para colocarle bien los rizos rubios debajo de la corona. Dev no se imagina cómo va a sobrevivir nueve semanas de toqueteos con esas mujeres—. Vale. Necesito que hagas clic.

—¿Que haga clic? —Charles repite las palabras lentamente, les da vueltas sobre la lengua. Dev contempla cómo las pronuncia, cómo apoya la lengua en sus blanquísimos y rectísimos dientes. Y entonces se recuerda a sí mismo que debería dejar de observar su boca.

—Sí. Que te conviertas en el prota del anuncio de colonia. Haz lo que sea que hicieses cuando debías hablar delante de multitudes en WinHan. Haz clic.

La expresión de Charles resultaría cómica si no fuera tan patética y si este hombre no estuviese a punto de mandar al garete el programa.

—Puedes hacerlo —le asegura Dev sin disponer de ninguna prueba de que sea así. Pero se le da bien poner fe en algo que los demás enseguida rechazan—. Creo en ti.

Dev vuelve a apartarse de las cámaras.

Cuando al cabo de unos cuantos minutos Angie sale del carruaje y se le acerca bailando samba, Charles no pone cara de asco al verla. Deja que Angie le coloque las manos en las caderas y que lo lleve a bailar por el plató, y él sonríe sinceramente ante las cámaras. Es una maravilla de *reality show*. Skylar suena encantada en los auriculares de Dev.

Después de eso, Charles se relaja más con cada nueva mujer a la que conoce. Cuando las concursantes deciden hacer una entrada atrevida, como aparecer con un disfraz de canguro porque son australianas o con una barriga falsa de embarazada porque quieren ser la madre de sus hijos, él se lo toma con filosofía. Supera los veinte trayectos en carruaje sin volver a vomitar, y todo el mundo está impresionado con la participación de Dev, pues al parecer es donde habían puesto el listón.

—¡Estás triunfando! —le dice Dev cuando las cámaras se disponen a entrar en el plató secundario para el discurso de bienvenida de Charles, dirigido a las mujeres. Charles se ruboriza y sonríe mirándose los pies, como si fuera lo más bonito que nadie le haya dicho nunca.

A Dev le preocupa que sea, en efecto, lo más bonito que nadie le haya dicho nunca a Charles Winshaw. Se le acerca para recolocarle el pelo.

—Bueno, momento de las primeras impresiones. ¿Cuál de las mujeres describirías como tu tipo?

—Eh... ¿Ninguna? —Charles se aparta de los dedos de Dev.

—¿Qué me dices de Daphne? —En el pecho de Dev crece cierta irritación—. Los dos sois tímidos y un poco... raritos.

—¿Quién era Daphne?

—La del vestido azul. La primera en salir del carruaje. Hemos grabado vuestra escena cinco veces.

—Ah... Yo... —Fin de la frase.

Una cámara está cerca de ellos, así que Dev baja la voz.

—No podré ayudarte si no sabes qué buscas en una pareja.

Charles responde dando un paso al lado que casi lo lleva a estamparse contra una planta.

—¿En una pareja? ¿Con una de estas mujeres? Pe... pero... O sea, no. No es por eso por lo que he... Pero este programa es de mentira.

El chisporroteo de la irritación se convierte en un furibundo fuego descontrolado en el estómago de Dev.

—¿A qué te refieres con que es de mentira?

Está frunciendo las cejas, confundido.

—A que el programa... en realidad no va de encontrar el amor.

Charles Winshaw está delante de él, pero Dev tan solo ve a Ryan hace seis años, cuando él acababa de salir de la universidad y entró a trabajar en televisión. Ryan Parker: chaqueta de cuero, pelo oscuro sobre los ojos, apatía perfeccionada.

—Este programa no va de encontrar el amor —dijo Ryan cuando le hizo a Dev un *tour* por el castillo—. No estamos aquí para que la gente encuentre su final feliz de cuento. Estamos aquí para ayudar a que Maureen Scott haga un programa de televisión interesante.

Y Dev se quedó tan embelesado —con Ryan y con el programa y con la idea de colocarse detrás de las cámaras y hacer que las historias cobraran vida— que lo único que respondió fue:

—No hay nada más interesante que el amor.

Ryan no lo engañó en ningún momento. Dev debe reconocerlo, incluso ahora. La primera noche que pasaron juntos, Ryan le dijo que no creía en las almas gemelas ni en los cuentos de hadas ni en amar a alguien para toda la vida. Dev desperdició seis años por voluntad propia con una persona que le dijo ya en el primer momento cómo iba a terminar su historia de amor.

Ahora, Dev va a desperdiciar nueve semanas con otro hombre que cree que el programa es una mentira. Va a volar por todo el mundo con alguien que no ha ido allí a encontrar el amor; va a pasarse todos los minutos en que esté despierto junto a un hombre que claramente tan solo se ha apuntado al programa para aprovechar las expectativas románticas de veinte mujeres a fin de satisfacer sus necesidades egoístas.

En ese programa, en ese mundo, el final feliz de cuento de hadas debería estar garantizado.

Por lo tanto, ¿cómo se supone que va a gestionar él el hecho de que Charles Winshaw no desee un final feliz de cuento de hadas?

Charlie

No está seguro de cómo ha pasado de «petarlo» a cargárselo todo, pero lo ve en la expresión de Dev. Charlie no lo entiende.

Acaba de conocer a veinte mujeres y ha olvidado el nombre de veinte mujeres, y no le queda demasiada capacidad mental como para comprender nada más allá del hecho de que la parte delantera de su esmoquin está curiosamente cubierta de purpurina.

Se le ocurre volver a pedir disculpas, pero Dev se marcha enfadado hacia la gran carpa blanca. Jules hace acto de presencia, con su moño bamboleándose como una nuez de Adán.

—Vamos, Charles. Te llevaré adentro para tu discurso de bienvenida a las mujeres.

Charlie intenta no obsesionarse con lo que ha hecho para encolerizar a Dev. Como es normal, se obsesiona con eso.

Se obsesiona con eso durante el discurso genérico que le escribió su antiguo responsable, acerca de que está muy «emocionado con esa aventura para encontrar el amor» y de que está «convencido de que su futura esposa está en esa sala». Se obsesiona con eso mientras las cámaras vuelven a moverse durante el descanso. Y en ese momento una mujer rubia lo agarra por la muñeca, y él ya solo es capaz de obsesionarse con aquel tocamiento indeseado.

—¿Vienes conmigo un segundo? —ronronea la mujer. Charlie cree que se llama Megan. Mientras tira de su muñeca y lo arrastra por el patio, Charlie oye a los productores susurrándoles a las concursantes al pasar:

—¿No se ha excedido un poco?

—Supongo que ha venido a ganar.

—Tú eres mucho más guapa que ella.

Megan lo conduce hacia un banquito situado junto a un estanque, donde ya los aguardan las cámaras. Se dispone a sentarse demasiado cerca de él, tocándolo demasiado sin permiso, y le cuenta machaconamente al oído que tiene un canal de YouTube donde publica vídeos para hacer ejercicio. La gente siempre le ha dicho que tiene una pésima conciencia social (sobre todo al despedirlo o al dejarlo o al cobrarle la compra), pero Charlie no está ciego del todo. Es consciente de su físico y del efecto que tiene en ciertas personas. Sobre todo en las mujeres. Sobre todo en esa mujer, que le acaba de poner las manos sobre el muslo.

Charlie aprieta la mandíbula e intenta escuchar sus historias sobre su trabajo como técnica de bronceado en Tampa, hasta que otra rubia llega para espetarle a Megan que está acaparando el tiempo de Charlie. Enseguida las dos empiezan a gritarse a la cara. Él intenta rebajar la inesperada tensión, pero de inmediato se da cuenta de que esta no es inesperada, sino que está organizada con esmero por los productores con auriculares, quienes provocan y empujan a las mujeres a protagonizar esos altercados.

Hay momentos que no están mal. Habla con una ingeniera de telecomunicaciones que se llama Delilah y que empieza una discusión en broma sobre espacios versus tabulaciones, y es la primera vez en toda la noche que Charlie cree saber lo que está ocurriendo. Una tal Sabrina le cuenta interesantes historias sobre su blog de viajes. En un momento dado, al intentar apartar a una mujer muy asertiva que no deja de tocarle el culo, observa que Daphne (la primera en salir de la limusina, recuerda) y Angie (la que ha bailado con él, no lo olvidará nunca) comparten una botella de vino detrás de un generador. Le ofrecen una copa de *pinot* y le comunican que lleva desabotonada media camisa, un amable gesto por su parte.

Enseguida llegan las dos de la madrugada, y Charlie tiene un punzante dolor de cabeza, indigestión y un inquietante nudo de ansiedad que le hace metástasis en el pecho. Lo peor de todo es la espantosa certeza de saber que ha sido un error. Nunca debería haberse engañado para pensar que sería capaz de sobrellevarlo. Nunca debería haber permitido que Parisa lo convenciera de que era la decisión adecuada.

Se echará atrás, pagará de su bolsillo el dinero que han perdido los de producción. Sí, todo el país oirá los rumores de que Charles Winshaw ha tenido una crisis nerviosa en un *reality show*. Sí, nunca volverá a trabajar en una empresa tecnológica. Pero quizá sea lo mejor. Quizá sea mejor que se recluya en una cabaña en las montañas de Sierra Nevada para esconderse de todo el mundo. Tal vez entonces aprenda a tallar madera con un cuchillo.

—Ya casi has sobrevivido a lo peor —le asegura Jules durante una pausa al llevarle una botella de agua. Otra mujer le retoca el peinado. Charlie repara en que Dev no está por ninguna parte—. Te queda hablar con una última concursante —prosigue Jules— y ya solo tendrás que escoger a cuatro mujeres a las que enviar a casa durante la Ceremonia de Coronación.

Charlie desea contarle a Jules su nuevo plan, en el que se envía a sí mismo a casa durante la Ceremonia de Coronación, pero la joven ya lo conduce hacia el escenario que se ha diseñado para su encuentro con Kiana. Llevan solo un minuto hablando cuando Charlie se fija en un hombre gigantesco con músculos espectaculares y tatuajes en el cuello que se dirige hacia ellos. Dos cámaras lo siguen, además de dos guardias de seguridad.

Kiana mira hacia donde está mirando Charlie, y una expresión de genuino terror le demuda los rasgos simétricos.

—Oh, Dios. No.

—¿Qué cojones haces, puta?

—¿Qué pasa? —pregunta Charlie, quizá al hombre que profiere desagradables palabras peyorativas. Quizá a Kiana, a quien le están gritando. Quizá a los cámaras o a los trabajadores o al semicírculo de concursantes que se han reunido para presenciar la escena.

—¿Eres el que está saliendo con mi novia? —gruñe el hombre mientras le clava un dedo a Charlie en el pecho. En primer lugar, ay.

En segundo lugar, ¿Kiana tenía novio y los de la tele lo han traído para que le grite ante las cámaras? Y lo que es peor: nadie hace nada para detenerlo. Cuatro cámaras, y nadie interviene cuando el armario empotrado le da otro empujón a Charlie.

—¡Roger, no es su culpa! —grita Kiana.

—¡Cállate, puta!

Algo en el segundo «puta» desencadena el pánico en su interior, y Charlie nota que está a punto de sufrir uno de sus episodios. Y en ese momento no puede sufrir ninguno. No delante de tantas cámaras. No cuando participa en el programa para demostrarle al mundo que es la clase de hombre que no sufre episodios de ningún tipo, la clase de hombre que nunca tiene una crisis nerviosa, que mantiene la compostura y no pierde los nervios bajo presión.

Charlie mira hacia Kiana; la expresión de la muchacha es una mezcla de tristeza y vergüenza, y la única otra cosa más potente que el ataque de ansiedad que le embarga a él el pecho es su rabia. Se vuelve hacia el novio.

—No es aceptable que le hables así —dice Charlie.

O eso es lo que pretende decir antes de que le asesten un puñetazo en la cara y no pueda decir nada.

Dev

—Vuelve a asignarme a las concursantes.

—Dev...

—Por favor, Sky. Por favor. No puedo pasarme las próximas nueve semanas siendo la sombra de ese hombre. Es frío y raro, y dice que el programa es una mentira.

Skylar termina de ordenarle a la cámara 1 que se mueva para que el público no vea lo aburrido que está Charlie al hablar con Kiana; después, se vuelve hacia Dev.

—El programa es una mentira.

—Está producido. Vale, sí, organizamos algunas cosas, creamos los ingredientes perfectos para que haya romance, pero la gente se enamora de verdad. —Dev señala hacia el monitor cuando Charles reprime un bostezo—. No ha venido a encontrar el amor.

—Odio tener que ser yo la que te lo diga, pero la mayoría de las chicas tampoco.

—Mis chicas son seres humanos decentes. Charles no lo es.

Dev creía que Charles era frágil, pero es obvio que a él se le da fatal juzgar a la gente.

—Sabes que eres el mejor productor que tenemos. —Skylar engulle otro caramelo antiácido.

—Si soy el mejor, no deberías endilgarme a ese chico problemático e inasesorable.

—Dev, no he sido yo la que te ha puesto a cargo del príncipe, así que, si te molesta el cambio, háblalo con Maureen... ¿Qué mierda está pasando?

La cámara 3 está enfocando a un ayudante de producción y a un guardia de seguridad que acompañan al que parece ser la encarnación antropomórfica de masculinidad tóxica.

—¿Quién diablos es este tipo? ¿Quién lo ha traído hasta mi plató?

La respuesta a esas preguntas resulta obvia cuando el desconocido se enfrenta a Kiana y a Charles. Kiana tenía novio, y Maureen lo ha traído al set.

—Mierda.

Dev sale disparado de la carpa del centro de control y recorre el resbaladizo camino hasta el lugar donde Maureen está coordinando la escena con otro productor.

—¡Cortad! ¡Tenéis que pedir que corten! ¡Charles no está preparado para esto! ¡Debéis sacarlo de ahí!

—Relájate —dice Maureen Scott con un despectivo gesto de la mano—. Al país le encantan los hombres que se defienden. Nuestro nuevo príncipe quizá nos sorprenda.

Dev sabe que no lo hará.

—De verdad, no creo que...

—Cálmate, D —tercia el otro productor, porque el otro productor es Ryan desde su nuevo puesto de supervisor de producción. El ex de Dev está al lado de Maureen, tan guapo como siempre con su curiosa mezcla entre un roquero *grunge* y un amante de los yates. Ryan lleva un pantalón caqui de cintura baja, zapatos náuticos, una camisa de franela atada a la cintura y el pelo castaño recogido en un tenso moño. Verlo es para Dev un golpe directo en el plexo solar.

Lleva semanas atormentándose con el momento en que volverá a ver a Ryan. Ha ensayado cómo aparentar distancia y hieratismo, que Dev el Divertido está bien. Pero, por supuesto, la realidad es que es Ryan quien consigue ofrecer una imagen tranquila e indiferente, y Dev es el sensible y el histérico. Ryan Parker siempre ha hecho que Dev se sienta ridículo al preocuparse por los demás. En la otra punta del set, el novio empieza a empujar a Charles, mientras sigue profiriendo comentarios misóginos.

—Será estupendo para la audiencia —exclama Ryan con frialdad, negándose a mirar a Dev a los ojos—. Y tenemos a los de seguridad justo fuera de plano.

Pero Dev sabe que los de seguridad solo entrarán a detener una pelea cuando haya comenzado, no a evitar un buen espectáculo televisivo antes de que empiece. Por mucho que esté molesto con Charles y con su nuevo puesto, la violencia no forma parte del cuento de hadas de Dev. Está a punto de irrumpir él mismo, aunque eso signifique cargarse la escena. El programa tiene permiso legal para utilizar cualquier imagen que hayan grabado incluso por accidente, pero los productores no deberían aparecer delante de las cámaras. Aun así, está dispuesto a hacerlo, y entonces una mano lo agarra del codo. Es Ryan, que ha anticipado su próximo movimiento.

—Deja que veamos cómo evoluciona la cosa, D.

Así que Dev deja que vean cómo evoluciona la cosa, y eso significa que, gracias a Ryan Parker, ve desde casi diez metros de distancia que Charles Winshaw recibe un puñetazo en toda la cara.

Porque a Dev se le da fatal juzgar a la gente, de verdad.

—A ver, la buena noticia es que la nariz no está rota —anuncia el médico en el abarrotado camerino, lleno de productores y de cámaras. Charles está sentado sobre una mesa con la camisa manchada de sangre y dos algodoncitos metidos en las ventanas de la nariz—. La mala noticia es que, sin duda, le quedará alguna marca, y que deberá permanecer sentado hasta que deje de sangrar.

—Mierda —suelta Skylar—. Ya vamos retrasados, ¡y tendríamos que haber empezado a grabar la Ceremonia de Coronación hace diez minutos!

El médico le lanza una mirada penetrante.

—Que no es tan importante como su salud, evidentemente —se corrige Skylar—. Iré a preparar unas imágenes de las concursantes encima de las tarimas.

Skylar se abre paso entre dos cámaras mientras Maureen se coloca junto a Charles.

—Oye, querido, espero que no pienses que a ese hombre lo hemos invitado nosotros al plató.

«Es evidente que sí».

—Ha aparecido de repente exigiendo hablar con Kiana. No teníamos ni idea de lo que iba a hacer.

«Oh, es evidente que sí».

Maureen coloca una mano con manicura en el hombro de Charles.

—Siento muchísimo que haya sucedido esto.

«Es evidente que no lo siente».

Ryan llevaba razón: un enfrentamiento físico en la primera noche será estupendo para las audiencias. Dev ni siquiera puede culpar a

Maureen Scott; la mujer solo está haciendo lo que debe hacer. La segunda cosa que al público le gusta más que un final feliz es un buen drama.

Charles no responde nada, y Maureen baja la mano y se vuelve hacia el médico.

—¿Diez minutos?

—Diez minutos deberían bastar para que deje de sangrar, pero...

—Diez minutos —anuncia Maureen con firmeza antes de seguir a Skylar y cruzar la puerta.

El médico le entrega a Charles dos compresas frías y le da paracetamol a Dev.

—Que se coloque las compresas frías durante diez minutos, luego le quitáis las gasas y le dais seiscientos miligramos de esto.

Tras la salida del médico, Jules se dispone a juntar a los cámaras y a reunir a los miembros del equipo. En ese momento, Dev se queda a solas con la estrella que detesta el programa que a él le encanta, inseguro de cómo proceder. Charles tiene una compresa fría debajo de cada uno de los ojos y gasas manchadas de sangre sobresaliéndole por la nariz.

—Tienes un aspecto ridículo.

Por lo visto, va a proceder así.

—Bueno, pues tú apestas a vómito —le espeta Charles.

—Y ¿de quién es la culpa?

Charles intenta sonreír, pero el dolor convierte el gesto en una mueca. Se quita las compresas frías de la cara para mostrar los moratones que ya se le están formando debajo de los ojos.

—¿Tú también vas a intentar convencerme de que Maureen no ha pagado a ese hombre para que viniera al programa?

—No ha tenido que pagarle —le aclara Dev—. Los tipos como él vienen al programa gratis.

Charles está dolido, lo cual es más o menos su expresión normal, ya que su rostro es un 90 % ojos. Estos son de un tono gris tormenta, el color del cielo en las tempestades de Carolina del Norte durante la infancia de Dev. Charles se relame los labios, nervioso.

—¿Te he... molestado o...?

—Has dicho que el programa es de mentira. —Las palabras suenan más duras de lo que él pretendía, y se muerde el labio. Gritarle a Charles no servirá de ayuda. Además, Skylar tiene razón. Dev es el mejor. A no ser que quieran que toda la temporada sea una ineditable secuencia de su estrella recibiendo golpes literales y metafóricos, Dev deberá dar un paso adelante—. Sé que mucha gente cree que el programa es de mentira, pero yo no. —Respira hondo—. Creo que, si te abres a este proceso, en las próximas nueve semanas podrías encontrar el amor de verdad. Yo podría ayudarte a encontrar el amor.

Charles mueve las piernas, que no llegan a golpear el suelo desde el extremo de la mesa en que cuelgan.

—En realidad, no estoy buscando el amor.

—Entonces, ¿por qué participas en el programa?

—Por lo visto, para que me den una paliza delante de veinte millones de espectadores.

Ese comentario le arranca una carcajada a Dev. Charles intenta sonreír de nuevo. Esta vez lo consigue, y ¡mierda! Es bastante adorable. Es probable que las mujeres ya estén medio enamoradas de él.

—No te preocupes —gruñe Charles contra su regazo—. No voy a ser la estrella durante mucho más.

Dev atraviesa la estancia y se detiene a pocos centímetros de la mesa donde está Charles.

—¿A qué te refieres?

—Creía... creía que podría hacerlo, pero me equivoqué. Que Maureen busque a otro.

—No, no puede. Ya te hemos anunciado públicamente como la estrella de la temporada.

—Pagaré las inconveniencias.

—¿Podrás pagar millones de dólares cuando la cadena te denuncie por violación de contrato?

—A ver, es probable que sí. —Está ligeramente avergonzado.

Dev tarda un minuto en quitarse las gafas con una mano y en frotarse la cara con la otra.

—Mira, ¿y si empezamos de cero? —Le tiende una mano—. Hola, encantado de conocerte. Me llamo Dev Deshpande.

Charles permite que se le caiga una de las compresas sobre el regazo para así estrecharle la mano a Dev. Tiene los dedos helados. Dev se estremece.

—Encantado de conocerte. Soy Charlie Winshaw.

—¿Charlie?

Se encoge un poco de hombros, con cuidado para no llegar a hacer el gesto del todo.

—Charles es el modelo de colonia. Yo soy solo Charlie.

—Charlie —repite Dev, probando la ligereza del apodo—. Charlie, ¿por qué te has apuntado al programa si no es para encontrar el amor?

Para su sorpresa, esa pregunta sigue sin respuesta. Charlie se remueve, y la compresa fría de su regazo cae al suelo. Dev se acerca para recogerla.

—A ver, deja que... —Hace un gesto hacia la compresa y se la coloca a Charlie debajo del ojo izquierdo. Este se tensa ante el contacto, luego se calma y deja que Dev lo ayude, los dos con una compresa en las manos. Es una metáfora perfecta para el trabajo de Dev en *Y comieron perdices*.

Vuelve a intentarlo.

—¿Por qué te has apuntado al programa?

Charlie respira hondo tres veces, muy lentamente. Su pecho tensa los botones del esmoquin.

—Antes de que..., mmm, dejara de ser el director de tecnología de mi empresa, me gané una reputación de ser alguien con quien era... difícil... trabajar. Un lastre. No... no he conseguido ni un solo trabajo desde entonces, y mi publicista aceptó la propuesta de Maureen para que participara en el programa porque creyó que me ayudaría a recuperar mi reputación. Pero estoy empezando a ver las lagunas del plan...

Para Dev es una chorrada colosal. Una reputación de ser difícil no lo pone a uno en la lista negra de todas las empresas cuando se es un hombre blanco y de una belleza tradicional como Charlie, por no mencionar que es un genio titulado. Pero es lo máximo que le ha contado en toda la noche —varias frases gramaticalmente correctas seguidas—, así que Dev no dice nada al respecto.

—¿Por qué no fundas una nueva empresa tú? —le pregunta al final.

—No tengo cabeza para los negocios. —Charlie se encoge de hombros a medias—. Ese ha sido siempre el papel de Josh. Y tampoco es que la gente se vuelva loca con la idea de ser mi socio.

—Vale, entonces, ¿por qué quieres trabajar? Por lo visto, tienes suficiente dinero para comprar la puta cadena. ¿Por qué no te dedicas a obras de caridad y a nadar entre pilas de oro como el Tío Gilito?

—Quiero trabajar —responde Charlie, apretando los labios—. No se trata de dinero. Se trata del trabajo. Se me da bien trabajar.

Dev empatiza con la emoción que a uno lo embarga cuando algo se le da superbién.

—Es decir, ¿necesitas que yo te ayude a parecer contratable?

Charlie asiente poco a poco.

—Con eso no habrá problema —asiente Dev—, pero para mi propio trabajo necesito escribirte una historia de amor, y si yo te voy a ayudar a ti con tu reputación, tú también me tendrás que ayudar a mí. Necesito que pruebes a conectar con las mujeres. Y necesito que seas sociable. Siempre que las cámaras estén grabando, sé Charles, el del anuncio de colonia.

Charlie vuelve a respirar hondo tres veces.

—Ser sociable me resulta muy complicado. Me agota emocionalmente, y a veces necesito tiempo para recalibrarme. Para recalibrar la mente. De lo contrario, no sé si... ¿Tiene sentido?

Ahora es Dev el que balbucea al hablar.

—Eh... Sí, la verdad. Tiene mucho sentido.

Dev lo entiende a la perfección. Cuando están grabando, él se entrega en cuerpo y alma, se alimenta de la energía del entorno, le proporciona a su cerebro el enchufe perfecto para recargarse. Durante nueve semanas, trabaja doce horas al día, come una dieta basada en café y galletas, y no siente la necesidad de detenerse. Pero, cuando termina la Ceremonia de la Tiara Final, siempre se hunde. Su energía cae en picado y crea un vacío en su cabeza. Se pasa una semana entera metido en la cama y no sale hasta que se ha recuperado.

Siempre ha sido así. En la universidad, le entraban arrebatos de energía creativa. Se pasaba dos semanas escribiendo un guion, abriendo el corazón y volcándolo todo sobre las páginas, y luego, de la nada, un día se despertaba, se daba cuenta de que lo escrito era una basura, se metía en la cama y veía *The Office* hasta que podía volver a enfrentarse al mundo real.

Por alguna razón inexplicable, casi le habla a Charlie Winshaw del café y de las galletas y de sus escarceos con la depresión, de su cerebro ocupado y de su corazón demasiado grande. La necesidad de confiarse con él es irracional, pero es que tiene la sensación de que lleva nueve años viviendo esa misma noche, como si estuviera atrapado en un *Día de la marmota* de su propio infierno personal que no es nada gracioso, perseguido por chicos monos que no creen en el amor.

Dev se traga la confesión que le sube por la garganta.

—Pues parece que hemos llegado a un acuerdo.

Tiende la mano hacia Charlie.

—Trato hecho —asiente Charlie, y su mano gigantesca estrecha la de Dev. Charlie no la retira de inmediato, por lo que permanecen con las manos paralizadas y agarradas durante un segundo de más. Dev ignora el cosquilleo que siente porque por fin empiezan a progresar, y no piensa mandarlo a la mierda por el mero hecho de que lo esté tocando un hombre atractivo con una pobre noción del tiempo socialmente apropiado para estrechar la mano del otro.

Cuando resulta obvio que Charlie no va a soltarle la mano en ningún momento, es Dev quien se aparta primero.

—Es probable que hayan pasado los diez minutos. ¿Echamos un vistazo a los destrozos?

Retiran las compresas de hielo, y de algún modo Charlie consigue que una herida en la nariz sea preciosa, sus mejillas están teñidas de un rosado rubor por los apósitos fríos y sus gigantescos ojos grises están rodeados de un débil color morado.

—Buf —dice Dev.

—¿Es grave?

—Yo que tú me arrancaría la cara por completo y empezaría de cero.

—Ah, bueno, no sería una gran pérdida. A la gente no le gusto por mi cara. Por lo general prefieren mi personalidad chispeante.

Dev vuelve a reírse. Charlie es bastante gracioso cuando consigues que hable sin tartamudear. Dev extrae tres comprimidos de paracetamol y va en busca de la botella de agua de Charlie.

—En fin, ¿no nos vas a abandonar? ¿Seguirás siendo nuestro Príncipe Azul?

Charlie traga las pastillas.

—Si... si de verdad crees que puedo hacerlo...

—Podemos hacerlo, sí.

Charlie se queda mirándolo fijamente con una pregunta en la comisura de los labios.

—Crees... —intenta decir con el ceño fruncido— crees que de verdad conseguirás que me enamore de una de esas mujeres, ¿eh?

Charlie es más perspicaz de lo que se imaginaba Dev.

Charlie Winshaw no ha ido al programa a encontrar el amor, pero va a pasarse las próximas nueve semanas teniendo citas extravagantes en lugares preciosos con mujeres increíbles. Dev quizá se ha equivocado totalmente con lo que busca Charlie en una mujer, pero sigue siendo capaz de encontrarle un alma gemela. Siempre lo ha conseguido.

Le lanza a Charlie una relajada sonrisa.

—Sé que puedo conseguir que te enamores.

Nota para los editores:
Temporada 37, episodio 1
Productor:
Dev Deshpande

Día de emisión:
Lunes, 13 de septiembre de 2021
Productora ejecutiva:
Maureen Scott

Escena:
Montaje inicial de las confesiones de las concursantes acerca de
Charles Winshaw
Ubicación:
Grabación antes de que el carruaje las lleve al salón del hotel
Beverly Hilton

Lauren L., 25 años, de Dallas, acariciadora de gatos profesional:
Cuando me enteré de que Charles Winshaw iba a ser el próximo
príncipe de *Y comieron perdices*, supe que debía apuntarme al *casting* para ser una concursante. Es literalmente todo lo que busco en un
hombre. O sea, es fuerte, pero también se nota que es sensible.

Megan, 24 años, de Tampa, técnica de bronceado: ¿Que por qué
participo en el programa? Te voy a dar ocho razones diferentes, y
todas ellas son los cuadraditos de la tableta de Charles Winshaw.

Delilah, 26 años, de Los Ángeles, ingeniera de telecomunicaciones:
Charles Winshaw es una leyenda en el mundo de la tecnología.
Será como salir con el Michael Jordan del diseño de aplicaciones.
Si Michael Jordan fuera muy celoso de su intimidad y misterioso,
claro. Mis amigas se van a morir de la envidia.

Lauren S., 23 años, de Little Rock, antigua alumna: Me han roto el
corazón en el pasado, pero ahora soy mayor y más sabia. Estoy
preparada para encontrar el amor de nuevo. Estoy preparada para
casarme. Estoy preparada para ser madre.

Whitney, 31 años, de Kansas City, enfermera de pediatría: ¿Si creía que a los treinta y uno ya me habría casado? Pues sí. Pero he necesitado mucho tiempo para conocerme a mí misma. Me he pasado siete años cuidando a bebés enfermos. Ahora estoy preparada para cuidar de un hombre.

Sabrina, 27 años, de Seattle, bloguera de viajes: Mi vida es muy chula, la verdad. Busco a un compañero que me la haga más chula todavía.

Daphne, 25 años, de Atlanta, trabajadora social: ¿Que por qué participo en el programa? Pues a ver, no sé, por lo mismo que todo el mundo. Para encontrar el amor... Ese amor que se ve en las pelis y que se oye en las canciones. Ese amor que cambia a la gente, que lo conquista todo. Como todos hablan de ese tipo de amor, debe de existir, ¿no?

Nota de Maureen para los editores: Generad una biografía de cada concursante basada en los detalles que nos han proporcionado.

SEMANA UNO

Pasadena (EE. UU.) – Martes, 8 de junio de 2021
16 concursantes y 61 días restantes

Charlie

«Respira hondo».

Levanta los brazos por encima de la cabeza para hacer el saludo al sol hasta que se queda observando el techo de su habitación.

Bueno, es el techo de la habitación de la casa de invitados en la que vive por el momento. La casa se encuentra a casi treinta metros del castillo de *Y comieron perdices*, donde dieciséis mujeres esperan para competir por la oportunidad de casarse con él. La casa en la que vivirá durante las próximas tres semanas junto a Dev, que apareció con una bolsa de lona y se instaló en el segundo dormitorio, como si fuera un campamento de verano. Dev, que en esos instantes está trasteando en la cocina acompañado de música pop de mierda que sale por sus altavoces portátiles tan fuerte que Charlie la oye por encima de la melodía de su aplicación de yoga. «A las siete de la mañana».

Cuando Charlie aceptó formar parte del programa, no sabía que su participación supondría compartir casa con un completo desconocido. Obviamente, no sabía qué esperar en absoluto.

Está bajo una vigilancia constante. Porque necesita consejo constante. Porque es un impostor, un desastre de hombre disfrazado de

Príncipe Azul, y es cuestión de tiempo que todo el mundo se dé cuenta...

«Pero no». Se detiene a sí mismo antes de perder los estribos.

No son pensamientos apropiados para la sesión de yoga matutino. Intenta concentrarse en las cosas que lo tranquilizan: las hojas de Excel, las bibliotecas en silencio, los puzles de mil piezas, los ángulos de noventa grados.

«Respira hondo». Se inclina hacia delante y apoya la nariz en la rodilla, con las manos planas a ambos lados de los pies.

«Respira hondo». Está a medio camino entre la postura de la mesa y la del perro boca abajo cuando la aplicación de meditación se ve interrumpida por el tono de FaceTime. Charlie acepta la llamada sin perder el equilibrio.

—Buenos días.

—Madre. De. Dios. ¿Hablo con Charlie Winshaw? —grazna su publicista, y toda la calma que sentía se va a la mierda—. ¿El chico guapo? ¿El hombre perfecto? ¿El objeto de mis fantasías masturbatorias?

Charlie cambia y se sienta en el suelo de la habitación con las piernas cruzadas.

—Déjalo ya, anda.

Parisa Khadim nunca lo deja cuando empieza un número cómico, y sus falsos piropos de quinceañera van en aumento cuando se rodea la boca con las manos y grita:

—¡Quítate la camiseta, chico sexi!

—No voy a tolerar que me cosifiques de esa manera —responde con delicadeza. Por las vistas de la bahía de la ventana, ve que su publicista está en el despacho de San Francisco—. ¿Por eso me llamas? ¿Para acosarme sexualmente desde tu trabajo?

—No sabía que necesitaba tener una razón para llamar a mi *sugar daddy*.

Charlie resopla. El concepto de *sugar daddy* es una forma absurda de describir su dinámica. Parisa se gana con creces cada dólar que le paga él por lidiar con el interminable desmadre en que se ha convertido su vida.

—Solo quería saber qué tal... Un momento. —Golpea el escritorio con la palma de la mano—. ¿Qué te ha pasado en la cara?

—No es nada. —Charlie agarra el móvil y desconecta los auriculares Bluetooth para que la voz de la mujer ahora se adueñe del dormitorio, compitiendo así con la música de Dev. Por lo general, la estrella de *Y comieron perdices* debe dejar el móvil, pero Parisa lo negoció en su contrato. Él no puede perder el contacto con ella.

—A mí me parece algo. ¡Dime a quién debo denunciar!

—No hay nadie a quien denunciar porque me obligaste a firmar un contrato que hace que sea casi imposible que presente una denuncia contra cualquiera que esté relacionado con *Y comieron perdices*.

Parisa compone una elaborada mueca de inocencia.

—¿De verdad? Mmm... —Y de pronto cambia de tema para dejar a un lado los ojos a la virulé—. ¿Cómo fue? Por lo visto, has sobrevivido a la primera noche. Casi entero.

—Fue... —¿Agotador? ¿Desmoralizante? ¿Un poco doloroso y un mucho desconcertante?—. Fue bien.

—Descríbemelo con tus palabras, Charlie.

—No lo sé. Fue...

—Bueno, ¿qué es lo que toca hoy? —Parisa suspira con dramatismo.

—Algo que se llama Misión Grupal. Dividen a las concursantes que quedan en dos equipos y luego...

—Charlie —lo interrumpe—. Soy una mujer. He visto *Y comieron perdices*. Conozco los retos ligeramente inspirados en cuentos de hadas de las Misiones Grupales, así como las Citas de Cortejo y las Ceremonias de Coronación.

La expresión «Ceremonia de Coronación» es un tanto disparatada. Es el nombre que le dan al espantoso proceso que no terminó hasta las ocho de la mañana del domingo después de grabar durante doce horas. Charlie llamó a las concursantes una a una, les colocó unas tiaras baratas en la cabeza y les formuló la dramática pregunta: «¿Te interesaría convertirte en mi princesa?».

Todas contestaron que sí. Evidentemente.

—Parisa, ¿cómo describes el concepto del programa con cara seria?

—No te atrevas a infantilizar el programa solo porque esté hecho por mujeres, para mujeres y vaya de mujeres. —Lo señala con un dedo, acusándolo.

—La mayoría de los trabajadores son hombres...

—Y ni se te ocurra menospreciar a las mujeres del programa, ¿me has entendido? No eres mejor que ellas porque estudiaras en Stanford y te interese la fracturación hidráulica.

—Dios, Parisa, no las he menospreciado...

—Me da a mí que sí.

Charlie piensa en Megan y en sus vídeos de ejercicio. Sí que la menospreció un poco.

—Fuiste tú quien me dijo que las mujeres no iban al programa a encontrar el amor de verdad. —Se enfurece. Y entonces piensa en Dev y en su retorcida sonrisa de las cuatro de la madrugada. «Sé que puedo conseguir que te enamores».

Charlie se sacude el temor que le provoca ese pensamiento.

—Me dijiste que es éticamente justificable utilizar el programa. Porque las mujeres también vienen a publicitarse sin vergüenza.

—Seguro que la mayoría sí —accede Parisa—, pero eso no te da permiso para ser condescendiente con ellas como si fueras un imbécil machista. Por cierto, ¿estás escuchando a Leland Barlow?

—No soy yo. Es mi nuevo responsable. Dev.

—¿Dev? —Parisa se alisa su coleta perfectamente lisa y acerca su rostro redondo a la pantalla—. ¿Tu nuevo responsable es mono?

—¿Por qué...? ¿Por qué iba a importar que sea mono?

—Porque tengo treinta y cuatro años y estoy soltera, y esas cosas a mí me importan.

—No puedes salir con mi responsable, Parisa. —Suspira.

—¿Porque te pondrías celoso?

—¿Qué? No. ¿Por qué cojones iba a ponerme... celoso?

—Porque secretamente estás enamorado de mí. —Se acicala delante de la cámara—. Por eso ahora mismo te estás poniendo rojo.

—Sí, me has pillado —dice, y una extraña tensión desaparece de sus hombros—. Me he pasado los últimos cuatro años coladito por ti, y solo he rechazado tus proposiciones de matrimonio alcoholizadas porque me estoy haciendo el duro.

—Solo te he propuesto matrimonio alcoholizada dos veces, y supuse que rechazaste mis proposiciones de un matrimonio de conveniencia porque pretendes enamorarte hasta las trancas de una ex-Miss Alabama.

—Eso... no va a suceder.

—¿Porque en esta temporada no hay ninguna ex-Miss Alabama? No parece probable.

—Porque a mí no me quiere nadie. —Quería que sonara a broma, pero la frase se debilita hacia la mitad y se vuelve importante y teñida de tristeza. Mierda.

—Charlie. —Parisa deja de meterse con él de inmediato, y habla con voz tierna y agradable—. Te quiere mucha gente y mereces enamorarte de alguien —insiste.

Dev lo llama desde la cocina por encima del estruendo de su música ensordecedora.

—Me... me tengo que ir.

—Solo quiero que seas feliz. Lo sabes, ¿verdad?

—Ya lo sé, pero no todo el mundo necesita tener pareja para ser feliz.

—Entonces, ¿ahora eres feliz?

—Seré feliz cuando pueda volver a trabajar.

—Tiene sentido, con lo feliz que eras cuando estabas en WinHan.

—Adiós, Parisa.

—Y recuerda que tienes el corazón más grande del mundo y el mejor culo del mundo y...

Charlie no oye lo que le dice su publicista. Ya ha colgado.

—¡He hecho tarjetas! —grita Dev como saludo matutino cuando Charlie entra en la cocina vestido con pantalón corto de color salmón, zapatos náuticos y una camiseta beis con cuello en forma de uve. Dev, por su parte, lleva una ligera variación de su atuendo de la primera noche: pantalón cargo horrible, una camiseta holgadísima y las mismas zapatillas en las que Charlie vomitó. Tiene un burrito de desayuno en una mano y un termo de café en la otra, y Charlie apenas tiene tiempo de agarrar las tarjetas de la encimera de la cocina antes de que Jules le endose un plato de comida en la otra mano y los empuje a ambos hacia una limusina. En el trayecto que los lleva hasta el plató, Charlie lee las fichas que ha preparado Dev. En el reverso ve una foto de una mujer, al lado de su nombre. En el dorso, Dev ha escrito a mano comentarios con letra chapucera, píldoras de información para Charlie.

«Angie Griffin —dice la primera tarjeta, con una foto de la mujer con la que bailó—. 24 años, de San Francisco; tiene un pastor australiano llamado Dorothy Parker; en septiembre empieza a estudiar Medicina en la Universidad de San Francisco en California. Superlista. Casi te hizo reír en un momento».

Charlie pasa a la siguiente tarjeta y ve a la mujer del vestido azul. «Daphne Reynolds, 25 años, de Atlanta; trabajadora social y exaspirante a Miss Georgia; adora (en ningún orden en particular) a Jesús, a sus padres, las comedias románticas protagonizadas por Meg Ryan y las alitas de pollo. Rodamos su escena cinco veces, así que Dios se apiade de mí como hayas vuelto a olvidarte de ella».

«Sabrina Huang, 27 años, de Seattle; bloguera de viajes; lleva todo el brazo izquierdo tatuado; tocaba el bajo en una banda punk; ¿demasiado moderna para ti? Es probable».

«Megan Neil, 24 años, de Tampa; seguramente sea la villana, y eso significa que tendrás que quedarte con ella durante por lo menos cuatro semanas».

«Lauren Long, 25 años, de Dallas; es rubia. Y... ¿ya está? No sé nada más de ella. Objetivo de hoy: ¡averiguar algo sobre Lauren L.!».

Abrumado y un poco mareado, Charlie le devuelve las tarjetas a Dev y apoya la frente en la fría ventanilla del coche. Dev procede a explicarle cómo funcionará la primera Misión Grupal: dieciséis mujeres adultas se golpearán unas a otras porque sí con palos de gomaespuma en una suerte de imitación de un torneo de justas, inexacto desde el punto de vista histórico, para decidir a su futura esposa.

Dev no se lo explica con esas palabras en concreto, pero Charlie ha captado el sentido.

La limusina se detiene delante de un campo de fútbol de la Universidad de California que se ha decorado ligeramente con motivos medievales para la ocasión. De inmediato aparece la maquilladora para encargarse de él, seguida de la estilista y luego de Dev, que lo coloca en uno de los extremos del campo. En la otra punta, las mujeres están reunidas con sus respectivos responsables y, cuando Skylar Jones da la señal, las dieciséis jóvenes corren hacia Charlie y lo saludan abalanzándose encima de él, histéricas.

Charlie abraza a todas y cada una de ellas, cuenta sus Misisipís y nota la sonrisa forzada que le tira de las comisuras de los labios. Entre una escena y otra, Dev lo lleva aparte con la excusa de colocarle bien la corona. Se limpia las manos con gel hidroalcohólico y advierte a Charlie.

—¿Estás bien? —susurra mientras le pasa los dedos por el pelo.

«Un Misisipí, dos Misisipís».

—¿Eh...?

—¿Necesitas un minuto para recalibrarte?

«Recalibrarte». Había olvidado que había utilizado esa palabra. No suele intentar explicarles a los demás cómo funciona su mente. En las extrañas ocasiones en que lo hace, la gente tiende a no escucharlo.

—No. —Suspira—. Estoy bien.

Está bien. Casi del todo.

Se pasa buena parte del día en la banda del campo. Las mujeres se dividen en dos grupos, y los productores forman las parejas de rivales en función de los dúos que creen que provocarán más drama. Sabrina —la de aspecto intimidante con los tatuajes en el brazo, un *piercings* en la nariz y la voz grave— se enfrentará a la lánguida Daphne con la clara intención de convertir a Sabrina en una villana después de que le haga daño a la mujer que más se parece a la reencarnación de una muñeca Barbie. Pero resulta que Daphne tiene mucha fuerza en los brazos y que Sabrina tiene fobia a que le golpeen en la cara con un palo de gomaespuma. Corren una hacia la otra soltando gritos de batalla que enseguida pasan a ser una sucesión de risitas cuando Sabrina se acobarda en el último minuto, y al final Daphne y ella terminan tumbadas sobre la hierba, riéndose a carcajadas como si fueran íntimas amigas.

La mayoría de las concursantes bromean al respecto menos Megan, que afirma con rotundidad delante de las cámaras —quizá con demasiada rotundidad— que pretende pasar más tiempo con él, no estrechar lazos con las demás mujeres. Y consigue con éxito su objetivo golpeando con la blanda lanza en el cuello de sus rivales hasta que tres diferentes gritan de dolor.

Cuando Angie, la estudiante de Medicina, se enfrenta a Megan en la ronda final, Megan echa a correr para atravesar el campo con una agresividad innecesaria. En el último segundo, Angie se aparta para evitar que le dé un golpe en la cara y tropieza, agita la mano en busca de equilibrio y se aferra al extremo de la falda de Megan. Las dos caen al suelo de bruces.

Los productores y los médicos se adentran en el campo mientras Charlie lo observa desde la banda, impotente.

—¡Ay! —grita Megan, agarrándose el brazo—. ¡Creo que me lo he roto!

Angie ya se ha levantado de la hierba.

—¡Lo siento mucho! ¡He entrado en pánico y he resbalado!

—¡Me has atacado a propósito!

—¡No!

—¡No ha sido un accidente! —El labio de Megan tiembla ante la cámara más cercana.

—Ve a consolarla —sisea Dev al aparecer junto a Charlie.

—Pero es obvio que ha sido culpa de Megan —le responde él, también siseando.

—El micro. —Dev le da un fuerte codazo a Charlie, que se tambalea hacia la carnicería. Con paso inestable, se aproxima a las mujeres que fingen haberse hecho mucho daño.

En ese momento, Dev vuelve a estar a su lado y le muestra cómo hacerlo. Se agacha junto a Megan, y Charlie lo imita, en cuclillas los dos, hombro con hombro.

—Sujétale la mano —susurra Dev.

Las palabras hormiguean la piel sensible detrás de la oreja de Charlie, y el Príncipe Azul nota como el calor le asciende por las mejillas cuando entrelaza los dedos con los de Megan.

—Te vas a poner bien, Megan —dice Dev despreocupadamente. Con qué facilidad se le da tan bien todo eso. Charlie se encuentra muy fuera de lugar al intentar representar el papel de novio preocupado. Megan se recuesta en Charlie y solloza sobre su camisa de cambray.

Charlie cree que, si editan y quitan a Dev del plano, será un bonito momento entre Megan y él. Quizá hasta parezca un príncipe decente.

—Sabes que Megan no se hizo daño en la Misión, ¿verdad? —le dice Lauren S. ¿O tal vez sea Lauren L.?—. Tan solo pretendía llamar la atención.

—Ajá. —Charlie asiente y finge darle un sorbo a la copa de *chardonnay*.

La muchacha da un buen trago de su *gin-tonic*. Él añade «ingentes cantidades de alcohol gratis» a la lista de cosas que no esperaba.

—Me alegro de que no ganara su equipo solo porque tuviera un berrinche.

—Creo... que se nos ha acabado el tiempo —comenta Charlie, y un productor aparece para llevarse a la mujer y traer a otra. Esa es la Hora de Socialización, aunque en realidad es un período de varias horas en el que él lleva un traje de Tom Ford y está sentado en el sofá de un bar cerrado para hablar con las concursantes una a una.

O, mejor dicho, ellas hablan con él.

En cuanto Rachel entra en escena, dice que debe confesarle algo, y enseguida se lanza a soltar un ensayado discurso acerca de su reciente ruptura con el hombre al que estaba prometida después de salir con él durante un par de meses. Becca le muestra fotos de su perro, que padece artritis, y una mujer llamada Whitney, a la que Charlie juraría no haber visto hasta ese momento, habla durante veinte minutos acerca del divorcio de sus padres, cuando ella tenía tres años.

Ni una sola de las mujeres le formula preguntas personales. Todas le cuentan un montón de cosas sobre él: lo guapo que es, lo listo y ambicioso y generoso que les parece. Delilah, la ingeniera de telecomunicaciones, anuncia que tienen valores parecidos. Charlie está a punto de pedirle que revele sus fuentes. Recuerda su llamada con Parisa, la insistencia de su publicista con que es un tipo adorable. Ya casi ve las primeras fases del enamoramiento en los ojos brillantes de las mujeres. Pero todas se han encaprichado de una idea de él. Charles Winshaw, un prodigio de la tecnología, un millonario filántropo con una ligera adicción al ejercicio físico. En opinión de las muchachas, su silencio lo vuelve misterioso, y a Charlie lo embarga el temor al pensar en lo que ocurrirá cuando el disfraz del protagonista de un anuncio de colonias empiece a resquebrajarse.

Un poco antes de la medianoche, por fin es el turno de Angie, y Dev le sugiere a Charlie que salga a dar un paseo con ella. El programa ha cerrado al público la calle delante del bar, y Angie toma a Charlie del brazo. Levanta la otra mano y con los dedos roza suavemente los moratones, ocultos debajo de capas de maquillaje. Charlie se encoge.

—¿Te sigue doliendo? —le pregunta ella, apartando la mano.

—Eh... De hecho, no, pero...

Angie no espera a que termine la frase. Lo agarra del brazo y tira de él hacia delante hasta cubrirse todo el cuerpo con el suyo y quedarse con la espalda apoyada en una pared de ladrillo.

—¡Per... perdona! —balbucea Charlie—. Perdona, no era mi intención...

—No, era mi intención —dice Angie con una sonrisa. Charlie no entiende su tono. Y se aparta de la pared.

—¿Qué cojones haces? —chilla Ryan desde detrás de las cámaras, rompiendo así la ilusión de la escena—. ¿Por qué te apartas de esa forma?

Dev también emerge de la oscuridad acompañado del responsable de Angie.

—Ryan, por favor, no le grites a mi portento.

—¡Pues habla con tu portento, D! Solo nos quedan diez minutos para grabar el beso, y luego...

«Grabar el beso».

Tres palabras que son una bala que atraviesa lo poco que le queda a Charlie de su capacidad para no perder la compostura. Le arde la piel, luego se le congela, le empieza a picar, y el traje lo incomoda mientras se esfuerza por respirar hondo.

—¿Estás bien? —Dev da un paso hacia él.

Charlie intenta hablar, no lo consigue, niega con la cabeza, se tira del cuello de la camisa. ¿Por qué de repente el cuello le aprieta tanto?

Dev lo conduce con amabilidad hacia un callejón, lejos de Angie, cuyo responsable le está explicando las mejores técnicas y ángulos para dar un buen beso ante las cámaras. Unos dedos cálidos le rozan la espalda cuando Dev le apaga el micrófono. Debajo del creciente pánico, Charlie es apenas consciente de que quizá vomite de nuevo.

—¿Qué te pasa, Charlie?

—No... no puedo besar a Angie. Ni siquiera la conozco.

Dev asiente lentamente, compasivo.

—Ya, pero estás conociéndola, y besarla es una parte de todo el proceso. Cuando te apuntaste al programa, sabías que los besos iban a ser obligatorios, ¿no?

Sí que lo sabía. De una forma abstracta.

Dev lo contempla como si estuviera intentando aprender el lenguaje del ceño fruncido de Charlie.

—Dime qué necesitas para que vaya bien.

—Vamos, D —grita Ryan—. ¡No tenemos toda la noche!

Pero Dev se encoge de hombros, como si sí tuvieran toda la noche, como si no fueran a hacer nada hasta que Charlie esté preparado. Charlie consigue respirar hondo. Solo es un beso. Quizá si se dice a sí mismo una y otra vez que «solo es un beso», acabará creyéndoselo.

—Está bien —le dice a Dev—. Estaré bien.

Esta vez, no está en absoluto bien. Dev lo coloca contra la pared de ladrillo, con el suave cuerpo de Angie justo pegado al suyo.

—Perdona —le dice Charlie a la chica antes de que retomen la grabación.

—¿Que perdone el qué?

—Todo lo que ha ocurrido.

Angie lo agarra de la nuca con la mano y lo inclina hacia abajo. Tiene los labios suaves. Sabe a menta y huele a champú de lavanda, y, durante unos instantes, parece soportable. No disfrutable del todo, pero sí soportable.

Pero luego piensa que «soportable» quizá no sea lo suficientemente bueno, porque todo depende de que Charlie selle ese beso para así poder recuperar su antigua vida. Por lo tanto, intenta besar a Angie como si significara algo, y espera a que llegue la sensación que por lo general se asocia al modo en que debería sentirse alguien cuando lo besan. Espera y espera.

No siente nada en absoluto.

Se aparta de Angie.

—Necesito aire.

—Estamos al aire libre —dice ella, pero Charlie ya se está alejando de ella a trompicones hasta dejar atrás la barricada de la acera que delimita el set. Intenta respirar hondo tres veces, pero le da la impresión de que tiene esquirlas de cristal en los pulmones.

«Es un ataque de pánico. Estás teniendo un ataque de pánico. Los ataques de pánico no te van a matar».

Pero los coches sí, y está tan ensimismado que baja a la calzada y lo que evita que un Toyota Prius se lo lleve por delante es la mano de Dev, que lo agarra de la americana y lo devuelve a la acera.

—Ven aquí, Charlie. Siéntate, siéntate.

Dev sigue tirando de él hasta que los dos están sentados lado a lado en el bordillo.

—A ver, ¿qué ha pasado? —le pregunta, paciente.

Charlie busca entre la ansiedad algo lógico que ofrecerle a Dev como explicación.

—Hace mucho. Que no tengo una cita.

—¿Cuánto tiempo hace?

Finge pensárselo, finge que no recuerda con masoquista claridad la noche en que tuvo un ataque de pánico parecido en el lavabo de un restaurante mediterráneo.

—Dos años.

—Vale... Pero ¿y antes? Has tenido citas, ¿no?

—No muchas. —Charlie se golpetea los muslos siguiendo el código morse.

—¿Por qué?

—No lo sé. —Y por lo general no hace falta que se explique más. Por lo general, si empieza a farfullar y a sudar bastante, dejan de presionarlo.

—¿No sabes por qué no sales con nadie?

«¿Por qué Dev no deja de presionarlo?».

—Yo... —Consigue respirar hondo una vez—. No quiero hablar de eso.

—Pero estás en un programa de televisión de citas. No te puedes pasar las próximas nueve semanas sin pensar en eso. —Dev alarga la mano hacia la de Charlie, que sigue repiqueteando palabras sobre su pierna. La mueve muy poco a poco, para que Charlie tenga tiempo de evitar el contacto si quiere, pero no lo evita, así que los dedos cálidos de Dev cubren los suyos como una pesada manta terapéutica—. Estoy aquí para ayudarte en todo momento, Charlie, pero tienes que hablar conmigo.

Dev le aprieta la mano, y la sensación es distinta de cuando ha agarrado la mano de Megan. A Charlie le recuerda a la otra noche, cuando estrecharon la mano y él olvidó soltarlo.

Se levanta y se alisa la americana en el pecho.

—No hay nada de lo que hablar. No estoy aquí para encontrar el amor, ¿recuerdas?

Dev

—Es imposible. No lo podemos salvar. —Skylar Jones observa el monitor—. Es un hombre demasiado raro.

Dev observa la grabación por encima del hombro de su jefa. Es el vídeo en directo de lo que está ocurriendo dos salas más allá, donde Charlie está teniendo la primera Cita de Cortejo con Megan. Desde la catástrofe del beso con Angie de hace tres noches, Charlie ha conseguido en cierto modo ser delante de las cámaras una versión todavía peor del protagonista de anuncio de colonias. En la Misión del miércoles, se estampó con un foco cuando Daphne intentó agarrarlo de la mano, y el día anterior, mientras las mujeres emprendían una aventura (con mapas del tesoro y palas), Charlie se sentó en el suelo para poner la cabeza entre las rodillas cuando intentaba mediar en una pelea entre Megan y tres mujeres.

Así, naturalmente, Maureen se las ingenió para que Megan se hiciera con la primera cita a solas con Charlie. Después de tres Misiones Grupales, Megan fue nombrada la ganadora de la semana uno, lo cual provocó drama en el castillo. Charlie parece estar muy enfermo en la cita mientras Megan, coqueta, le coloca la mano en el brazo, por encima del intacto salmón.

Charlie no reacciona a los intentos de ella por flirtear. Dev está bastante convencido de que Charlie Winshaw no sabe qué significa «flirtear». De ahí la necesidad de una reunión de producción de emergencia.

—¡No podemos editarlo para que sea romántico!

Dev engulle su quinta galleta de avena y pasas del Costco con un trago de café frío, e intenta animar a Skylar.

—El equipo de edición puede empalmar imágenes de lo que sea.

—Pero ¡las mujeres no querrán tener una cita con un hombre que se pone histérico cada vez que lo tocan! —prosigue la directora—. Las concursantes se darán cuenta de lo rarito que es, y ¡todo se irá a la mierda!

—Ay, venga ya. Es un millonario con tableta de chocolate y culo prieto. Las mujeres verán lo que quieran ver. Es un lienzo en blanco para sus delirios románticos. —Es la contribución de Ryan a la conversación. Al parecer, a Ryan no le inquieta lo más mínimo tener que trabajar junto a su ex. De ahí que Dev necesite grandes cantidades de azúcar y cafeína.

Ryan se aparta el aire de delante de los ojos y continúa:

—Lo que debería preocuparnos más es lo que ocurrirá cuando se emita el programa y todo el país vea el sudor nervioso de Charles en alta definición.

—Creo que todos subestimáis el poder del encanto de Dev —dice Maureen Scott desde su asiento en primera fila—. Es capaz de asesorar a quien sea. ¿Recordáis el día que convenció a una bautista sureña para que participara desnuda en el baño de barro?

No son exactamente los ánimos positivos que Maureen cree que son. Dev no está demasiado orgulloso de ese momento. Además, esta temporada ya lo ha dado todo. Maureen lo tiene trabajando veinticuatro horas al día al instalarlo en la casa de invitados para que asesore a Charlie antes y después de las grabaciones. Y está bastante seguro de que no le pagan las horas extras por tener que vivir literalmente en el plató, pero es el precio que hay que pagar para que el programa funcione. Si se queja, hay cientos de graduados en escuelas de cine esperando entre bastidores para aceptar una oportunidad como esa.

—Concentrémonos en las chicas. —Maureen hace un gesto hacia su iPad, donde ha abierto los perfiles de las concursantes—. Daphne parece la clara candidata para ser la ganadora o la próxima princesa. Casi le salen pájaros cantarines del culo.

—A mí me gusta Angie como la posible próxima princesa. —Jules se sienta en el reposabrazos de la silla de Dev—. En su entrevista inicial, se refirió a la representación bisexual y...

—¿Crees que nuestra próxima princesa va a ser birracial y bisexual? —Maureen se cruza de brazos—. Nadie lo compraría. Además, ya hicimos una historia bisexual en esa temporada de *Y comieron perdices: misión verano*.

—Pero hemos hecho treinta y siete temporadas con protagonistas heterosexuales —mascula Jules, lo bastante bajo para que solo la oiga Dev.

Maureen se golpetea el interior del brazo con la manicura de las uñas, pensativa.

—Supongo que podríamos utilizar la sexualidad de Angie como un obstáculo. Que Charlie le pregunte por su fidelidad...

—Como mujer bisexual, voto rotundamente en contra de esa idea.

—No recuerdo haberte dado voz y voto en esto. —Maureen la fulmina con la mirada.

—También creo que deberíamos ir con cuidado al vilipendiar a una de las pocas mujeres de color de la temporada. —Skylar intenta redirigir la reunión—. Toda la confrontación con Megan ya parece una provocación como estereotipo de mujer negra y cabreada.

—Los estereotipos existen por una razón —dice Maureen del modo más inofensivo posible con su voz aguda y empalagosa. Skylar responde encogiéndose, y un doloroso silencio se instala en la sala.

Dev respeta a su jefa, de verdad que sí, y sabe que no pretendía que sonara como ha sonado. Cuando Dev estudiaba televisión en la Universidad de California, Maureen Scott era una de sus ídolos. A los cuarenta años, era una madre soltera que ganaba premios Emmy por su trabajo en series mientras luchaba por ligar siendo una mujer «demasiado mayor» para los estándares de Los Ángeles. Fue entonces cuando se le ocurrió una idea para un programa. Era en una cuarta parte sátira; en otra cuarta parte, competición, y dos cuartas partes, romance de cuento de hadas a la antigua. Se rieron de ella en todas las reuniones, hasta que encontró una cadena que invirtió un poco y le ofreció una malísima hora en la programación del domingo. Desde ese momento, ha construido lo que ha llegado a ser una de las franquicias de *reality shows* de mayor éxito. Mientras que otros creadores ceden su puesto o se retiran, Maureen sigue en las trincheras con ellos. Es su programa.

Y, sí, la imagen delante de las cámaras no ha cambiado demasiado con el paso de los años, y está claro que no refleja la imagen que hay detrás de las cámaras, pero no es culpa de Maureen. Debe complacer a la cadena y a los patrocinadores, y esa temporada tanto unos como otros la están presionando muchísimo.

Lo que Dev es incapaz de comprender es por qué Maureen Scott quería tener a Charlie en el programa. De acuerdo, su rostro hace que se vendan las revistas, pero, si pretenden revitalizar el realismo romántico del programa, ¿por qué iba Maureen a traer a un hombre que no ha venido a encontrar el amor?

Pero Dev no es quién para cuestionar a Maureen Scott.

Ryan toma la palabra a continuación. Maureen siempre lo escucha, y así es como consiguió fracasar en su papel de productor sénior.

—Olvidaos de Angie. Creo que Megan es la mejor para ser la villana. Ya está al límite, así que solo habrá que pedirle a su responsable que le dé unos golpecitos para que se vuelva loca del todo.

Las galletas y el café frío se vuelven en contra de Dev y le revuelven las tripas.

Maureen junta las manos.

—Decidido, pues. Ryan, que los responsables se concentren en la narrativa de la villana. Skylar, que las cámaras les presten atención a las chicas hasta que nuestra estrella esté un poco más cómodo. Y Dev... —Su jefa lo mira, y le habla con un tono que pierde un poco de su habitual dulzura—: Cautívalo con tu encanto.

—¿Estás bien? —le pregunta Jules cuando salen de la reunión.

—Pues claro que estoy bien —responde de forma automática, aunque las palabras «loca del todo» siguen sonando en su cabeza—. Yo siempre estoy bien.

Jules no insiste. Lo sigue por un breve pasillo que va a la sala del museo donde Megan y Charlie están cenando entre una colección de esculturas contemporáneas. En cuanto Charlie los ve detrás de las cámaras, le lanza a Dev una mueca de «sácame de aquí», como si pensara que es una cita normal y Dev pudiese mandarle un mensaje con alguna falsa emergencia sobre su gato.

—¿Qué vamos a hacer, Jules?

—¿Recostarnos y observar el desastre?

Dev niega con la cabeza, se pasa una mano por la cara y casi lanza las gafas al suelo.

—Sé que puedo encontrar la manera de conseguir que se enamore de una de esas mujeres si logro que se relaje un poco. Solo necesito... necesito... No lo sé. Algo para... ¡Arg! No suele ser tan complicado, joder.

Jules ladea la cabeza y lo observa con su habitual mirada de preocupación. Abre la boca, la cierra, y luego suspira.

—Vale, muy bien. ¿Quieres que te aconseje de verdad sobre cómo hacer que se abra? —Hace una pausa dramática—. Terapia de exposición.

—Y eso es... ¿Qué es exactamente?

—No sabemos por qué, pero ese hombre tan sexi que está ahí sentado es un caos lleno de ansiedad siempre que se encuentra en una situación social de alta presión. —Jules señala a Charlie y Megan—. Es como si el concepto de tener una cita desencadenara todas sus neurosis. ¿Y qué se hace para tratar un problema de ansiedad?

—Creo que ya toma algún medicamento. —Jules levanta una ceja—. ¿Qué? Es probable que me haya entrometido un poco entre sus cosas. Soy su responsable.

—No tienes escrúpulos. Y no. Es decir, seguro que los medicamentos ayudan, pero no lo son todo.

—Yo deserté de la terapia. Dime la respuesta.

—Poco a poco, expones al paciente a la fuente de la ansiedad para insensibilizarlo. —Jules adopta un tono condescendiente—. Charlie necesita tener citas sin el estrés de las cámaras. Necesita verse expuesto en escenarios de citas no estresantes.

—Vale, no estoy seguro de que nada de eso esté aprobado psicológicamente, pero me parece muy buena idea.

—Ya lo sé. —Se encoge de hombros.

—Le organizaremos citas de práctica —anuncia Dev, emocionado, porque cree que podría funcionar, sí. Charlie no puede quedar con las concursantes sin que haya cámaras, pero después de cada Ceremonia de Coronación tienen tiempo libre—. Jules, tú podrías ir con él el domingo, los dos solos. Ayúdalo a que se sienta más cómodo. Enséñale a relajarse.

—Oh, yo no puedo ser su novia de mentira. —Jules se recoloca unos pechos inexistentes en el interior del top—. Estoy demasiado buena.

—No veo qué tiene eso que ver.

—Se daría una situación en plan comedia romántica de Kate Hudson —dice con cara impasible—. Se enamoraría de mí mientras salimos de mentira. La temporada sería un desastre y nos denunciarían a los dos. ¿Es lo que quieres, Dev?

Dev se echa a reír, pero, cuando vuelve a mirar hacia Charlie, este entabla contacto visual con Jules, se ruboriza y agacha la cabeza hacia el plato. Tal vez Jules no esté equivocada del todo.

—Mierda —es lo único que dice Dev. Porque sí que es una buena idea. Y porque es él el que en teoría debería cautivarlo con el poder de su encanto.

Nota para los editores:

Temporada 37, episodio 2

Productor:

Ryan Parker

Día de emisión:

Lunes, 20 de septiembre de 2021

Productora ejecutiva:

Maureen Scott

Escena:

Ceremonia de Coronación de la semana uno

Ubicación:

Castillo de *Y comieron perdices*

Mark Davenport: *[Plano medio de M. D. acercándose por la izquierda.]* Señoritas, solamente queda una tiara. Eso significa que, si vuestro nombre no es pronunciado, vuestro viaje termina aquí.

Charles Winshaw: *[Primer plano de sus manos al tomar la última tiara; imágenes de Megan, Sarah y Amy, las únicas mujeres que no tienen tiara; enfocan a Charles de nuevo; el instante dura cinco segundos.]* Megan. *[Plano de Megan, que da un paso adelante.]* Megan, ¿te interesaría convertirte en mi princesa?

Megan: Por supuesto.

[Plano de las confesiones después de la C. C.]

Megan: No me preocupaba demasiado que no me escogiera. Tenemos una química espectacular. Las otras mujeres no tienen la misma conexión que yo con Charles.

Amy: No me puedo creer que vuelva a casa al final de la semana uno. Creo que Charles no nos ha dado una oportunidad como Dios manda. Sé que juntos seríamos una pareja perfecta. Tenemos muchas cosas en común.

Productor [fuera de cámara]: ¿Qué cosas tenéis en común Charles y tú?

Amy *[murmurando entre sus resoplidos]:* Pues a ver, los dos somos rubios. Y sé que podría hacerlo feliz si me diera la oportunidad. ¿Por qué ningún hombre quiere darme una oportunidad? *[Plano fijo centrado en sus sollozos durante tres segundos.]*

Nota de Maureen para los editores: Aprovechad para mostrar la patética desesperación de esa mujer.

SEMANA DOS

Pasadena (EE. UU.) – Domingo, 13 de junio de 2021
14 concursantes y 56 días restantes

Dev

—Se me ha ocurrido que esta mañana podríamos ir a tomar un *brunch*.

Charlie detiene la diligente labor de pelar un plátano y levanta la vista, sobresaltado, con los ojos como platos.

—Mmm. ¿Por qué?

—Es tu día libre. —Dev se apoya en la encimera de la cocina—. Se me ha ocurrido que estaría bien alejarse un poco del plató. Conozco un sitio de *brunch* justo a los pies de la colina.

—Pero ¿por qué?

Las cejas de Charlie se unen, ansiosas, y Dev resiste la urgencia de relajarlas con los pulgares aunque no haya ninguna cámara cerca para capturar su rostro estreñido.

—Creo que sería divertido que saliéramos por ahí y nos conociéramos mejor.

—¿Quieres salir por ahí conmigo? —repite Charlie lentamente—. ¿Por qué?

—¡Por Dios, Charlie! —explota Dev, abandonando sus intentos por proponerle un plan de forma desenfadada—. Mira. Creo que te ayudaría si fuéramos a una cita... de práctica.

—¿Una cita de práctica?

Como Charlie vuelva a repetir sus palabras otra vez, Dev va a estamparle el plátano en su bonita cara.

—Sí, una cita de práctica. Para ayudarte a que estés un poco más cómodo en las citas ante las cámaras. Para preparar las citas con las mujeres.

Charlie guarda silencio unos instantes. Y luego:

—¿Contigo?

Dev levanta los brazos.

—Quedamos fuera dentro de cinco minutos.

Por suerte, cinco minutos más tarde, Charlie se encuentra con Dev delante de la casa de invitados, con un pantalón corto azul y un polo gris de manga corta que va a juego con sus ojos; la viva imagen del cabrón de fraternidad de las pesadillas de Dev. Toma prestado el coche de Jules y recorren las calles de Pasadena en un extraño silencio. Dev trastea con la conexión auxiliar hasta que consigue reproducir el álbum debut de Leland Barlow, y Charlie se aferra nervioso al asidero de la puerta y aprieta un pedal de freno invisible con el pie derecho cada vez que Dev se acerca a una señal de *stop*.

El restaurante Junipers es uno de los favoritos del equipo gracias a su proximidad al set y a sus interminables mimosas; una vez allí, ven que la terraza está atestada de grupos de veinteañeros que reviven los acontecimientos de la noche del sábado y de treintañeros con cochecitos de bebé que se niegan a renunciar a su antigua vida. A Dev le encanta el soleado y estruendoso hacinamiento. La camarera los conduce hacia una mesita diminuta encajada en un rincón. Cuando se sientan, se rozan con la rodilla. Charlie se balancea hacia atrás con gesto dramático para romper el contacto.

—¿Verdad que es un sitio estupendo?

Charlie, con el rostro nuevamente arrugado se apropia de un menú. Dev no entiende cómo un hombre tan atractivo puede poner muecas tan feas.

—¿Qué pasa?

—No, nada. Es que... soy vegano y no tomo gluten —dice Charlie, frunciendo el ceño todavía ante el menú de una sola página.

Charlie Winshaw es todo lo que Dev intenta evitar no saliendo a ligar, y el hambre que tiene él en esos momentos le dificulta lidiar con su estrella.

—Estamos en Los Ángeles. Seguro que tienen algo sin gluten y vegano.

—Sí, pero no hay más que tostadas y gofres.

—No veo cuál es el problema.

La camarera se encamina hacia su mesa, los saluda de forma indiferente mientras pasa las páginas de su libretita y finalmente levanta la vista y clava los ojos en Charlie.

—Oh —jadea, sorprendida. No es una especie de sorpresa en plan: «Te reconozco»; es imposible que tenga más de veinte años y seguramente no está suscrita a la revista *Wired*, y tampoco aparece en las tarjetas de presentación de *Y comieron perdices*. No, es una sorpresa en plan: «Madre mía, he levantado la mirada y he visto al ser humano más atractivo de todo el planeta». Dev presenció la misma expresión en veinte mujeres distintas durante la primera noche de rodaje.

La camarera se ruboriza.

—¿Qué pu... puedo hacerte? —balbucea—. Es decir, ¿te pongo? O sea, ¿qué te pongo? O sea...

Charlie no se da cuenta. Pide una taza de té, una pieza de fruta y dos salchichas veganas. Dev pide los huevos benedictinos con cangrejo, un poco de beicon y una tostada de masa madre; tiene la intención de comer con ahínco todo el gluten y todos los productos de origen animal posibles. Intenta no pensar en que sus chicas seguramente estén bebiendo cócteles en la bañera para disfrutar del día libre. Dev debería estar asesorándolas a ellas.

—Bueno —empieza a regañadientes—, cuéntame cosas de ti.

—Mmm... —Charlie estudia su tenedor—. ¿Qué quieres saber?

—Háblame de tu familia. ¿Cómo son tus padres? ¿Tienes hermanos?

—A ver, ve... verás... No estamos unidos —tartamudea—. O sea, yo no estoy unido. Con el resto de mi familia. No solemos...

—¿Hablar? —se aventura Dev.

Charlie empieza a toser.

La camarera regresa con el té y el café.

—Perdona, ¿me podrías traer otro tenedor, por favor? Este está sucio.

—Dios mío, sí. Lo siento mucho. Me encargo de inmediato. —La camarera vuelve al cabo de treinta segundos con cuatro tenedores distintos para que Charlie escoja uno.

Dev respira hondo poco a poco e intenta recordar que se supone que debería cautivar a Charlie con su encanto para que represente un mejor papel en el programa. Aun así, su voz está teñida de irritación.

—¿Sabes? Formular preguntas para conocer mejor a la otra persona es una parte obligatoria de una cita.

—En mi limitada experiencia, las mujeres no están demasiado interesadas en conocerme.

—Bueno, quizá Megan no, pero los productores se las ingeniarán para que tu siguiente Cita de Cortejo sea con Daphne, y ella segurísimo que te pregunta cosas sobre ti.

El grupo que ocupa la mesa de al lado estalla en carcajadas, y Charlie se encoge.

—No... no quiero hablar de mí.

—Vale. —Dev aprieta los dientes—. Entonces, ¿por qué no practicas preguntándome algo a mí?

—¿Por ejemplo? —Charlie lo mira boquiabierto.

—¡No lo sé, Charlie! —Sabe que está perdiendo los nervios de nuevo, y sabe que eso significa que Charlie no hará más que encerrarse en sí mismo, pero no lo puede evitar. Cuanto más se aparta Charlie, más quiere avanzar él. Ojalá pudiera recuperar la breve conexión que tuvieron después del puñetazo, cuando Charlie le permitió sujetar una compresa fría y le mostró una pizca de su forma de ser.

La camarera les lleva la comida con una velocidad sin precedentes en la restauración de Los Ángeles, y los dos dan gracias por tener algo con que ocupar las manos y la boca. Después de un silencio insoportable durante el cual Dev engulle cuatro lonchas de beicon sin respirar, le suelta:

—¿Qué es lo que te da tanto miedo, Charlie?

Charlie pincha un trozo de melón con su tenedor limpio y se lo coloca delante de la boca abierta, rozándolo con el labio inferior. (A efectos prácticos, Dev mantendrá el resto de la conversación con la oreja izquierda de Charlie).

—¿A qué te refieres?

Dev moja un poco del exceso de salsa holandesa con su pan de masa madre.

—¿Por qué no te limitas a decir lo que te pasa por la cabeza?

—Es que... tengo tendencia a decir..., a decir lo menos adecuado.

—¿Y eso?

—Es que... —Charlie agita la mano izquierda—. No... no... no se me da muy bien hablar ni comunicar mis pensamientos. La gente siempre cree que soy raro, así que es más fácil si no hablo nunca.

—Vaya —dice Dev tras hacer una pausa larga—. Es lo más triste que he oído jamás.

Charlie se sienta más erguido en la silla, como si procurara proyectar una confianza que Dev sabe que no tiene.

—No, no pasa nada, de verdad. Hay personas con una fuerte inteligencia emocional. Con habilidades interpersonales. —Hace un vago gesto hacia Dev—. Yo no. Pero a mi cerebro se le dan muy bien otras cosas, y, si mantengo la boca cerrada, no soy ni siquiera anormal según los estándares de Palo Alto.

Dev se remueve en la silla, y vuelven a rozarse la rodilla por debajo de la mesa. Esta vez, Charlie no se aparta de inmediato, y Dev tampoco, y se parece al apretón de manos de la primera noche, pero con las rodillas.

—Muchísima gente sufre ansiedad social —le asegura Dev—. No eres anormal según ningún tipo de estándares.

—Dice la persona que me pidió que fuera mi versión del hombre del anuncio de colonias.

Dev retira un poco el plato. Se siente como un imbécil. Es obvio que, independientemente de las anormalidades que Charlie esté convencido de tener, en su vida la gente las ha tratado con muy poca amabilidad.

—Tienes razón. Fue una chorrada monumental por mi parte. No deberías tener que cambiar para encontrar el amor.

Detrás de ellos, un grupo se levanta para marcharse, y Charlie encorva los hombros, se empequeñece al máximo para así evitar que lo golpeen con los bolsos. Debajo de la mesa, la pierna de Charlie se apoya con más firmeza en la de Dev, y este nota como Charlie tiembla en el lugar donde se encuentran sus cuerpos. Piensa en la terraza abarrotada y en el ruido y en todos los gérmenes. Bajo la mesa, Dev alarga una mano y se la pone a Charlie en la rodilla para tranquilizarlo. Nota como su estrella se relaja unos cuantos grados.

—Detestas comer en restaurantes, ¿verdad? —pregunta Dev con amabilidad.

—No lo detesto —asegura Charlie, poco convincente, con gotitas de sudor acumuladas en la frente—, pero a veces es complicado si tengo un mal día. En días en que ya estoy nervioso.

Dev comprende los malos días, y ahora vuelve a sentirse un imbécil porque ha encarado muy mal el plan de las citas de práctica. Por supuesto que ha sido un desastre sin paliativos. No se le ha ocurrido siquiera preguntarle a Charlie qué le gustaría hacer en una cita, aunque en realidad el objetivo del ejercicio es ayudarlo a sentirse más cómodo.

Resulta que Charlie no es el único sin demasiada experiencia reciente en lo que a primeras citas se refiere.

—Vamos. —Dev sonríe—. Marchémonos de aquí.

Dev retira la mano de la pierna de Charlie y hace señas a la camarera, que en ningún momento se ha alejado más de tres metros del radio gravitacional de Charlie. Le pide la cuenta.

—Antes de que nos vayamos, hagamos un experimento rápido, ¿vale?

—Vale. —Charlie es escéptico al respecto, pero asiente.

—Quiero que me digas exactamente lo que estás pensando en este momento.

Charlie aprieta los labios hasta formar una fina línea de preocupación y observa su plato vacío.

—Nada de autocensura, nada de preocuparse por decir lo más inapropiado, nada de darle demasiadas vueltas —le ordena Dev—. Tan solo di lo que te pasa por la cabeza ahora mismo.

—Pues...

—Le estás dando vueltas.

De repente, Charlie entabla un inesperado contacto visual, y Dev olvida su compromiso previo de mirarle tan solo la oreja. Ahora contempla la imagen completa del rostro de Charlie —los ojos grises y tormentosos con los ligeros moratones, los rizos rubios y el hoyuelo de la barbilla—, y es demasiado, y Charlie no deja de mirarlo a los ojos, y, cuando abre la boca, Dev nota algo en la parte inferior del estómago.

—¡Tienes salsa holandesa por toda la cara! —suelta Charlie.

La tensión que le constreñía el pecho a Dev se relaja.

—Bueno —dice mientras agarra una servilleta—, supongo que es un comienzo.

Charlie

—¿Esta es la idea que tienes de un momento romántico?

—En ningún momento he dicho que supiera nada de romanticismo —le aclara Charlie, sentado con las piernas cruzadas en el suelo del comedor de la casa de invitados—, pero me gusta hacer puzles, sí.

Dev está sentado en el lado opuesto de la mesa de centro, observando lentamente los extremos de las piezas mientras intenta ver el programa de televisión que se reproduce en su ordenador portátil.

Después del desastroso *brunch* lleno de crisis nerviosas por los gérmenes y de absurdeces verbales y de demasiado toqueteo en las piernas, Dev le ha preguntado a Charlie qué le gustaría hacer en una tarde ideal. Así que ahora están enfrascados en un puzle mientras ven la primera temporada de *The Expanse* porque Dev no la ha visto nunca.

—Lo más fascinante de la serie —explica Charlie— es que, en la mayoría de las obras de ciencia ficción, ignoran las repercusiones fisiológicas de la velocidad superlumínica.

—¿Qué es la velocidad superlumínica? —Dev está lo contrario a fascinado.

—Viajar más deprisa que la velocidad de la luz.

—Vale. O sea, para recapitular —Dev señala a los actores de la pantalla—, el delgado sexi, el corpulento sexi, el tipo sexi de rasgos quizá indios y la chica sexi vuelan por el espacio en una nave para resolver misterios como si fueran Scooby Doo, ¿no?

—Eso no se acerca lo más mínimo a la premisa de la serie. ¿Estás prestando atención?

—¿Alguno de esos se lían entre sí?

—No...

—Entonces, ¿para qué verla?

—¡Por la ciencia! —exclama Charlie, tal vez con un poco de entusiasmo de más.

Dev le dedica una irritante sonrisa torcida, y Charlie comprende que están jugando a un juego distinto, además de hacer el puzle, en el que Dev intenta persuadir a Charlie para que le cuente cosas, esas cosas que por lo general él guarda bajo llave para que nadie las utilice en su contra.

Charlie guarda silencio y Dev hace lo propio durante un rato, con la lengua contra los dientes al concentrarse en la imagen que se muestra en la caja. Aunque con Dev el silencio nunca dura demasiado.

—¿Dirías que buscas a una mujer con quien *puzlear* los sábados por la noche?

—Creo que la palabra *puzlear* no existe. Limítate a ordenar las piezas por formas.

—No *puzleo* desde..., buf, ¿quizá desde que iba al pueblo de Nags Head con mis padres durante la secundaria? No suelo estar sentado tanto rato.

—No me había dado cuenta.

—¿Estás siendo irónico? Qué pasa, ¿ahora eres capaz de ser irónico?

—Mi sistema debe de haberse actualizado.

Dev le lanza una pieza, que rebota en la nariz de Charlie y se cuela debajo del sofá.

—Te juro que como lleguemos al final del puzle de mil piezas y nos falte una...

—Voy a por ella. —Dev se tumba en el suelo, se retuerce y mete el brazo por debajo del sofá. Su camiseta negra se levanta y deja al descubierto una parte de su oscuro vientre, así como una hilera de vello negro que desaparece debajo de la cintura de su pantalón—. ¡Ja!

Dev se sienta triunfal y blande la pieza del puzle. Su camiseta sigue arrugada en la parte inferior. Charlie aparta la mirada.

—Antes lo decía en serio —insiste Dev para acortar los silencios—. ¿Así es como visualizas tu vida en pareja? ¿*Puzleando* y viendo series frikis de ciencia ficción?

—La verdad es que nunca he visualizado mi vida en pareja. No a todos nos adoctrinaron en la secta del amor de cuento de hadas cuando éramos jóvenes.

—No me cites a Jules mientras intento *puzlear*.

Quizá sea porque está muy ensimismado e hiperconcentrado en el puzle, o quizá porque Dev no deja de presionarlo, y Charlie sabe que sus habituales estrategias evasivas no van a funcionar, pero termina hablando sin filtros.

—Cuando a duras penas consigues llegar a la tercera cita con una mujer, es difícil que te imagines con alguien al lado para toda la vida.

—Pero con este físico... —Dev hace aspavientos y vuelca la caja del puzle—. No entiendo cómo se te dan tan mal las citas.

—Tú solo has aguantado treinta minutos en una cita de práctica conmigo porque estaba siendo una tortura insufrible.

—Perdona que te diga, pero seguimos en la cita de práctica, y acabo de colocar cinco piezas seguidas. —Inserta otra pieza en el lugar correcto—. Me lo estoy pasando de puta madre.

—Vaya, nadie me había dicho eso en ninguna cita. —Charlie sonríe sobre la mesa. No explica que él tampoco había disfrutado de esas citas, que había odiado la presión de ser perfecto, de cumplir con las expectativas que la gente se formaba sobre él en función de su físico. No le explica que aceptó las citas más o menos obligado, porque salir con alguien era lo que debía hacer. No le explica que siempre se vio fuera de lugar, como si se hubiese puesto un disfraz que no le sentaba especialmente bien—. Además, esto —Charlie imita los gestos exagerados de Dev— es por mi salud mental. El ejercicio, quiero decir. No hago ejercicio porque me importe la forma de mi cuerpo. Hago ejercicio porque me importa mi cerebro.

Dev levanta la vista de la imagen que están formando sobre la mesa de centro. Tiene un rostro geométrico —la barbilla en forma de uve, la mandíbula con un ángulo de noventa grados, la nariz recta—, pero su expresión se suaviza por completo cuando clava los ojos en los de Charlie. Este está preparado para que Dev haga un comentario malicioso acerca de su salud mental.

Pero Dev aprieta el puño y le asesta un golpe a Charlie en el brazo.

—Ostras. ¡Qué pasada! ¡Te has abierto y me has contado algo!

—Ay —murmura Charlie.

—Disculpa, me he emocionado un poco. —Dev se encoge, arrepentido, y alarga la mano para masajear el brazo desnudo de Charlie. «Un Misisipí. Dos Misisipís»—. Pero ¡ha estado genial! Esas son las cosas que deberías compartir con las mujeres en las citas.

La mano de Dev sigue posada en la piel de Charlie, justo debajo de la manga del polo, y sus ardientes dedos le presionan el bíceps. «Tres Misisipís. Cuatro Misisipís».

—¿Crees que las mujeres quieren que les hable de mi salud mental?

—¡Sí! —grita Dev, entusiasmado. «Cinco Misisipís»—. Quieren que te abras.

No era lo que parecía. Las mujeres con las que había salido le dijeron que querían que se abriese, que fuera vulnerable, que bajase la guardia. Pero, cuando él mostraba un ápice de emoción real, el interés desaparecía. De hecho, confirmaron lo que su padre siempre decía: los hombres de verdad no lloran, y de ninguna de las maneras hablan en público de sus sentimientos.

Los dedos de Dev rodean el bíceps de Charlie por completo; el pulgar acaricia el interior del brazo. Charlie pierde la cuenta de los Misisipís.

—Las mujeres quieren que seas sincero —dice Dev antes de apartar la mano. Se concentra en el puzle de nuevo—. Hemos progresado bastante —afirma mientras encaja unas cuantas piezas—. Con las emociones y con el puzle. ¿Sabes? Creo que es la mejor cita de práctica que he tenido nunca.

Charlie no le dice a Dev que es la mejor cita que ha tenido nunca, punto.

—¿Citas de práctica? —repite Parisa durante la videollamada del miércoles por la noche—. ¿Qué cojones es una cita de práctica?

—Como una cita de mentira. Para ayudarme a sentirme más cómodo en las citas auténticas. Con las mujeres.

Parisa se toquetea la mascarilla con extractos de lavanda y algas, y se observa la cara, que aparece en el margen inferior de la pantalla de su móvil. Los dos están con los tratamientos faciales, como es tradición. En la vida normal de Charlie, cada dos semanas, más o menos, Parisa se presenta por sorpresa en su piso con una botella de vino caro y mascarillas faciales. Por lo general, se inventa alguna excusa para necesitar hablar con él —en el trabajo ha ocurrido algo espantoso; en su enorme familia ha ocurrido algo espantoso; en su relación con su novia o novio, o quienquiera con quien esté saliendo ahora ha ocurrido algo espantoso—, pero Charlie sabe la verdad. Parisa aparece cuando lleva una temporada sin saber nada de él. Quiere comprobar que está bien. Cuando le preparó las maletas para el programa, le metió una docena de mascarillas faciales para así tener un pretexto para esas conversaciones. Charlie se lo permitió encantado.

—¿Y qué has hecho exactamente en una de esas citas de práctica?

—Básicamente, puzles después de rodar y ver *The Expanse*. A veces hablamos de cosas.

—¿Hablas de cosas? ¿Tú? ¿De qué cosas?

—De Stanford. —Charlie se encoge de hombros—. De WinHan. Del trabajo que hago en la fundación. De ti, como es evidente.

—Me siento tan halagada como confundida. ¿Has pronunciado palabras? ¿En voz alta? ¿Frases enteras? ¿Tu amigo Dev es una especie de mago?

—No, solo que se le da bien lograr que la gente se sienta cómoda.

—Porque es literalmente su trabajo, y Dev es brillante en su trabajo—. Está muy metido en la historia de los cuentos de hadas, y se enfada si alguien dice que el programa es de mentira, y se limpia la cara con jabón de manos, pero creo que te caería bien.

—Mmm. —Parisa agarra la copa de vino—. ¿Y finge que le gustan los puzles y *The Expanse*? O bien se toma su trabajo muy en serio, o bien en secreto intenta follar contigo.

El sonrojo de Charlie queda oculto debajo de la crema de lavanda, por suerte.

—Dev no intenta... —Se detiene y se pregunta si Dev seguirá despierto al otro lado de la pared. Seguro que sí. Dev siempre está despierto—. No intenta hacer nada conmigo. Por Dios, Parisa.

—Te prometo que por lo menos la mitad de la gente a la que conoces intenta en secreto follar contigo, Charles. Es que eres demasiado inocente y no te das cuenta.

—¿Sabes? Otra cosa que me gusta de Dev es que no se mete conmigo sin parar.

—Por lo menos no a la cara.

—Así ayudas mucho a mi autoestima, gracias.

—Vamos, si a ti te encanta que me meta contigo.

—No imagino qué te ha llevado a pensar eso.

Parisa echa la cabeza hacia atrás y se ríe. La mascarilla se le agrieta alrededor de los labios.

—Vale, vale. Entonces, ¿las citas de práctica te están ayudando?

Charlie recuerda las Misiones Grupales de los dos últimos días.

—Bueno, ayer le agarré la mano a Daphne y luego besé a Angie sin tener un ataque de pánico, así que supongo que sí, ¿no?

—¡Tened cuidado, señoritas! Casanova anda suelto por la ciudad.

—No lo puedes evitar, ¿eh?

—¿Alguna de las mujeres te cae bien especialmente?

—Me caen bien casi todas las mujeres, la verdad.

—¿Te gusta alguna? —Parisa hace un gesto muy sugerente y gráfico con la mano.

—No seas grosera —le espeta. Luego añade—: Debería irme. Tengo que lavarme la cara.

—Llévame contigo —le pide. Charlie resopla y traslada el móvil hasta el cuarto de baño—. ¿No te hace tilín ninguna de las mujeres?

Charlie deja el móvil detrás del lavabo y abre el grifo.

—No he venido aquí a eso. He venido al programa a enseñarle al mundo que soy majo y normal, así que puedo volver a trabajar. El trabajo es lo importante.

Mientras se lanza agua a la cara, Parisa dice:

—Aunque no te lo creas, últimamente se ha puesto de moda que la gente trabaje y además tenga pareja.

—Lamento destrozar tus delirios románticos, pero no siento nada por ninguna de las concursantes.

—Vale, pero ¿si sintieras algo lo sabrías?

Charlie deja de secarse la cara con una toalla.

—¿A qué te refieres?

—Me refiero a que nunca les has dado una verdadera oportunidad a las citas. —Su publicista ha pasado a usar su voz amable y persuasiva—. ¿Sabes reconocer cuándo estás interesado en alguien? ¿Las mariposas y las miradas furtivas y la sensación de querer estar cerca de esa persona?

—Yo... Yo no...

—¿Con quién hablas?

Charlie se sobresalta, suelta la toalla y da media vuelta. Ha dejado la puerta del cuarto de baño abierta, así que Dev está apoyado en el marco con un pantalón de pijama y una camiseta de la Universidad de California.

—Nada. Con nadie. —Charlie desliza el dedo sobre la pantalla del móvil y oye a Parisa gritar: «Ni se te ocurra colgarme, Charles Michael Winshaw», antes de conseguir poner fin a la llamada—. Era Parisa —responde. Sabe que ahora ya no tiene manera alguna de ocultar el sonrojo. Ni siquiera sabe por qué se está sonrojando.

Dev entra en el cuarto de baño.

—Tienes un poco de... justo ahí. —Dev señala la mejilla de Charlie, y este intenta limpiarse la mascarilla con el dorso de la mano—. Espera. ¿Te importa? —Dev se agacha para recoger la toalla que ha lanzado Charlie, y su camiseta se le levanta sobre la espalda y muestra las vértebras de su columna. En cuanto se levanta, su piel desnuda desaparece de nuevo. Dev se vuelve hacia el lavabo para humedecer la punta de la toalla antes de alzarla para eliminar los restos de mascarilla facial del rostro de Charlie.

Charlie aguanta la respiración. Se mantiene lo más quieto posible.

—Hueles bien —le dice Dev cuando ha terminado y ha dejado la toalla junto al lavabo—. A... —Se acerca a la cara de Charlie y la olisquea. Su nariz roza el extremo de la mandíbula de Charlie, que siente un mareante nudo en la caja torácica, como si alguien le hubiera liberado mil globos en el interior del estómago—. A lavanda —afirma.

—Ah. Sí. Es la mascarilla.

Dev se apoya en el lavabo.

—Por cierto, hoy has estado genial. En la Misión Grupal. Casi me he creído que ibas en serio al coquetear con Megan.

—Casi —repite Charlie, mirándose los calcetines.

—Casi.

Levanta la mirada y ve que Dev le sonríe. Otra vez los globos.

—Mañana les vas a formular preguntas personales a siete chicas, ¿verdad?

—A tres —intenta regatear.

—A seis.

—¿A cinco?

—Vale, a cinco. —La sonrisa de Dev se ensancha—. Pero yo elijo a qué cinco.

—Trato hecho.

Dev se separa del lavabo.

—Deberías dormir un poco. —Se acerca a Charlie y alza una mano, y, durante un breve y absurdo momento, Charlie cree que le va a acariciar la mejilla. Y eso habría sido raro. Y no deseado, obviamente.

Pero no, Dev le revuelve el pelo, como haría un cariñoso hermano mayor. Como los hermanos mayores de Charlie nunca hicieron con él.

—Buenas noches, Charlie —le desea al salir del cuarto de baño.

—Buenas noches, Dev.

Dev

—¿Tienen que juntar ranas y darles un beso? —pregunta Charlie, horrorizado, cuando esperan a que el responsable de las concursantes prepare a las mujeres en el campo—. ¿A quién se le ocurren estas ideas para las Misiones Grupales?

—A los sádicos misóginos de preproducción —responde Jules—, y en esta ocasión se ha añadido un punto de crueldad animal.

Menudo par de cínicos.

—Creo que el Gremio de Ranas Actrices se asegura de que las condiciones de trabajo sean dignas.

—Bueno, a mí me han dicho que en el programa buscaban a sapos para esquivar las normas impuestas por la unión de ranas —bromea Charlie. Porque bromear es ahora algo que hace, gracias a las maravillas de las citas de práctica. Dev le alborota el pelo a Charlie para que le caiga sobre la frente.

—Ve a entablar conversaciones serias con cinco mujeres como ensayamos, anda.

Inundado de temor, Charlie avanza lentamente por el campo que han llenado de ranas, y gira la cabeza para mirar a Dev como un niño nervioso al que obligan a ir a jugar con otros niños de su edad. Dev visualiza al pequeño Charlie siendo ese niño, el que le pedía a la maestra quedarse en la clase durante el recreo, el que intentaba relacionarse con los adultos en las fiestas de cumpleaños, asumiendo que al pequeño Charlie lo invitaran a fiestas de cumpleaños. El pequeño Charlie, siempre mirando hacia atrás en busca de una escapatoria.

—Por lo visto, cada vez sois más íntimos —comenta Jules al ver a Charlie reunirse con un grupito de mujeres.

—Gracias a tu plan. Y no es tan terrible estar con él. Es bastante... agradable.

Jules ladea la cabeza para mirarlo fijamente.

—¿Qué pasa?

—Nada. —Jules se encoge de hombros.

Dev se pasa las manos por la barba incipiente.

—Cuando estamos a solas se abre un poco, y se le está dando mejor aparecer ante las cámaras, pero no sé si es suficiente. —Cada día que pasa, Charlie está más a gusto con las mujeres, pero sigue conteniéndose, sigue aguantando la respiración. Dev está impaciente e inquieto—. Sigo sin saber qué busca en una mujer ni cómo lograr que se enamore.

—Estás haciendo todo lo que puedes, Dev. Ahora no olvides cuidarte también a ti, ¿eh? Ya es una putada que Maureen te obligue a vivir en la casa de invitados. —Extiende una mano para acariciarle el brazo como si fuera un cachorro, que es la respuesta de Jules Lu en toda situación que requiera intimidad emocional—. ¿Duermes bien?

En el otro extremo del campo, Charlie sonríe con afecto cuando Daphne Reynolds le muestra una rana.

—Ya dormiré cuando Charlie Winshaw esté comprometido.

—¿No es raro que se pasen tantísimo tiempo preparando platos decadentes —pregunta Daphne— y que no se nos permita comerlos?

Charlie se queda mirando su plato de *risotto*.

—Es un delito y un desperdicio, sí —asiente, y los dos lanzan miradas directas hacia las cámaras—. Y tengo un poco de hambre después de haber ido en globo.

—Yo digo que nos lo comamos. —Daphne levanta el tenedor, retadora.

Charlie también agarra su tenedor, y los dos brindan con los cubiertos antes de clavarlos en el plato de arroz. Dev espera a que alguien le grite por el pinganillo. Hay razones por las cuales la estrella no debe comer durante las Citas de Cortejo. Nadie, ni siquiera Charlie Winshaw, ofrece una imagen atractiva al masticar, y los micros a menudo captan los ruidos. Por no hablar de que el principal objetivo de esas citas cara a cara es hablar, algo que no pueden hacer mientras mastican.

Aun así, Skylar no pide que corten, porque ver a Daphne y a Charlie comiendo con la cabeza gacha en gesto conspiratorio es, de hecho, una escena bastante bonita. No sorprendió a nadie que Daphne Reynolds «ganara» la Cita de Cortejo de la semana dos; Maureen ya ha decidido que es una de las favoritas. Además, el miedo de Daphne a las alturas la convertía en la candidata perfecta para el paseo en globo. Se ha puesto histérica y Charlie ha tenido que consolarla. Mostrar empatía es una muy buena imagen.

Ahora, sin embargo, Dev necesita que Charlie lleve su relación con Daphne al siguiente nivel.

—Es la semana dos —le dijo a Charlie antes de la cena—, que normalmente es el momento de ponerse emotivos y vulnerables al hablar de las relaciones pasadas. Pregúntale a Daphne acerca de sus ex.

—¿Es necesario?

Es necesario si pretenden vender esa historia de amor.

Charlie levanta la mirada del plato y ve que Dev está en el rincón del plató haciendo un gesto impaciente con las manos. Charlie se aclara la garganta.

—Yo... Eh... ¿Has...? O sea, me preguntaba si en el pasado, antes del programa, habías... Mmm...

—¿Intentas preguntarme sobre mi última relación? —lo ayuda Daphne—. Mi responsable también me ha indicado a mí de qué debíamos hablar.

Los dos se echan a reír, y entre ambos surge una química indiscutible; son dos personas tímidas y raras que dan vueltas una alrededor de la otra. Dev contiene la respiración y contempla cómo se desarrolla la escena.

—En los últimos años no he salido con muchos hombres —prosigue Daphne—, por lo menos no en serio. No termino de encontrar lo que ando buscando. ¿Y tú?

—Sí... —Charlie asiente—. Yo igual.

—¿Qué buscas tú?

—¿Mmm? —Charlie se atraganta con la comida.

—¿Qué buscas tú en una pareja?

—Ah. A ver. Yo... —Charlie tartamudea y se detiene, como si creyera que podrá escabullirse de la conversación si se limita a divagar. Dev se frota la cara y espera a que Charlie retome la frase que había empezado—. Pues, a ver, me gusta *pulear* —dice al fin.

A la izquierda de Dev, Jules se ríe por lo bajo. Delante de las cámaras, Daphne parece ofendida.

—¿Es una práctica sexual?

—¡No! —Charlie casi suelta la copa de vino—. No, me refería a *puzlear*. Me gustan los puzles.

—¿Es lo que buscas en una mujer? —pregunta Daphne lentamente—. ¿Que sea un puzle?

—No. —Charlie empieza a sudar. Se pasa una servilleta por la frente—. Eso no tendría ningún sentido.

—Entonces, ¿qué buscas en las mujeres del programa?

Es obvio que a Charlie solo le faltan tres segundos para regurgitar el *risotto* y lanzárselo por encima a Daphne. Se aparta de la mesa y vuelca la silla, que se estrella contra el suelo de mármol.

—¿Me... me disculpas un segundo?

Charlie sale disparado hacia la salida más cercana, pero Dev enseguida lo persigue al exterior, rumbo al banco de un jardincito. Charlie se coloca la cabeza entre las rodillas.

—Lo siento. Lo siento mucho. —Charlie le pide disculpas al suelo mientras se esfuerza por respirar—. Ha sido horrible. Ha sido muy horrible.

Dev se sienta en el banco a su lado.

—Sí —asiente. Le pone una mano en la espalda a Charlie y le hace reconfortantes caricias en círculo sobre la americana del traje.

—¿Cómo que sí? —Charlie se incorpora de pronto—. ¿No se supone que deberías decirme algo para que me sienta mejor?

—No se me ocurre ninguna forma de maquillar lo que acaba de pasar. No me puedo creer que hayas dicho «pulear».

—O sea, ¿admites que ha sido todo culpa tuya? ¿Por haber degradado la palabra «puzle»?

—Yo no admito tal cosa.

Charlie suelta una bocanada de aire que casi se asemeja a una carcajada. Dev sigue frotándole la espalda.

—¿Crees que ahora Daphne me odia? —pregunta, como si le importara la respuesta. Como si le importara Daphne. El pecho de Dev se tensa con la esperanza.

—Creo que Daphne es una persona de buen corazón que solo quiere que te abras con ella —responde Dev—, que seas tú mismo con ella. ¿Por qué no le has contado todo lo que me dijiste a mí mientras *puzleábamos*?

—No lo sé. Contigo es más fácil. —Charlie le da un empujoncito a Dev en el hombro y lo deja ahí. Es como con las rodillas bajo la mesa de Junipers, como con el apretón de manos de la primera noche. Para ser alguien que detesta el contacto humano, Charlie Winshaw siempre lo busca y luego no se aparta. Huele a *risotto* y al gel ecológico de avena que Dev ha visto en la ducha, y a él tampoco le apetece apartarse, la verdad.

—¿Qué cojones hacéis? —Ryan aparece dando grandes zancadas, seguido de cerca por Jules—. Charles, vuelve a la mesa. ¡Tenemos que grabar toda la conversación otra vez!

—Necesita un minuto.

—Bueno, pues el minuto ya ha pasado, y ahora debe dejar de comportarse como un chalado y regresar a su cita.

—Lo siento. —Charlie se encoge a ojos vista.

Y Dev estalla.

—Ahora mismo te estás portando como un imbécil insensible, Ryan.

Todo el mundo se queda callado. Y entonces Jules coloca su cuerpecito entre Ryan y Dev.

—¿Qué os parece si me llevo a Charlie para que le retoquen el maquillaje? —dice con calma. Charlie le lanza a Dev una última mirada antes de que los dos se esfumen de allí, y se quedan Ryan y Dev. A solas. Por primera vez desde que rompieron.

Dev ha estado tan ocupado asesorando a Charlie que no ha tenido tiempo de pensar en sus propios problemas, pero ahora esos problemas están justo delante de él: un metro setenta y cinco de inseguridades de Dev en forma de ser humano.

—¿De qué vas? —se enfada Ryan—. A mí no me hables así delante de la estrella.

—A mi estrella no le hables así —contraataca Dev, encolerizado—. No está chalado.

Ryan se ríe y cruza los brazos por encima del pecho.

—Mira, D, confieso que has avanzado con él en dos semanas más de lo que habría avanzado yo, así que me alegro de que seas tú su responsable y no yo —Ryan yergue los hombros—, pero ese tipo está loco, y es una mierda que tengamos que lidiar con sus excentricidades porque Maureen haya elegido mal el *casting*.

—Dios, Ryan, no está loco porque a veces necesite un minuto para recomponerse. ¿Pensabas que yo estaba loco?

—¿Cómo? —Ryan se lleva las manos a las caderas.

—Cuando estábamos juntos, todos esos días que yo no podía salir de la cama... ¿Pensabas que estaba loco?

Dev necesita que Ryan admita que es superinjusto decir eso. Necesita que Ryan reconozca por qué le resulta tan ofensivo y tan personal oír que su exnovio de seis años llama «loco» a un chico así como así, que entienda por qué Dev se ve diminuto y está a la defensiva y cabreado. Necesita que Ryan se disculpe.

—Ay, vamos. —Ryan pone los ojos en blanco—. Sabes que no lo decía así. No seas tan sensible.

Dev se siente demolido. Unidimensional. Un cartón de sí mismo. Se queda mirando a Ryan e intenta descifrar cómo es posible que se pasara seis años nada menos pensando que Ryan y él formaban una pareja perfecta.

—Por cierto, ¿a ti qué te pasa con ese chico? —le pregunta Ryan—. ¿Te gusta Charles?

Dev se rasca la cabeza con tanta fuerza que se hace daño.

—Joder. No. No se trata de eso...

—Entonces, ¿por qué te lo tomas tan a la tremenda?

Quiere encontrar una forma de explicárselo a Ryan, pero sabe que es inútil. Rompió con él porque se dio cuenta de que Ryan nunca lo entendería —ni a su corazón demasiado grande ni a su cerebro demasiado ocupado—, y, por más que le duela, la belleza de la ruptura es que Dev ya no tiene por qué intentarlo.

—Da igual —dice al fin.

Pero no parece que dé igual.

Charlie

A Dev le ocurre algo.

Primero le grita a Ryan. Después no quiere hablar con Charlie durante el resto de la secuencia, y Charlie lo atribuye a su desastrosa conversación con Daphne. Pero ahora Dev está sentado en el asiento trasero de la limusina y aprieta la mandíbula, enojado. Jules ha decidido quedarse un poco más para ordenar una camioneta del equipo, seguramente porque no quería bregar con el estado taciturno de Dev, así que no hay ningún amortiguador entre Charlie y el mal humor de Dev.

Se acerca de puntillas al problema.

—¿Estás... enfadado?

—No —le espeta Dev. Suena muy enfadado.

—Vale, pero... es que no pareces tú.

Dev mantiene los ojos fijos en la ventanilla.

—Siento mucho que mi mal humor te esté arruinando la noche —dice con tono afilado—. A partir de ahora intentaré ser solo Dev el Divertido.

Por lo visto, Charlie ha conseguido cargarse la situación en tiempo récord, y necesita salvarla a la desesperada.

—No necesito que seas Dev el Divertido, pero, si estás molesto por lo que ha pasado con Daphne, lo siento.

Dev por fin gira la cabeza hacia Charlie, su rostro iluminado por las farolas que van dejando atrás. Está llorando.

—No es por ti. Es por Ryan. Él y yo salimos juntos, más o menos..., durante seis años. Lo dejamos hace tres meses.

—Ah —dice Charlie.

«Ah», piensa Charlie, y algo importante acerca de Dev encaja en su sitio. Algo que es probable que debiera haber intuido mucho antes. Así que le pregunta sin tapujos:

—Un momento, ¿eres gay?

La tensión del asiento trasero de la limusina se rompe, y Dev se echa a reír.

—¡Sí, Charlie! Por el amor de Dios. ¿Cómo no te has enterado de que soy gay?

Sinceramente, esa posibilidad no se le había pasado por la cabeza.

—En mi defensa diré que estás obsesionado con ayudar a que se enamoren heteros, y tus pantalones cargo son espantosos.

—Mi forma de vestir no tiene nada que ver con que me gusten las pollas.

Charlie se encoge sin querer.

Dev gruñe y se pasa los dedos por la barbita de su mandíbula.

—Por favor, no empieces a actuar raro ahora. No seas uno de esos heteros que creen que cualquier gay quiere salir con ellos. No estoy intentando acostarme contigo.

—Ya, o sea..., es evidente.

—No empezarás a actuar raro, ¿verdad?

—Pues claro que no.

—¿Ahora te vas a poner histérico cada vez que te toque?

—Ya me ponía histérico cada vez que me tocabas.

Dev abre la boca de par en par antes de cerrarla de golpe.

—No... no quería decirlo así. O sea... —Charlie nota que se le acumula el sudor en la nuca y se vuelve bruscamente—. ¿Por qué lo dejasteis Ryan y tú?

—Porque me compró una camiseta de mujer para mi cumpleaños.

—Sé que yo no tengo mucha experiencia con las relaciones, pero ¿en serio?

Dev suspira.

—Para mi veintiocho cumpleaños, Jules me preparó una gran fiesta sorpresa con la mitad del equipo en mi bar preferido, y Ryan apareció con una camiseta de *Los Goonies* en una bolsa de papel marrón de Target. Era mi regalo. No soy materialista, pero llevábamos seis años juntos, y me compró una camiseta de doce dólares de la nueva colección femenina de Target. Era obvio que había olvidado mi cumpleaños y la compró de camino a la fiesta. Y era talla XXL, así que ni siquiera me iba bien. Era una especie de top gigantesco, pero sin ser sexi, en plan *Pesadilla en Elm Street*.

—Vaya, pero, a ver, ¿te gusta *Los Goonies*?

—¡Claro que me gusta *Los Goonies*! ¡No se trata de eso! La cuestión es que... eso era lo que valía nuestra relación para él: una camiseta de doce dólares que no me iba bien. Yo quería casarme y tener hijos, y él ni siquiera se preocupó por saber cuál era mi talla. Y lo peor de todo es que... —Dev toma una bocanada de aire y consigue que sus rasgos geométricos sean todavía más dramáticos en la penumbra del coche—. Lo peor es que yo sabía desde el principio que Ryan no iba a querer nada de eso, pero pensé que podría hacerle cambiar de opinión. Pensé que, si éramos una pareja lo bastante divertida y buena, Ryan querría quedarse conmigo para siempre.

Dev hace una breve pausa, sin aliento al estar de nuevo al borde de las lágrimas, y Charlie entra en pánico, inseguro de cuál es el protocolo. Recuerda a Dev en la acera, en el banco, siempre consolándolo a él cuando lo necesita. Decide alargar una mano y ponérsela sobre la rodilla.

—Lo siento —dice.

Dev mira los pálidos dedos de Charlie contra su piel oscura.

—En realidad, lo peor de todo es que lancé por la borda seis años estando con alguien que solo me quería cuando era Dev el Divertido.

—¿Por qué es tan especial Ryan? —Charlie no sabe por qué es la primera pregunta que brota en su cabeza.

—Bueno, a ver, ya lo has visto. Está tremendo. Juega en una liga distinta.

Charlie disentiría con amabilidad. Ryan parece un pirata que va a intentar venderte más caro el seguro del coche de alquiler, una confusa mezcla entre desaliñado y pijo que casi oculta el hecho de que mirarlo es un tanto aburrido. El rostro de Dev no resulta nunca aburrido.

—Y... No sé. —Dev se encoge de hombros—. ¿Le gustaba? ¿Se reía de mis bromas? ¿Por lo general disfrutaba de mi compañía?

—Creo que tienes el listón muy bajo. Pensaba que eras un romántico empedernido.

—Lo soy. En lo que respecta a las historias de amor de los demás.

La limusina se queda en silencio durante un minuto mientras el conductor recorre la serpenteante carretera que lleva hasta el castillo de *Y comieron perdices*. Dev baja la mirada hasta los dedos pálidos de Charlie, que siguen encima de su rodilla. Charlie no sabe si es él quien aparta primero la mano o si es Dev quien aparta primero la rodilla. Lo único que tiene claro es que, de pronto, ya no se están tocando.

—Ya basta de compadecernos de mí —exclama Dev. Su cara está salpicada de pícaras sombras, de una sonrisa divertida y torcida—. ¿Sabes qué deberíamos hacer esta noche?

—Mmm. —A Charlie se le seca la boca—. ¿Qué?

—Una cita de práctica. Pero con *whisky*.

En cuanto regresan a la casa de invitados, Dev se dirige directamente hacia el armario que se encuentra encima de la nevera y se pone de puntillas para alcanzar la botella de *whisky* que ha guardado en el fondo. Charlie observa como la camiseta blanca de Dev se levanta y su pantalón cargo se tensa contra su espalda al bajar la botella.

—Siéntate —le indica Dev, todavía dándole la espalda—. Me pone nervioso que merodees por aquí sin saber qué hacer.

Obediente, Charlie se quita la americana, se afloja la corbata y toma asiento en uno de los taburetes de la cocina. Dev le coloca una copa en las manos, y el primer sorbo resulta ardiente y le deja un rastro de fuego por el cuerpo.

Dev se inclina en la encimera adyacente, y el silencio se instala en la pequeña distancia que los separa. Charlie no está seguro de qué va a pasar. Le da la sensación de que deberían estar hablando, pero se limitan a mirarse a los ojos, y en cualquier momento Dev se dará cuenta de que él es una pésima compañía con la que beber.

Charlie quiere decir algo, encontrar una forma de lograr que Dev siga donde está, apoyado despreocupadamente contra la encimera, sus largas extremidades fluidas como los afluentes de un río, pero, cuanto más se prolonga el silencio, más crece su ansiedad y más difícil es llenarlo, hasta que suelta:

—Cuéntame cómo entraste a trabajar en un *reality show*.

—¿Por qué?

—Ay, perdona, pensaba que querías que practicara formulando preguntas personales —se apresura a decir—. Podemos emborracharnos en un incómodo silencio si lo prefieres.

—Vaya. —Dev se queda boquiabierto—. Un poquito de alcohol fuerte y ya te vuelves insolente. Debería haberte emborrachado hace mucho tiempo.

La conversación se interrumpe por alguna razón, y los dos aprovechan para beber otro trago.

—Cuando era pequeño me encantaban las películas y la televisión —empieza a relatar Dev—. Soy hijo único y mis padres eran profesores de universidad que trabajaban muchísimo, así que casi podría decirse que me crio la tele. Cuando debía de tener siete u ocho años, comencé a escribir guiones. Mis padres me consentían bastante, así que me compraron una cámara y un equipo de edición, todos los veranos me mandaban a un campamento cinematográfico y me llevaban en coche hasta el este de Raleigh a diario, un trayecto de media hora, para que fuera a una escuela de Bellas Artes.

Dev sonríe, pero no es su habitual sonrisa divertida, que le tuerce la comisura de los labios. Es una sonrisa más ancha y llena. Más auténtica, quizá, y le provoca arruguitas a ambos lados de la boca, una docena de parábolas que se alargan hasta los oídos.

—A mis padres les encantaba organizar estrenos cada vez que yo terminaba de rodar una película, y no sé... Escribir para pelis y para la tele es lo que siempre he querido hacer.

—¿Y decidiste trabajar en un programa que no tiene guion?

Dev lo mira fijamente, pero no cae en la trampa.

—Sí, bueno, me encanta el programa, y tuve suerte de hacer prácticas en la cadena nada más salir de la universidad. La experiencia que he ganado en los últimos seis años ha sido incalculable.

Charlie percibe una elipsis. Las manos de Dev están inquietas, se mueven a ambos costados como suelen hacer cuando quiere decir algo.

—¿Pero...?

—Pero sí. —Dev agarra la botella para rellenarles la copa a los dos—. Algún día me encantaría escribir. Tengo un guion escrito, como casi todo el mundo que vive en Los Ángeles, pero es una comedia romántica de una pareja gay ambientada en el set de una película de Bollywood (parecido a lo que hizo *Jane the Virgin* con las telenovelas), así que todo el reparto es de origen indio, que no es algo que estén buscando los estudios ahora mismo. Es una mierda, claro, porque no es que haya muchísimas películas estadounidenses con gente que se parezca a mí. —Dev hace un gesto que abarca desde sus hombros anchos hasta los huesos marcados de sus caderas—. Maureen dijo que me ayudaría a pasarle el guion a un agente, pero está muy ocupada.

—¿Me dejas que lo lea? —Charlie da otro largo sorbo al *whisky* y deja que lo caliente de dentro para fuera.

—¿El qué?

—El guion.

—¿Por qué ibas a querer leerlo? —Dev se sube las gafas por el puente de la nariz con dos dedos.

—Porque lo has escrito tú.

Dev vuelve a recolocarse las gafas, y Charlie se da cuenta de que es un tic nervioso. Dev está nervioso. Dev, que siempre está seguro, que siempre es muy encantador y muy extrovertido, está nervioso ante la idea de que Charlie lea su trabajo.

—No tengo una copia impresa del guion.

—Sé leer textos en una pantalla.

—Es que... es superpersonal. —Dev se avergüenza—. En el guion hay buena parte de mí. Mejor dicho, de todo yo. Me volqué por completo, y si lo detestaras sería...

Charlie no sabe qué hacer con la información de que a Dev Deshpande le importa lo que piense de él.

—No lo voy a detestar.

—Vale. —Dev asiente una vez, dos veces, siete veces, para sacudirse los nervios de encima—. Sí, vale. De acuerdo, supongo que lo puedes leer.

Deja la copa de *whisky* en la encimera delante de Charlie y va a buscar el ordenador portátil de la mesita de centro del salón.

—Si lo detestas..., no me lo digas.

Dev regresa junto a la encimera y se coloca tan cerca de él que Charlie huele el aroma de su desodorante, del detergente para la lavadora que utiliza y de otra cosa, algo ahumado y dulce. Charlie inhala e intenta ubicar el olor hasta que se da cuenta... No es más que la piel de Dev. Y entonces repara en que está olisqueando a Dev y que seguramente debería dejar de hacerlo. Bebe un trago de *whisky*.

—¿Cuál es tu dirección de correo electrónico? —le pregunta Dev. Charlie se inclina para escribirla y hace clic en «Enviar» antes de que Dev cambie de opinión. Al cabo de diez segundos, le vibra el móvil en el bolsillo. Lo saca.

—¡No, no te lo leas ahora! ¡No te lo leas delante de mí! —Dev se abalanza encima de él para apartarle el móvil. Su mano roza la de Charlie, sus muslos rozan las rodillas de Charlie sobre el taburete, y a continuación se tocan en tantos lugares distintos que Charlie no sabe qué hacer. Dev se encuentra entre sus piernas abiertas, cerniéndose sobre él. Ojos castaño oscuro y calor corporal y aroma distinguible.

Algo se retuerce en el estómago de Charlie; pánico por la cercanía, probablemente. Por el contacto. No le gusta que lo toquen, y tampoco le gusta nada sentir el cuerpo entero de Dev contra el suyo. Le arde la piel.

Dev se aparta al fin.

—Perdona —murmura, los ojos clavados en el *whisky* al dar un vacilante trago y verterse un poco de líquido ambarino sobre la camiseta blanca. De inmediato, el cerebro de Charlie da un giro de ciento ochenta grados y ya no le da terror el contacto: ahora le da un terror absoluto la mancha de *whisky*.

Hay una mancha gigantesca en la parte delantera de la camiseta de Dev. Los dedos de Charlie ansían limpiársela antes de que se seque por completo. Dev vuelve a tomar la palabra, pero Charlie es incapaz de procesar lo que dice. Un intenso zumbido le retumba en los oídos y sus ojos no pueden ver nada ni pensar en nada que no sea la mancha de la camiseta blanca de Dev.

(Se trata de la mancha y solo de la mancha, claro está, y no de lo que ha pasado antes de la mancha, cuando Dev se ha colocado entre sus piernas y a Charlie se le ha incendiado todo el cuerpo).

Sabe que es imposible que la mancha esté creciendo, pero es la impresión que tiene él. Cada vez es más y más y más grande, y la piel de Charlie cada vez está más y más tensa. Intenta emplear una estrategia tranquilizadora, cuenta hasta treinta en alemán, pero la obsesión es demasiado potente, y es incapaz de hilvanar un pensamiento que no esté dedicado a la mancha.

Mancha, mancha, mancha.

Si no hace algo al respecto en este mismo instante, se arrancará la piel.

Sin pensárselo, agarra el dobladillo de la camiseta blanca de Dev y tira hacia arriba.

—¡Quítate la camiseta!

Dev

Charlie aferra la tela de su camiseta con el puño. Dev da un gran paso atrás hasta que deja de sujetársela.

—¿Cómo dices?

Dev sabe, desde un punto de vista profesional, que emborracharse con Charlie Winshaw quizá no sea lo más inteligente que haya hecho nunca, pero le ha encantado abrirse y contarle a alguien lo de Ryan, que alguien lo escuchara, que alguien le diera permiso para soltar la máscara de Dev el Divertido durante un rato. Durante un minuto.

En su defensa, jamás habría imaginado que Charlie empezaría a pedirle que se quitara prendas de ropa.

Charlie salta del taburete.

—Tienes que quitarte la camiseta para que podamos humedecer la mancha. —Corre por la pequeña cocina, abre todos los armarios y saca productos con violencia—. ¿Cómo es posible que en esta casa no haya vinagre blanco?

—Bueno, es que es una casa de mentira...

—El jabón para los platos tendrá que valer.

No es hasta que Charlie ha llenado un barreño con agua caliente y jabón para los platos cuando Dev comprende lo que está ocurriendo.

—Solo es una camiseta, Charlie. En el Costco las venden en paquetes de tres. No te estreses por eso.

—¡No puedo no estresarme por eso! —Charlie asesta un puñetazo en la encimera—. ¡Mi mente no funciona así!

Ah, claro.

Hasta ese preciso momento, Dev había asumido que la torpeza social de Charlie era producto de una ansiedad generalizada y de demasiadas noches de viernes pasadas delante de la pantalla de un ordenador en lugar de en el mundo con otros seres humanos. No se le había ocurrido que podría ser otra cosa.

Breve y brutalmente, el término «chalado» de Ryan se ilumina en su mente. Pero luego piensa en el miedo constante de Charlie a decir lo menos apropiado y en el miedo de Charlie a permitir que los demás se le acerquen, y Dev se pregunta si tal vez hay algo muy específico que Charlie Winshaw no quiere que los demás vean.

La rabia desaparece de la pose de Charlie con la misma velocidad con que ha aparecido, y Dev cruza la cocina y le coloca una mano en el hombro con cuidado.

—Vale —dice en voz baja—. Mojaremos la camiseta.

Dev se quita la camiseta por la cabeza, y los ojos de Charlie recorren la distancia entre su clavícula y sus caderas, antes de clavarse en el barreño de agua con jabón.

—Mmm, deberíamos dejarla en remojo unos quince minutos. —Charlie activa el cronómetro del móvil—. Y luego la metemos en la lavadora.

—Vale —dice Dev de nuevo. Ya se ha familiarizado con las señales de la ansiedad de Charlie: el modo en que levanta los hombros hasta las orejas, la forma en que frunce el ceño, la mueca de dolor que forma con los labios, los ojos difusos. Dev empieza a dar repetidos golpecitos con dos dedos en el hombro de Charlie.

Charlie contempla los dedos de Dev.

—¿Cómo sabes...? —Respira hondo—. Es código morse. Significa «calma».

—¿Ah, sí? Vaya. —Dev sigue golpeando el mismo patrón. Habla con voz baja. «Calma». No está seguro de dónde procede esa calma, pero calma es lo que Charlie necesita, así que Dev la extrae de alguna fuente interna que no sabía que tenía—. Te he visto hacerlo cuando estás ansioso. Cuando te pones así, ¿cómo te puedo ayudar?

—Nadie me lo había preguntado nunca. —Charlie traga saliva. Vuelve a mirar a Dev, y esta vez sus ojos permanecen más tiempo fijos en los suyos. Están lo bastante cerca como para que Dev huela el gel de avena y para que note como se tensa Charlie bajo sus dedos. Él siempre procura no admirar el rostro completo de su estrella, pero tiene a Charlie justo delante, a una distancia como para contarle las pecas, y deja que Dev lo ayude, y este se ve abrumado por la desesperación con que quiere ayudarlo.

—Respira hondo —susurra Dev. Charlie respira hondo tres veces, siempre tres, cuando necesita tranquilizarse, y toma aire, tembloroso, y lo aguanta un rato—. Exhala. —Charlie obedece, y están tan cerca que su aliento le humedece el cuello a Dev—. Otra vez.

Charlie respira hondo de modo lento y doloroso, y Dev ve como al llenarse el pecho tensa los botones de la camisa.

—Una última vez.

Charlie respira hondo por tercera vez, ahora ya profunda y claramente, y Dev le pone los dedos en el pelo mientras aguarda a que exhale. Revuelve los densos rizos rubios de Charlie, le masajea el cuero cabelludo. En ese momento, le parece que Charlie se ha abierto a él del todo. Una semana de puzles, episodios de ciencia ficción y ligeras nociones de una infancia dura, pero a las dos de la madrugada, en la cocina de la casa de invitados, es como si atisbara a Charlie Winshaw en su totalidad —ansioso y obsesivo y guapísimo, el muy cabrón—, inclinado hacia él como si hubiera una parte secreta de Charlie que quisiera permitir la entrada de los demás sin saber cómo.

—Siento mucho ser una... una carga.

Esa palabra abre una fisura en el interior del pecho de Dev. «Una carga». Así se sintió cuando era pequeño y su madre debía salir antes del trabajo para llevarlo al psicólogo; así se sintió cuando su padre solo quería pasárselo bien con él el sábado, pero estaba demasiado cansado o demasiado apático; cuando era demasiado gritón o demasiado callado, y lloraba sin querer delante de una escultura de Rodin en el Museo de Arte de Carolina del Norte. Así se sintió cada vez que le pedían que se sentara y le suplicaban que les dijera qué le ocurría, y, aunque le encantaban las palabras —le encantaba utilizarlas para construir historias y trampillas para escapar del mundo real—, jamás encontró las apropiadas para ayudar a que sus padres comprendieran su corazón y su mente.

—No eres una carga, Charlie. Deja que yo cuide de ti. Es mi trabajo.

Durante otro segundo, lo deja. Charlie exhala y se apoya en la mano de Dev. Con la misma rapidez, se aparta y se da un golpe con los armarios de la cocina.

—¿Estás bien?

—Eh... Sí. Sí. No, me has ayudado, así que... gracias. Pero debería... a la cama.

—¿Y qué pasa con la camiseta? —Dev señala el barreño sobre la encimera, pero Charlie ya ha salido corriendo de la cocina en dirección a su dormitorio.

Dev se queda observando la puerta cerrada durante mucho tiempo después de que Charlie se haya encerrado al otro lado.

Charlie

Charlie no duerme. Embargado por mil nudos de ansiedad, da vueltas y vueltas en unas sábanas almidonadas que no son las suyas, en una cama que no es la suya, en un cuarto que no es el suyo. Se queda contemplando el gotelé del techo en la oscuridad y cuenta los bultos de la pintura. Hacía años que no sufría un episodio tan grave.

Cuando era pequeño, mucho antes de que comprendiera el significado de la palabra «compulsión», se quedaba atrapado en esos patrones, que era incapaz de explicar. Durante el recreo se sentaba en el columpio, recitaba las mismas historias de memoria una y otra vez hasta que se tranquilizaba; escupía saliva en pañuelos porque lo aterrorizaba ahogarse con ella si se la tragaba; debía hacer a la perfección todos los deberes, aunque eso significara que durante la cena de Acción de Gracias comiese con una sola mano. Ser perfecto era la única manera de asegurarse de que estaba bien y a salvo.

Y luego creció. Tuvo buenos profesores que se interesaron mucho por su inteligencia. Sus buenos profesores le encontraron buenos psicólogos, que le dieron un buen tratamiento y buenos medicamentos, y por lo general sus pensamientos intrusivos y sus compulsiones no han llegado a controlar su vida adulta. No durante mucho tiempo. No hasta que se le fue la cabeza por culpa de dos malditas gotas de *whisky* en una camiseta blanca.

Ha tenido uno de sus ataques delante de Dev, y ahora Dev actuará distinto con él. Es lo que sucede siempre.

Pero... Dev ha intentado entenderlo, que es lo que no suele suceder.

«Deja que yo cuide de ti».

Charlie golpea las almohadas para intentar estar cómodo, pero no sirve de nada. Su cerebro es un tren desbocado, y no llegará a dormirse. Hace operaciones matemáticas con la mente hasta que es una hora aceptable para levantarse. Y entonces se pone el vídeo con el ejercicio más extenuante que encuentra en YouTube como castigo por el Incidente de la Mancha de Whisky, por ser incapaz de mantener la compostura incluso ahora, cuando es más importante que nunca.

Cuando el ejercicio no le funciona, llama a su terapeuta para agendar una sesión de emergencia, se toma un Xanax y se mete en la ducha.

Retrasa el momento de enfrentarse a Dev tanto como puede, y al final se obliga a dirigirse a la cocina para afrontar las consecuencias del desastre.

Encuentra a su compañero de piso bailando una canción de Leland Barlow delante de los fogones. Algo se está quemando.

—Estoy preparando un *brunch* —anuncia Dev, agitando la espátula como si fuera una batuta—. Y sí, las tortitas son veganas y no llevan gluten. ¿Quieres arándanos con las tuyas?

—Eh... —Charlie no sabe cómo interpretar esa escena. ¿Dev pretende camelarlo con comida deliciosa antes de sentarse delante de él para hablar seriamente sobre su salud mental? (No sería la primera vez. Un día, Josh le regaló un nuevo kit de soldadura eléctrica antes de decirle que ya no podría volver a dar una entrevista en nombre de la empresa).

—Me lo tomaré como un sí —dice Dev, y añade arándanos a la masa de la sartén—. ¿Necesitas ayuda para decidir a quién vas a enviar a casa en la ceremonia de esta noche?

Dev coloca un plato de tortitas de color marrón oscuro delante de Charlie.

—¿El qué?

—Esta noche vas a tener que mandar a casa a otras dos concursantes, y creo que está entre Shawna, Emily y Lauren S.

—¿Quién dices que es Shawna?

—Exacto.

Charlie agarra el tenedor y el cuchillo, y comienza a cortar sus tortitas en unos cuadraditos meticulosos; espera el momento en que Dev sacará la artillería pesada, el momento en que Dev se comportará menos como Dev y más como se comporta la gente cuando él sufre una crisis nerviosa.

—¿Qué tal están las tortitas?

Curiosamente, tanto quemadas por fuera como crudas por dentro.

—Deliciosas.

—Sé sincero, Charlie.

—Creo que ya me han provocado una intoxicación alimentaria.

Dev se echa a reír, y Charlie observa su boca. No entiende qué está pasando. ¿Por qué Dev no está raro como sus compañeros en WinHan después de uno de sus episodios, que evitaban mirarlo a los ojos como si les diera vergüenza y se apartaban de él por los pasillos como si fuera una bomba a punto de explotar? ¿Por qué Dev no lo confronta acerca del Incidente de la Mancha de Whisky? ¿Por qué no lo mira con la mezcla de lástima y miedo que él recuerda tan bien en la cara de Josh?

—En fin, ha sido un fracaso —dice Dev mientras agarra el plato y vuelca la comida en el cubo de la basura—. ¿Le pido a Jules que traiga algo de comer? Me apetece desayunar burritos.

Charlie se queda mirando el feísimo pantalón cargo de Dev y su camiseta de talla desproporcionada, ve que tiene un poco de pasta de dientes en la comisura de los labios y acepta al fin que Dev no va a abordarlo con toda la artillería pesada.

Charlie no ha conocido a mucha gente como él, gente que no tenga prejuicios sobre ti cuando se entera de que tu cerebro no funciona como el suyo, gente que no te juzga, gente que tan solo se queda a tu lado y te pregunta cómo te puede ayudar. Gente que confía tanto en ti que te entrega su alma en formato PDF.

—Me estás mirando fijamente. ¿Tengo algo en la cara?

—La verdad es que siempre —responde Charlie, y Dev vuelve a reírse, más alto esta vez. Charlie oye el ruido que abre la puerta a todos sus temores—. Tengo trastorno obsesivo-compulsivo —dice antes de que no se atreva.

—Vale. —Dev apoya un codo sobre la encimera.

—Pero trastorno obsesivo-compulsivo de verdad. No lo que la gente cree que es gracioso porque te limitas a ordenar los bolígrafos.

—Sí, ya imagino.

—Y tengo ansiedad generalizada. Y trastorno de pánico.

—Vale —repite Dev. Como si de verdad «valiera».

Charlie nota que algo se le suelta en el pecho, una carga que desaparece. Solo se lo había comentado a Parisa, pero su publicista siempre lo mira como si fuera un pájaro exótico que vive en su desván, con la esperanza de que algún día salga volando por la ventana hacia el mundo.

Dev lo mira como si fuera un hombre sentado en un taburete de la cocina al que no le han gustado las tortitas que le ha preparado. Como si nada hubiera cambiado.

—Vale. —Charlie respira hondo.

Dev rodea la encimera y se acerca a Charlie. Durante un segundo, se queda junto a él, igual que ayer por la noche, entre las piernas de Charlie. De repente, este es muy consciente de cómo su propia piel tira de las costuras de su ropa. Dev le revuelve el pelo de nuevo, pero con cierta tristeza en el rostro.

—Sabes que aun así mereces vivir esta historia de amor, ¿verdad?

Charlie traga un extraño nudo que se le forma en la garganta. Los dedos de Dev siguen sobre su pelo, y al final levanta la vista.

—Mereces enamorarte —insiste Dev—, y, sinceramente, creo que Angie y Daphne son buenas candidatas para ti. Creo que las dos te querrán, Charlie. Por cómo eres.

Dev da un paso atrás. Charlie cierra las piernas.

—Angie y Daphne —repite.

—Pues sí. —Dev asiente—. Seguro que al final solo quedan ellas dos. Bueno, ¿desayunamos burritos?

—Desayunamos burritos. —Charlie intenta sonreír.

Nota para los editores: **Día de emisión:**

Temporada 37, episodio 3   Lunes, 27 de septiembre de 2021

Productor: **Productora ejecutiva:**

Ryan Parker   Maureen Scott

Escena:

Daphne, Angie y Sabrina comentan la Cita de Cortejo de Daphne

Ubicación:

Junto a la piscina del castillo de *Y comieron perdices*

Daphne: La cita estaba yendo genial. Ha sido muy amable conmigo cuando he entrado en pánico en el globo, y luego lo he mandado todo a la mierda al presionarlo durante la cena.

Angie: A mí me parece que ha sido él quien lo ha mandado a la mierda al ser incapaz de responder a una pregunta bastante básica.

Sabrina: No es ilógico esperar que un hombre con el que tienes una cita sea capaz de verbalizar lo que busca en una pareja.

Angie: Y si está buscando un puzle de mil piezas de una pintura de Thomas Kincaid, todas deberíamos saberlo ya.

Daphne: [Primer plano de cómo se coloca el pelo detrás de la oreja, nerviosa.] Es evidente que a veces…, no sé… A veces se pone nervioso. Como si tuviera ansiedad.

Sabrina: No sé si podemos hablar de estas cosas en *Y comieron perdices.*

Angie: [Plano de Angie poniéndole una mano a Daphne en el muslo.] Oye, no tienes la culpa de lo que ha pasado. No has hecho nada malo, y no deberías fustigarte.

Daphne: No debería haber esperado que me hablase de cosas serias en nuestra primera cita de verdad.

Angie: Hombres, en serio. Por eso es mucho más fácil salir con mujeres.

Sabrina: De eso sí que no podemos hablar en *Y comieron perdices.*

Daphne: *[Primer plano de Daphne observando la mano de Angie sobre su muslo.]* ¿Tú... sales con mujeres?

Angie: ¿Qué pasa? ¿En los concursos de belleza de Georgia no hay chicas bisexuales?

Nota de Maureen para los editores: Cortad toda esta escena y sustituidla por imágenes de Megan y Delilah criticando a las otras en la bañera.

SEMANA TRES

Charlie

Vuelve a ser incapaz de dormir. Lleva varios días sin poder hacerlo.

Es la una de la madrugada y ha intentado meditar, ha intentado escribir su diario, ha intentado llamar a Parisa con la esperanza de que oír su voz lo arrullara, pero nada de eso ha funcionado.

Debería estar agotado, tanto física como emocionalmente. En la Misión Grupal de hoy, las mujeres han competido en una carrera de relevos para rescatarlo de una torre (es la respuesta de *Y comieron perdices* al feminismo, al parecer), y, cuando Daphne ha vuelto a ganar, la mitad de las mujeres se han rebelado, con Megan liderando la protesta, y han asegurado que el juego estaba amañado. (Que, obviamente, lo estaba). Angie y Sabrina han defendido a Daphne, y Charlie se ha pasado casi todo el día intentando que hicieran las paces y evitando que se desencadenara una guerra. A los productores les ha encantado de principio a fin.

Es inútil que cuente los puntitos de pintura en la oscuridad por tercera noche consecutiva, así que sale de la cama, enciende la luz y agarra el iPad. Desde el Incidente de la Mancha de Whisky, no ha abierto el correo que Dev le mandó, pero ahora lo abre y vuelve a sentarse en la cama. Comienza a leer el guion de Dev.

Es evidente que es Dev al cien por cien.

A medida que lee los diálogos, oye la voz de Dev, casi como si lo tuviera a su lado en la cama leyéndoselos. No tiene ni puñetera idea de guiones, y hay muchas expresiones que no sabe qué significan, pero, en cierto modo, es capaz de imaginarse el mundo que ha creado Dev con sus propias palabras. El protagonista, Ravi Patel, es Dev: un romántico empedernido que no ha tenido suerte en el amor, pero que sigue convencido de su fuerza divina.

Es una historia de chico conoce a chico, como la describiría Dev. Un malentendido. Una trama de esas en que dos personas pasan de odiarse a quererse, como recuerda Charlie de la época en que leía *fanfics* de *Star Trek* en el portátil que se construyó él mismo. Cuando lleva medio guion, se da cuenta de que nunca había leído una historia acerca de dos hombres que se enamoran.

Se recuesta nuevamente en el cabecero de la cama y se coloca las rodillas junto al pecho. Percibe una desconocida presión en el estómago, pero la ignora, absorto en la historia de Dev. El guion termina de la única forma posible: con un beso de película y un final feliz de cuento de hadas; y, al acabar, Charlie se queda mirando la última página en blanco del PDF durante un buen rato. Aunque sean altas horas de la noche, necesita hablar del guion. Ahora mismo.

Obedece la necesidad de encaminarse hacia la puerta del dormitorio de Dev.

Dev está despierto, sentado con las piernas cruzadas viendo la pantalla de su ordenador, con una camiseta holgada en que aparece el rostro de un joven rodeado por numerosos arcoíris. Cuando levanta la mirada y ve a Charlie, sonríe.

—Hola. ¿Qué haces despierto?

Charlie entra en la habitación y hace una pausa al reparar en las huellas blanquecinas de la camiseta de Dev.

—¿Estás comiendo palomitas de queso *cheddar* en la cama a las tres de la madrugada?

—¿Has venido aquí a las tres de la madrugada para juzgarme?

—No. —Charlie se sienta a los pies de la cama de Dev. Señala la camiseta con un gesto—. ¿Te la compraste en un concierto de Leland Barlow?

—¿El qué? —Dev se mira la imagen de la cara que le adorna el pecho—. Ah, no. Me lo perdí cuando el año pasado actuó en Los Ángeles. Las entradas eran muy caras, y pensé que Ryan iba a regalármelas para Navidad, pero al final compró la PS5. Jules me pidió la camiseta por internet.

—¿Te gustan los videojuegos? —pregunta Charlie, pero ya conoce la respuesta.

—Fue más bien un regalo para sí mismo. Oye, ¿por eso has venido aquí? ¿Para recordarme una vez más que a mi exnovio en realidad nunca le importé?

—He leído tu guion.

—Oh. ¿En serio? —Dev se sube las gafas con dos dedos—. ¿Qué te ha parecido?

—Me ha encantado. —Charlie sonríe.

Dev no se permite devolverle la sonrisa, como si le diese demasiado miedo que Charlie viera cuánto significan esas palabras para él. Solo una de las comisuras de su boca cede a la tentación.

—¿De verdad?

—Es muy bueno. Es mejor que bueno. ¡Es una puta pasada!

—No me puedo creer que hayas dicho una palabrota...

—No necesitas la ayuda de Maureen. Deberías vender tu guion.

—Bueno, para vender tu guion, primero debes conseguir que la gente lo lea.

Charlie se remueve en la cama para sentarse con las piernas cruzadas, igual que Dev. Las cuatro rodillas forman las esquinas de un paralelogramo.

—¿Quién lo ha leído?

—Pues a ver. Tú. —Dev levanta un dedo para contar—. Y luego tú.

Sigue con un solo dedo levantado.

Charlie es la única persona a la que Dev le ha permitido leer el guion. Y él no sabe qué hacer con ese descubrimiento. No suele ser la persona ante la cual la gente se abra, no es la persona a la que le confías algo que es tú al cien por cien. Ahora siente la desesperada necesidad de merecer la confianza de Dev.

—Parisa, mi publicista, trabaja para una agencia que opera aquí, en Los Ángeles, con un montón de clientes y gente de la industria. Seguro que conseguiría pasarle tu guion a un agente.

—No, no hace falta que...

—Quiero hacerlo. Debería ser una película. La gente debería verla. Nunca había... —Se da cuenta de qué es lo que está a punto de decir antes de decirlo, pero no lo bastante deprisa como para no decirlo—. Nunca había leído una historia como esa.

—¿Te refieres a una comedia romántica?

Charlie tira de un hilo suelto de la sábana de Dev.

—No, sobre... Mmm...

—¿Sobre gais? —lo ayuda Dev.

—Perdona. —Charlie hace el amago de levantarse.

Dev extiende las piernas para impedírselo, y algo cobra vida en su estómago, como si hubiera bebido un trago de *whisky*.

—¿Por qué me pides perdón? Quédate.

Charlie no debería quedarse. No debería haber ido allí ni haberse sentado en la cama de Dev, tan cerca de él; se ve extraño y vulnerable con su camiseta enorme de Stanford y un pantalón de chándal.

—No, es que debería... debería...

—Charlie —lo interrumpe Dev, sosteniendo las dos sílabas sobre la lengua como si fueran rompibles—. ¿Por qué has irrumpido en mi dormitorio a las tres de la madrugada?

—Porque... porque he terminado de leer tu guion.

Dev se inclina hacia delante, y el cuello de la camiseta de Leland Barlow se desplaza para mostrar la curva del cuello, donde se encuentra con sus hombros de nadador. El hueco de la clavícula parece lo bastante hondo como para tragarse toda la mano de Charlie.

—¿Y por qué has leído mi guion a las tres de la madrugada?

—No podía dormir.

—¿Por qué no podías dormir? —le pregunta Dev. Es una pregunta peligrosa. Las manos de Dev siguen sobre sus piernas—. ¿Te estresa el programa?

—Ah. Sí. El programa. Claro. No puedo dormir porque me estresa el programa.

Dev asiente, comprensivo.

—Por lo visto, estás conectando más con las mujeres, ¿no te parece?

Charlie se queda reflexionando. En cierto modo, sí. Le gusta hablar de tecnología con Delilah cuando ella no arma un drama con Megan, y le gustan las historias de Sabrina sobre sus viajes cuando la chica no le inspira un miedo de cojones. Le gusta pasar tiempo con Angie, que es lista e inteligente, y lo hace reír, y le gusta pasar tiempo con Daphne, que es paciente y amable y empática. Pero es lo que le dijo a Parisa. Le caen bien las mujeres, sí, pero no le gustan. No está ahí para eso.

—Más o menos —contesta con precaución.

—¿No crees que estés empezando a sentir algo de verdad por nadie?

—Yo... Pues...

—Venga, Charlie. Conmigo puedes hablar de esas cosas. No como si fuera tu productor, sino como tu amigo.

—¿Somos... somos amigos? —Vacila.

—Me da que soy tu único amigo.

—Tengo más amigos.

—¿Además de tu publicista?

—Tengo otro amigo —se corrige. Dev se ríe, y la mezcla entre las carcajadas de Dev y la privación del sueño hace que Charlie se note como achispado.

—Te voy a decir una cosa como tu amigo que soy. —Dev se le acerca más aún—. Creo que se te empieza a dar muy bien hablar de tus sentimientos.

Dev le coloca una mano en el pecho, y una trampilla aparece justo debajo de su esternón. El corazón de Charlie se desploma y se estrella en su estómago. «Un Misisipí». Dev habla deprisa, como si temiera que Charlie fuese a apartarse.

(Charlie no va a apartarse. La mano de Dev sigue en su pecho, pero no va a apartarse).

—Intenta escuchar a tu corazón. En el programa hay unas mujeres espectaculares, y mereces ser feliz.

Dev sigue con la mano sobre su pecho, prendiéndole fuego por debajo de la fina capa de su camiseta. «Dos Misisipís». Dev traga saliva y su nuez de Adán da un brinco. «Tres...». Charlie sigue el movimiento por la elegante columna del cuello de Dev, se imagina recorriendo la longitud de su torso hasta el caminito de vello de su barriga, visible porque la camiseta se le ha arrugado por encima de la cintura. Charlie no sabe por qué está pensando en la barriga de Dev ni cómo está seguro de que la camiseta se ha arrugado.

Pero...

Pero sí que lo sabe. Lo sabe desde que ha terminado de leer el guion de Dev. Una revelación lenta y desoladora que solo le ha resultado evidente al verla reflejada en las páginas del texto.

Cómo se siente cuando Dev le acaricia el pelo, cómo se siente cuando Dev le roza la mano, cómo se siente cada una de las veces en que ese hombre lo toca. Es una sensación que no comprendía porque nunca la había sentido. Ahora la comprende a la perfección, y, Dios... Ojalá pudiera regresar a la ignorancia.

Ojalá pudiese dejar de pensar en eso, ojalá pudiera dejar de pensar en recorrer la línea imaginaria que va desde los labios ligeramente separados de Dev hasta toda la longitud de su cuerpo, y ojalá el mero hecho de visualizarlo no le causara una presión en la zona baja del estómago que ahora entiende demasiado bien. Salta de la cama y se aleja de Dev.

—Debería dejarte dormir.

—No pasa nada, Charlie.

Pero sí que pasa, claro que pasa.

Charlie se precipita hacia su dormitorio, cierra la puerta de golpe y se apoya en ella. El corazón le late tan fuerte contra el pecho que está convencido de que Dev debe de oírlo desde su habitación. No debería haberle pedido a Dev leer su guion, no debería haber entrado en su cuarto, no debería haber aceptado participar en el programa.

Porque antes estaba bien, cuando no sentía nada, cuando sus sentimientos estaban enterrados y no los examinaba.

Sigue apoyado en la puerta del dormitorio y su corazón sigue palpitando con violencia y su cuerpo sigue... sigue haciendo lo que suele hacer. No dejará de hacer lo que suele hacer. Quiere aliviar la presión, pero no puede, porque es Dev, y Dev es su responsable, y por lo visto también su amigo, y está justo al otro lado de la pared de su habitación.

Pero luego piensa en Dev al otro lado de la pared. En su camiseta holgada sobre su cuello. En los restos de las palomitas de queso sobre los dedos. Y, por una vez, Charlie toma una decisión. Decide deshacerse de esas emociones antes de que lo devoren. Piensa en el guion de Dev y en cómo sonaría Dev al leérselo en voz alta a él, al oído, con su aliento sobre el cuello mientras le baja la cintura del pantalón.

¡Joder! Las rodillas de Dev y la boca de Dev y la nuez de Adán de Dev. Charlie intenta pensar en los bonitos ojos azules de Daphne, pero solo ve los oscuros de Dev, que lo observan intensos desde detrás de las gafas. Intenta visualizar la imagen del cuerpo de Angie, pero la visión queda superpuesta por la imagen de los anchos hombros de Dev, la curva de sus caderas, sus huesos marcados y su preciosa tez oscura y su olor.

No se permite pensar en qué significa todo eso ni en por qué siente todo eso. Visualiza a Dev a su lado, la mano de Dev en sustitución de la suya, y es justamente esa imagen la que lo lleva hasta el final. Se tapa la boca con la flexura del codo para no emitir ni un solo ruido.

Al cabo de una hora, después de haberse duchado, disfruta de una noche de descanso por primera vez en varios días.

Dev

No debería haberlo presionado.

Dev camina de un lado a otro junto a los pies de su cama. «¿Por qué siempre tiene que presionar a los demás?».

La situación iba muy bien. Había logrado que Charlie se abriera lo suficiente: lo suficiente como para animarse a ser irónico y a meterse con él en broma, lo suficiente como para formar frases complejas, lo suficiente como para tomarse los antidepresivos todas las mañanas delante de él, lo suficiente como para sonreír (a veces) y reír (dos veces). Lo suficiente como para que Dev sintiera la necesidad de lograr más, así que, cuando Charlie entró en su dormitorio con un pantalón de chándal para felicitarlo por su guion, Dev lo había presionado. Y lo había espantado.

Dev agarra otro puñado de palomitas de queso *cheddar* y sigue caminando, nervioso. Cómo no iba Charlie a ponerse histérico cuando lo presionó acerca de lo que sentía hacia las mujeres. Es probable que Charlie se haya pasado la vida pensando que no merece enamorarse, hasta el punto de que lo ha borrado por completo de la lista de posibilidades. Dev cree que Charlie seguramente nunca se haya permitido enamorarse por miedo a un rechazo, así que ¿cómo iba a reconocer los sentimientos que alberga ya por Daphne?

Quizá Dev debería ir a la habitación de él. Ver cómo está. Hablar.

En el cuarto contiguo, oye como Charlie se mete en el cuarto de baño y acciona la ducha.

O... Sí, lo mejor será que Dev se meta en la cama.

Pero no se queda dormido, y, cuando por la mañana entra en la cocina, medio zombi, Jules ya se encuentra allí con una bolsa de bocadillos para el desayuno. Charlie está metiendo un montón de ropa sucia en la lavadora.

—Los ayudantes pueden hacerte la colada —le informa Dev al acercársele por detrás.

Charlie se lleva un susto espectacular y da un brinco.

—No pasa nada. Ya... lo... —Su voz se va apagando, y ni siquiera se molesta en intentar resucitar la frase.

—Charlie, parece que vayas a presentarte al *casting* para hacer de Cylon de *Battlestar Galactica* —lo provoca Jules mientras le entrega el desayuno.

—Lo siento. —Charlie parpadea.

Por lo visto, Dev lo presionó tanto que llevó a Charlie de vuelta al comportamiento raro de la primera noche.

Jules y Dev intentan sacarlo del caparazón en el trayecto hasta el set, pero él se niega a morder el anzuelo, ni siquiera cuando Dev afirma con rotundidad que *Almas de metal* es la mejor película de ciencia ficción de todos los tiempos. En el plató, cuando Dev se le aproxima para colocarle bien la corona, Charlie se aparta con tanta violencia que tropieza con una caja del equipo. Con las mujeres también está nervioso, y confunde a las Laurens y pone los ojos en blanco sin disimulo cuando Megan lo lleva aparte para decirle que Daphne no se ha apuntado al programa con buenas intenciones.

—¿Qué cojones le pasa a tu chico? —le pregunta Jules a Dev cuando ven que Charlie se agacha literalmente para evitar un beso de Delilah.

—No tengo ni idea.

Jules se pone las manos sobre las caderas y lo mira con la cabeza ladeada.

—Vale, bueno, quizá Charlie se presentó anoche en mi habitación...

—Oh, no me digas.

—¿Qué?

—¿Qué?

—Charlie se presentó en mi habitación y hablamos sobre su relación con las mujeres.

—Ah.

—¿A qué creías que me refería?

—A eso. —Jules adopta una postura desenfadada—. Obviamente.

—Intentaba ayudarlo a que se diera cuenta de lo que siente por Daphne, y...

—Espera. —Jules se ríe—. ¿Lo dices en serio? ¿De verdad piensas que siente algo por Daphne?

—Sí. ¿Por? —Se muerde la uña del pulgar—. ¿Crees que Angie es una mejor opción?

—Claro, Dev. —Jules suspira y tiende la mano para rascarle el brazo—. Es justo lo que creo.

Todas las temporadas, al final de la semana tres, antes de que se reduzca el número de concursantes a diez y el número de trabajadores al personal esencial para la parte del programa en que se van de viaje, siempre organizan un baile gigantesco previo a la Ceremonia de Coronación. Doce mujeres compiten para bailar con un solo hombre. Siempre es un desastre.

Cuando la limusina se detiene frente al hotel The Peninsula Beverly Hills, Charlie es un manojo de nervios, lo cual significa que Dev es un manojo de nervios, aunque su ansiedad está en parte provocada por la bolsa de golosinas y el café carbonatado que ha tomado para cenar. Mientras se ocupan del peinado y del maquillaje de Charlie, Dev se distrae de la preocupación que siente por su estrella y decide ir a saludar a las mujeres. Están todas reunidas en una sala de conferencias que hace las veces de camerino. Todas llevan vestidos inspirados en los bailes de Disney, con cinturas apretadas y faldas de tul.

Ve que Angie, Daphne y Sabrina están apiñadas en un rincón, rodeadas por una ingente cantidad de tela y bolsas de comida para llevar de una hamburguesería que les ha dado a escondidas Kennedy, la responsable que lo sustituyó a él. Todas se han puesto servilletas en la parte delantera del vestido como si fueran baberos. Es una imagen adorable.

Charlie ya ha decidido a qué dos mujeres mandará a casa esta noche, así que, junto a esas tres, serán Delilah, Lauren L., Becca, Whitney, Rachel, Jasmine y Megan —a la que Maureen insiste en mantener en el programa durante unas cuantas semanas más— quienes mañana volarán hasta Nueva Orleans con el equipo del programa.

—Vaya, si es el cuidador de nuestro futuro esposo. —Angie levanta una hamburguesa para saludarlo—. ¿Cómo se encuentra nuestro novio?

—Está... —Dev hace como Charlie y no se molesta en terminar la frase.

Daphne también hace como Charlie y frunce el ceño con ahínco.

—Al parecer, lleva toda la semana preocupado. ¿Hay algo que podamos hacer para ayudarlo?

Dev niega con la cabeza. Si hubiera sabido cómo ayudar a mover a Charlie al lugar que ocupaban antes, ya lo habría hecho.

—Oye, Daphne, una pregunta —dice Megan al acercarse con un vestido que claramente se ha inspirado en el personaje de Maléfica. El departamento de vestuario no es nada sutil—. ¿Vas a sacar a bailar a Charlie o esperas que Angie te saque a ti?

Daphne se pone tan colorada como su vestido de *La bella durmiente*, y Angie le lanza una patata frita a Megan.

—Que te den, homófoba asquerosa.

—¿Has oído lo que me acaba de decir? —Megan se vuelve hacia Dev.

Este se señala el oído, como si alguien le gritara por el pinganillo, para así no tener que responder a la espontánea homofobia de la mujer. De hecho, sí que hay alguien que le grita por el pinganillo. Es Ryan.

—Dev, vuelve aquí. Tenemos un problema.

A pesar de estar en muy mala forma física, solo tarda treinta segundos en cruzar el hotel a toda prisa rumbo al camerino de Charlie. Aun así, en esos treinta segundos, Dev visualiza una docena de espantosos escenarios protagonizados por su estrella. Lo que encuentra al llegar es peor de lo que se había imaginado.

Charlie está en el centro de la sala y solamente lleva la corona de plástico y un bóxer negro diminuto. Está casi del todo desnudo, y los músculos de su abdomen se contraen hasta formar una V que señala hacia su paquete como si fuera una flecha de neón. La visión es, para describirla en una sola palabra, pornográfica.

Dev no debería observarlo, pero lo observa. A todo Charlie. Piel bronceada, muslos fuertes, ligeras pecas por el cuello, músculos que se reproducen por su vientre, aparte de esos ojos grises gigantes, tan inocentes y tiernos y contradictorios con todo lo demás.

Ryan interrumpe el paisaje y se coloca entre Dev y la imagen de los músculos oblicuos de Charlie.

—¡Se niega a ponerse el traje de Príncipe Azul! —chilla Ryan, como si Charlie no estuviese allí para explicarse por sí mismo.

—Lo... lo siento —balbucea Charlie—. Lo siento... mucho.

—Si tanto lo sientes, ¡ponte el traje!

—Es de lana. Lo siento, pero es que yo no... Nunca llevo nada de lana.

Charlie está más que decidido, y Dev deja a un lado sus pensamientos acerca de la desnudez para así darle golpecitos en el hombro siguiendo el código morse. Acto seguido, se dirige a Ryan.

—Creo que deberás conseguirle un nuevo traje.

—Grabamos dentro de treinta minutos, joder. ¿Dónde crees que voy a poder conseguir un traje tan rápido?

—El productor supervisor del set eres tú. —Dev se encoge de hombros—. Ya se te ocurrirá algo. En el dosier de Charlie pone que no lleva lana. Además, estamos en junio.

Ryan aprieta los dientes y agarra con violencia su *walkie-talkie*.

—Necesitamos un traje nuevo enseguida —espeta, y sale disparado del camerino con un ayudante personal pegado a los talones.

Y se quedan solos en la sala, y Dev se da cuenta de que no se ha quedado a solas con Charlie desde la conversación de las tres de la madrugada.

—Gracias —consigue decir Charlie, con los ojos clavados en el suelo—. Por defenderme.

—No hace falta que me des las gracias, Charlie. Es mi trabajo.

—Tu trabajo —repite lentamente. Dev quiere presionarlo. Quiere intentarlo. Quiere sujetarlo por los hombros. «Regresa a mí —le chillaría—. No vuelvas a encerrarte de nuevo».

Skylar irrumpe en la estancia y Dev da un paso atrás.

—¿Qué ocurre con lo del...? La madre que lo parió. —Skylar se detiene en seco al ver a Charlie—. Jesús, María y José. ¿Alguien puede darle una bata, por favor?

Otro ayudante personal se materializa de la nada con una mullida bata de hotel, y Charlie mete los brazos, pero no se la ata en la cintura, como si creyese que la bata es para que no pase frío. Con la prenda abierta, su cuerpo sigue ante ellos. Divertido, Dev imposta un ligero acento británico, porque seguro que reírse de la situación le permitirá dejar de contemplar los músculos de Charlie.

—Ay, cariño —Dev le ata el batín por la cintura—, es obvio que no sabes cómo eres físicamente.

Charlie levanta sus gigantescos ojos grises hacia el rostro de Dev. Un ligero rubor se le ha extendido por el cuello, y lo último que quiere hacer Dev es observar una parte de Charlie que se haya ruborizado.

—¿Cómo soy físicamente? —pregunta, inocente.

La puerta del camerino se abre de nuevo, y esta vez es Maureen Scott quien la atraviesa.

—¿Cuál es el problema?

—El traje del baile era de lana, y Charlie no lleva prendas de lana —le explica Dev—. Le estamos buscando otro traje.

—Ah, ¿de veras? —pregunta Maureen con un tono que apenas revela las capas de rabia que hierven debajo de su afable superficie—. ¿Y quién lo ha autorizado?

—Yo —responde Ryan al volver con una bolsa de plástico de tintorería.

—Bueno, esperemos que a nuestra diva este traje le parezca aceptable —dice Maureen con una sonrisa. Charlie se mete en un traje que un ayudante le ha comprado a un huésped del hotel, y Maureen lo contempla con una ceja arqueada y dándose golpecitos en el brazo con los dedos—. Fantástico —dice cuando Charlie ha acabado de vestirse. Lo agarra con un poco de fuerza de más por los hombros—. Eres la viva imagen del Príncipe Azul, preparado para el baile, ¿a que sí?

Como era de esperar, es un auténtico desastre.

Charlie no se recupera con facilidad del drama del traje y Megan no se recupera con facilidad de su enfrentamiento con Angie. Es evidente que los productores la están espoleando; en la vida real, alejada de las cámaras y de la presión para ganar, es probable que Megan sea una persona decente, si acaso un poco inmadura emocionalmente. Pero quizá a consecuencia de su inmadurez emocional —o quizá porque está desesperada por promocionar su canal de YouTube por cualquier medio posible—, Megan cede a los malévolos intentos del programa en lo que se refiere a poner a unas mujeres en contra de las demás. Al principio de la velada, tiene un berrinche, le grita algo a Angie y luego se encierra en el camerino hasta que Charlie se ve obligado a ir a consolarla.

Daphne tampoco se recupera con facilidad del enfrentamiento previo, y en medio del baile arma un buen escándalo para pedirle a Charlie hablar en privado.

Angie está a su lado y le agarra el brazo a Daphne.

—No tienes que demostrarle nada a nadie, Daph —le sisea.

La otra le da un suave empujón a Angie, sujeta la mano de Charlie y lo conduce hasta un rincón cercano a un cuarto de baño. Dev, Jules y Ryan se apiñan detrás de las dos cámaras.

—¿Va todo bien? —le pregunta Charlie cuando se sientan en un banco.

—Sí, claro. Solo quería... hablar contigo. —Daphne se aclara la garganta—. Hoy no hemos tenido mucho tiempo, y quiero que sepas lo bien que me caes.

—Oh. —Charlie se relaja a ojos vista—. Tú también me caes bien, Daphne.

La joven se coloca el pelo detrás de las orejas.

—Quería demostrarte lo bien que me caes —dice, como si se esforzara por sonar valiente. Apoya una mano en el muslo de Charlie, y entonces Dev comprende a la perfección lo que va a ocurrir. Siente un raro impulso por gritar «Corten». Por intervenir. Por rescatar tanto a Charlie como a Daphne.

Pero, a continuación, Daphne le estampa un beso apasionado, y no da la sensación de que Charlie necesite ser rescatado. Acepta el fervor de Daphne y responde del mismo modo. Avanzan demasiado rápido: ella le coloca una mano en la entrepierna, él se la coloca sobre el regazo. Con las manos le revuelve el pelo, le acaricia la cintura, le roza el escote del vestido rosa.

—Por fin —exhala Ryan— esos dos nos dan algo que podamos vender.

«Corten —quiere gritar Dev—. Que alguien lo detenga».

Hace cuatro días le dijo a Charlie que escuchara a su corazón, y ahí lo tiene, haciendo eso, y está bien. Es lo que toca. Es así como debía ser. Charlie es el príncipe y Daphne es la princesa perfecta, y es así como debe desarrollarse el programa. Entonces, ¿por qué tiene Dev la impresión de que algo va muy pero que muy mal?

Jules se le acerca y le rasca el brazo como si fuera un cachorro.

«Es lo que debe ser».

—Espera, perdona... Es que... —Charlie agacha la cabeza, le pone las manos en la cintura y se la quita del regazo.

—¿Qué pasa? —Daphne lo mira confundida mientras se recoloca la ropa.

—Lo siento, pero yo... —Charlie se aclara la garganta. Tiene una mancha de lápiz de labios en la barbilla—. Lo he intentado, pero no creo que pueda... Lo siento, pero...

—Pero ¿qué? —lo presiona Daphne, impaciente—. ¿Qué era lo que intentabas, Charlie?

El sudor le perla la frente a Charlie, que se vuelve para mirar a Dev tras las cámaras. Daphne también se vuelve para mirar a Dev, y es evidente que han roto la cuarta pared, pero nadie pide que corten. Daphne le sujeta la cara a Charlie para que la mire a los ojos.

—Yo también lo estoy intentando —dice—. Háblame. ¿Qué pasa?

—No puedo. —Charlie se aparta, se levanta del banco y corre hacia Dev. Confundido, uno de los cámaras se desplaza cuando la estrella se abalanza sobre los brazos del productor, y entonces el peso de su cuerpo los propulsa a ambos hacia atrás, hacia un lavabo individual. Tropiezan, medio caen, y luego Charlie cierra el cubículo de un portazo y los oculta de las cámaras. Intenta llegarse al micro para apagarlo, pero no deja de sacudirse. Se vuelve para boquear delante del lavabo.

Dev ha visto a Charlie en una docena de ataques de pánico, pero nunca lo había visto así. No sabe cómo ayudarlo, está paralizado.

Fuera del lavabo, alguien golpea la puerta, y la voz de Daphne llega hasta ellos.

—¡Charlie! ¡Sal! ¡Hablemos!

Dev ignora los golpes y a Daphne y a Ryan, que le grita por el pinganillo. Tan solo ve a Charlie sacudiéndose, ahogándose, resollando. Al final se pone en acción.

—Respira —susurra mientras le pone una mano en la espalda.

—¡No me toques, Dev! —estalla Charlie con una voz que Dev no había oído nunca.

Dev se retira como si Charlie le hubiera quemado.

—Vale. Lo siento.

—Espera. —Charlie agacha la cabeza—. No, lo siento yo. —Se mesa el cabello—. Lo siento mucho, Dev. Joder, lo siento.

—No pasa nada. No ha pasado nada. —Con precaución, le pone una mano a Charlie en el hombro, luego la otra—. Dime qué necesitas.

—Yo... nece... necesito...

—Respira hondo —le aconseja con voz baja pero firme, y juntos respiran hondo tres veces, sincronizados—. Dime qué necesitas, Charlie.

—Necesito...

Busca las palabras, pero, cuando ve que no las encuentra, se precipita hacia Dev hasta darle un golpe en el pecho con el suyo. Y no se endereza. Se limita a agarrarle la camiseta por detrás con las dos manos y a apoyarle la frente en el cuello, diciéndole a Dev lo que necesita de la única forma en que es capaz de comunicarse en estos momentos. Necesita un abrazo. Un abrazo fuerte.

Charlie es muy robusto, pero a Dev le gustaría ser capaz de levantarlo. Ese es su trabajo. Ayudar a Charlie. Apoyarlo de todas las formas posibles durante la grabación del programa.

Le pasa un brazo por encima de los anchos hombros y con la otra mano le revuelve el pelo y le masajea el cuero cabelludo hasta que Charlie se relaja. Todos los fragmentos de tensión que abandonan el cuerpo de Charlie terminan en cierto modo en el de Dev, hasta que es él el que se queda rígido y agarrotado, con los músculos temblorosos por el esfuerzo, pero no pasa nada. Puede soportarlo.

—Estoy metiendo la pata hasta el fondo —jadea Charlie contra la clavícula de Dev.

—Ay, cariño, no estás metiendo la pata hasta el fondo —dice; pretendía que el «Ay, cariño» le saliera con el mismo tono jocoso y condescendiente de antes, pero la situación es demasiado diferente, y las palabras también lo son. Charlie se remueve en sus brazos hasta mirarlo; ojos grises y pecas, demasiado apuesto y demasiado cerca.

—Sí que estoy metiendo la pata hasta el fondo —susurra Charlie—. Más de lo que piensas.

—Bueno, entonces, juntos buscaremos la manera de arreglarlo. Pero no puedes volver a encerrarte en ti mismo, ¿vale?

Charlie asiente.

—Has estado muy lejos durante toda la semana. —Dev no tiene idea de qué motiva a esas palabras a salir entre sus labios, pero es que es la semana tres, y está muy desesperado por que la temporada vaya bien, muy desesperado por ayudar a Charlie a encontrar el amor, muy desesperado por que esta historia tenga el final apropiado. El final que Charlie merece.

Recuerda el momento en que, encima del taburete de la cocina, Charlie le contó que tiene trastorno obsesivo-compulsivo, como si eso le hiciera valer menos de algún modo; recuerda a Charlie sentado con las piernas cruzadas en su cama a las tres de la madrugada, muy aterrorizado por sentir lo que sentía; a Charlie sin ropa, preguntando: «¿Cómo soy físicamente?»; a Charlie allí, en ese momento, entre sus brazos, muy vulnerable, y de pronto es Dev quien, sin lugar a dudas, siente algo. Sus sentimientos se clavan con fuerza en la cintura de Charlie.

Charlie se queda paralizado, y Dev se queda paralizado, y luego Dev se desparaliza e intenta separarse de él sin que nada delate que está avergonzado en extremo —porque tiene veintiocho años, no catorce—, pero Charlie no se lo pone fácil con la mano sobre la espalda, y Dev reza por que signifique que no se ha dado cuenta.

Suena un potente chasquido de metal contra metal, un grito al otro lado de la puerta del lavabo. La puerta se abre de pronto, y Charlie y Dev se separan de inmediato. Un empleado del hotel tiene una llave en las manos y ha abierto la puerta desde fuera; a su lado se encuentran dos cámaras, Daphne Reynolds, Jules Lu, Skylar Jones, Ryan Parker y Maureen Scott.

Charlie no mira a Dev al salir del lavabo y Dev no mira a sus jefas ni a su ex ni a la novia de Charlie. A duras penas es capaz de concentrarse en algo que no sea en la sangre que le bombea en los oídos cuando Charlie le pide disculpas a Daphne por su comportamiento. Regresan al salón de baile, a la Ceremonia de Coronación, donde Charlie entrega diez tiaras y le pregunta a cada una de las mujeres si le interesa ser su princesa. Las dos mujeres a las que manda a casa se echan a llorar y se aferran a su traje como él se ha aferrado a Dev en el cuarto de baño.

Dev reprime todas las emociones relacionadas con lo que ha ocurrido en el lavabo hasta que termine la grabación. Hasta que el equipo comience a desmontar el plató. Hasta que él pueda esfumarse en el bar del hotel, pedir un *whisky* doble y olvidarse de esa noche.

Nota para los editores:
Temporada 37, episodio 4

Productor:
Maureen Scott

Día de emisión:
Lunes, 4 de octubre de 2021

Productora ejecutiva:
Maureen Scott

Escena:
Baile previo a la Ceremonia de Coronación, confesiones individuales de las concursantes

Ubicación:
Grabado en diferentes lugares del salón de baile del hotel The Peninsula

Productor [voz fuera de cámara]: ~~¿Qué piensas del resto de las mujeres del castillo?~~

Megan: No pienso nada en absoluto del resto de las mujeres.

Productor: ~~¿Qué me dices de Daphne? Cuando las cámaras no están grabando, ¿es arrogante por el castillo?~~

Megan: Daphne no es arrogante. Es que es insegura. Por eso sintió la necesidad de llevarse a Charles en pleno baile.

Productor: ~~¿Qué piensan las demás mujeres de Daphne?~~

Megan: Las demás se tragan su actitud en plan inocente princesa de Disney, con los ojos como platos. Yo soy la única que ve más allá de su falsedad de mierda.

Productor [voz fuera de cámara]: ~~¿Qué piensas de Megan?~~

Delilah: Ah, está como una cabra. Es divertida, pero no encaja con el matrimonio. Y es absurdo pensar que Charles va a elegir a alguien como ella. Él necesita a alguien de su nivel, intelectualmente hablando. A alguien como yo.

Productor [voz fuera de cámara]: ¿Qué piensas de Megan?

Angie: ¿Es por lo que pasó en el camerino con Daphne? No pienso disculparme por lo que le dije, y no pienso hablar de eso delante de las cámaras.

Productor: Megan ha dicho ante las cámaras que Daphne es insegura y una falsa.

Angie: Joder, Megan es una guarra.

Productor [voz fuera de cámara]: ¿Dirías que Megan está loca?

Sabrina: No me gusta utilizar la palabra «loca». Es ofensiva y despectiva. A Megan le falta inteligencia emocional. Tampoco le iría mal que le dieran un puñetazo en la cara.

Productor [voz fuera de cámara]: ¿Cómo describirías tu relación con Megan?

Daphne: Me caen bien todas las mujeres del castillo.

Productor: ¿Es verdad lo que te dijo Megan antes de que empezara el baile?

Daphne: Me caen bien todas las mujeres del castillo.

Productor: ¿No quieres saber lo que dice Megan sobre ti a tus espaldas?

Daphne: Me caen bien todas las mujeres del castillo.

Nota de Maureen para los editores: Utilizad este guion para unir las imágenes de las grabaciones.

SEMANA CUATRO

Nueva Orleans (EE. UU.) – Domingo, 27 de junio de 2021
10 concursantes y 42 días restantes

Charlie

Sobrevolando Arizona sentado en un lujoso asiento de primera clase, Charlie cierra los ojos y finge que cerrar los ojos borra las últimas doce horas de su vida. Le gustaría borrar en especial la parte en que besó a Daphne Reynolds, como si besar a Daphne Reynolds fuera a solucionar todos sus problemas.

Besar a Daphne Reynolds no solucionó ni uno solo de sus problemas.

Lo único que consiguió con ello fue comprobar que no le gustaba besar a Daphne. Y el hecho de que no le gustara le provocó un ataque de pánico que lo obligó a enfrentarse a la realidad de que le apetecía muy mucho besar a otra persona.

—¡Fíjate! —Dev se señala las rodillas, vuelve a señalar el asiento que está delante de él y de vuelta a sus rodillas—. ¿Sabes cuándo fue la última vez que estuve así en un avión? ¡Nunca! Nunca había tenido suficiente espacio para las piernas. ¿Es esto lo que significa ser rico? ¿Siempre tienes espacio para todo el cuerpo?

Como responsable de concursantes, Dev no suele viajar en primera clase, así que se emociona y pide una mimosa gratis mientras Skylar y

Jules duermen al otro lado del pasillo. Están los cuatro solos. Una parte del equipo se desplazó hace dos semanas a Nueva Orleans para organizarlo todo, y Skylar se encontrará con ellos en cuanto aterricen. El resto del equipo y las diez concursantes volarán más tarde, pero en el programa quisieron darle a Charlie un tiempo extra para instalarse.

Su único consuelo por el momento es que Maureen Scott no viaje con el programa. Permanece en Los Ángeles con el equipo de edición para ensamblar los primeros episodios. Durante las próximas cuatro semanas, no estará cerca de él para perseguirlo con su voz de falsa ternura y su abierta manipulación de las mujeres.

La azafata le entrega a Dev una toalla caliente, y él se queda mirándola, confundido por su existencia. Se inclina hacia delante y la coloca encima de la frente de Charlie. En lo que duran dos alocados latidos, los dedos de Dev rozan el rostro de Charlie. Este los aparta.

—Para. Estoy intentando dormir.

—¿Dormir? ¿Cómo puedes dormir ahora mismo?

Dev tiene un inexplicable nivel de energía para ser alguien que, a juzgar por su forma de recorrer ansioso la habitación, anoche no durmió nada. Mueve la rodilla y golpea con impaciencia el reposabrazos con los dedos y se levanta en cuanto se apaga la señal del cinturón, probablemente porque sí. Charlie aceptará toda la distancia que Dev le regale.

Aunque distanciarse de él no ayuda en realidad. Ya lo ha probado.

Ha probado a evitar a Dev, se ha asegurado de que no se quedaban a solas en ningún momento, no lo ha mirado, no lo ha tocado. Charlie sigue sin dejar de pensar en él.

Y cuando anoche se quedaron solos en el cuarto de baño, se puso a manosear a Dev en pleno ataque de pánico.

Lo que más lo aterroriza de todo es no saber qué significa. Está bastante seguro de que nunca se había sentido atraído por un hombre. No le preocupa el giro de los acontecimientos, aunque ojalá hubiera elegido a otro hombre con quien experimentar ese despertar sexual en particular, uno que no fuera su productor.

No, es más bien que nunca se había dado cuenta de cuándo se sentía atraído por alguien. Es capaz de apreciar la belleza estética de los demás, y algunas mujeres lo han atraído intelectualmente —las ha admirado, las ha respetado, ha notado un ligero deseo por intimar y por lograr una cercanía que jamás ha conseguido—. Pero nunca ha deseado de verdad a ninguna mujer, y sus fantasías sexuales con las mujeres por lo general son vagas y abstractas. Ni siquiera están protagonizadas por él.

Pero esto... esto es una cosa totalmente distinta. Es intensa y embriagadora, y todas sus fantasías están protagonizadas por él. Por Dev y por él.

Sin embargo, si hubiera sido eso, si el motivo por el cual nunca había funcionado una de sus relaciones era sencillamente porque salía con el género equivocado, ¿no se habría dado cuenta antes? No es que no haya tenido oportunidades para estar con hombres. Charlie atrae tanto a hombres como a mujeres, y muchos hombres le han dicho con buena intención y en numerosas ocasiones que sería un gay de éxito (que a saber qué significa).

La primera vez que Parisa le dijo que ella era pansexual, le comentó que lo sabía y que lo había reprimido durante mucho tiempo. Y no se trata de eso. Charlie no ha reprimido nada.

Bueno, técnicamente hablando, ha reprimido muchas cosas, pero eso no. No ha reprimido desde su inconsciente la atracción que sentía por los hombres. ¿O tal vez sí?

Una imagen emerge en la superficie de su mente. Tiene dieciséis años, se encuentra por primera vez con Josh Han en su dormitorio y le estrecha la mano durante mucho rato. A continuación, piensa en sus hermanos, en las cosas que le soltaban cuando se preocupaba por la suciedad y por los gérmenes, en las palabras odiosas que empleaba su padre, hasta que aprendió a preocuparse solo para sus adentros, y quizá aprendió a reprimirlo antes de saber siquiera qué era.

—Vaya. —Dev toma asiento de nuevo—. ¿En qué te estás obsesionando ahora?

—No me estoy obsesionando con nada.

—Sé qué cara pones cuando te obsesionas.

—Pues deja de saber qué cara pongo cuando me obsesiono.

—No puedo. Es muy obvia. —Dev se inclina y le arrebata uno de los AirPods de los oídos y se lo mete (para disgusto de él) en el suyo—. Mmm... Nunca habría dicho que fueras fan de Dolly Parton.

—A todo el mundo le gusta esa canción —dice Charlie cuando suena el estribillo de *Jolene*. Dev asiente y se acomoda en el asiento. Si Charlie tuviera que basarse tan solo en el comportamiento de Dev, jamás habría dicho que hace doce horas ese hombre lo había abrazado en medio de un ataque de pánico. Jamás habría dicho que Dev le había acariciado el pelo y lo había llamado «cariño» y... No, seguro que esa última parte se la había imaginado, porque Dev se comporta como si no hubiera sucedido nada. Y de haber ocurrido eso mientras se abrazaban, Dev no habría sido tan caballeroso. Aunque a veces...

A veces se pregunta si quizá esos sentimientos no solo los alberga él. Si quizá, debajo del ardiente deseo de Dev por lograr que Charlie se enamore de Daphne Reynolds, hay algo más.

Cuando termina *Jolene*, Dev sincroniza los AirPods con su cuenta de Spotify, y comienza a sonar *Those Evenings of the Brain*, de Leland Barlow.

—¿Te puedo preguntar qué te ha dado con Leland Barlow? A mí me parece uno más entre tantos cantantes de pop ingleses de veintipocos años con una cara bonita.

—¿Perdón? —Dev se incorpora enseguida—. ¡No es un cantante de pop inglés sin más! ¿Cuántos cantantes de pop son abiertamente bisexuales, indios de segunda generación, y han alcanzado el nivel de fama de Leland? Y esta canción —Dev agita el móvil—, el título de esta canción es el verso de un poema de Emily Dickinson, y es una metáfora sobre la depresión. «Las noches del cerebro». Leland habla sin tapujos sobre desestigmatizar la salud mental, y consigue introducirlo en su música sin dejar de escribir unas canciones pop que son increíbles. Canciones que te hacen sentir.

Con los ojos muy brillantes, Dev se sume en una espiral de pasión haciendo aspavientos con los brazos. En ese momento, bajo esa luz, sus ojos le recuerdan a Charlie al violín Mendini de madera oscura que tocó en la orquesta del instituto, casi negro cerca de las cuerdas y con un precioso tono marrón hacia la barbada. Adoraba ese violín de segunda mano.

—Y por eso me gusta tantísimo Leland Barlow —concluye Dev con los hombros un poco caídos.

Desde el otro lado del pasillo, Jules les lanza una almohada cervical, y los demás pasajeros de primera clase se quedan mirándolos.

—¿Queréis cerrar el pico de una vez, idiotas? Estoy intentando dormir para que esta noche podamos ir de fiesta, y vosotros deberíais hacer lo mismo.

Dev agarra la almohada y se la coloca como si fuera un collar.

—¿Esta noche vais a salir de fiesta? —pregunta Charlie.

—Vamos a salir de fiesta. Tú también. Iremos a beber y a bailar con Skylar y Jules. Es tradición salir de fiesta con la estrella la primera noche de viaje.

Charlie se traga el repentino pánico.

Beber y bailar y estar con Dev, las tres cosas juntas, son una combinación peligrosísima.

Dev

Nueva Orleans es el primer destino perfecto para la sección de viajes de la temporada porque derrocha una energía estimulante y frenética que encaja con la actual necesidad de distraerse de Dev. El conductor al que han contratado serpentea por las calles abarrotadas del Barrio Francés en dirección al hotel, y Dev baja la ventanilla y saca la cabeza.

Aunque solo son las cuatro y media de la tarde y es domingo, la gente ya llena las aceras con ropas de colores vivos, visiblemente borracha. Se oye música que procede de un lugar desconocido, y, cuando pasan por delante de un grupo de mujeres con bandas que rezan: «Séquito de la novia», le gritan toda clase de obscenidades. A Dev le encanta.

Skylar debe reunirse con el equipo durante unas cuantas horas, pero promete unirse a ellos más tarde en los bares. Dev necesita salir de fiesta. Necesita un día alejado de las cámaras y de las coronas. Necesita una noche de alcohol fuerte con buenos amigos.

También necesita sexo.

Y es evidente que ese es el problema, la razón principal de su desbocada energía y de sus espantosos «Ay, cariño», y de su semierección más espantosa aún que le clavó a la estrella heterosexual del programa. Han pasado casi cinco meses desde su último polvo. Necesita recuperarse. Necesita sacar toda la energía de su sistema.

Su plan es sencillo: va a pasar una noche de sexo sin compromiso con un hombre aleatorio al que conozca en un bar. Así pondrá fin a su sequía sexual, y así el olor del gel de avena de Charlie dejará de jugar con su mente. Follará y se despejará la cabeza para poder ayudar a Charlie a enamorarse y escribirle un final feliz.

El programa ha dispuesto que Charlie y el equipo de producción se alojen en el hotel Monteleone, en la última planta, y esperarán a las mujeres en la recepción cuando lleguen. Jules y Skylar tienen sendas habitaciones al final del pasillo, y a Charlie y a Dev les han asignado habitaciones contiguas en el otro extremo. En cuanto Dev llega a la suya, se da una larga ducha caliente, se afeita y vuelca su equipaje sobre la gigantesca cama en busca del conjunto perfecto que proclame: «Gay que busca pasar un rato de sexo, de diversión mutua y sin compromiso».

Por desgracia, la mayoría de su ropa parece decir: «Hetero que intenta con todas sus fuerzas morir solo».

Pega una patada a la puerta que conecta las dos habitaciones y Charlie la abre, medio dormido, ya con marcas de la almohada en la mejilla por la siesta vespertina. Dev lo empuja y entra en su habitación.

—Necesito que me dejes una camiseta.

Charlie observa el pecho desnudo de Dev, la cintura de su bóxer, y sus ojos le recorren las piernas de punta a punta. En sus gigantescos ojos grises hay algo que consigue que la piel de Dev cobre vida ante ellos.

Charlie los cierra, se tapa la cara con una de sus grandes manos y gruñe:

—Dios, ¿qué haces desnudo? —Suena asqueado, y ese tono devuelve a la piel de Dev a su estado habitual.

—Necesito que me dejes una camiseta.

Charlie señala el armario, donde ya ha colocado todas sus cosas.

—Puedes llevarte lo que quieras, pero todo te irá demasiado grande y corto.

—¿Grande? No soy mucho más delgado que tú.

Charlie se retira la mano de los ojos y se pone justo delante de Dev para demostrar sin palabras la diferencia entre la anchura de ambos. Y sí, de acuerdo, Charlie lo duplica en tamaño. Podría tapar a Dev como si fuera una manta.

Y ese pensamiento, ese mismo pensamiento, es el motivo por el cual Dev necesita follar esta noche.

Se dirige al armario y empieza a hurgar entre las carísimas pertenencias de Charlie. Su ropa es preciosa, pero ninguna de esas prendas encaja con él. Ninguna de esas prendas encaja con Charlie tampoco. La ropa de Charlie es otra capa protectora que se coloca a diario. Pero...

—Por el amor de Dios, ¿es una chaqueta vaquera? ¿Cómo es posible que tengas una chaqueta vaquera? No te he visto nunca con vaqueros. Qué pasada.

Dev agarra una de las camisetas de cien dólares de Charlie y se pone la chaqueta vaquera encima. Puede nadar entre la ropa.

—Sé sincero: ¿la chaqueta vaquera me queda como un pincel o parezco un chico de doce años que intenta entrar en un bar con el traje de su padre?

—Te queda muy bien.

—Gracias. —Dev le da un golpe en el brazo—. Y, ahora, ¡vístete!

Dev se pone un pantalón vaquero ajustado mientras Charlie se levanta para cepillarse los dientes. Cuando está decidiéndose entre sus numerosas combinaciones de pantalones cortos coloridos y camisas de cambray de manga corta, alguien llama dos veces a la puerta, y Jules irrumpe en la habitación con dos minibotellas de vodka que se agenció en el avión. Se ha soltado su habitual moño aprisionado y los bucles negros se le desparraman sobre la espalda en preciosas ondas. En lugar de su sempiterna camiseta, lleva una falda vaquera, un top y rímel.

—¡Dios, Jules! Estás tremenda. Te pareces a una Britney Spears china de la época de *Baby One More Time*.

—Tú te pareces a un Leonardo DiCaprio indio de la serie *Los problemas crecen*.

—Creo que es lo más bonito que me has dicho nunca.

Charlie opta por un pantalón corto violeta y una camisa de cambray de color beis con florecillas estampadas. Jules resopla.

—Charles, pareces un corredor de bolsa que está de vacaciones en la isla de Martha's Vineyard, como siempre.

—Pues tú estás muy guapa —dice Charlie con la misma sinceridad.

Su franqueza parece disolver un poco del cinismo de la mujer. Jules se mira los pies con timidez.

—Gracias, Charlie.

Algo desagradable se instala en el pecho de Dev, pero se lo traga con un poco de vodka y esboza una sonrisa.

—¿Nos vamos?

Charlie

Debajo de su piel viaja una corriente de pánico, una vocecilla molesta que dice: «Quizá no sea una buena idea. Quizá no deberías emborracharte con Dev». Pero la voz queda enterrada bajo un abrumante zumbido de emoción cuando Jules los conduce fuera del hotel y dentro del caos del Barrio Francés.

Allí hay todo lo que por lo general más detesta: demasiada gente, demasiados olores, demasiado ruido. Pero, por alguna razón, Charlie tan solo ve y oye a Dev. Dev se ríe por algo que acaba de decir Jules; el olor del champú de hotel cuando Dev lo roza y tira de él hacia el bar donde han quedado con Skylar; Dev a su lado, llevando ropa suya. Ver a Dev en su enorme chaqueta vaquera lo hace sentir... algo que no es capaz de describir.

Tardan una hora en recorrer tres manzanas, porque Jules quiere probar la comida de todos los puestos y Dev quiere hablar con todos los desconocidos y Charlie quiere leer todas las placas históricas. Cuando por fin se reúnen con Skylar justo delante de un bar de ambiente gay, no representa en absoluto su papel de nerviosa directora, sino que es una feliz mujer de cuarenta y algo. Abraza a Jules y a Dev, saluda a Charlie con un apretón de manos, y, a continuación, se sientan alrededor de una mesita minúscula en la que se rozan con las rodillas.

—Esta noche hemos venido a por todas, ¿verdad? —pregunta Skylar con aire formal.

—Sin lugar a dudas —asiente Jules.

Charlie no dice nada. Se queda observando cómo Dev se da golpecitos en el labio inferior con el pulgar. Se imagina su propio pulgar en el labio de Dev y la suave presión que sería necesaria para abrirle la boca. Ya se le está yendo la cabeza, y ni siquiera han empezado a beber.

—¿Nos pones cuatro de vuestros margaritas y una ronda de chupitos de tequila? —le pide Dev al camarero.

Jules se frota las manos y se pone en faena.

—Muy bien, Dev. Vamos a buscarte a un hombre.

A Charlie le da un vuelco el estómago.

—¿A un hombre? —pregunta Skylar.

—Dev por fin está preparado para recuperarse de la ruptura de Ryan. Estamos en busca de un candidato para un rollo de una noche.

Uy, ¿qué te parece aquel que está junto a la barra y que se parece a Joe Alwyn?

El camarero deja las bebidas sobre la mesa. Charlie no agarra su chupito. Qué imbécil ha sido, qué imbécil al pensar que Dev...

—¿Un rollo de una noche? ¿Dev? —se ríe Skylar después de haberse bebido su chupito y el de Charlie—. ¿El señor Final Feliz de Cuento de Hadas? Lo dudo.

—No hay nada malo en creer en los finales felices de cuento de hadas. —Dev se pone a la defensiva de inmediato.

—¿De verdad que no hay nada malo cuando según las estadísticas la mitad de esos finales felices en realidad terminan en divorcio? —Jules lame una lima—. ¿Orquestar historias de amor en nuestro triste programa no le quita ni un poco de magia al asunto para ti?

—¡No! ¡Nunca! —Es hasta ridículo lo mono que se pone Dev cuando se exalta. Charlie fija la mirada en el posavasos—. A ver, ya sé que en la vida real las relaciones son complicadas, pero en nuestro programa no lo son. Es tan fácil como que dos personas se gustan lo suficiente como para intentarlo. Y luego los subimos en un barco en St. Thomas, y se enamoran, porque ¿quién puede resistirse a enamorarse en un barco?

Skylar vuelve a reírse, pero Dev prosigue.

—Las situaciones se dramatizan, vale, y las emociones se agudizan hasta la absurdidad por la audiencia, y en la mayoría de los casos la gente no se enamora en dos meses. Pero ¡a veces sí! A veces conoces a alguien y lo sabes al instante. ¡Ocurre en nuestro programa dos temporadas al año! ¿Cómo no va a ser mágico?

—Dime cómo estás buscando un rollo de una noche. —Skylar sonríe. Dev le hace una peineta.

—Charlie, ¿por qué no bebes?

Charlie no estaba preparado para que nadie se dirigiese a él, así que tropieza con algunos sonidos vocálicos para responder a la pregunta de Dev.

Él le pone una mano en la rodilla por debajo de la mesa y se inclina hacia delante.

—Suéltate un poco. Con nosotros estás a salvo.

Charlie no cree que esté a salvo. Cree que está expuesto y ridículo, aunque nadie sepa hasta qué punto está decepcionado. Y es una tontería, porque cómo no iba a querer salir Dev para ligar con otros hombres. La rara amistad que hayan entablado es en el mejor de los casos eso, una amistad, y, en el peor, que a Dev se le da de puta madre su trabajo. Cuando acabe el programa, perderán el contacto. Dev estará ocupado preparando a la siguiente princesa y Charlie, con suerte, estará ocupado con su nuevo empleo. Demasiado ocupado como para pensar en los sentimientos reprimidos o en la boca de Dev.

Además, Charlie quiere de verdad que Dev encuentre a alguien. Si lo ve con otro, quizá entonces deje de imaginárselos a los dos juntos.

La mano de Dev sigue en la rodilla de Charlie cuando llama de nuevo al camarero. Más chupitos aterrizan sobre la mesa. Los dedos de Dev se retiran.

—Charlie, ¿me dejas verte la mano un momento?

—¿La mano?

Los dedos de Dev, fríos por el margarita, le rodean la muñeca, y acto seguido Dev se lleva la mano hasta los labios. Durante medio segundo, Charlie cree que le va a besar la mano, como un noble príncipe de uno de los cuentos de hadas que tanto le gustan.

Pero no, Dev le lame la mano. La lengua de Dev. La palma de la mano de Charlie. Saliva y gérmenes y ¡la lengua de Dev! Es lo único que hacía falta para que todo el cuerpo de Charlie se agarrotase. Y luego piensa en el cuarto de baño, en el brazo de Dev sobre sus hombros, en su propia mano en la espalda de él, en la erección de Dev contra su cadera. Le nace un dolor en la garganta, y a duras penas es capaz de concentrarse en la sal que le han vertido sobre la mano y en Dev, que lo obliga a lamer la sal y que le pone un vaso de chupito sobre los labios.

—Este chupito te lo vas a beber con nosotros, Charlie —insiste—. Es una tradición.

Ya se nota borracho cuando Jules inicia la cuenta atrás.

—A la una... A las dos... A las... ¡tres!

Dev inclina el vasito. El tequila se adentra en la garganta de Charlie, y luego la lima. Dev exprime la lima entre sus labios y le aprieta la comisura de la boca con el pulgar.

—Chupa, Charlie.

Charlie chupa la lima poco a poco, intentando disfrutar tanto como puede del instante de tequila y de los dedos de Dev. Otra ronda se presenta sobre la mesa, y Charlie acepta el chupito sin que ninguna parte de Dev lo toque. Pero necesita que Dev lo toque. Más allá del productor, todo se vuelve borroso y callado. Paralizado. Pánico y deseo y un tercer chupito.

Charlie necesita tocar a Dev y enseguida está demasiado borracho como para refrenarse, así que le pone una mano en la rodilla por debajo de la mesa. Dev no se la retira, y Charlie no sabe qué significa eso.

No sabe en qué momento abandonan el primer bar ni cómo llegan al segundo, un club en cuyo escenario actúan *drag queens*. Solo sabe qué siente al notar el hombro contra el brazo de Dev al caminar, el dorso de la mano de Dev al rozar la suya. La boca de Dev sobre su oreja, labio y lóbulo y aliento caliente:

—Deja que te invite a otra copa.

Dev se apoya en el extremo de la barra. Extremidades largas y huesos marcados, tan guapo y tan poco suyo.

Dev

—Bueno... —empieza a decir Charlie. Se recuesta contra la barra mientras esperan a que les sirvan las copas. En su cabeza, debe de creer que el gesto que hace aparenta informalidad. Pues no.

Charlie es un caos cuando está borracho. Dev está un poco preocupado.

—¿Buscas a una persona en forma de hombre con quien pasar la noche? —le pregunta Charlie con delicadeza.

—Sí, creo que sí —se ríe Dev—. Creo que, después de Ryan, ya va siendo hora.

El camarero deja dos cócteles *sazerac* sobre sendas servilletas delante de ellos, porque cuando estás en Nueva Orleans hay que mezclar alcohol fuerte como si no tuvieras veintiocho años y no fueras proclive al ardor de estómago, piensa Dev.

—Hoy yo seré tu responsable —dice Charlie mientras intenta, sin éxito, encontrar la pajita con la lengua— y tú, el Príncipe Azul. Te buscaré a alguien a quien amar.

Dev vuelve a reírse, y Charlie agarra al primero que pasa, con un tupé de color azul y una camiseta con lentejuelas.

—Perdona. —Charlie habla con acento extraño y está un poco bizco—. ¿Quieres que te presente a mi amigo Dev?

Don Lentejuelas no aparta la mirada de Charlie en ningún momento.

—¿Eres tú Dev?

Don Lentejuelas no espera a que Charlie le conteste, sino que se aferra a la camisa de Charlie y se acerca a su oído. Lo que le susurra don Lentejuelas basta para que Charlie se ruborice del cuello a la frente.

—Es una oferta muy interesante —dice Charlie—. Pero ahora mismo estoy conociendo a diez mujeres en un programa de televisión, así que tengo que declinarla.

Don Lentejuelas farfulla algo antes de esfumarse entre la multitud. Charlie se hace con la pajita y da un buen sorbo al cóctel. Dev se ríe nuevamente. Es como si en ningún momento hubiera dejado de reír, como si tuviese una botella de burbujas de champán atascada en la garganta.

—¡Vamos! —Agarra la mano libre de Charlie y lo arrastra entre los cuerpos vibrantes hasta que dan con Skylar y Jules. En el club es la noche de Lady Gaga, y todas las *drag queens* están vestidas como en algunos de sus videoclips. Ahora mismo una *drag* interpreta *Poker Face* en el escenario, y Dev mueve las caderas al son de la música.

—¡Baila con nosotros, Charlie!

La respuesta a la petición por parte de Charlie es un espantoso cabeceo heterosexual, acompañado de cierta inmovilidad en las rodillas.

—¡Por Dios, Jules! ¡Haz que pare!

Jules lo toma de la mano e intenta corregir sus movimientos robóticos, intenta que relaje las caderas. Ha llegado el turno de *Bad Romance*, y Jules y Skylar le enseñan a Charlie una pobre versión de la coreografía, y Dev es todo burbujas de champán y un segundo *sazerac* y la perfecta sensación de un bajo que repica contra sus huesos.

Los hombres rodean a Charlie y este intenta presentárselos a Dev, pero es imposible ver a nadie cuando está Charlie por allí, musculoso y rubio y sudoroso bajo las potentes luces del local. Dev pierde la cuenta de las copas que ha bebido. Pierde la cuenta de todo menos de los labios curvados de Charlie, sus dientes blancos, la luz estroboscópica. Se pregunta cuántas noches como esa habrá vivido Charlie Winshaw. Con una sonrisa permanente, con la cabeza ida, sin preocuparse en absoluto por ser raro y siendo total y absolutamente raro al menear las caderas al son de Lady Gaga.

¿Ha vivido Charlie alguna noche como esa? ¿Alguna vez se ha permitido ser sin más? Baila como si su piel fuera un pantalón vaquero rígido que por fin se ha puesto y que, por primera vez, es de su talla. Dev desea que Angie y Daphne estén aquí ahora mismo, que todas las mujeres presencien el espectáculo, porque sería imposible que no se enamorasen de esa versión de Charlie.

—¡No estás bailando! —le grita Charlie en la cara. Lo aferra por la cintura y lo lleva hasta Jules, que está junto a alguien que solo lleva mallas de red y nada más. Skylar está en su propio mundo, con los brazos en alto, completamente liberada de su estrés habitual. En realidad, es una noche perfecta.

—Estaba viendo lo bien que te lo pasas.

—¿Qué? —chilla Charlie por encima de la música.

—¡Nada! —Dev se ríe, pero es la primera vez en toda la noche que no le hace gracia. Las manos de Charlie son enormes y están sobre sus caderas, como un sujetalibros que lo mantiene erguido. Charlie se arrima más a él, y se rozan con las rodillas.

—Eres demasiado bueno conmigo —chilla.

—Nadie puede ser demasiado bueno contigo, Charlie.

—No... No. —Cierra los ojos y niega con la cabeza. Está muy serio, esculpido por una luz intensa y fluorescente—. Me preocupa que no lo sepas.

—¿Que no sepa el qué?

—Me preocupa que no sepas lo que mereces. —Agarra a Dev por los hombros—. Seis años es demasiado tiempo.

Durante un segundo, Dev no sabe si Charlie se refiere a los seis años que estuvo él con Ryan o a los seis años que lleva trabajando en *Y comieron perdices*. Las manos de Charlie se encuentran sobre su nuca, y apoya la frente en la suya. Dev saborea el alcohol del aliento de Charlie con cada exhalación.

—Eres demasiado increíble como para conformarte con camisetas de *Los Goonies* y una PS5.

Se refería a Ryan, pues.

—Gracias, Charlie.

Charlie se echa atrás lo suficiente como para alcanzar a un hombre que baila cerca de ellos. Tira de él hasta meterlo en su cerrado círculo.

—Este es mi amigo Dev —le dice Charlie al desconocido—. Deberías amarlo.

El hombre está lo bastante borracho como para seguirle el juego.

—Vale —responde, guiñándole un ojo a Dev.

—No, escucha. —Charlie sigue con una mano en la nuca de Dev y la otra en la del desconocido—. Dev es el mejor que hay. El mejor de los mejores. Es muy guapo, joder. Míralo bien.

Y entonces Charlie lo mira a los ojos. Es la misma horripilante combinación de ojos grises de él y la piel de Dev.

—¿Acaso no es el hombre más atractivo que hayas visto nunca?

—Creo que tú eres el hombre más atractivo que he visto nunca —le suelta el desconocido a Charlie con voz bronca, y Dev se despega del triángulo de extremidades para apartarse de su estrella. Necesita más alcohol. O quizá menos alcohol. O aire. O algo.

—¡Eh! —Jules lo sigue hasta las profundidades del club, hacia un rincón oscuro donde la música no se enreda con su corazón, donde Charlie no se enreda con su cuerpo—. ¿Estás bien?

—Sí. —Consigue esbozar una sonrisa—. ¡Pues claro! Es que... —Señala hacia Charlie, que sigue hablando con el desconocido—. Es un cortarrollos.

—No sé qué esperabas. Está tremendo.

—Cuidado, Jules. —Dev percibe la misma tensión que antes en el pecho—. Se te nota que te gusta.

—¿Que me gusta? —Jules pone los ojos en blanco.

—¿Qué pasa?

—Dev.

—En serio, ¿qué pasa?

—Vamos a ver. —Su voz atraviesa el estruendo del club—. Si de verdad hubieses querido liarte con uno cualquiera, lo habrías hecho.

—No es mi culpa que nadie se fije en mí cuando Charlie está por ahí.

—Pues intenta no estar cerca de Charlie.

—Cuidar de él es mi trabajo.

—Esta noche no estás trabajando.

A Dev le da la sensación de que su cerebro intenta nadar contracorriente en un poderoso río de tequila Patrón, y entonces lo comprende. Su amiga está poniendo en tela de juicio su carrera y su reputación profesional. Decide echar mano de una ebria frivolidad para bromear.

—Los gais podemos ser amigos platónicos de los heteros, Jules. No se trata de una versión homo de *Cuando Harry encontró a Sally*.

—Ya sé que los gais y los heteros podéis ser amigos. Pero estoy segura al setenta por ciento de que Charlie y tú no lo sois.

Dev necesita encontrar las palabras adecuadas, la frase de diálogo apropiada, porque lo que Jules insinúa no es una opción. Sería un error en un millón de niveles diferentes. En el ámbito profesional y en el amistoso, y en el plan de «Soy demasiado mayor para enamoriscarme de un hetero». En todos los ámbitos, sentir algo por Charlie que no sea una preocupación profesional sería una catástrofe, y él no siente nada. No puede sentirlo.

Luz estroboscópica y música y cuerpos apiñados a ambos lados, y Dev no encuentra las palabras correctas para convencer a Jules de que está equivocada, equivocadísima.

—Acabo de dejarlo con Ryan.

—¿No estabas preparado para recuperarte?

—Charlie es nuestra estrella. —Dev suelta todo el aire de golpe.

—Vale —comenta Jules con un encogimiento de hombros, como si los dos no hubieran firmado contratos que les prohíben fraternizar con las estrellas del programa. Como si el futuro por completo de la franquicia no dependiera del equilibrio, no dependiera de que Dev sea capaz de ayudar a Charlie a enamorarse de una mujer—. Pero, si te sirve, creo que tú también le gustas a él.

Dev no puede permitirse pensar en eso.

—Voy a regresar al hotel.

—¡Dev, espera! —lo llama Jules cuando se vuelve hacia la salida, pero él no se detiene hasta que está en la calle. Y el aire... Lo que necesitaba era tomar el aire. Traga avariciosas bocanadas mientras se tambalea entre los porteros y una fila de juerguistas y una joven de veintiún años que vomita sobre el bordillo. Dev camina unos buenos diez metros antes de desplomarse contra una pared de ladrillo.

Está demasiado borracho y tiene demasiado calor debajo de la chaqueta vaquera como para asimilarlo todo. Busca una emoción y encuentra la rabia. ¿Cómo se atreve Jules a acusarlo de sentir algo por Charlie?

Se preocupa por Charlie, por supuesto. Porque Charlie es el Príncipe Azul, y la labor de Dev es preocuparse por él. Y porque Charlie es Charlie. Vale, quizá le atraiga un poco, pero solo porque Charlie es objetivamente atractivo y Dev está objetivamente solo.

Y en ese momento recuerda lo que ha dicho Charlie en el club sobre él. «Es muy guapo, joder».

Nadie le había dicho eso. Ni los novios del instituto ni los de la universidad ni Ryan, y ¿ahora es Charlie Winshaw el primero en decirle eso, borracho como una cuba en una discoteca y rodeado de Lady Gagas?

Pero ya conoce la respuesta. Joder, Charlie Winshaw también conoce la respuesta, al parecer.

«Me preocupa que no sepas lo que mereces».

Charlie

Dev estaba aquí. Dev ahora no está aquí.

Charlie está bastante seguro de que cuenta con un cerebro excepcional —incluso puede que haya ganado algún premio y todo—, pero en estos momentos no es capaz de entender dónde está ni qué hace. Cree que lo agarran varias manos. Cree que está bailando. Cree que alguien le ha dado otra copa. Sabe que Dev se ha ido.

Con las piernas entumecidas, avanza entre el gentío como un cachorro con una pésima correa, dando tumbos sin parar. Cuerpos y brazos y murmullos al oído, y manos que le acarician el pecho. ¿Dónde está Dev?

Jules. Agarra con los dedos los hombros diminutos de Jules, tan huesudos como los de Dev.

—¿Y Dev?

—Ha regresado al hotel.

Charlie se dirige hacia la puerta.

—¡Espera! —grita Jules por encima de la música—. ¡Voy a por Skylar y nos vamos todos!

Él sigue caminando. Al otro lado de la puerta, el aire es cálido, húmedo. Charlie se adentra en el exterior.

—¿Dev?

—¿Charlie?

Es Dev. Está recostado en una pared de ladrillo; sus largas piernas ocupan la acera. Dev mide tres metros y tiene el rostro mojado.

—Estás llorando —chilla Charlie—. Eh, estás llorando.

—Mierda. —Dev se enjuga las lágrimas—. Lo siento. No es nada. Es que... estoy muy borracho.

—Estás llorando —repite, ahora con voz más baja. La música se ha esfumado, y Dev está ahí, a un metro de él. Es probable que no tenga por qué gritar—. ¿Por qué lloras?

Charlie se agacha y le captura una lágrima con el pulgar. La sopla. «Pide un deseo». ¿O eso se hace con las pestañas? Está tan borracho que ya no lo sabe. Dev se incorpora y echa a andar por la abarrotada acera.

—¿Adónde vas?

—Al hotel.

—Dev. —Charlie agarra la chaqueta de Dev, su chaqueta, para que no se marche—. ¿He hecho algo mal?

Dev se ríe y se mira las zapatillas, las mismas en las que Charlie vomitó... ¿Solo hace tres semanas de eso?

—No. No has hecho nada mal.

—Pues cuéntamelo.

—No puedo. —A Dev se le rompe la voz. Charlie quiere juntar los trozos.

Dev intenta irse de nuevo, pero Charlie no se lo permite. Tenía a Dev. Tenía a Dev en las manos y en los brazos en la pista de baile. Tenía a Dev justo ahí, y ha vuelto a alejarse.

Charlie le agarra la chaqueta con los puños.

—¿Por qué siempre te apartas de mí?

—¿A qué te refieres?

—Juguemos a un juego —se oye decir. Está borracho, muy borracho—. A ver quién se aparta primero.

Y empuja a Dev contra la pared de ladrillo, con más fuerza de lo que pretendía, pero no pasa nada, porque Dev está aquí. Dev está justo aquí. Charlie lo inmoviliza, y la rodilla de Dev está contra su muslo, y su propia rodilla le roza la piel a Dev. Es lo que quería. Es lo que lleva días queriendo, y ahora Dev está aquí, y Charlie se da cuenta de que no tiene ni idea de lo que ocurrirá a continuación. Suele ser Dev quien le escribe el guion de esas situaciones.

—¿Qué cojones haces, Charlie?

Charlie agarra con más fuerza la chaqueta de Dev. No está seguro de qué decir.

—¿Me dejas darte un beso, por favor? —termina diciendo.

Dev

Primero, Charlie lo empuja contra una pared de ladrillo y, luego, le pide permiso para besarlo, y la cruda contraposición entre un acto de agresión y una considerada pregunta de consentimiento tal vez sea lo más sexi que le haya ocurrido nunca a Dev, y eso invalida cualquier pensamiento racional. Contesta algo. Quizá: «Vale».

Pero Charlie Winshaw no va a besarlo. No tiene sentido. Nada de eso tiene sentido. Charlie lo sujeta contra la pared con mirada frenética, y Dev quiere alejarse; Dev nunca quiere alejarse. Pero Charlie no va a besarlo, y Dev no quiere que Charlie lo bese. Porque no siente nada por Charlie.

Pero entonces el pulgar de Charlie le roza el labio inferior, se lo acaricia con ternura, y, acto seguido, la boca de Charlie se posa sobre su labio inferior. Joder.

El Príncipe Azul del programa *Y comieron perdices* lo está besando contra una pared de ladrillo, con gran vacilación, y su suave boca sabe a sal. Durante un segundo, Dev piensa en los ángulos de las cámaras y en la música que añadirían en posproducción, y luego ya no piensa en nada porque Charlie le pone las manos en las caderas y se arrima más a él cuando le separa los labios con la lengua.

Charlie Winshaw sabe mejor que las Oreos de menta, y Dev lo desea claramente. Y por eso debe ponerle fin.

—Lo siento. —Charlie exhala en cuanto se separan.

—Charlie, estás borracho. —Es casi imposible pronunciar esas palabras, sobre todo porque Charlie está apenas a unos dedos de su cuerpo, con la boca medio abierta. Dev se aferra a los motivos racionales por los cuales no seguir adelante. La cuestionable ética de besar a un amigo hetero cuando está borracho. No quiere ser el experimento de un hetero a los veintiocho años. Ni perder su trabajo—. No es lo que quieres.

—Dev —ronronea Charlie—. Sí que es lo que quiero. —Y vuelve a agarrarle la nuca. Ahora ya no hay ternura alguna en el modo en que se unen, primero los dientes y luego las lenguas y las manos. Qué calor, qué calor tan espectacular. Las uñas de Charlie le rascan los cortos vellos de la nuca, y, aun cuando su cuerpo se funde ante sus caricias, a Dev le queda muy clara una cosa: Charlie detesta besar.

Charlie detesta besar; entonces, ¿por qué besa a Dev como si su vida dependiera de ello?

Charlie es hetero; entonces, ¿por qué iba a querer besar a Dev?

Charlie es Charlie —atractivo, brillante y precavido—; entonces, ¿por qué iba a querer besar a Dev?

Dev necesita separarse de nuevo. Dev va a separarse de Charlie de nuevo. Dentro de unos cinco segundos, va a poner fin al beso, sin duda.

Pero entonces Charlie mueve las caderas contra las de Dev y este nota la erección de Charlie bajo el pantalón corto, y no. Dev no piensa hacer nada, ni de coña. Piensa vivir y morir en ese momento. Dimitirá encantado y avergonzado de *Y comieron perdices,* y jamás volverá a trabajar en Hollywood si eso significa pasar otro minuto más junto a la pared de ladrillo con Charlie Winshaw.

Y en cuanto valora que por ese beso vale la pena destrozarse la vida, decide que debe merecer la pena de verdad. Con una mano agarra los rizos de Charlie —y sabe con absoluta certeza que era lo que quería hacer realmente cada vez que le tocaba el pelo— y se vuelve para que sea la espalda de Charlie la que se apoye en la pared.

Tan pronto como Dev toma las riendas, hay más manos y más dientes. Lo que Charlie carece de habilidad y experiencia lo suple con vivo entusiasmo. La mano de Charlie le agarra el culo, la entrepierna, el vientre por debajo de la camiseta. Toca a Dev como si no supiera por dónde empezar, como si lo aturullaran tantas opciones; Dev lo toca como si supiera que es su única oportunidad. Lo toca como si Charlie fuera a desaparecer en cualquier momento.

Dev le recorre la fuerte mandíbula con los dientes hasta llegar al hoyuelo de la barbilla, y le da un mordisco, a lo que Charlie responde con un estremecimiento. Dev nota ese estremecimiento en todas las partes de su cuerpo, nota el peligroso deseo que lo embarga, hasta que le pasa una pierna por detrás a Charlie y se inclina hacia delante. Charlie suelta un débil gemido contra la boca de Dev, y este se llena los pulmones con el sonido del deseo de Charlie.

De repente, recupera el sentido común. Están al aire libre, en una calle de Nueva Orleans, donde cualquiera podría tropezarse con la estrella de *Y comieron perdices* besando a un hombre.

Se aparta. Delante de él, Charlie se recuesta contra la pared, con la respiración acelerada y las mejillas coloradas.

—Gracias —termina susurrando Charlie en el espacio que los separa.

—¿Acabas de darme las gracias por haberte besado?

—Sí. —Charlie aprieta la comisura de la sonrisa de Dev con dos dedos.

—Es un poco raro. —Dev niega con la cabeza y se echa a reír.

—Creo que te gusta que yo sea un poco raro —dice Charlie con una nueva voz de seguridad, una voz que le eriza la piel como sus dedos hace un rato, y Dev debe besarlo una vez más, una última antes de que jamás pueda repetirlo. Le agarra la barbilla y Charlie lo mira con ternura, las manos a ambos lados del cuello de Dev y los pulgares sobre sus mandíbulas. Charlie le muerde el labio inferior y Dev desea atesorar ese momento. Desea guardarlo en el interior de un vinilo y quedarse dormido escuchando la canción repetidamente.

—Dev, anoche... —La boca de Charlie da con su oído—. En el cuarto de baño. ¿Estabas empalmado por mí?

Dev gruñe, avergonzado. Ya ha decidido mandar a la mierda toda su vida, así que contesta con sinceridad.

—Sí, Charlie. Dios, sí.

Charlie se derrite junto a él.

La puerta del club se abre a unos metros de ellos y la canción *Telephone* se adueña de la calle. Charlie se aparta de Dev.

—Venga, Skylar. —La voz de Jules es tan clara entre el caos de la noche que parece un relámpago de sobriedad que lo atraviesa todo—. ¡Esos dos idiotas borrachos podrían estar muertos en cualquier sitio!

Para cuando Jules los divisa en la acera, Charlie se ha separado un par de metros de él y Dev ya no jadea sin parar.

—Ey, os hemos encontrado —dice—. Y mira, Jules. No están muertos.

Dev no está convencido de que eso sea cierto.

—¿Qué estáis haciendo?

—Nada —salta Dev demasiado deprisa, evitando la mirada de Charlie cueste lo que cueste. Como mire a Charlie aunque sea un segundo, Skylar lo sabrá. Como Dev mire a Charlie, su rostro será un telégrafo que comunicará todos los malditos sentimientos que luchan por hacerse un hueco en su pecho, y todos lo sabrán.

—Charlie —lo llama Skylar—, no tienes buena cara.

—Eh...

Dev se vuelve hacia Charlie, para comprobar que está bien. Atisba brevemente su expresión, una que debería reconocer de la primera noche, antes de que Charlie se incline hacia delante y vomite sobre sus piernas. Como hizo la primera noche.

De todos modos, sigue siendo la mejor noche que ha vivido Dev en mucho mucho tiempo.

Charlie

«Ay —piensa con el corazón encogido al caer en la cuenta—. Estoy muerto».

La muerte es despertarse en una cama desconocida con un clavo de las vías del tren hundido en el cerebro y un tembloroso recuerdo de lo que ha sucedido en las últimas doce horas.

Nunca había sufrido una resaca como esta.

Intenta incorporarse en la cama del hotel y vomita de inmediato. Se dirige al cuarto de baño para limpiarse el vómito y procede a vomitar de nuevo en el váter durante un espacio de tiempo indeterminado. Jules aparece cuando se ha sentado en el suelo de la ducha debajo del chorro de agua caliente, todavía con la ropa de la noche anterior.

—Ya... —Jules le deja una taza de té y una botella de Excedrin en el lavabo—. Sí, no me extraña nada.

—¿Anoche me puse en ridículo de alguna forma?

La noche no es más que un borrón de canciones de Lady Gaga y de tequila. De mucho, muchísimo tequila.

Jules tarda unos instantes en responder.

—Depende de lo que consideres ponerse en ridículo... —¿La mujer bebió de mentira? Se la ve de muy buen humor, y su cuerpo mide la mitad que el suyo—. Te emborrachaste como una cuba y bailaste un montón de canciones de Lady Gaga en un club de *drag queens*. ¿A ti eso te parece ponerse en ridículo?

—¿Mi forma de bailar? Es probable.

Jules se sienta en la taza del váter y saca el móvil. En una de sus historias de Instagram, hay un vídeo en que Skylar y ella le enseñan los movimientos de *Bad Romance*. En realidad, no hace el ridículo. Es hasta divertido. Parece que se lo esté pasando bien.

—También te pasaste mucho tiempo intentando vender a Dev a gais al azar.

Dev.

De pronto, lo recuerda todo. La lengua de Dev, y las caderas de Dev debajo de las suyas, y a Dev apoyado en la pared de ladrillo, y Dev...

«Ay, mierda. ¿Qué he hecho? ¿Qué he hecho?».

Charlie se hace un ovillo dentro de la ducha. Ese es el regusto que deja el arrepentimiento: a tequila regurgitado y a sucias bolitas de algodón.

Como si la vergüenza de Charlie bastara para invocar a Dev, su responsable cruza la puerta abierta del cuarto de baño con gafas de sol y la taza de café más grande del mundo en las manos.

—Tenemos que bajar a la recepción para grabar la escena de saludo a las concursantes. ¿Estamos preparados para irnos?

—Charlie está vestido y en la ducha, así que no.

—Recomponte, Charles. Tenemos trabajo que hacer —le suelta Dev con condescendencia. A continuación, se vuelve y vomita en el lavabo.

—¡Qué asco! —grita Jules.

—¡Estás sentada en la taza del váter! ¿Qué quieres que haga?

Jules se tapa la nariz y la boca, y sale corriendo del cuarto de baño, y Dev se limpia el vómito de la comisura de la boca con la pose más digna posible. Se han quedado a solas, los dos apestan a vómito y se niegan a tomar la palabra el primero. Charlie se queda mirándolo a través del chorro de la ducha. Dev se queda mirándolo a través de las gafas de sol. Charlie no tiene ni idea de qué le pasa a Dev por la cabeza.

¿Quizá lo ha olvidado?

—¿Cuánto... cuánto te acuerdas de lo que pasó anoche? —pregunta Dev al fin.

Todo. Se acuerda de todos y cada uno de los segundos.

Anoche Charlie besó a Dev. Lo besó, y sintió lo que uno tiene que sentir al besar a alguien. Le gustó besar a Dev como no le había gustado besar a nadie. Está abrumado por la claridad de ese hecho y está abrumado por la confusión de lo que ocurra a continuación. Lo besó, pero sabe que no puede volver a besarlo, no sin cargarse la temporada del programa y toda la carrera de Dev. No sin hacerles daño a las diez mujeres que siguen en el programa para salir con él y no sin destruir su oportunidad para recuperar una buena reputación.

Fue un error. Cometió un grave error. Pero Dev está ofreciéndole una vía de escape con esa pregunta, un modo de deshacer lo que hizo, y Charlie no piensa en lo que desea. Piensa en lo que tiene que hacer.

—No recuerdo gran cosa. —Se traga las náuseas que le suben por la garganta—. Recuerdo entrar en la discoteca y... ya está.

—Vale. —Detrás de las gafas de sol, el rostro de Dev es inescrutable—. Vale.

Después, sale del cuarto de baño y exclama:

—¡Jules! ¿Te encargas de vestirlo, por favor?

Jules regresa al baño e intenta levantar a Charlie para que se quede sentado. Charlie vomita de inmediato una vez más. La mujer le dedica una sonrisa.

—El día de hoy será divertido.

Nada del día de hoy resulta divertido, en absoluto.

Tiene tanta resaca que a duras penas es capaz de grabar la escena de bienvenida con las concursantes en el Barrio Francés. Ni siquiera está recuperado del todo para la Misión Grupal del martes. Queda con las diez mujeres restantes en el Mardi Gras World, donde les explican la historia del desfile. Después se dirigen a un almacén, donde dividen a las mujeres en dos grupos para que construyan sus propios barcos para el desfile del martes de Carnaval, aunque sea junio.

Los productores quieren que se mezcle entre las mujeres mientras construyen los barcos, y él se acerca primero a Daphne antes de acordarse de que también comparten drama por un beso.

—Eh... Hola —empieza.

—Hola. —Daphne lo mira con una tímida sonrisa—. Esperaba tener la posibilidad de hablar contigo. —Guía a Charlie (y, por ende, a dos cámaras) por el almacén para que las demás mujeres no los oigan—. En realidad, quería disculparme por lo del baile —le dice mientras se toquetea la trenza—. No debería haber..., en fin, haberme abalanzado sobre ti de esa forma.

—Dos no se refriegan con consentimiento si uno no quiere —confiesa.

Daphne no sonríe. Su rostro se demuda en una mueca de preocupación.

—Megan dijo algo para provocarme, y quizá había bebido unas cuantas copas de vino de más, y Maureen me dijo que debería... Borracha, tomé una decisión absurda.

—Creo que sé lo que es eso. —Charlie traga saliva.

Daphne se destrenza el pelo rubio, nerviosa, y luego se lo vuelve a trenzar y suspira.

—La cuestión es que me gustas de verdad, Charlie. Creo que tenemos muchas cosas en común y que juntos nos lo pasamos bien.

Todo lo que dice es cierto, y, cuando Charlie mira a Daphne, vestida con un mono muy bonito, siente ternura y cariño hacia ella. Pero no siente ningún impulso concreto por estampar a Daphne contra una pared de ladrillo y meterle la lengua hasta la campanilla.

—Y creo que deberíamos fiarnos de nuestra conexión —está diciendo Daphne— y no sentir ninguna necesidad para precipitar los aspectos físicos de nuestra relación.

—Estoy de acuerdo —asiente él demasiado deprisa.

Daphne abre los brazos para ofrecerle un abrazo y Charlie lo acepta, y la estrecha con fuerza. En realidad, es un momento encantador.

—¡Eh! —Angie se les acerca con una brocha que gotea pintura—. ¿Ya habéis hecho las paces después de haberos liado de una manera tan desagradable?

—Mmm, sí. —Daphne se sonroja—. Gracias por decirlo de ese modo.

—¡Genial! ¡Abrazo grupal! —Angie se entromete en el abrazo de la pareja y mancha de pintura el mono de Daphne—. ¡Uy! ¡Lo siento, Daph!

Daphne responde atravesando el set a paso vivo, agarrando una brocha y pintándole el mono a Angie. Esta en parte grita y en parte ríe; no hay nada como las habituales peleas que se desatan entre las mujeres en el plató.

—¿Cómo te atreves? ¡Me vas a comprar un mono nuevo!

—¡Ese mono es mío! ¡Me lo has robado de mi equipaje!

En ese momento, las dos mujeres se vuelven, blandiendo las brochas, para mirarlo. Charlie levanta las manos.

—¿Sabéis? Hoy no me encuentro demasiado bien, y creo que os vais a quedar con poquísimas posibilidades de recibir una tiara como me manchéis el pantalón...

Es una súplica inútil, y las dos lo bañan de pintura hasta cubrirle la camiseta, las piernas, la cara.

—Os vais a ir a casa de inmediato —las amenaza, pero las mujeres se limitan a reírse, histéricas, lo bastante alto como para que las demás concursantes se aproximen. Y entonces la competición para construir barcos enseguida se transforma en una guerra de pintura.

Los productores no intervienen para favorecer a nadie mientras las mujeres corren como si fueran niñas pequeñas y se cubren unas a otras de pintura. Sabrina hunde la trenza de Daphne en un bote de pintura y la utiliza como si fuera una brocha para colorear el top de Delilah y la falda de Lauren L. Charlie intenta proteger a Jasmine de una bomba de pintura de Becca y termina con la camiseta empapada. Así que se la quita.

—Craso error —le dice Angie—. Ahora ya sabemos qué tenemos que hacer para que te desnudes.

Alguien, Charlie cree que es Whitney, tiene la brillante idea de añadir purpurina a la mezcla, y hasta Megan se une a las demás concursantes para convertirse en unos barcos humanos para el desfile de Mardi Gras. Charlie nunca se había reído tanto ni tan alto.

—¡Están todos cubiertos de pintura y de purpurina! —grita Ryan cuando por fin dejan de grabar. Está lívido—. ¡No podemos llevarlos así hasta el restaurante para la Hora de Socialización!

—Ryan, son las mejores imágenes que hemos grabado en toda la temporada —lo rebate Skylar—. Charlie nunca había resultado tan simpático.

—Pero ¿qué hacemos ahora? Necesitamos por lo menos diez minutos de grabación interesante de la Hora de Socialización de esta noche.

Dev, que se ha mantenido a cierta distancia de Charlie durante todo el día, alza una mano.

—Creo que tengo una idea.

Olvidan la competición y la Hora de Socialización, y se encaminan hacia el hotel. Las mujeres y Charlie se dirigen hacia sus respectivas habitaciones y se ponen el pijama. Y entonces se reúnen todos en la habitación del hotel de Charlie, donde están encendidos los focos y las cámaras. Piden una enorme cantidad de comida para llevar, y, por primera vez en toda la temporada, a Charlie y a las concursantes les permiten estar juntos, sin más. El vínculo de unas horas antes ha creado una ilusión temporal que hace que las mujeres se olviden de que están en el programa para competir unas contra otras. Se limitan a sentarse en el suelo con el pelo mojado, comiendo *jambalaya* y pasándose botellas de champán *rosé*.

Cuando no siente la presión de besarlas, a Charlie le caen muy bien esas mujeres. Esa revelación enseguida se ve sustituida por la culpa.

Sabe, sin fe a equivocarse, que la mayoría de esas mujeres no están allí para él, igual que él no está allí para ellas. Megan quiere promocionar sus vídeos de ejercicio y Sabrina intenta conseguir más visitas para su blog de viajes. Rachel quiere hacer realidad su gastroneta y Jasmine intenta expandir su marca como la anterior Miss Kentucky. Y todas desean ganar seguidores en Instagram.

Aun así, parece imposible que Charlie vaya a superar las siguientes cinco semanas sin hacerle daño a una de esas increíbles mujeres —si no a todas—.

—¿Hemos entrado ya en la parte de la noche dedicada a bailar? —pregunta Angie a las demás, y Lauren L. enseguida reproduce una canción animada de Leland Barlow en el móvil de su responsable y agarra la mano de Sabrina para bailar un tango. Charlie busca a Dev con la mirada en un acto reflejo. Lo encuentra junto a la puerta que conecta las dos habitaciones, escondido detrás de una cámara, y se miran a los ojos en plena sesión de baile improvisada. Charlie se dice que debe apartar la vista. Pero no lo hace.

—Creo que antes de la próxima Ceremonia de Coronación habría que hablar de la trayectoria de tu relación con las concursantes que todavía están en liza —dice Dev un poco después de la medianoche, cuando las mujeres han regresado a sus respectivas habitaciones y el equipo de producción ha terminado de limpiar el desaguisado.

»Todo el mundo sabe que Daphne y tú sois la réplica de una parejita de novios rubios de una tarta nupcial, y tienes una química espectacular con Angie, aunque me da la sensación de que Angie Griffin tendría una química espectacular con un cactus. Pero Lauren L. ha sido una gran sorpresa hoy, y creo que hemos subestimado a Sabrina.

—Dev tiene en las manos un paquete de Oreos de crema doble, y se sienta en la cama de Charlie a su lado—. ¿Qué piensas tú?

En ese momento, piensa en lo cerca que se ha sentado Dev de él.

—Tan solo pienso en que estás comiendo sin ningún pudor Oreos en mi cama.

Dev se inclina, para que al darle un mordisco a la galleta caiga una miguita negra en el regazo de Charlie.

—Eres un monstruo.

—Como iba diciendo... —Dev continúa hablando sobre las concursantes mientras sacude inconscientemente las migas del regazo de Charlie. Este nota como se le tensa todo el cuerpo: los dedos de Dev y el olor ahumado y dulce de Dev y el cuerpo de Dev muy cerca del suyo en la cama, como si tal cosa. Y por eso Charlie debe seguir fingiendo que ese beso no ocurrió, aunque el secreto le revuelva las tripas cada vez que piensa en él. Porque ese beso, obviamente, no significó nada para Dev; es capaz de ignorarlo, dejar que se esfume en el éter de la embriaguez y seguir siendo amigos como antes.

Charlie no está seguro de qué quiere que signifique ese beso, pero sabe que significó algo.

El día de su Cita de Cortejo con Lauren L., Charlie cumple veintiocho años.

Ha hecho lo imposible por ocultar la información al programa y a la gente porque detesta su cumpleaños. Detesta la atención y la presión para hacer algo memorable y la sensación de que está fracasando en la vida. Otro año ha transcurrido y sigue siendo el mismo Charlie de siempre.

(Aunque ahora sea un Charlie que es lo bastante valiente como para besar a una persona que le gusta, pero sigue siendo demasiado cobarde para admitirlo).

Los cumpleaños son siempre una trampa de ansiedad de veinticuatro horas, y él se tomaría encantado un Xanax y se pasaría el día durmiendo si no tuviese que levantarse para grabar.

Al despertarse, ve un *sticker* de Parisa lanzando confeti. Recibe varios mensajes en las redes sociales de antiguos compañeros de Stanford y de mujeres a las que apenas conoce. Ningún familiar le dice nada y él no lo espera. No pasa nada.

Baja al gimnasio del hotel y hace ejercicio para superar la depresión cumpleañera, y luego se ducha mientras Jules le prepara el conjunto preaprobado para ese día. Cuando sale de la ducha, la puerta entre su habitación y la de Dev está abierta.

—Charlie, ¡vístete y ven a ayudarme con una cosa!

No tiene prisa alguna por quedarse a solas con Dev, así que se toma su tiempo para ponerse el pantalón corto de color mostaza y la preciosa camisa con florecitas que Jules le ha seleccionado.

—Charlie, ahora. Ven aquí ahora mismo.

Charlie suspira, se dirige a la habitación contigua y se queda paralizado por el terror en el umbral de la puerta. La habitación de Dev está repleta del equipo de *Y comieron perdices*. Skylar Jones lleva un sombrero de fiesta sobre la cabeza rapada, Ryan Parker acciona un matasuegras y hasta Mark Davenport está ahí. Charlie nunca ha visto al presentador fuera de las cámaras, pero ahí está, sentado en la cama de Dev. Jules se encuentra en el centro de la estancia con una tarta en las manos.

—¡Feliz cumpleaños! —grita Dev, y la mujer que se encuentra a su lado lanza un puñado de confeti de verdad por los aires.

—¡Sorpresa, llorica!

Es Parisa.

Es Parisa Khadim en carne y hueso, en la habitación de Dev del hotel de Nueva Orleans, vestida con un traje chaqueta y con el pelo recogido en una tensa cola de caballo. Dev se ha tapado el pelo grasiento y sin lavar con una gorra de béisbol. El cerebro de Charlie es incapaz de procesar del todo la imagen de ver a Parisa al lado de Dev, a dos personas de dos épocas diferentes de su vida compartiendo el mismo espacio físico.

—¿Qué haces aquí?

—¡Tu responsable convenció al programa para que me dejara viajar contigo durante una semana como sorpresa de cumpleaños! —Parisa le da una palmada a Dev en la espalda, y a Charlie le estalla la cabeza—. Ven aquí y dame un abrazo, chico sexi.

Charlie da unos cuantos pasos temblorosos hacia delante y deja que su publicista le dé un abrazo. Lo rodea con los brazos sobre los hombros, y él se desploma en la suavidad de su pecho. Está contentísimo de verla. A su familia de verdad se la pela su cumpleaños, pero a Parisa... A Parisa no se la pela nada, y ahí está.

—Cumpleaños feliz —empieza a cantar Mark Davenport con un falsete absurdo, y todo el equipo se pone a entonar una versión desafinada de *Cumpleaños feliz*. Jules le acerca la tarta y él sopla las velas, y Skylar comienza a cortarla en porciones y las sirve en platos de papel a las nueve de la mañana.

—Dev me ha obligado a recorrer toda la ciudad en busca de una tarta de zanahoria sin gluten, y la verdad... —Jules observa el pastel con escepticismo— es que no sé si estará buena.

Dev. Charlie se vuelve y lo ve en el rincón de la habitación, masacrando ya una gigantesca porción de tarta.

—Gracias —dice al acercársele entre trompicones—. Gracias por todo. Es lo más bonito que ha hecho nadie para mí en mi cumpleaños.

Lo más deprimente es que es cierto. Nadie le ha organizado nunca una fiesta sorpresa, y mucho menos le ha pedido a su mejor amiga que cruce el país en un avión por él. Pero Dev sí, claro.

—Sí, perdona si es... exagerado. —Dev apuñala la tarta con un tenedor de plástico—. Organicé la fiesta antes de que... En fin...

«Antes».

—¿Antes de qué? —le pregunta impávido.

—Antes de nada. Da igual.

—Bueno, pues gracias —repite Charlie.

Más platos con pastel atraviesan la habitación, y todos comen deprisa para bajar a la recepción, donde los aguardan las camionetas para llevar a Charlie y a Lauren L. en una visita a un pantano. Parisa se coloca a su lado cuando salen de la habitación.

—No me puedo creer que estés aquí —le dice.

—No me perdería por nada del mundo la posibilidad de verte para tu cumpleaños. —Parisa observa como Dev se adelanta para llamar al ascensor—. Así que... ese es Dev, ¿eh? Es bastante mono.

—Es gay, Parisa. —Una irracional punzada de celos le recorre el cuerpo.

—No digo que sea mono para mí.

Charlie gira la cabeza y contempla la sonrisa cómplice de su amiga. ¿Lo sabe? Siendo su mejor amiga, ¿acaso es capaz de mirarlo a la boca y saber de forma automática que hace tres días la lengua de Dev le recorrió el labio inferior?

Y, si lo sabe, ¿qué opina?

Si Parisa lo supiera, seguramente estaría enfadada. Lo apuntó al programa para que salvara su reputación. No lo apuntó al programa para que se diera besos ilícitos con chicos guapos en Bourbon Street.

Pero es que Dev es tan guapo... A veces a Charlie se le olvida, y luego ve al productor y la perfecta geometría de su rostro lo pilla desprevenido, como si fuera la primera vez que lo ve. Como si se cayera al suelo delante de ese hombre en repetidas ocasiones.

Más adelante, Dev pulsa el botón del ascensor y deja que el resto del equipo entre primero. Dev con su ridícula gorra de béisbol, Dev con su pelo grasiento, Dev con sus pantalones cargo, Dev con cobertura de la tarta en la cara. Dev, que le pidió a su mejor amiga que cruzara el país en avión por su cumpleaños. Dev, que cree que Charlie merece enamorarse.

Dev, a quien él besó y a quien no puede volver a besar.

Dev

Fingen que el beso no ocurrió.

O por lo menos Dev lo finge. Charlie sería incapaz de trazar una lista de lo sucedido la noche del domingo aunque su vida dependiera de ello, así que no tiene ni idea de que le agarró la cintura y pronunció esas palabras.

«¿Me dejas darte un beso, por favor?».

Y no pasa nada. En realidad, no solo no pasa nada. Es maravilloso.

Si Charlie recordara el beso, a Dev ya lo habrían despedido. A veces cree que debería renunciar al trabajo por la culpa que siente. La mayor parte del tiempo, está eternamente agradecido al universo benévolo y a los numerosos chupitos de tequila, que han borrado su error de juicio.

Charlie no se acuerda, así que ahora pueden sentarse uno al lado del otro en una cama, y no resulta extraño en absoluto. Solo quedan seis minutos del veintiocho cumpleaños de Charlie Winshaw, pero Parisa le exige que se mantenga despierto hasta la medianoche, aunque se niegue a beber más vino y no deje de cabecear.

Parisa se recuesta en su trono de cojines en el cabecero de la cama de hotel de Charlie, con Jules acurrucada a su lado. Solo lleva un día con ellos, pero Jules ya está obsesionada con la publicista; quizá porque no hay muchas mujeres en el plató que no sean concursantes ni sus jefas. Parisa y Jules se han pasado el día murmurando y conspirando junto a la mesa del café.

En lo que respecta a Dev, no está convencido de si Parisa Khadim es la persona más agradable que ha conocido nunca o la más terrorífica. Se recoge el pelo en una prieta cola de caballo de mujer de negocios, y su traje parece costar lo mismo que el alquiler del piso de él. Su tamaño es proporcional a la cantidad de atención que requiere; es alta, tiene las caderas y los hombros anchos, y Dev cree que, si Charlie estuviera teniendo un horrible ataque de pánico, es probable que Parisa pudiera llevarlo en volandas. Dev no podría.

—¿Me dejáis irme a la cama ya, por favor? —pregunta Charlie con los brazos por encima de la cara.

—No. —Parisa le da un puntapié—. Todavía nos quedan cinco minutos para honrar tu prodigioso nacimiento.

—Si de verdad quisieras honrarme a mí, me dejarías dormir.

Charlie rueda para alejarse del pie de Parisa antes de que vuelva a patearlo, y Dev está demasiado distraído por la copa de vino como para fijarse en que, al rodar, la camisa de Charlie se levanta por la espalda.

—Pero necesito darme una ducha antes de ir a la cama —gimotea Charlie—. ¿Me puedo pasar los cinco últimos minutos de mi cumpleaños quitándome del pelo el hedor a pantano?

—De ninguna de las maneras. —A continuación, Parisa dirige la totalidad de la intensa mirada hacia Dev—. Por cierto, Dev. Charlie me ha dicho que has escrito un guion fantástico.

A Dev le arde la cara. Es por el vino.

—No sé si fantástico...

—Es absolutamente fantástico —lo corrige Charlie. En su tono de voz hay algo que lleva a Dev a imaginarse la boca de Charlie junto a su cuello. Se cruza de piernas sobre la cama.

—Charlie me dijo que querías que le pasara el guion a un agente, ¿no?

—Charlie se expresó mal. No sería profesional por mi parte pedirle un favor a la publicista de nuestra estrella. —Tampoco habría sido lo menos profesional que había hecho en los últimos días, la verdad. No observa a Charlie, despatarrado sobre la cama—. Además, es una comedia romántica *queer*.

—Yo formo parte del colectivo *queer*. —Parisa no se altera—. Y me gustan las comedias románticas.

—No, a ver, es que los estudios graban como mucho una película *queer* al año, si tenemos suerte, y suelen protagonizarlas parejas blancas. Mi película no es comercializable, y no quiero que pierdas el tiempo.

Dev nota la mirada de Charlie clavada en sus mejillas, casi percibe que quiere protestar, pero no lo hace. Parisa se encoge de hombros.

—Muy bien, amigos míos —anuncia Jules mientras le pasa a Dev la botella de vino—. Mañana por la mañana me tengo que levantar pronto para una reunión de producción, así que debería volver a mi habitación.

Parisa la abuchea cuando se encamina hacia la puerta.

—Y yo me voy a la ducha —dice Charlie. Rueda de la cama y se dirige hacia el cuarto de baño con paso cansado.

Parisa lo abuchea doblemente.

Ni Dev ni Parisa se mueven de la cama de Charlie, probablemente porque los dos comprenden que al final de la noche no hay que dejar una botella de vino por la mitad. Dev se llena la copa y le pasa a Parisa el resto.

La mujer espera a oír el ruido de la ducha antes de tomar la palabra.

—Gracias por haberlo organizado por él.

—De nada. Es que... —Dev pega el labio en la copa de papel— es su cumpleaños.

—Sí —asiente, comprensiva—. Y es alguien muy especial.

—Charlie y tú. ¿Alguna vez habéis...?

—No. —Parisa entiende de inmediato a qué se refiere—. Nunca. No es lo que crees.

Dev contempla a esa mujer atractiva, segura y dueña de sí misma, que sin lugar a dudas ve lo maravilloso que es Charlie, igual que él.

—¿Puedo preguntar por qué?

Parisa cruza las piernas y sujeta la botella de vino con ellas.

—A ver, se me ha pasado por la cabeza. Tengo ojos en la cara, y cuando nos conocimos, antes de que me contratara, pensé que... quizá.

—¿Por qué no llegó a pasar?

—Porque es Charlie. Porque quizá a él nunca se le pasó por la cabeza —dice Parisa con naturalidad—. Y me alegro. Es un buen amigo, pero sería un desastre como novio. No tiene la más remota idea de cómo estar en una pareja.

—¿Por qué lo apuntaste al programa, entonces? ¿Pretendías humillarlo públicamente?

—Por supuesto que no. Quiere volver a trabajar en una empresa tecnológica, y yo quiero que sea feliz. Maureen Scott me prometió que podría ayudarlo a mejorar su imagen, así que... —Los ojos de Parisa se clavan en la puerta cerrada del cuarto de baño, y baja la voz—. Si te cuento una cosa, ¿me prometes que no saldrá de aquí?

Dev asiente.

—Esta primavera pasada, una de mis primas se casó, y Charlie fue mi acompañante. Mi prima, obsesionada con Pinterest, decidió organizar la única boda musulmana con barra de cócteles, y resulta que a Charlie le encantan los mojitos de mora. Se bebió unos seis, y debes entender que cuando Charlie se emborracha...

—Uy, de hecho, ya he conocido a Charlie borracho.

Parisa enarca una ceja perfecta.

—Imagínate a Charlie borracho intentando bailar una canción de Whitney Houston en una boda con doscientos invitados. Mira a mi prima con su flamante esposo y los señala, es decir, los señala de verdad con un dedo desde la pista de baile, donde la gente lo observa, y me dice: «Yo quiero eso». —Parisa hace una pausa en la historia y deja que Dev asimile el significado de las palabras de Charlie—. Maureen Scott llevaba meses persiguiéndome para que Charlie protagonizara el programa, y entonces veo a Charlie borracho y admitiendo que una parte de él quiere tener pareja, por lo que pensé...

—Un momento. ¡¿Tu motivo principal para mandar a Charlie al programa es el objetivo principal del programa?!

—Bueno, pues sí. —Parisa se peina la cola de caballo—. Quizá sea absurdo pensar que pueda enamorarse de una mujer en el programa, pero...

—No es absurdo, para nada. Por lo menos para mí no lo es.

Los dos se pasan un minuto dando sorbos al vino en silencio.

—¿Te ha hablado de su familia? —le pregunta Parisa con voz más baja aún.

—No mucho.

—A mí tampoco demasiado. Solo algunas cosas a lo largo de los años. Por lo que he podido recopilar, los Winshaw son una panda de imbéciles que pueden arder en el infierno por cómo lo han tratado.

Dev decide que Parisa es claramente la persona más agradable a la que ha conocido nunca.

—Su familia no lo merece. Charlie es fantástico, y cuando era adolescente hicieron que se sintiera como una mierda por el mero hecho de que su espléndido cerebro a veces funciona de otra forma. —Vuelve a hacer una pausa, y al retomar el relato su voz se suaviza—. En realidad, no me puedo imaginar cómo sería que las personas que en teoría deben quererme de manera incondicional no me quisieran, pero creo que, si hubiese tenido que crecer en ese entorno, a mí quizá también me costaría un poco pensar que merezco enamorarme.

El agua de la ducha se corta, y los dos dan un brinco como si los hubieran pillado con las manos en la masa. Dev descruza las piernas. Parisa salta de la cama.

—Te considera un buen amigo, y me alegro mucho —dice la mujer mientras se termina el resto del vino—. El amor platónico también es importante. Buenas noches, Dev.

La puerta de la habitación se cierra detrás de Parisa y Dev se desploma bajo el peso de su nueva culpa. Parisa inscribió a Charlie en el programa para que encontrara el amor, y al cabo de cinco semanas Charlie podrá conseguir lo que desea: una prometida y un trabajo. Si Dev no lo manda todo a la mierda, Charlie podrá tenerlo todo.

La puerta del cuarto de baño se abre y la húmeda dulzura del gel de baño de avena de Charlie entra en la habitación antes de que Charlie lo haga y se quede paralizado. Se queda junto a la puerta, sin camisa, con un pantalón de chándal azul oscuro tan bajo en las caderas que casi es intrascendente. Dev sigue sentado en la cama con la copa de vino y se da exactamente treinta segundos. Treinta segundos para lamentar la injusticia de un mundo en que un hombre con el físico de Charlie lo ha besado y no se acuerda.

En realidad, a él no le gustan los hombres musculosos. Por lo general.

—Perdona —dice Dev al fin—. Ya me iba a mi habitación.

—No pasa nada —responde Charlie, pero su voz suena un poco cansada.

Dev deja la copa en la mesita de noche, al lado de la loción de Charlie.

—¿Ha sido un buen día de cumpleaños?

—Ha sido un día de cumpleaños perfecto. —Charlie sonríe—. Gracias, Dev.

Dev se pregunta si algún día será capaz de oír a Charlie decir «Gracias» sin imaginárselo frágil y deseoso contra una pared de ladrillos, dándole las gracias por un beso. Un intenso rubor se extiende por el rostro de Charlie, casi como si estuviera acordándose de lo mismo. Pero Charlie no se acuerda.

—O sea, gracias por lo del cumpleaños. Por la visita de Parisa, por la tarta y demás. Me refería a eso.

—Sí, ya me lo he imaginado...

Charlie empieza a recorrer la habitación, nervioso y suspicaz, como un pájaro enjaulado.

—De verdad que necesito acostarme ya, así que...

Charlie no se acuerda. Es imposible que se acuerde. Pero...

—La otra noche, fuera de la discoteca...

—Por favor —lo interrumpe Charlie con tono tenso—. Vayamos a dormir y lo hablamos por la mañana.

«Buah, Charlie sí se acuerda».

Dev debería dejar que ambos viviesen en esa burbujita de falsa ignorancia, pero no puede porque Charlie se acuerda. Se acuerda, y sabe que Dev se acuerda, y lo ha dejado pasarse la semana a solas con el recuerdo del beso.

Decide saltar de la cama.

—Vale —le espeta—. Vete a la cama. Pero primero juguemos a una cosa. —Agarra a Charlie por la cintura del pantalón y lo estampa con fuerza contra la pared, al lado de la cama—. A ver quién se aparta primero.

Solo pretende desmontar el farol de Charlie, obligarlo a admitir que se acuerda y que finge que no por motivos sobre los cuales Dev no desea reflexionar demasiado. Porque esos motivos seguramente sean de la familia del arrepentimiento y la vergüenza. Pero en cuanto el cuerpo de Charlie queda pegado al suyo, la broma desaparece al recordar Dev lo bien que se siente al tenerlo ahí, justo delante de él. Se siente superbién.

Dev se esfuerza por reprimir su sonrisa divertida, la sonrisa que dice: «Solo es un juego, ahora admite que te acuerdas». Charlie levanta la mano y aprieta la comisura de la sonrisa de Dev con dos dedos, como hizo la otra noche, y Dev lo interpreta como prueba definitiva.

—Mentiroso, ¿por qué no...?

Y, en ese preciso instante, Charlie lleva los labios a la comisura de la sonrisa de Dev, y la rabia de este ya no parece relevante. Charlie lo empuja y luego tira de él hacia sí con un poco de reticencia antes de entregarse por completo al beso. A Dev le sobreviene todo lo que no imaginó a las puertas de la discoteca. Besar a Charlie es diferente que besar a cualquier otra persona. Quizá por la novedad o quizá porque es un poco extraño o quizá porque es Charlie, cuyas manos son gigantescas sobre las mejillas de Dev y la nuca al cubrirlo como si fuera una manta.

Dev se permite esperar un minuto. Un minuto para rodearle la cintura a Charlie con los brazos. Un minuto para fingir que es algo que pueden repetir. Y luego se separa.

—No podemos hacerlo. Estás borracho.

—No estoy borracho. —Charlie abre los ojos de pronto—. No he bebido nada.

—Ah. Vale.

Charlie suelta a Dev y se tambalea hasta la cama.

—Lo siento. Lo siento muchísimo. —Baja la cabeza hasta las manos—. Mierda. Lo siento.

—¿Qué parte es la que sientes?

—La parte del beso —gimotea Charlie contra sus manos. Dev no sabía que los hombres adultos eran capaces de gimotear, pero es Charlie, así que gimotea de modo majestuoso. Gimotea por haber besado a Dev, y eso duele más de lo que debería.

166

—¿Sientes el beso de ahora o el beso del domingo, ese que fingiste no recordar?

—Dev. —Charlie levanta la vista con regueros de lágrimas sobre la cara.

Mierda. Dev no puede concentrarse en su ego herido si Charlie está llorando. Se sienta a su lado en la cama.

—Ey. Ey... No pasa nada. No pasa nada de nada. —Le pone una mano en la rodilla.

Todo el cuerpo de Charlie se tensa ante el contacto.

—¿Cómo que no pasa nada?

Sí que pasa. Pasan demasiadas cosas, claro. Ha besado dos veces a la persona a la que debía cuidar, y ahora la estrella del programa está llorando, sin camisa, en una habitación de hotel, el día de su cumpleaños. Pero Dev ha logrado que muchas cosas se materializaran por el simple hecho de desearlas con tenacidad, así que, si sigue diciendo que no pasa nada, al final no habrá pasado nada. No por él, sino por Charlie.

—Solo quiero decir... que no hay para tanto.

Charlie retira la pierna para zafarse de la mano de Dev.

—¿Que no hay para tanto?

—No. —Se encoge de hombros, despreocupado, y casi se convence a sí mismo—. Si me dieran un dólar cada vez que un hetero me ha besado haciendo el tonto, tendría... cinco dólares.

Charlie no se ríe. Frunce el ceño hasta adoptar su expresión de estreñimiento. Puede que sea la expresión favorita de Dev.

—Sí... sí que hay para tanto, Dev. Para mí sí.

—¿A qué te refieres? —Dev teme la respuesta... Teme la vergüenza y el arrepentimiento que Charlie está a punto de verbalizar con palabras.

—O sea, me gustas. O me gusta besarte. O no sé. —Un precioso sonrojo le asciende por el cuello y se le extiende por las mejillas—. Pero lo entiendo. Tú no quieres besarme, y es inapropiado que yo siga abalanzándome sobre ti.

Dev se nota un tanto desconectado de su propio cuerpo.

—¿Te... te gusta besarme?

—Creía que después de la otra noche había quedado claro. —Hace un raro gesto para señalarse el cuerpo, y Dev recuerda la sensación de tener a Charlie encima de él fuera de la discoteca. Desea tener a Charlie encima de él ahora mismo, pero sabe que es algo que nunca podrá volver a tener.

—Creía que no te gustaba besar.

—Sí, bueno, ha sido un descubrimiento bastante reciente —admite Charlie en voz baja. La confesión aterriza en algún punto al suroeste del esternón de Dev.

—Quizá significa que cada vez estás más cómodo en tu propia piel —tercia Dev. No está seguro de a quién intenta convencer—. Quizá, si sigues desarrollando una conexión emocional verdadera con las mujeres, descubras que también te gusta besarlas a ellas.

—Sí. —Charlie traga saliva—. Quizá.

Se quedan sentados el uno al lado del otro en un incómodo silencio. Dev debería levantarse y marcharse. Debería cerrar la puerta que conecta las habitaciones de ambos, cerrar la puerta a ese imposible momento. No debería inclinarse y rozarle de nuevo la rodilla a Charlie. Pero es lo que hace.

Repasa los argumentos racionales: su deber es ayudar a Charlie a convertirse en el príncipe perfecto para que se enamore de una de las concursantes, y está a punto de lograrlo. Charlie se está transformando en una estrella brillante ante las cámaras, y cada semana que pasa conecta más con las mujeres. Con un poco más de tiempo, Dev sabe que podrá ayudar a Charlie a conseguir su final feliz de cuento de hadas. Pero no si sigue haciendo eso.

Los dos observan los dedos de Dev sobre el pantalón azul de chándal de Charlie, y, cuando Dev levanta la vista, se da cuenta de que la cara de Charlie está a unos pocos centímetros de distancia.

—Dev. —La voz de Charlie es ronca.

—Podría ser como las citas de práctica —se oye decir Dev. Desesperado, patético, tan inundado por el deseo... se ha convencido de que podría conformarse con eso—. Para ayudarte a que te sientas más cómodo, ¿no?

Charlie asiente y sigue asintiendo hasta que su boca se posa sobre la de Dev en el limitado espacio que los separa sobre la cama. Es un beso suave, vacilante, como si a Charlie le diera miedo que luego lo interrogaran al respecto. Dev intenta concentrarse en la parte de práctica de los besos de práctica, pero, en cuanto la mano de Charlie le acaricia la cintura, su piel sensible deja atrás toda lógica y lo lleva a colocarse en su regazo.

Sentado a horcajadas encima de Charlie, se queda mirándolo.

—¿Te parece bien? —le pregunta Dev—. Para practicar, digo.

—Sí. —A Charlie le tiembla la voz—. Vale.

Dev pasa los dedos por el pelo mojado de Charlie.

—¿Te parece bien?

—Me parece muy bien. —Charlie traga saliva con dificultad.

Dev agacha un poco la cabeza y le recorre la mandíbula con los labios.

—¿Te parece bien?

Charlie emite un sonido ininteligible de consentimiento antes de que Dev le bese la mandíbula una vez, dos veces, tres veces, hasta llegar a la oreja. En cuanto se mete el lóbulo en la boca, Charlie se pone rígido y se aferra a los muslos de Dev en busca de apoyo.

—¿Bien? —jadea Dev al rozar con los dientes la piel de detrás de la oreja.

—Dev —dice Charlie. O más o menos lo gime.

Dev no sabe si el gemido significa que debe parar o que no debe parar, así que para.

—¿Bien?

A Charlie le tiemblan las manos cuando sujeta el rostro de Dev.

—Sí. Mucho, sí.

Se arquea hacia atrás y captura los labios de Dev a medio camino, y Dev lo tumba sobre la cama.

La temeridad de Charlie da paso a otra cosa. Le acaricia la camiseta con las manos. Dev desearía embotellar la sensación que le dejan los dedos de Charlie sobre el vientre y utilizarla como gel de ducha. Olería a avena y sabría a una pasta de dientes muy intensa. «Concéntrate, Dev. Besos de práctica».

—Es importante saber lo que te gusta, Charlie —dice mientras se mueve para apresarle de nuevo el lóbulo de la oreja.

—Eso me gusta.

—Ya lo veo. —A Dev también le gusta; le gusta cómo responde el cuerpo de Charlie a sus caricias, como si fueran un instrumento muy bien afinado. Recorre con la punta de los dedos las ondulaciones del bíceps de Charlie, y este se muerde el labio inferior—. No pasa nada por crear límites con las mujeres, y tampoco pasa nada por pedir lo que quieres.

—Quiero... —empieza a decir Charlie, y respira hondo—. Quiero quitarte la camiseta, por favor —exclama con perfecta educación. Charlie comienza a quitársela, pero con tanta torpeza que parece que nunca haya quitado una prenda de ropa—. En lugar de reírte de mí, me podrías ayudar —le sugiere.

—Es que no puedo. Ves que tengo el brazo atrapado, ¿no?

Afuera se va la camiseta, y Charlie contempla el cuello de Dev, su mandíbula, su vientre. Dev para de reírse.

—Qué guapo eres, joder —susurra Charlie.

Es lo mismo que Charlie dijo en la discoteca, pero en ese momento se lo había gritado a un desconocido estando borracho. Ahora lo murmura, casi con timidez, y las palabras están dedicadas a Dev en exclusiva.

«No es más que práctica», se recuerda Dev.

Charlie le acaricia el pecho con ambas manos, y una de ellas se detiene por encima de su corazón. Cuenta los segundos conforme los latidos tamborilean contra sus propios dedos.

—Creo que me gustas de verdad —dice Charlie todavía más bajo, y oír esa confesión es tener una vía intravenosa que le proporciona nitroglicerina y caramelos. El corazón demasiado grande de Dev palpita con fuerza y se enfrenta a la mano de Charlie, y decide reprimir todas las emociones que no tiene derecho a sentir.

Porque no es así como funciona *Y comieron perdices.*

Dentro de treinta y siete días, Charlie se prometerá con Daphne Reynolds. Es la historia que han creado desde la primera noche. Es así como Charlie logrará su final feliz.

Dentro de treinta y siete días, Charlie besará a Daphne Reynolds de ese modo; pero esta noche Dev se perderá entre besos de práctica, se dejará llevar por las manos de Charlie, por la presión del cuerpo de Charlie, aunque es consciente de cuánto le va a doler todo mañana.

Charlie

No quiere perderse ni un segundo de eso. De besar a Dev. De que Dev lo bese a él.

Esta vez, su cerebro sobrio quiere memorizar todos y cada uno de los detalles, así que, cuando Dev se aparte de nuevo, tendrá algo a lo que aferrarse, algo que le recordará que ha sucedido. Que un día besó a alguien que le gustaba y que ese alguien le devolvió el beso. Aunque solo sea para practicar.

Es evidente que Dev se va a apartar de nuevo. Charlie lo nota aun cuando se remueve debajo de él para que las caderas de Dev se deslicen sobre las suyas, de modo que el deseo mutuo hace presión contra un fino pantalón de chándal. Dev gime entre sus labios al refregarse contra el cuerpo de Charlie. Charlie quiere devorar ese sonido, espolvorear fresas con él como si fuera azúcar.

Dev va a apartarse, y Charlie necesita permanecer en ese momento, grabarlo para la posteridad.

La ahumada dulzura de la piel de Dev tan cerca; las marcadas rodillas y los marcados codos y las marcadas caderas de Dev, que se le clavan; la confianza de su lengua y la seguridad de sus besos; el calor de su piel cuando sus pulgares le acarician a él los pezones... Madre mía. Era algo que no sabía que su cuerpo podía hacer, pero es como si Dev conociera a la perfección su propio cuerpo y el de Charlie. Charlie quiere recordar la sensación de casi todo, la sensación de que Dev hace que cobren vida partes de él que no sabía que estaban ahí.

—¿Te gusta esto? —La voz de Dev, sobre su cuello. Los pulgares de Dev, dando círculos sobre su pecho.

—Mmm, es obvio.

Dev se echa a reír, y luego es su lengua la que da círculos sobre el pecho de Charlie, su boca la que le recorre el pecho, la que le lame la piel a medida que baja por su cuerpo, y...

—Dev. —Charlie le agarra las manos y lo inmoviliza—. Creo que deberíamos... parar. Necesito...

Dev lo entiende y sale de encima de Charlie. Este le da un torpe beso en la mejilla y a duras penas consigue llegar al cuarto de baño. No tarda demasiado en terminar; ya estaba a punto. Tan solo debe imaginarse lo que habría sucedido si hubiera sido lo bastante valiente para dejar que Dev siguiese adelante.

Cuando sale del cuarto de baño, oye la ducha de la habitación de al lado. Se pone una camiseta y entra en la habitación de Dev, se sienta a los pies de la cama. Se inclina hacia delante. Toda la cama huele a Dev.

—¿Estás olisqueando mi almohada?

Charlie se incorpora y ve que Dev está a un par de metros con el pelo mojado y un pantalón corto de baloncesto diferente.

—No, estaba inspeccionando tu almohada. Por si... estaba sucia.

Dev sonríe, y algo inmenso hace clic en el interior del pecho de Charlie, algo que no comprende, algo que no sabe describir.

—Vale, sí, estaba olisqueando tu almohada.

Dev suelta una carcajada y se acerca a la cama.

—De verdad que eres bastante rarito.

Charlie separa las piernas para albergar las rodillas de Dev.

—Hueles muy bien. No es mi culpa.

Los dedos de Dev se dirigen hacia su pelo y Charlie le agarra la mano. Le besa la suave piel del interior de la muñeca. Dev se inclina un poco hacia delante. Da la impresión de que quiere sentarse de nuevo en el regazo de Charlie, pero luego se obliga a no hacerlo. Se contiene.

—Deberíamos irnos a la cama.

—Vale —dice Charlie, y se dispone a tumbarse.

Dev echa la cabeza hacia atrás y se ríe. Charlie no sabía que era gracioso hasta que Dev Deshpande empezó a reírse con él.

—En camas separadas, señor. Venga.

Charlie permite que Dev lo levante de la cama y lo arrastre hasta llegar a la puerta que separa ambas habitaciones.

—Buenas noches, Charlie.

Charlie lo mira a los ojos por última vez.

—Buenas noches, Dev.

—Voy a besarte.

Angie Griffin se le arrima en el sofá y Charlie responde (con gran compostura, en su opinión):

—Perfecto.

Perfecto. Es perfecto que esté sentado en el salón de una casa ridícula a las afueras de Nueva Orleans antes de una Ceremonia de Coronación en la que enviará a casa a otras dos mujeres y se quedará con ocho; con ocho mujeres que en teoría desean casarse con él. Es perfecto que tenga que quedarse sentado besando a Angie cuando lo que ansía es besar a Dev. Es perfecto que Dev deba observar como besa a Angie. Aunque Charlie no está seguro de qué piensa Dev acerca de los besos.

—¡Corten! —grita Skylar desde la otra estancia, apiadándose de él y poniendo fin a la extraña sesión en que se comían la boca. Charlie y Angie se levantan del sofá y se dirigen al salón principal, donde otra cámara está grabando a Parisa.

Al parecer, la única forma en que Dev pudo convencer a Maureen Scott de que Parisa viajara con el programa fue conseguir que Parisa apareciera en él. Charlie la presentó ante las cámaras como su mejor amiga, y antes de la Ceremonia de Coronación se supone que su publicista debe indagar en las intenciones de las concursantes que quedan. Es evidente que Parisa es mucho más intimidante de lo que pensaba Dev, así que a estas alturas todo el mundo se arrepiente ya del acuerdo.

—Te dije que fueras dura —le comenta Ryan a Parisa—. No te dije que las hicieras llorar.

Charlie desplaza la mirada y ve que Daphne Reynolds está llorando. A lágrima viva.

—¡Tan solo le he formulado una simple pregunta! —exclama Parisa—. No sabía que iba a romperse con tanta facilidad, por Dios.

Skylar anuncia una pausa de diez minutos y Dev atraviesa unas cristaleras hacia fuera. Charlie cuenta hasta treinta y lo sigue. Son pasadas las diez, pero el aire sigue cálido por la humedad del verano sureño y cantan las cigarras. Dev se queda en el extremo más alejado del patio, contemplando un arbusto.

—Hola —dice Charlie, y le da un golpecito con el hombro.

—Hola —lo saluda Dev. Sonríe, pero es un amago de su sonrisa habitual—. Tu mejor amiga es aterradora.

—Solo es protectora —tercia Charlie con medio encogimiento de hombros—. Quiere lo mejor para mí.

Dev asiente, aunque parece estar un tanto ausente. Charlie lo necesita allí. Lo toma de la mano y tira de él hacia el laberinto de arbustos podados donde nadie los verá. Está oscuro, pero Charlie da con la boca de Dev de todos modos, y le captura el labio con los dientes. La frente de Charlie se estampa en las gafas de Dev, y este se ríe en pleno beso.

—No deberíamos... —intenta decir Dev. Pero es que Dev ha dicho por la mañana que no deberían cuando Jules le ha escrito para informarle de que a las diez les llevaría el desayuno a las habitaciones, y aun así ha empujado a Charlie contra la encimera del lavabo. Ha dicho que no deberían en el camerino cuando estaba ayudando a Charlie a ponerse el esmoquin, y aun así lo ha besado hasta que le han temblado las rodillas. Ahora dice que no deberían, pero no para de adentrarse más y más en el jardín. Charlie dejaría que Dev lo llevara a cualquier parte; el deseo que siente por él lo vuelve imprudente, y aceptará encantado todo lo que Dev esté dispuesto a darle.

—Siento mucho haber besado a Angie —murmura cuando por fin se separan.

—Es precisamente el propósito del programa, Charlie. —Dev suelta una vacía risotada.

—Ya lo sé, pero ojalá no fuera así. No quiero besar ni a Angie ni a Daphne. —Respira hondo—. Solo quiero besarte a ti.

—¿Se supone que eso debe hacer que me sienta mejor? —Dev se agarrota en sus brazos.

—No lo sé —masculla Charlie.

Dev no responde, y Charlie desea que Dev le dé algo. Ya le ha dicho a Dev que le gusta mucho. Le ha dicho que es muy guapo, joder. Ha olisqueado su almohada, por el amor de Dios. Es obvio, dolorosamente obvio, que para él nada de eso es de práctica. Pero Dev sigue mirándolo como si en su cabeza estuviera planeando su boda con Daphne Reynolds.

—Dev —dice—, dime qué sientes, por favor.

En la oscuridad, el pulgar de Dev recorre la comisura de la boca de Charlie.

—No creo que necesites más práctica, Charlie.

—¿Eso qué significa? —pregunta él, aunque ya conoce la respuesta.

—Significa que deberías ir adentro y besar a Angie —contesta Dev. Y acto seguido se separa, como Charlie sabía que haría.

Nota para los editores:
Temporada 37, episodio 5

Productor:
Ryan Parker

Día de emisión:
Lunes, 11 de octubre de 2021

Productora ejecutiva:
Maureen Scott

Escena:
Confesión de Daphne Reynolds posterior a la pelea de pintura durante la Misión Grupal del Mardi Gras

Ubicación:
Grabado en el almacén de las atarazanas, en Nueva Orleans (EE. UU.)

Daphne: [*Primer plano de su rostro sonriente, cubierto de pintura amarilla y lila.*] ¡Ha sido un día estupendo! ¡Me lo he pasado en grande! Me ha gustado tener la oportunidad de hablar con Charlie y aclarar lo nuestro. No debería haberme lanzado a por él de esa forma en el baile. Yo... dejé que las cosas... Dejé que los demás creyeran que... Da igual, ahora estamos bien. Charlie lo entiende. No todo tiene que basarse en la conexión física. Charlie y yo nos llevamos muy bien. ¿Qué más da si no soy..., si no quiero...? Lo único que importa es lograr el final feliz de cuento de hadas. ¿Verdad?

SEMANA CINCO

Múnich (Alemania) – Lunes, 5 de julio de 2021
8 concursantes y 34 días restantes

Charlie

—¡Dev! ¡Vamos! —Parisa golpea la puerta de su habitación—. ¡Ya estamos listos para irnos!

—¡Hay *strudel*! —añade Jules—. ¡A ti te encanta el *strudel*!

Charlie aprieta los puños y los mete en los bolsillos de su chubasquero. Es julio, pero está lloviendo.

—Quizá Dev no quiere venir con nosotros —murmura.

—¿Por qué no iba a querer? —Jules ladea la cabeza en su dirección—. Dijimos que en nuestro día libre iríamos a explorar la ciudad.

Charlie roza con la punta del zapato la alfombra del hotel junto a la puerta de la habitación de Dev.

—A lo mejor..., ¿deberíamos irnos sin él?

Jules prueba a llamarlo al móvil y Parisa prueba a llamar a la puerta, pero ninguno de los intentos consigue respuesta alguna. Por lo tanto, exploran Múnich sin él.

Dev no ha hablado con Charlie desde lo ocurrido en el jardín, ni siquiera lo ha mirado a la cara, y a Charlie no debería sorprenderle. No debería estar dolido. ¿Qué creía que iba a suceder? ¿Creía que iban a estar juntos en secreto durante el resto de la temporada? ¿De verdad había pensado que Dev querría eso? Después de que dejara claro que lo que hacían no era sino practicar para que Charlie fuera una mejor versión de sí mismo ante las cámaras...

Charlie tampoco quiere eso. No se apuntó al programa para conseguir un maldito final feliz de cuento de hadas de esos que venden a los ingenuos. No desea tener una relación ni enamorarse. No desea tener a alguien que lo bese hasta dejarlo sin aliento y lo llame «cariño». No lo desea.

Charlie intenta disfrutar de la imagen del reloj Glockenspiel y del *strudel* y de la inestimable compañía de Parisa, pero, aunque su cuerpo recorra de punta a punta los pasillos del hotel Residenz, su mente sigue detrás de la puerta cerrada, junto a Dev.

El martes por la mañana, el equipo del programa se reúne en la recepción del hotel para la primera Misión Grupal en Múnich, en la que, para el infinito deleite de Charlie, habrá caballos. Dev llega tarde.

Dev nunca ha llegado tarde para grabar, y cuando por fin aparece lleva un pantalón de chándal negro y un gorro de lana. No se ha afeitado, por lo visto tampoco se ha duchado. En la furgoneta que los lleva hasta el set, se coloca los auriculares para no tener que hablar con nadie y devora en silencio galletas con chips de chocolate procedentes del Aldi que se encuentra en la misma calle que el hotel. Jules lo provoca un poco, intenta sacarlo de su trance, pero al final termina rindiéndose.

Cuando llegan a la Selva Negra, Dev da instrucciones a Charlie como si fuera un autómata. No bromea con él, no lo toca si no es necesario. Ni siquiera lo mira a los ojos.

Los caballos empeoran mil veces la situación, sobre todo porque Skylar no le permite ponerse un casco, y Charlie está convencido de que se va a caer del enorme animal y se dará un golpe en la cabeza. Si tiene suerte, le sobrevendrá una amnesia selectiva, y así no recordará cómo era Dev antes de Múnich, y así no echará tanto de menos a Dev al verlo justo ahí.

—¿Dev se encuentra bien? —le pregunta Angie durante la cita a solas con él—. No parece el mismo de siempre.

Charlie no sabe qué decir, pero debe de componer una expresión un tanto patética, porque Angie levanta una mano y lo agarra por la barbilla.

—Ay, cielo. ¿Te encuentras bien?

—En realidad, no.

—¿Qué pasa?

Sabe que no se lo puede contar, pero ojalá pudiese; siendo la única concursante abiertamente *queer*, es probable que lo entendiese. Ojalá pudiera contarle a alguien que, por una sola noche, fue como si Dev fuese suyo, y ahora es una persona totalmente distinta.

—Es que... quiero que Dev vuelva a estar bien.

Angie lo mira con ternura. A continuación, lo rodea con los brazos y le planta suaves besos por la frente.

—Corazón, ya lo sé. Ya lo sé.

Charlie mira a Angie. La mira fijamente. Ve su bonita caballera, que hoy lleva hacia atrás. Ve sus ojos castaño oscuro, enmarcados por preciosas pestañas. Ve su rostro en forma de corazón, que termina en una encantadora barbilla en punta, más o menos como el de Dev.

Angie es lista y divertida y amable. Lo escucha, lo respeta, y Charlie cree que tal vez podría aprender a quererla, por lo menos platónicamente, por lo menos si lo intentase de verdad. Se pregunta si amar a Angie arreglaría las cosas con Dev.

El miércoles por la mañana, el pánico ha empezado a instalarse en la piel de Charlie, que le hormiguea sin parar.

Dev le ha dicho al equipo de producción que tiene la gripe, y lo usa como excusa para evitar desayunar con los demás y cenar con los demás y salir a tomar algo con los demás al *bräuhaus* que hay delante del hotel. Está dispuesto a mentir y fingir estar enfermo para esquivar a Charlie.

Por su parte, Charlie ha probado a distraerse obligando a Jules a salir a correr, larga y dolorosamente, bajo la lluvia; levanta pesas todas las noches en el gimnasio del hotel hasta que su cuerpo dice basta. No sirve de nada.

La Misión Grupal del miércoles tiene lugar cerca del castillo Neuschwanstein, cuyas torres blancas neorrománicas emergen entre la niebla de la colina. Es el castillo que inspiró el de *La bella durmiente*, y por lo tanto, ha inspirado este condenado programa de televisión, pero, habida cuenta del desinterés de Dev, bien podría ser un castillo de Lego construido por un niño de seis años.

Las concursantes compiten en una carrera de obstáculos de ambientación medieval con el castillo enmarcado a la perfección en el fondo de cada una de las tomas. Charlie intenta concentrarse en pasar tiempo con las mujeres; con Lauren L., que consigue llevarlo a caballito cuando Sabrina le dice que no se atreverá; con Angie, que lo anima contándole chistes graciosos; con Daphne, que es encantadora siempre y cuando Parisa esté a varios metros de ella.

Sin embargo, no puede sino fijarse en por qué Dev se ha acurrucado en una silla, medio dormido en el extremo del set. Cuando llega la pausa para comer, Charlie está tan tenso que sabe que solo una cosa puede ayudarlo. Solo una persona.

Encuentra a Parisa gritándole algo a un productor, que es más o menos a lo que se dedica siempre que está en uno de los platós.

—¡No te atrevas a soltarme que todas las perpetuaciones de misoginia internalizada de *Y comieron perdices* son inintencionadas, Aiden! Si yo fuera la directora del programa, haría... Ah, hola, cariño. —Su rostro se suaviza de inmediato al verlo.

—¿Te apetece ir a dar una vuelta conmigo?

Parisa lo sigue por el camino embarrado que se dirige hacia el castillo.

—¿Estás bien, chico sexi? —le pregunta cuando ya no los oye nadie del equipo del programa.

—Sí, es que... —Respira hondo tres veces. Parisa es su mejor amiga. Su mejor amiga pansexual, que difícilmente se va a escandalizar—. Necesito contarte una cosa.

—Por fin —es lo que dice Parisa. Lo lleva hasta un banco en una linde del camino, y se sientan sobre sus abrigos—. Estoy preparada.

Charlie respira hondo tres veces más antes de verbalizarlo, y aun así lo dice en forma de pregunta.

—¿Es posible que... que sienta algo por Dev? ¿Y que lo haya... besado?

—Madre del amor hermoso, ¿en serio? —le pregunta con voz monocorde—. Estoy totalmente conmocionada por esta confesión tan inesperada.

—¿O sea, que lo sabías?

—Lo sospechaba. —Se encoge de hombros.

—¿Por qué?

—Hablas muchísimo de él, y cuando lo miras tu cara se relaja —le dice como si tal cosa, y a Charlie le da la impresión de que está desnudo como Dios lo trajo al mundo en el banco, totalmente expuesto—. Además, en cuanto lo vi, todo encajó. Es tu tipo.

—¿Crees que mi tipo son los chicos delgados de más de metro noventa con peinado desafortunado?

—No puedo decirte por qué, pero sí.

—¿Y no te enfadas conmigo?

—¿Enfadarme? Chico sexi, sabes que casarme contigo no es mi principal propósito, ¿verdad?

—Sí, pero me apuntaste al programa para que me comprometiera con una mujer, así que...

—Si te soy sincera, besar al productor es lo más interesante que ha ocurrido nunca en esta cloaca heteronormativa de telebasura.

Charlie espera que le eche la bronca, presiente que va a suceder algo malo. Espera que le diga que debe mantener en secreto su nuevo descubrimiento. Pero Parisa no es así, claro.

—Y... ¿ya está? ¿Eso es todo lo que me vas a decir?

—No veo la necesidad de tener una gran crisis de identidad sexual —comenta, y hace un despectivo gesto con la mano hacia un grupo de turistas adolescentes franceses gritones—. A no ser que tú quieras tener una gran crisis de identidad sexual. ¿Te pone histérico que te atraigan los hombres?

—En realidad, no —responde—. Además, no estoy del todo seguro de que me atraigan los hombres. No en plural.

—¿Las mujeres te atraen sexualmente?

—No lo sé... No, creo que no. Nunca me han atraído. —Y se recuesta en su amiga—. ¿Qué crees que significa?

—Vale, así que quieres tener una crisis de identidad sexual. Muy bien. ¿Crees que es posible que seas asexual? —Se lo pregunta con suma sencillez, sin juzgarlo ni presionarlo, y a Charlie le cuesta creer que en cuatro años de amistad nunca hayan mantenido esa conversación. Se pregunta cuántas veces habrá querido iniciarla Parisa, cuánto habrá esperado a que él abriera la puerta aunque fuera una mísera rendija.

—Nunca se me había ocurrido... Pero en función de los últimos descubrimientos, no, no creo que sea asexual —dice al fin—. Es evidente que el sexo no me repugna.

—No a todos los asexuales les repugna. La asexualidad es un espectro. —Parisa separa las manos como si midiera una estantería muy pequeña de Ikea—. En un extremo están los alosexuales, las personas que experimentan atracción sexual, y en el otro están los asexuales, las personas que no. Pero entre unos y otros hay toda una gama.

—Qué instructiva.

—Solo digo que quizá te pongan los hombres pero seas también demisexual, que significa que necesitas una conexión emocional para sentir atracción sexual. O quizá seas demirromántico o graysexual o...

—No sé si me importa demasiado saber cuál es la etiqueta específica. —Charlie pone una mueca.

—No tiene por qué importarte y no estás obligado a averiguarlo ni a salir del armario ni a explicárselo a nadie. Pero a veces las etiquetas ayudan. —Baja las manos y enlaza un brazo con el de él—. Nos proporcionan un lenguaje para comprendernos mejor a nosotros y a nuestro corazón. Y nos ayudan a encontrar una comunidad y desarrollar una sensación de pertenencia. Es decir, si no tuvieras la etiqueta correcta para tu trastorno obsesivo-compulsivo, no podrían recetarte el tratamiento que necesitas, ¿a que no?

—Es justo eso. —Charlie se queda observando el camino lodoso que serpentea hacia el castillo—. Es como si durante toda la vida me hubieran metido en diferentes cajas con diferentes etiquetas. No sé si quiero entrar en más cajas.

—Es comprensible —asiente Parisa—, y para mí la sexualidad es fluida, pero quiero que sepas que tienes derecho a sentir lo que sea que sientas por Dev, aunque no encaje en una idea de cuento de hadas de lo que en teoría son las relaciones. Tienes derecho a querer la parte del romance sin la parte del sexo. O la parte del sexo sin la parte del romance. Todos esos sentimientos son válidos. Mereces una relación en la forma que sea que la desees.

Charlie contiene la respiración como si intentara retener en su interior un poquito más la incuestionable aceptación de Parisa, su amor inquebrantable.

—Eso significa mucho para mí, pero... —Suelta todo el aire y lo dice al fin—: ¿Y si a lo mejor quiero las dos partes con Dev?

—Ah.

—Pero Dev no quiere ni una cosa ni la otra conmigo.

—Eso me parece bastante improbable.

Charlie se lo cuenta todo: las citas de práctica y los besos de práctica, la lectura del guion y el momento en que a las tres de la madrugada supo qué sentía, el Incidente de la Mancha de Whisky y los chupitos de tequila y las canciones de Lady Gaga.

—Y ahora finge que tiene la gripe para evitarme porque no siente lo mismo.

—¿Qué sientes tú?

—¿Cómo?

—Has dicho que Dev no siente lo mismo. ¿Qué sientes tú?

Charlie quiere apartarse lentamente de la pregunta como si fuera una bomba a punto de estallar en sus manos.

—Siento muchas cosas —se oye decir. Corre hacia la bomba, se dispone por completo a terminar herido—. Pienso en él sin parar. Siempre quiero hablar con él o tocarlo o mirarlo, y quiero que me mire de una forma que nunca he querido que nadie me mirara. Y eso... no tiene sentido.

—Sí que lo tiene —le asegura Parisa. Sus palabras son una tácita invitación para que siga hablando.

—No lo puedo explicar, pero cuando beso a Dev no estoy dentro de mi cabeza. No siento la presión de hacer que funcione. Funciona sin más. Y no tengo que obligarme a sentir nada. Lo siento todo.

Se detiene y desplaza la vista hacia su amiga, sentada en el banco a su lado. La ve poner una mueca cursi, y entonces levanta una mano para apartarle el pelo de la frente.

—Y tengo a esas ocho mujeres —prosigue Charlie—, que en realidad son espectaculares, pero no me apetece besar a ninguna de ellas. Y he firmado un contrato que me obliga a proponerle matrimonio a una de ellas al final del programa. Y estoy condenado a pasar otras cuatro semanas con Dev, y él no quiere estar conmigo. —Se le quiebra la voz e intenta disimularlo con un ataque de tos. A Parisa no la engaña.

—¿Se lo has preguntado? ¿Directamente? ¿Le has preguntado a Dev si quiere estar contigo y te ha dicho que no? O sea, ¿te lo ha dicho a esa bonita cara que tienes?

—Bueno, tal cual no...

—¿Se te ha ocurrido que Dev también tuvo que firmar un contrato para trabajar en el programa, y que legalmente tiene prohibido besarte?

—Pues...

—¿Y que si te besa es probable que lo despidan de un trabajo que le encanta?

—A ver, pensaba que...

—¿Y no crees que es muy posible que la depresión actual de Dev se deba al hecho de que tú también le gustas y que su trabajo consiste básicamente en ayudarte a enamorarte de otra persona?

—Dev no tiene depresión —la corrige.

—Hazle caso a alguien que mantiene desde los dieciocho una relación estable con el Lexapro y con la terapia cognitivo-conductual: tu responsable está pasando por un grave episodio de depresión.

Charlie niega con la cabeza. Está equivocada. Dev no tiene problemas con la salud mental. Dev es Dev. Siempre está contento, siempre está sonriendo, siempre está pensando en los demás. Suele pulular por el set y acercarse a todo el mundo, ayudando y charlando y alimentándose de la energía del programa. Es la persona más encantadora a la que Charlie ha conocido nunca. No es esa la descripción de una persona deprimida.

De acuerdo, tal vez le encante Leland Barlow porque escribe canciones sobre salud mental, y quizá a veces esté triste —como después de pelearse con Ryan o a las puertas de la discoteca de Nueva Orleans—, pero eso no significa que tenga depresión. Solo porque últimamente no haya sido Dev el Divertido...

Charlie recuerda lo que le dijo Dev en la limusina, que Ryan solo lo quería cuando era Dev el Divertido, y de pronto lo entiende.

—Ay, mierda. Dev tiene depresión.

—Sabía que tarde o temprano te darías cuenta. —Parisa le da una palmada en la espalda.

Charlie no sabe bien qué se supone que debes hacer cuando descubres que un «amigo» al que también te gusta besar tiene depresión clínica, pero supone que podría empezar hablando con él. Pero, cuando regresa al set junto a Parisa, Dev no está por ninguna parte. Ryan le informa de que se ha ausentado con Jules porque sigue enfermo. Charlie debe esperar a que hayan terminado de grabar.

Cuando vuelven al hotel, va directo hacia la habitación de Dev, en cuyo pomo cuelga el cartelito de «No molestar». Jules le abre la puerta, con su habitual combinación entre molesta y agotada, y con un trazo de tristeza bajo las comisuras de los ojos.

—No quiere decirme qué le pasa.

—Déjame intentarlo a mí.

Charlie entra en la habitación a solas. El aire es rancio y espeso con el olor de cosas sin lavar, y una punzada de ansiedad nace en su interior al ver la suciedad. Pero luego divisa a Dev tumbado en la cama, tapado con la sábana por encima de la cabeza, y consigue dejar a un lado esos pensamientos.

Charlie abre la ventana antes de subirse a la cama para intentar retirar la sábana. Dev la aferra con terquedad, pero Charlie es más fuerte y le aparta la sábana de la cara. Ver a Dev le obtura la garganta: pelo sin lavar, ojos sin gafas, hecho un ovillo.

—Vete —gruñe Dev contra la almohada.

—Dime qué necesitas.

—Necesito que te vayas.

Una parte de él quiere irse. La parte más poderosa de él se inclina para apartarle el pelo de la frente.

—Dime qué necesitas, por favor.

Dev abre los ojos y mira a Charlie. Son del color de su violín perfecto y están llenos de lágrimas, y es la persona más bella a la que Charlie ha visto nunca, incluso ahora.

—Necesito que te vayas. No... no quiero que me veas así.

Charlie recuerda todas las veces que alejó a alguien porque no quería que esa persona presenciara su ansiedad y su obsesión, y recuerda lo que quería en realidad cuando la gente le hacía caso y se marchaba. Se tumba en la cama y rodea a Dev con el brazo. Dev se aparta, intenta zafarse de él, pero al final se aovilla junto a su pecho y se queda inmóvil. Se hunde en Charlie, solloza contra las arrugas de su camisa. Charlie intenta abrazarlo como lo abrazó Dev aquella noche en el cuarto de baño, soportando su peso.

La mayor parte del tiempo, Dev es una fogata humana que va por ahí calentando con generosidad a todo el mundo con su presencia.

Pero arder con tanta luz y con tanta fuerza debe de ser extenuante; nadie puede mantener ese fuego eternamente. Charlie desea poder decirle que no pasa nada por titilar a veces. No pasa nada por guardarse la llama para uno mismo, para mantenerse cálido. No tiene por qué serlo todo para todo el mundo en todo momento.

Charlie desea proteger con las manos la débil llama de Dev, soplar sobre las ascuas antes de que se apague del todo.

—¿Esto te pasa mucho?

Unos cuantos sollozos leves escapan de la garganta de Dev.

—A veces —susurra—. Son baches. Pero siempre me recupero. Volveré a ser yo.

—¿Cómo te puedo ayudar cuando estás así?

Dev se arrima más contra Charlie y todos sus preciosos huesos se clavan en su cuerpo.

—Puedes quedarte a mi lado —dice al fin—. Nadie se queda a mi lado.

Conforme Dev se duerme junto a él, Charlie comprende con meridiana claridad que Dev se ha pasado cuatro semanas intentando convencerlo de que merece algo que el propio Dev no cree merecer en su caso. Sean lo que sean, esos baches —las noches del cerebro—, han convencido a Dev de que no merece que nadie se quede a su lado. Ojalá Charlie encontrara las palabras, la manera, de mostrarle a Dev cuánto vale, aunque lo suyo ya haya terminado. Aunque no llegase a ser más que práctica.

Pero Charlie no sabe cómo mostrarle a alguien que es digno de enamorarse. Así que se queda a su lado.

Dev

Fue su séptima terapeuta, ¿o quizá la octava?, quien le pidió que le describiera cómo se siente cuando la depresión está en el punto álgido. Dev le explicó que era como ahogarse por dentro. Como si el cerebro se le llenase de agua. Como estar sentado en el fondo de una de las profundas piscinas públicas del oeste de Raleigh, igual que hacía cuando era pequeño, y dejar que el silencio y la presión le hicieran sucumbir hasta no soportarlo más.

Así es como se siente cuando abre los ojos el jueves por la mañana, por lo que tarda un poco en recordar qué día es y dónde está y por qué Charlie Winshaw está sentado a los pies de su cama atándose los cordones de los zapatos.

—Estás despierto. —El alivio se abre paso en el rostro de Charlie.

—Te has quedado a mi lado. —Dev se aclara la garganta.

—¿Cómo te encuentras? —Una tímida sonrisa tira de las comisuras de los labios de Charlie.

«Como si hubiese estado a punto de ahogarme».

—Es una pregunta difícil de gestionar antes de tomar un poco de café.

—Métete en la ducha y luego iré a buscar café. —Una nueva sonrisa, y Charlie se levanta de la cama. Dev lo observa acercarse a la mesa de la habitación, lo observa ponerse el abrigo, lo observa agarrar la llave de la habitación del hotel de la mesa.

Charlie se vuelve nuevamente para mirar a Dev, recostado ya sobre el cabecero de la cama. Da dos pasos vacilantes hacia la puerta. Duda. Se vuelve. A continuación, da tres pasos hacia la cama. Agarra el rostro de Dev y le da un fuerte beso en el centro de la frente.

—Vuelvo enseguida, ¿vale?

Y se marcha.

Cuando la puerta se cierra tras él, Dev respira hondo, hace acopio de la poca energía de que dispone y sale de la cama. Se da una ducha larguísima para intentar compensar los cuatro días que no se ha duchado, los días en que apenas ha sido capaz de abandonar la cama en absoluto. Hace espuma con el jabón en las manos y se imagina frotándose los días de niebla, los días de no estar despierto del todo en ningún momento, los días en que se hunde más y más en ese lugar en que alimenta la oscuridad con su autodesprecio, su soledad, sus sentimientos de incompetencia. La depresión tiene tendencia a hacer una lista con sus defectos, y esta vez le arroja a la cara su épico error de besar a Charlie.

Besar a Charlie —y llegar a la conclusión de que debía dejar de besarlo— no debería haber bastado para desencadenarle la depresión, pero por desgracia no es así como funciona su depresión. No es lógica ni racional. No necesita una tragedia catastrófica para poner las sustancias químicas de su cerebro en su contra. Las tragedias diminutas son suficientes.

—No he encontrado café solo, pero te he traído un americano —dice Charlie en cuanto Dev sale del cuarto de baño—. Jules me ha escrito; tenemos que estar listos dentro de una hora.

—Gracias. —Dev extiende una mano hacia la taza de papel y Charlie se sobresalta.

—Te has afeitado —exclama. Levanta una mano, como si fuera a acariciarle la mejilla recién afeitada, pero al final rodea su taza de té con ambas manos—. He... echado de menos tu cara.

Es una afirmación sorprendentemente sincera. Dev no sabe cómo interpretar las cosas bonitas que le dedica Charlie ni el beso que le ha dado antes de irse, ni que se haya quedado a su lado durante toda la noche, aun cuando él le había proporcionado razones de sobra para marcharse. Suele ser Dev quien se encarga de cuidar de los demás. Nadie ha cuidado jamás de él.

—Mmm, gracias por el café.

Se sienta a los pies de la cama. Charlie se apoya en la mesa, delante de él. En los tres pasos que los separan se encuentran los besos y los no besos y el abrazo que le dio Charlie mientras lloraba.

—¿Quieres que hablemos de eso? —le pregunta.

—¿Con «eso» te refieres a mi depresión? —Pretende pronunciar las palabras con cierta frivolidad, pero sigue medio sumergido, así que resultan un tanto amargas. Charlie no responde—. Yo... No me suele gustar hablar de eso. Cuando era pequeño, Sunil y Shameem me hicieron ir a ver a doce terapeutas distintos para tratar mis «estados de ánimo», y acabé harto de hablar de eso hasta la saciedad. No es para tanto.

—¿Ahora vas a terapia?

—He dicho que no es para tanto.

Charlie duda antes de dar un par de pasos y sentarse a su lado, los muslos de ambos alineados encima de una espantosa manta de hotel. No dice nada, pero no es su habitual silencio incómodo. Es un silencio que hace las veces de invitación. Agarra la mano de Dev. Entrelaza los dedos con los de él.

—Solo son unos bachecitos —insiste Dev—, y no suelo ponerme así cuando trabajo.

—¿Recuerdas... recuerdas la primera noche, después de que el novio me diera un puñetazo, cuando me preguntaste por qué me había apuntado al programa? —Charlie le aprieta la mano.

Dev no sabe hacia dónde va, pero asiente.

—La verdad es que me despidieron de WinHan. —Charlie respira hondo tres veces—. De mi propia empresa. Tuve una crisis. Bueno, de hecho, tuve muchas crisis, pero una espectacular en nuestra reunión directiva trimestral. Empecé a tener un ataque de pánico e intenté disculparme para salir de la sala, pero Josh me bloqueó la puerta y no me dejó irme porque necesitaban mi voto para una expansión que él había propuesto. Ya has visto cómo me pongo cuando tengo un ataque de pánico. Fue... Empezaron a rumorear, decían que estaba inestable. Loco.

Tembloroso, Charlie respira hondo, y Dev sabe que no debería hacerlo. Pero lo hace de todos modos. Le pasa la mano libre a Charlie por el pelo, le revuelve los rizos hasta que Charlie se recuesta en la reconfortante caricia.

—En fin, a Josh le preocupaba que mi reputación fuera a costarle el adiós de inversores. Hubo un voto de no confianza de emergencia, y me echaron. Parisa intentó tergiversar la historia, enterrar el motivo por el que me despidieron de la empresa, pero tanto daba. Los rumores siguieron circulando.

Hace una pausa, y Dev estalla.

—¡Me cago en la puta! ¡Hay gente que ha hecho cosas espantosas de verdad y que sigue trabajando en empresas tecnológicas! ¡Mira a Mark Zuckerberg! Y echar a alguien por tener trastorno obsesivo-compulsivo... tiene que ser ilegal. Me sorprende que Parisa no los denunciara.

—Nunca le dije a Josh que tuviese trastorno obsesivo-compulsivo —murmura Charlie—. No es algo que me apetezca que la gente sepa. Y por eso te entiendo. Entiendo que no quieras hablar de tu salud mental con casi nadie. Pero puedes hablar conmigo. Si algún día quieres. ¿Vale?

Dev no sabe qué hacer con lo que le está ofreciendo Charlie.

—¿Sabes? Se te da muy bien esto —bromea—. Una conversación como esta delante de las cámaras, con una de las concursantes, te ayudaría muchísimo a ganarte la simpatía de la gente. Habría que cambiar «salud mental» por «relación traumática» o algo así, claro, pero...

Charlie sonríe, pero la sonrisa no asciende hasta sus ojos tormentosos. Acaba de compartir algo enorme y privado. Ha abierto sus puertas de par en par e invita a Dev a hacer lo propio. Dev piensa en la oscuridad, en la sensación de ahogo, en las tragedias diminutas. Aparta las manos de Charlie.

—Estoy bien, de verdad.

Nota para los editores:
Temporada 37, episodio 6

Productor:
Ryan Parker

Día de emisión:
Lunes, 18 de octubre de 2021

Productora ejecutiva:
Maureen Scott

Escena:
Conversación entre Mark Davenport y Charlie Winshaw, previa a la Ceremonia de Coronación

Ubicación:
Grabado en el Justizpalast de Múnich (Alemania)

Mark: Bueno, pues aquí estamos. A medio camino de tu aventura para encontrar el amor. ¿Cómo estás?

Charlie: Sobre todo, cansado y hambriento.

Mark: No me extraña. Estás a punto de mandar a casa a dos mujeres más, y eso significa que solo te quedarán seis. ¿Ya sabes a quién enviar a casa?

Charlie: Es una decisión complicada. Todas las mujeres son increíbles, y me ha encantado pasar tiempo con ellas.

Mark: Sé sincero, Charlie. Cuando empezamos, eras escéptico con el proceso.

[Plano general de los dos hombres riéndose en los sillones de piel.]

Charlie: Quizá un poco. Me costaba imaginarme ser capaz de llegar a un punto de intimidad emocional tan deprisa con otra persona. Creo que si no experimentas este proceso es imposible que lo entiendas de verdad; pasáis mucho tiempo juntos. Vivís todo tipo de situaciones estresantes, y el vínculo que se forma es único e intenso. Súmale a todo eso conocer a alguien que te comprende, que ve cómo eres.

Mark: ¿Tienes a alguien concreto en mente?

Charlie: Puede.

Mark: ¿Te imaginas enamorándote al final de la temporada?

Charlie: Sin lugar a dudas.

SEMANA SEIS

Ciudad del Cabo (Sudáfrica) – Domingo, 11 de julio de 2021
6 concursantes y 28 días restantes

Charlie

—¿Sabías que en Sudáfrica hay once idiomas oficiales?

—Sí que lo sabía —gruñe Jules mientras avanza en la espantosa cola del aeropuerto de Ciudad del Cabo— porque ya me lo has dicho. En el avión. Dos veces.

—Y un dato curioso...

—Diez dólares a que el dato curioso no nos va a picar la curiosidad —interviene Parisa, porque obviamente había decidido prolongar su viaje con el principal objetivo de meterse con él en un nuevo continente.

—Un dato curioso —dice Charlie más alto—. Sudáfrica tiene tres capitales, y Ciudad del Cabo es una de ellas.

—Lo que yo decía. ¿Y mis diez dólares?

—Nadie ha apostado en contra —le suelta Jules—. Nadie creía que el dato fuera a picarnos la curiosidad.

No hay nada mejor que un vuelo de doce horas para que todo el equipo de *Y comieron perdices* se transforme en una banda de zombis cascarrabias, que se critican unos a otros por las disposiciones del viaje y que discuten sobre autorizaciones y papeleo. Aunque a Charlie solo le importa un zombi cascarrabias en particular, que está callado a su lado en la cola, con los hombros encorvados hacia delante como si llevara una carga imposible.

No es así. Charlie lleva la bolsa de Dev desde que han bajado del avión. Ojalá también pudiera llevar a Dev, ojalá pudiera llevarlo en brazos. Pero Skylar está delante de ellos y Ryan está justo detrás, y, dondequiera que mire Charlie, ve recordatorios de todas las razones por las cuales no puede abrazar a Dev durante los bajones.

—Otro dato curioso —se apresura a añadir—. ¿Sabíais que los lugareños llaman «mantel» a las nubes que cubren la montaña de la Mesa?

Dev levanta la vista y pone los ojos en blanco. Charlie se contenta con ello. Por lo menos es una reacción.

Por más que Dev dijo que se recuperaría y por más que insistió en que estaba bien, los últimos días en Múnich fueron complicados. La recuperación de Dev era más repetitiva que lineal: dos pasos hacia adelante, seguidos de un colapso catatónico hacia atrás. Largos silencios, arrebatos de irritabilidad, débiles sollozos. Pero, cuando Charlie le preguntaba qué necesitaba, Dev casi siempre le decía que lo que necesitaba era espacio.

Charlie sabe que no hay una cura mágica para la depresión, así como no hay una cura mágica para la ansiedad, pero no puede evitar querer que Dev se sienta mejor. Mostrarle lo que merece. Con la intención de animar a Dev, puede que hiciera algo ligeramente irracional. Algo por lo que Parisa tenía que volar a Ciudad del Cabo con él para coordinarse durante el fin de semana. Porque es obvio que los datos curiosos no bastarán para levantarle el ánimo.

El programa ha reservado una *suite* de la última planta de un hotel en el distrito de Green Point con tres dormitorios para Charlie, Dev y Jules. Como se suponía que Parisa regresaría a casa después de ir a Múnich, debe convencer a un productor para que le deje dormir en el sofá de su *suite*, con la promesa de que al día siguiente hará que la grabación de las confesiones de Charlie vaya de perlas.

—No pienso dormir en el sofá —proclama Parisa en cuanto se quedan los cuatro solos. Deja el equipaje en el primer dormitorio y Jules se adueña del segundo, dando lugar a una incomodísima reorganización en la que Charlie y Dev fingen estar a disgusto con la idea de compartir la cama más grande. Al menos, Charlie es el que finge.

—Es una cama gigantesca. —Jules se coloca las manos en las caderas—. No os va a pasar nada. Si os preocupan los piojos, levantad una barrera de cojines en el medio de la cama —les sugiere antes de cerrarles la puerta de su dormitorio en las narices.

Dev responde a la revelación de que van a compartir cama durante toda la semana dejando en el suelo la bolsa y desplomándose en la cama boca abajo.

—Los zapatos —lo reprende Charlie.

Dev suspira y se quita con dos patadas los sucios zapatos, que aterrizan en el suelo. Charlie se acerca al armario con la maleta. Cuelga las camisas, luego los pantalones, luego...

—¿No podemos deshacer las maletas mañana? —pregunta Dev con la cabeza apoyada en una montaña de cojines.

—Así es como se arruga la ropa.

Charlie también está ignorando el elefante de la habitación.

—Para eso están las planchas.

—No me creo que hayas utilizado una plancha en tu vida.

Cuando ha terminado de doblar los pantalones y los ha metido en los cajones del armario, Charlie se dirige al cuarto de baño para llevar a cabo su rutina nocturna. Al cabo de treinta minutos sale del baño, y Dev sigue tumbado en la cama con su pantalón caqui, trasteando con el móvil.

—¿No te vas a cambiar para ir a dormir?

—¿No vas a venir a ayudarme? —Dev lo mira con ojos soñolientos.

—No digas tonterías. —Charlie se cruza de brazos y se recuesta en el marco de la puerta del baño.

—¿Me puedes prometer una cosa? —Dev entorna un ojo—. Prométeme que siempre te vas a ruborizar como ahora mismo.

—Creo que puedo prometértelo sin problemas, sí. —Charlie nota como le arde la cara alrededor del cuello de la camiseta.

—Bien. Y, ahora, ¿vienes a la cama?

Charlie quiere tumbarse junto a Dev, pero al parecer no consigue despegarse de la pared. No han dormido en la misma cama desde la noche en Múnich, no se han besado desde Nueva Orleans, no han hablado de nada de todo eso. Vuelven a fingir que no ha sucedido. Y Dev... Dev sigue encerrado en sí mismo. Charlie no sabe hasta dónde puede llegar, y si se tumba a su lado va a querer tenerlo todo.

—¿Qué haces ahí? —Dev examina su postura, no demasiado natural.

—Miro.

—¿Qué miras?

—A ti. —Nervioso, Dev se sube las gafas por la nariz con un nudillo. A Charlie le encanta tener el poder de ponerlo nervioso, así que añade—: Me gusta mirarte.

—No deberías decirme esas cosas. —Dev traga saliva, muy serio de pronto.

—¿Por qué no?

—Porque hace que me resulte muy difícil tener las manos quietas.

—Esa es más o menos la idea. —Charlie sonríe.

Se acerca lentamente a su cama, a la cama de los dos, la cama que van a compartir durante una semana. Está tan nervioso como parece Dev. Nervioso por los besos, y por no haber hablado sobre los besos, y por no haber admitido lo que significan esos besos. Por lo que tienen, por cómo no debería haber ocurrido. Por cuánto desea que ocurra.

Dev se le acerca a los pies de la cama.

—Te estás obsesionando —susurra mientras acaricia el ceño fruncido de Charlie con los dedos. Dev le deposita un beso justo ahí, donde las cejas se unen en la frente—. Dime qué necesitas.

Charlie necesita besarlo, así que lo besa. Y cuando Dev le devuelve el beso, la obsesión desaparece. Dev le recorre el labio inferior con la lengua, y, en cuanto Charlie la abre para él, todo da vueltas alrededor del lugar en que se unen. Manos en el pelo de él y manos que le suben la camiseta, y la lengua de Dev y los dientes de Dev, que se tumba sobre la cama; y la bella asimetría de sus cuerpos. Se mueven deprisa. Demasiado deprisa.

Charlie rueda por la cama hasta ponerse encima de Dev para recobrar el aliento. Dev responde haciendo pucheros.

—Estaba pensando... —jadea Charlie.

—Nada de pensar. —Dev le da un golpecito en las costillas.

—Estaba pensando... ¿Sabes qué hace mucho que no tenemos? Una cita. A este ritmo, es probable que se atrofien mis habilidades.

—¿Crees que tienes habilidades?

—Hablo en serio. —Se sienta para mirar desde arriba a Dev, cuyo pelo negro está despeinado sobre la sábana del hotel, con las gafas sobre la nariz—. Déjame que mañana te lleve a una cita.

—¿Para practicar, dices? —aclara Dev.

—Claro. —Charlie traga el nudo que se le forma en la garganta—. Para practicar.

Dev

No pudo decir que no a pasar diez segundos ebrios contra una pared de ladrillos con Charlie Winshaw, y ahora Charlie lo mira directamente con esos ojos grises y cree que Dev es capaz de decirle que no. De decir que no a una cita con él.

—Mañana por la mañana nos toca grabar tus confesiones —tercia Dev, impresionado por su propia profesionalidad, habida cuenta de que hace dos minutos tenía las manos por debajo de la camiseta de Charlie—. Tendrás que contarles a las cámaras que te ves enamorándote en Ciudad del Cabo.

—Mmm —es lo que Charlie dice al respecto—. Después de las confesiones, pues.

—Yo no...

Charlie interrumpe su nueva excusa agarrándole la cara con ambas manos. Lo besa de nuevo, y esta vez es distinto al beso que compartieron en Nueva Orleans. No hay frenesí, no hay ningún pánico afilado que se cuele entre sus labios. No hay miedo de que el beso pueda terminarse en cualquier momento. Es un beso firme, sólido, algo en lo que Dev podría apoyarse. Algo que no va a derrumbarse bajo sus pies.

Aunque racionalmente sabe que será así. Sabe que desear a Charlie es autodestructivo y estúpido, que seguro que terminará regresando al lugar del oscuro ahogamiento, pero lo desea de todos modos.

—Vale. Sí. Una cita de práctica —accede cuando Charlie le libera la boca.

Charlie sonríe y Dev intenta ocultar el hecho de que él también está sonriendo.

Dev se quita los vaqueros y se cambia una camiseta por otra antes de tumbarse por fin en la cama gigantesca. Charlie está en el extremo opuesto, rígido como un tablón de madera. Es como si hubiera un océano de espacio entre ambos. Ha habido un océano de espacio entre ambos durante toda la semana.

—Buenas noches, Charlie —dice Dev al apagar la lámpara de la mesita.

—Buenas noches, Dev.

Dev intenta tumbarse boca arriba, intenta ponerse de lado, intenta no pensar en hasta qué punto esa temporada del programa se ha ido a la mierda por su culpa. Intenta no pensar en que Charlie está a unos palmos.

—¿Estás dormido? —pregunta en la negrura.

—Han pasado tres minutos, así que no.

Dev se remueve y se gira, incómodo.

—¿Sabes cuando en Múnich... me abrazaste... más o menos?

Charlie cruza la cama sin que necesite más aliento. Dev nota su calor corporal entre las sábanas conforme se le acerca. Su solidez.

Charlie empieza a rodear a Dev con un brazo y se lo coloca sobre el pecho.

—¿Quieres ponerte tú encima?

Dev abre la boca para replicar.

—Ay, cállate, ya sé cómo ha sonado —le murmura Charlie mientras lo estrecha con fuerza.

—¿Te estás ruborizando?

Charlie no responde. Dev desearía verle la cara en estos instantes, pero se conforma con acomodarse en el cálido cuello de Charlie.

—Y ahora finges que te has quedado dormido para escapar de la vergüenza.

—Por favor, Dev —dice Charlie, pero Dev oye la sonrisa que le tiñe la voz—, duérmete.

Y Dev se duerme. Y es la noche que duerme mejor en toda la temporada.

Allí es invierno, hay doce grados y sopla un viento frío que procede del mar, y las nubes de primera hora de la mañana permanecen junto a la montaña. Detrás de las nubes, sin embargo, Dev ve que el cielo es azul, tan azul como el océano, tan vigorizante como el aire sudafricano, tan precioso como Charlie vestido con un jersey de cuello alto y unos ceñidos vaqueros oscuros.

—No es demasiado tarde para ir a por zapatos de verdad —dice Charlie cuando suben al Uber delante del hotel—. Hoy vamos a caminar un montón. Llévenos a Victoria & Alfred Waterfront, por favor —le pide al conductor. Le han dicho al equipo que van a pasar el día planeando el resto del viaje romántico de Charlie en un lugar discreto, y Dev ha dejado que Charlie organice toda la cita (de práctica). De momento, la cita ha empezado con Charlie quejándose por las chancletas de Dev.

—Con esto puedo caminar.

Charlie no está en absoluto convencido.

En los seis años que lleva trabajando en *Y comieron perdices*, Dev ha dado la vuelta al mundo varias veces, ha visitado una docena de islas caribeñas, ha sumergido el pie en casi todos los océanos, ha presenciado una proposición de matrimonio al amanecer sobre el Machu Picchu y ha escrito confesiones de amor en seis continentes distintos. Ciudad del Cabo es en cierto modo mejor que todo eso; es el mejor lugar en el que ha estado nunca. Los colores allí son más intensos, y la montaña de la Mesa se cierne gigantesca sobre la ciudad, y Dev se enamora de la ciudad antes incluso de descubrir qué es un *bunny chow*.

Se maravilla ante la bandeja metálica llena de curri.

—Es una receta india. Dentro de un pan redondo.

—Creía que te gustaría.

—¡Es una receta india dentro de un pan redondo!

—Sí, ya lo sé, Dev. He elegido yo este sitio.

—¡Es una puta receta india dentro de un pan redondo!

—Estás gritando —lo riñe Charlie mientras le lanza una mirada de disculpa al vendedor ambulante que le está preparando un *tikka masala* vegetariano—. ¿Sabías que en Sudáfrica hay una gran población de inmigrantes indios?

Dev ya lo sabía porque Charlie escuchó un pódcast en el avión e insistió en recitárselo entero de memoria.

Después de que hayan comido un riquísimo plato de comida india servida dentro de un pan redondo, Charlie lo conduce hacia un gigantesco mercado que se organiza en un viejo almacén, cuyos cientos de puestos venden objetos artesanales y exquisiteces y *souvenirs*. Es un espacio cavernoso, que retumba con los ruidos, y lleno de olores. A Dev le encanta de inmediato.

A Charlie, en cambio, no. En cuanto entran, levanta los hombros hasta las orejas y frunce el ceño en su habitual gesto de refunfuño.

—Un minuto.

Dev se dirige hacia un banco apartado y Charlie se desploma. Dev le golpetea el código morse en la espalda hasta que se calma del todo.

—Lo siento... —Charlie exhala—. Quería que el día de hoy fuera perfecto.

—El día de hoy ya está siendo perfecto. ¿Es necesario que te recuerde el pan redondo?

Charlie sonríe ligeramente.

—No hace falta que nos quedemos —se ofrece Dev—. Vayamos a otro sitio.

—¿No quieres echar un vistazo a las paradas?

—Solo quiero pasar el día contigo —dice sin pensar—. Es decir, ya que es una cita de práctica, creo que es positivo que practiques verbalizar lo que necesitas.

—De hecho, creo que estoy bien. —Charlie respira hondo para serenarse y sonríe—. Echemos una ojeada por aquí.

—Genial. Necesito que me ayudes a comprar algo elegante que regalar a mis padres por su cuarenta aniversario de bodas en septiembre.

—Para poder ser de ayuda, tendrás que contarme más cosas sobre Sunil y Shameem. —Charlie permite que lo levante del banco.

Dev no se fija en el hecho de que Charlie recuerda los nombres de sus padres después de haberlos oído de pasada una sola vez.

—Bueno, imagínate a dos niños indios que van a Estados Unidos en los años sesenta, que crecen en casas supertradicionales y que se conocen en el curso preparatorio de ingreso a Medicina de la Universidad de Cornell. Luego imagínatelos siendo detenidos en varias protestas, convirtiéndose en profesores de Historia del Arte en lugar de en médicos y fumando un montón de marihuana, y ya sabrás cómo son mis padres. Ahora se pasan el día gestionando un centro de arte en Raleigh y los fines de semana se van a retiros de yoga organizados por blancos.

—Todo encaja. —Charlie se queda mirándolo sin parpadear.

Pasan cerca de un puesto que vende espléndidas cerámicas —muy del gusto de Shameem, pero que se escapan del presupuesto de Dev—. Una plaquita en la parada explica que la mitad de los beneficios se destinan a una escuela comunitaria de un pueblo cercano.

—¿Qué me dices de tus padres? —Dev no puede resistir retomar su antigua dinámica, en la que intenta escarbar entre las capas de Charlie.

Pero esta vez no debe escarbar demasiado. Charlie se abre de par en par.

—No hay gran cosa que decir sobre mis padres. Mi padre es capataz en la construcción. Mi madre se quedó en casa para criarnos a mí y a mis hermanos; todos jugaban al fútbol y les encantaba darme palizas. En mi casa nadie tenía ni idea de qué hacer con un niño algo neurodivergente a quien le daba miedo la contaminación y a quien le encantaba desmontar electrodomésticos para aprender cómo funcionaban. Hay una razón por la cual quise irme de casa a los dieciséis.

Dev debe reunir toda su fuerza de voluntad para no besar a Charlie en medio del mercadillo, y por suerte la artista aparece detrás del mostrador en el momento preciso.

—¿Les puedo ayudar en algo? —les pregunta.

—Su trabajo es excelente —la felicita Charlie. Dev examina un cuenco precioso y una bandeja, y se imagina la cara que pondrán sus padres cuando vean que les lleva algo que no es un barato trapo de cocina.

—¿Buscan algo en concreto?

—Un regalo para mis padres —responde Dev—. Sus piezas les encantarían.

—De hecho, estas de aquí las ha hecho mi mujer.

—Deberías comprarlas. —Charlie tira de la manga de la chaqueta vaquera de Dev.

Dev gira sutilmente el cuenco para ver el precio de la etiqueta. Se pierde con la conversión de rands a dólares estadounidenses, pero no se pierde tanto.

—Creo... Lo siento, creo que seguiremos mirando.

Dev intenta escabullirse de la parada, pero Charlie no se mueve.

—¿Hacen envíos a Estados Unidos?

—Sí, aunque por lo general tardan entre tres y cuatro semanas.

—Perfecto. Pues nos llevaremos el cuenco y la bandeja.

—Charlie, no. No puedo... —Se inclina sobre su oído para que la artista no lo oiga—. No puedo permitírmelo.

—Pero yo sí. ¿Cuál es la dirección de tus padres?

—No hace falta que lo compres por mí.

—Ya sé que no hace falta —dice sin más—. Es que me apetece.

Sus hombros se rozan durante un segundo, pero solo durante un segundo, hasta que Charlie extrae la cartera para pagar. Dev observa cómo Charlie entrega la tarjeta de crédito y no se fija en la profunda amabilidad de su estrella.

Para cuando salen del mercadillo, las nubes se han derretido para dar paso a una cálida tarde, y Charlie saca unas gafas de sol Fendi de un bolsillo desconocido y se quita el jersey. Empieza a atárselo alrededor de la cintura.

—No. Ni hablar.

—¿Qué pasa? —Charlie señala hacia las mangas atadas que le cuelgan de las caderas—. Hace un calor de cojones, y no voy a llevarlo en la mano todo el día.

Dev niega con la cabeza con falso desagrado. Es la quinta esencia de Charlie: parecer un modelo de colonia de los hombros hacia arriba con esas gafas de quinientos dólares y como una madre en un partido de fútbol de la cintura para abajo, con el jersey atado a la cintura y su calzado adecuado.

De repente, Dev siente la urgencia de echarle una foto, de documentar ese día y esa versión de Charlie, para que al cabo de seis meses, cuando esté sentado en su casa de El Monte con sus tres compañeros de piso, viendo la boda televisada de Charlie y Daphne Reynolds, tenga pruebas de que existe otra versión de Charlie Winshaw que compra el extravagante regalo para el aniversario de los padres de otra persona, que deja que Dev coma de su plato, que dice palabrotas. Una versión de Charlie Winshaw que únicamente le pertenece a él, aunque sea durante un minuto, aunque sea en una cita de práctica.

La urgencia es demasiado fuerte como para ignorarla. Agarra a Charlie por el codo y lo arrastra en dirección al muelle, donde hay un bonito cuadro de la montaña de la Mesa.

—Hazte un selfi conmigo, Charlie.

Charlie no se resiste. Rodea los hombros de Dev con un brazo y se inclina hacia delante. Su sien se coloca sobre la dura barbilla de Dev. Durante varias horas, en lo único en que consigue pensar él es en lo maravillosamente bien que encaja Charlie justo allí, junto a su barbilla.

Charlie

A Charlie le apetece mucho besar a Dev en ese momento.

—¿Adónde vamos ahora? —pregunta Dev cuando se separan poco a poco, como si sus extremidades fueran de velcro. Charlie señala vagamente hacia la montaña de la Mesa, incapaz de concentrarse en algo que no sea la boca de Dev—. ¿Al cielo? ¿Vamos a dar una vuelta en helicóptero? Es un gesto muy propio de *Y comieron perdices* por tu parte.

A Charlie le apetece mucho, muchísimo, besarlo. Con la cabeza colocada bajo la barbilla de Dev, podría haberse erguido y haberlo besado en el muelle sudafricano, con cientos de turistas alrededor como testigos.

Y ese es el motivo por el que no ha podido besarlo, por supuesto.

—No, vamos a la montaña de la Mesa.

—¿Cómo llegaremos hasta allí? —Dev entorna los ojos—. ¿En helicóptero?

—Hay un teleférico.

—¿Un teleférico? —Dev se sube las gafas por la nariz, nervioso.

—Sí.

—¿Que sube en plan por la ladera de la montaña?

—Sí, los teleféricos suelen funcionar así.

Dev traga saliva.

—¿Te dan miedo las alturas?

Dev echa los hombros hacia atrás en una especie de forzada fanfarronería.

—A mí no me da miedo nada. Solo la intimidad y el abandono emocionales.

Y las alturas. Le dan mucho miedo las alturas. Se remueve inquieto en el Uber de camino al teleférico, y, cuando el cubículo rojo aparece ante ellos y emprende un ascenso de más de un kilómetro, Dev debe secarse el sudor de las palmas de las manos en los vaqueros.

—No hace falta que subamos.

—A ver, seguro que cuando llegas arriba merece la pena.

—Sí, pero si...

—Si tú puedes ir de compras, yo puedo subirme a un teleférico.

Bajan del Uber y se colocan en la cola de quienes ya han comprado las entradas. Charlie se ha despertado a las cinco de la mañana para adquirirlas antes de la sesión de confesiones, y enseguida entran en un atestado teleférico con otros sesenta turistas.

Dev se aferra a una agarradera con la espalda apoyada en el cristal. El teleférico se inclina hacia delante. Dev pierde el equilibrio y Charlie le sujeta la mano cuando el suelo empieza a rotar para que disfruten de unas vistas tres sesenta de Ciudad del Cabo. Dev cierra los ojos con fuerza.

—Avísame cuando estemos arriba, ¿vale?

Charlie le da un ligero apretón en la mano, agradecido para sus adentros por el miedo de Dev y la excusa que le da para agarrarlo. Han subido seiscientos metros, están atrapados en una caja de metal y se balancean para ascender la ladera de una montaña. La mano de Dev se aferra a la suya, y las vistas son demasiado espectaculares como para tener miedo.

—Dev —susurra—. Abre los ojos. Es precioso. ¡Dev!

Dev entreabre un ojo. Luego el otro. Charlie observa cómo el también precioso rostro de Dev asimila las vistas.

—Ostras —exclama cuando ve cómo la ciudad se funde en el verde frondoso de las colinas, el azul imposible del océano, la vertiente gris de la montaña que aparece debajo de ellos, el pico Cabeza del León que perfora el horizonte.

—Pues sí.

El teleférico llega al observatorio situado en la cima de la montaña, y cuando salen con los demás Dev le suelta la mano. Charlie lo entiende. Es la estrella de un *reality show* y ha tenido seis novias, y cualquiera de los turistas podría reconocerlo y echarle una foto, una foto que terminaría publicada en un sinfín de webs de cotilleos. Pero durante un glorioso minuto, Dev le ha agarrado la mano en público, y hay cosas que son demasiado bonitas como para restarles importancia.

Espera hasta que dejan atrás la plataforma del observatorio, donde las oleadas de turistas decrecen, y disminuyen todavía más cuando se disponen a recorrer el camino que conduce hacia la otra ladera de la montaña. En cuanto están a solas de nuevo, vuelve a tomar a Dev de la mano. Él entrelaza los dedos con los suyos, y Charlie no tenía ni idea de que un gesto tan simple pudiera ser tan gigantesco en su pecho.

La caminata es perfecta gracias a las impresionantes vistas y a la mano de Dev. El regreso al teleférico es menos estupendo. Cuando el sol comienza a ponerse, la temperatura baja considerablemente, y Dev está hambriento y luego cansado y luego aquejado por el dolor de pies.

—Te he dicho que no te pusieras ese calzado.

—¡Ya lo sé! —Dev se desploma sobre una roca—. La madre que te parió. —Suelta un grito de agonía, se quita una de las chanclas y la arroja sobre un protea rey.

—A ver, que no eres Reese Witherspoon en *Alma salvaje*.

—Bueno, tenemos unas mejillas parecidas.

Charlie va en busca de la abandonada chancleta y se la coloca a Dev en el pie como si fuera una Cenicienta un tanto gruñona.

—Siento mucho haber organizado una cita de práctica tan horrible y que lo estés pasando tan mal. —Dev pone los ojos en blanco—. Ven, anda. Te llevo a cuestas. Súbete a mi espalda.

—No soy un niño pequeño, Charlie.

—No, eres un hombre adulto con una rabieta y estás lanzando tus chanclas a flores inocentes.

—¡Tengo ampollas en los pies!

—Sí, ya lo sé, cielo. Ven.

Dev consiente en que lo transporte medio kilómetro hasta el teleférico, por lo menos hasta que vuelven a estar rodeados de gente; sus caderas se clavan en la espalda de Charlie, le rodea la cintura con las piernas como las mangas del jersey y le apoya la barbilla en el hombro.

—No es una cita horrible —le dice Dev al oído. Y quizá sea porque no se ven la cara, pero Dev respira hondo—. Puede que sea la mejor cita que haya tenido nunca.

Les prometieron a Parisa y a Jules que quedarían con ellas para cenar en un restaurante caribeño llamado Banana Jam Cafe. Cuando llegan, Jules y Parisa ya están allí, sentadas en una terraza debajo de una pérgola roja, disfrutando de su segunda ronda de Jam Jars, que les han dejado un color rosa eléctrico en la lengua.

—¿Qué habéis hecho hoy, chicos? —les pregunta Parisa mientras coloca los pies sobre el regazo de Charlie cuando este toma asiento.

—Charlie me ha llevado a cuestas para bajar una montaña.

—No para bajarla. Más bien... para cruzarla.

—Heroico y viril de todos modos.

—Las dos palabras que mi padre utilizaba más a menudo para describirme.

Piden muchísima comida y beben muchísimos cócteles rosados, y Charlie intenta prestar atención a la historia que está contando Parisa sobre sus aventuras con Jules al explorar el otro lado de Ciudad del Cabo, pero Dev está ahí y ha dicho que ha sido la mejor cita que ha tenido nunca, y a Charlie le cuesta concentrarse en cualquier otra cosa.

—Bueno, ¿queréis ir? —está diciendo Jules. Se dirige a él, al parecer.

—¿Adónde?

—A la fiesta de esta noche —repite Jules—. La que os acabamos de contar. Nos hemos encontrado a unos tipos que están grabando una peli sobre piratas, y nos han invitado.

—He decidido que es una buena oportunidad para que Jules haga contactos —dice Parisa—. Es demasiado brillante como para seguir trabajando como asistente personal.

Jules le dedica una sonrisa de oreja a oreja.

—¿Tú te apuntas?

Lo último que le apetece hacer a Charlie es sentarse en una habitación de hotel mientras una panda de Hollywood se droga y le tira los trastos a Jules y a Parisa, donde no tendrá permiso para tocar a Dev durante varias horas.

—Creo que no. Estoy muy cansado.

—¿Dev? —le pregunta Jules, y le lanza una mirada que es en parte optimismo y en parte derrota ya aceptada—. ¿Quieres ir a la fiesta con nosotras?

—Tengo ampollas en los pies. Unas lesiones horribles y monstruosas. Pústulas, Jules, y no puedo...

—Vale. Ya lo pillo. Sois unos *pringaos*.

—Eso, vaya par de *pringaos* —añade Parisa, dándole un golpecito en el vientre a Charlie con el dedo del pie—. Nosotras vamos a ir a la fiesta, y nos vamos a pasar toda la noche de juerga, y vosotros vais a quedaros sentados en vuestra *suite* de hotel, los dos solitos, viendo *The Expanse*.

Parisa le guiña un ojo, y Charlie comprende la insinuación. Van a tener la *suite* para ellos. Durante horas.

Dev estará en su habitación, en su cama, y Charlie podrá tocarlo de todas las formas en que Dev se lo permita. Dirige la mirada hacia el productor, quien traga saliva con aire dramático en cuanto cruzan los ojos, y Charlie recuerda su olvidada fantasía de recorrer la distancia desde la boca de Dev hasta las partes ocultas de su cuerpo.

Un dato curioso: en Sudáfrica, los camareros no te traen la cuenta hasta que la pides, así que puedes quedarte en el restaurante tanto tiempo como quieras.

Charlie pide la cuenta.

Dev

En el Uber no se tocan en absoluto porque Jules está sentada entre ambos, y Parisa, borracha en el asiento delantero, coquetea con el conductor. Y no se tocan en el ascensor, y no se tocan nada más llegar a la habitación del hotel; se sientan en extremos opuestos del sofá mientras Jules y Parisa se cambian de ropa y se preparan con una botella de *Chenin* blanco. Incluso cuando la puerta de la habitación se cierra tras ellas —Parisa hace un último gesto sugerente que da a entender que no está tan empanada como Jules—, siguen sin tocarse.

Así pues, Dev prepara el siguiente episodio de *The Expanse* en el portátil por alguna infame razón, y Charlie se queda a un metro de él, contemplando al hombre atractivo de la pantalla del ordenador como si de verdad solo le importara la ciencia. Por un lado, bien. Dev ya ha dejado que lo suyo con Charlie fuera demasiado lejos, pero hay una clara diferencia entre besar a la estrella del programa y acostarse con la estrella del programa, y una de las dos opciones sonará bastante peor cuando acabe en los blogs de chismorreos, que se servirán de las acciones de Dev para demostrar la inherente inmoralidad de *Y comieron perdices*.

Pero, por el otro lado, disponen de la *suite* entera para los dos, y Charlie les ha planeado una cita de práctica, y ¿una cita de práctica no debería terminar con sexo de práctica?

«Sexo de práctica». Dios, sonará fatal en las reuniones con el departamento legal de la cadena.

Tal vez sea mejor que se pasen toda la noche viendo la televisión. Dev ni siquiera sabe si a Charlie le apetece acostarse con él.

—Mmm. ¿Dev? —Charlie tose desde la otra punta del sofá.

Dev se vuelve y Charlie ya no está en absoluto en la otra punta del sofá. Está justo a su lado, se inclina hacia él, lo recuesta sobre los cojines del respaldo y lo besa ardientemente. «Gracias a Dios».

Dev le pone las manos a Charlie en el pelo, le rodea las piernas a Charlie con las suyas, porque en cierto modo es lo que tiene más sentido.

No que Charlie siga con seis mujeres en el concurso, sino que esté allí, con él.

Dev consigue quitarse la chaqueta vaquera sin abandonar la boca de Charlie y se cabrea cuando no pueden hacer lo mismo con el jersey de Charlie. Se cabrea más incluso cuando ve que Charlie es pésimo quitándose la ropa en los momentos en que más importa, pero entonces desaparece el jersey, y también la camiseta, y Dev ya no está cabreado. Se quita su propia camiseta, y acto seguido las manos gigantescas de Charlie le acarician la piel y tocan todos los centímetros de su cuerpo.

—Dormitorio —jadea Charlie contra su clavícula—. Te quiero en nuestra cama.

El corazón de Dev estalla como una bomba de purpurina en su interior, y a duras penas es capaz de obedecer la petición de Charlie. Van del sofá al dormitorio entre tambaleos, tropezando con los pies del otro y quitándose los zapatos con puntapiés. Dev es ligeramente consciente de que quizá no deberían dejar un camino formado por la ropa de ambos a lo largo de la *suite*, pero está distraído por el pelo de Charlie y por la boca de Charlie..., y por el propio Charlie, al que empuja hacia la cama mientras él se coloca de rodillas en la alfombra justo delante.

Charlie está ruborizado y pone una mueca; sus ojos grises delirantes por el alcohol y por Dev. «Esto sí tiene sentido». Dev alarga los brazos y desabrocha los vaqueros de Charlie.

—Dev... —empieza a decir Charlie, pero Dev ya le ha bajado el pantalón de la cintura, dejando así a la vista su bóxer gris y la erección que tensa la tela de su ropa interior—. Espera un momento.

Dev se detiene, con las manos quietas sobre los musculosos muslos de Charlie.

—¿Estás bien?

—Sí. —Charlie exhala, y Dev contempla cómo una acción tan leve como respirar crea una docena de ondas por el pecho y los abdominales de Charlie—. Sí, Dios, sí, pero necesito un minuto. No es que no quiera, obviamente... —Avergonzado, se señala la entrepierna con una timidez muy propia de él, y a Dev le sube el corazón por la garganta—. De verdad que lo quiero, pero es que... yo no... no he hecho esto... nunca.

Dev suelta una breve carcajada y besa el interior del muslo de Charlie.

—Sí, cariño, ya había adivinado que nunca has estado con un hombre.

—No, Dev. —Charlie se atraganta con las palabras, y al final las escupe—. Nunca lo he hecho. En general.

Antes de que Dev pueda asimilar la confesión por completo, Charlie se echa hacia atrás y se tapa la cara con las manos, respirando muy deprisa entre los dedos. Dev se incorpora sobre la cama.

—Charlie, mírame. ¡Charlie! —Aparta las manos de Charlie—. ¿Me estás diciendo que nunca has estado con nadie? ¿Nunca? ¿De ninguna manera?

Charlie emite un gemido que suena a animal moribundo y se hace un ovillo.

—Pero ¡si tienes veintiocho años!

—¡Joder, Dev, ¡ya lo sé! ¡Soy un bicho raro!

—No eres un bicho raro. Ven aquí. —Agarra a Charlie por el hombro y le da la vuelta—. Para. Mírame. No hay ningún problema. Es que... me cuesta creer que te hayas apuntado al programa. Estás al corriente de que cuando hagamos las citas nocturnas, en la semana nueve, se espera que te acuestes con las dos mujeres que queden, ¿verdad?

—Bueno, pues ¡eso no va a pasar por muchas razones! —grita Charlie al techo de la habitación.

—A los del programa les encanta explotar a alguien que todavía es virgen, pero lo habitual es que lo sepan al comenzar a grabar la temporada, y...

—Dev, por favor, deja de hablar del puto programa.

—Vale. Vale. Lo siento. —Dev le acaricia el vientre hasta que los dos se tranquilizan un poco—. No hace falta que hagamos nada.

—No, es que... yo quiero. —Charlie coloca una mano sobre la de Dev y se aprieta el estómago con las dos—. En el pasado, no lo he hecho por los problemas emocionales y por mi miedo a que me toquen, y por todas las interacciones sociales que hay que superar para llegar a este nivel de intimidad con una persona. Incluso con la gente con la que he salido... Es que no me atraía. Nunca he querido que nadie me viese tan vulnerable. Y me... me aterra que me veas así.

Dev sabe que Charlie le está entregando algo importante, algo que nunca ha permitido que nadie presenciara antes.

—Ay, cariño —dice, y se inclina para besarle la galaxia de pecas al lado izquierdo de la nariz—. Ya sé cómo eres.

Charlie cumple con su promesa y se ruboriza, y a Dev le entran ganas de besar todos los puntitos rosados. No está seguro de haber deseado a nadie tanto como desea a Charlie en estos momentos, y no hay nada que su estrella pudiera decir para cambiarlo.

Dev aparta a un lado la reveladora enormidad de la confesión y extiende un brazo para hacerse con la loción que Charlie tiene en la mesilla de noche.

—Voy a tocarte —le advierte Dev, como hizo la primera noche de grabación, como ha hecho una docena de veces desde entonces. Sus dedos vacilan en la cintura del bóxer de Charlie—. Avísame si quieres que pare, ¿vale?

—Vale —susurra Charlie. Y se encoge cuando Dev lo acaricia ahí por primera vez, y luego se relaja. La sensación de tener a Charlie en la palma de la mano hace que Dev se sienta borracho y estúpido, pero va lento y con cuidado porque es justo lo que Charlie necesita, y porque Dev está un pelín obsesionado con ser lo que Charlie necesita.

Charlie se arquea contra su mano. Guarda silencio e irradia timidez en todo momento, se muerde el labio inferior, aprieta los puños contra la sábana de la cama, apenas se permite respirar. Los ojos de Dev no abandonan el rostro de Charlie mientras experimenta cómo se pone duro al saber que nadie ha sido tan afortunado como para ver a Charlie así. Solo él. Contempla cómo toda la tensión se funde lentamente y abandona el cuerpo de Charlie, y paladea el momento exacto en que ninguna parte de él está tensa.

Ojalá también pudiera echarle una foto a esa versión de Charlie.

Charlie

—¿Estás bien?

Charlie asiente, aunque no. No está bien. Está de una manera totalmente distinta.

Dev se levanta de la cama y Charlie se queda tumbado boca arriba, incapaz de moverse. Le da la impresión de que se ha derretido sobre la manta, que se ha fusionado con las sábanas, y observa el techo para intentar recordar cómo se respiraba. Tiene la misma sensación que cuando con seis años desmontó la videograbadora de la familia para aprender a montarla de nuevo. Él es esa videograbadora; todo está al descubierto, la parte interna se ve desde fuera, los cables están expuestos.

Es lo que había retrasado tanto tiempo, lo que jamás pensó que sería capaz de compartir con otra persona sin sentir humillación ni vergüenza, y ahora que ha cruzado la barrera invisible de su mente ha encontrado algo sorprendente al otro lado. A sí mismo. Una nueva parte de sí mismo.

No está seguro de que hubiese podido experimentarlo con alguien que no fuera Dev. Dev, que sabe cómo es en realidad, que intentó conectar con él desde una perspectiva emocional ya en la primera noche. Que nunca ha aceptado sus balbuceos ni sus evasivas. Que lo ha presionado y presionado hasta haberse abierto paso a la fuerza en su corazón. Recuerda a Parisa y el espectro de dos palmos, y lo que eso significa para él.

Nota una presión detrás de los ojos, una presión que le sube por la garganta, pero reprime la inexplicable urgencia por ponerse a llorar. Lágrimas de felicidad, cree. Dev regresa a la cama con los ceñidos vaqueros negros y el pecho desnudo, y se le acerca para darle un beso en la sien.

—¿Adónde has ido?

—Se me ha ocurrido que querrías que me lavara las manos de inmediato —responde en voz baja—. Te he traído tus toallitas húmedas, por si quieres...

Y es entonces cuando Charlie se echa a llorar. No lo puede evitar, porque Dev lo conoce muy bien. Lo conoce y lo entiende y lo desea de todos modos, y Charlie nunca se ha sentido tan atraído por nadie.

—Ay, cariño. —Dev le sujeta la cara con manos que huelen a jabón de hotel, y seguro que lo sabe. Dev debe de saber que esas dos palabras derriban todas las defensas de Charlie cada vez que las pronuncia. Dev dice: «Ay, cariño», y una parte dormida, una parte de Charlie que secretamente siempre ha querido que alguien lo llamara «cariño», cobra vida en sus entrañas—. ¿Por qué lloras, Charlie?

—Porque eres perfecto. —Y se incorpora para hacer lo que lleva fantaseando desde la primera noche. Le lame la nuez de Adán. Sigue el caminito por el cuello, el pecho, la parte inferior de su torso, hasta que Dev está debajo de él, delgado y huesudo, y es suyo, por lo menos ahora—. Eres muy guapo —susurra Charlie mientras le quita los vaqueros.

—La verdad es que no —se ríe Dev.

—Sí que lo eres. Eres superguapo. —Los vaqueros ceñidos se quedan atascados en los tobillos de Dev y Charlie tira con fuerza, y casi se cae de la cama por la desesperación con que necesita que ese pantalón desaparezca de una vez. Cuando levanta la vista, sus ojos se clavan en los de Dev a más de un metro noventa de él, y en esos ojos ve brillar algo que no comprende. Necesita comprenderlo todo de Dev, maldita sea—. ¿Me dejas verte desnudo, por favor?

Ser lo bastante valiente como para pedir lo que desea es una victoria. Dev profiere un gemido de consentimiento y permite que Charlie lo desnude del todo, y por fin lo ve entero.

Charlie no puede esperar un segundo más para tocarlo.

—Joder —dice Dev cuando Charlie le lame la mano con fervor—. Joder —repite cuando Charlie lo rodea con la mano. Dev dice «joder» muchísimas veces mientras Charlie se lanza a una maniobra chapucera, demasiado ansioso, demasiado entusiasmado como para recordar ir con cuidado. Dev estalla de todos modos bajo sus caricias, y después Charlie no quiere lavarse las manos; quiere besar a Dev hasta que no haya ningún espacio entre ambos.

Y lo besa. Junta los pechos pringosos de los dos, recuesta a Dev de nuevo sobre la manta y le besa la boca, la mandíbula, el cuello; lo besa hasta que se le insensibilizan los labios. Y entonces coloca el oído sobre el esternón de Dev y escucha los latidos de su corazón mientras los dedos de Dev juguetean con sus rizos uno a uno.

Se siente liberado. Como si ya no le quedara nada que intentar ocultar, ningún motivo por el que no mostrarle a Dev el resto de su ser. Así que Charlie empieza a hablar bajo la tenue luz de la habitación y dice cosas que nunca ha verbalizado, ni siquiera ante Parisa. Habla de su infancia, de sus hermanos, de sus padres. Le cuenta que en la escuela se sentaba a comer todos los días solo porque a los demás niños les daban miedo sus diferencias y su intensidad, que lo acosaban en el recreo. Que el terapeuta del instituto le dijo que hacer ejercicio quizá lo ayudaba a reducir la ansiedad, que se fue obsesionando gradualmente con el ejercicio. Que los mismos compañeros de clase que le gritaban en los pasillos y le lanzaban envases de leche en el autobús de pronto querían hablar con él porque se había obsesionado con el ejercicio. Que estuvo muy desesperado para huir de su pueblo cerrado y de su vida cerrada y de su familia de mente cerrada, y al llegar a Stanford a los dieciséis años descubrió que en todas partes hay gente de mente cerrada.

Dev lo escucha y no dice nada, y en ningún momento deja de juguetear con el pelo de Charlie. Las revelaciones dan todavía más miedo que el sexo porque son otra barrera, otra línea que jamás se vio cruzando con nadie. Es la clase de intimidad que ha evitado con mayor ahínco, convencido de que jamás podría confiarle a nadie esas partes de su persona. Dev acepta todas las partes de su ser como si tal cosa.

—Creo que me gustas mucho mucho —le dice Charlie junto al esternón.

La confesión pende entre ambos durante un segundo.

—¿Dos «muchos»? —pregunta Dev al fin, y Charlie detecta una sonrisa en su voz—. Y aún no has visto lo que soy capaz de hacer con la boca.

Charlie se ríe y rueda con Dev para quedarse él boca abajo sobre la cama con Dev encima. Dev ya no sonríe. Charlie deja de reír. Dev le besa el cuello, le mordisquea los pezones, le lame el centro del abdomen como hizo en Nueva Orleans y Charlie impidió que la cosa fuera a más.

Dev va a más, le besa la cintura, el interior del muslo, hasta que Charlie vuelve a estar duro.

—Por favor, ¿puedo? —La voz de Dev suena tensa.

Charlie arquea las caderas para responder, demasiado consumido por las sensaciones como para hablar, y cuando Dev vuelve a lamerlo no sabe si debería reír o maldecir o chillar, así que puede que haga las tres cosas. No se censura en absoluto, dice lo que piensa y lo que siente, y observa cómo sus palabras logran que Dev pierda toda contención.

Charlie es un desastre con patas, pero Dev también, y es increíble que se hayan encontrado el uno al otro en ese ridículo programa sobre el amor de cuento de hadas.

—Bueno... —Parisa le dedica una sonrisilla sobre la taza de café—. ¿Cómo fue?

—Chist —le sisea. Sus ojos se dirigen a la puerta cerrada del dormitorio de Jules—. No seas ordinaria.

—No estoy siendo ordinaria. Te estoy apoyando. —Parisa recuesta la cadera en la encimera y agarra una magdalena—. Yo te lo cuento todo sobre mis escarceos.

—Nunca te he pedido que fueras tan gráfica, y, de hecho, preferiría que dejases de serlo.

Parisa tiene por lo menos la decencia de bajar la voz.

—No te estoy pidiendo que me lo cuentes con pelos y señales. Pero... ¿os acostasteis?

Charlie sorbe el té y procura no ruborizarse ante el recuerdo.

—A ver, hicimos..., pero eso no.

—Por el amor de Dios, Charles. —Le da un golpe en el brazo—. ¡Cuéntamelo, chocho!

—¿Perdón? —Charlie se atraganta con el té de limón y jengibre.

—Lo siento. Todavía no estás preparado para eso. —Retrocede—. Quiero decir que estoy muy orgullosa de ti. Seguro que tuviste que ser muy valiente para permitirte mostrarte tan vulnerable con alguien.

Charlie se queda mirándola en la cocina y piensa en lo que le dijo Dev anoche, que ya sabía cómo era. Se da cuenta de que Parisa también lo conoce a las mil maravillas.

—Gracias.

—Entonces, ¿por qué no hubo penetración? ¿Necesitas que te haga un dibujo para que sepas dónde va cada cosa o...?

—Te odio, en serio.

—Me adoras.

—Te mandaré a casa ahora.

—¿Y quién te ayudará a preparar esa sorpresa especial para tu novi...? ¡Buenos días!

Charlie le da una patada a Parisa cuando Dev entra en la cocina. Por alguna razón, verlo con los vaqueros negros ceñidos y una camiseta negra, y con el pelo todavía mojado de la ducha, basta para que Charlie tenga escalofríos en los brazos. Casi nota las manos de Dev sobre sus caderas, manteniéndolo contra la cama mientras le...

—Buenos días. —Charlie se aclara la garganta.

—Buenos días —gruñe Dev mientras se dirige hacia la cafetera sin mirarlo a los ojos.

—¿Has dormido bien, Dev? —Parisa no lo puede evitar.

Dev se sobresalta mientras intenta servirse un café. Sus ojos viajan de la sonrisilla de suficiencia de Parisa al revelador sonrojo de Charlie.

—He dormido bien, sí, gracias.

Parisa pone los ojos en blanco, claramente decepcionada por su incapacidad para poner nervioso a Dev.

—Muy bien. Voy a ver si Jules está preparada.

En cuanto se marcha, Dev se acerca a Charlie.

—O sea, que lo sabe...

—Todo —le suelta Charlie, y se muerde el labio inferior—. Lo sabe todo. Lo siento.

—¿Y le da igual? —Dev se pasa una mano por el rostro recién afeitado.

—Sí —responde Charlie—. No cree que haya para tanto.

Una expresión de tristeza atraviesa el rostro de Dev, y Charlie comprende lo que acaba de decir.

—No me refería a eso. —Agarra la cintura de Dev y lo atrae hacia sí—. Solo quiere que sea feliz.

Charlie le da un beso y saborea el primer sorbo de café matutino en la lengua de él. Dev profundiza el beso, pasa los dedos por el pelo de Charlie hasta que este se pone de puntillas, y se empotran contra la nevera del hotel, y Charlie está a punto de mandar a la mierda la Misión Grupal de hoy y a las seis mujeres y todo el programa, porque lo único que desea es arrastrar a Dev hasta la cama y perderse en su cuerpo perfecto, y no sabía que era posible sentirse así por otra persona, no tenía ni idea.

Cuando Dev por fin le libera la boca, Charlie suspira.

—Me haces muy feliz, joder.

Hace tres meses, cuando Parisa y él aceptaron participar en el programa, la idea de comprometerse de mentira con alguien al final del proceso, por extraña que pareciera, les traía sin cuidado. Charlie sabía que iba a tener que aparecer en otros programas con una mujer que solo accedía a ello para ser famosa. Iban a tener que fotografiarlos juntos, salir por ahí juntos. Sabía que habría un compromiso obligatorio de seis meses después de que terminara el programa antes de que les permitieran poner fin a la relación de forma amistosa, pero esa incómoda inconveniencia parecía un trato justo por la posibilidad de recuperar su antigua vida. No es que pensara que en su futuro habría hueco para una relación de verdad.

Pero ahora... ahora se queda dormido todas las noches con el brazo de Dev sobre su cintura y se despierta todas las mañanas delante de la mancha de babas de la almohada de Dev, y de pronto solo quedan veinticuatro días, y a Charlie le cuesta muchísimo imaginar cómo va a terminar todo.

Intenta prestar atención a las mujeres durante las Misiones Grupales, pero el programa no se lo pone fácil. A pesar de que ya solamente quedan seis, las chicas siguen viéndose obligadas a competir en retos absurdos para ganar tiempo con él. Charlie no entiende cómo puede alguien enamorarse de verdad en ese programa; habrá pasado quizá unas cinco horas con cada mujer por separado.

El jueves, el programa se graba en los jardines botánicos Kirstenbosch, donde las mujeres aprenden pseudobotánica y elaboran pociones de amor que él debe beberse sí o sí. Cuando Mark Davenport se pasea entre ellos en sus quince minutos de trabajo semanales para anunciar que la vencedora de la semana y de la Misión Grupal es Daphne, se desencadena el mismo drama de siempre. Megan se encierra en el cuarto de baño, Delilah llama «tramposa» a Daphne y Angie salta en su defensa. A Charlie lo agotan.

Cuando regresan a la *suite*, a Dev le informan de que Megan se presentará para hablar con Charlie. La habitación enseguida se prepara para la grabación, y, cuando Megan aparece al cabo de una hora, es evidente que su responsable la ha incitado para que haga una visita nocturna. Lleva bastante poca ropa, y enseguida se abalanza sobre él. Es la semana seis, y Charlie por fin tiene la aprobación de Maureen desde Los Ángeles para mandar a Megan a casa durante la Ceremonia de Coronación. Sin ninguna duda, es la forma que tiene Maureen de asegurarse de que Megan se va a casa con el mayor dramatismo posible. Las otras cinco mujeres, en sus respectivas habitaciones, seguramente estén hablando del plan desesperado de Megan por seducirlo ante las cámaras. Charlie lleva el suficiente tiempo en el programa como para verle las costuras, que Maureen es capaz de manipular desde miles de kilómetros de distancia.

—Es que necesitaba verte —le ronronea Megan en el cuello. Diplomático, Charlie la lleva hasta el sofá. Es obvio que ha ido allí a intentar seducirlo. En cuanto se sientan, la boca de ella busca la suya, sus manos le recorren el cuerpo. Charlie cuenta sus Misisipís hasta que es un momento apropiado para detenerla.

Megan se queda abatida al presenciar la repentina distancia de él. Charlie estudia las finas líneas que le recubren los labios, las orejas moradas que se asoman debajo del maquillaje de ojos. Dev lo ha distraído tanto en estas últimas semanas que no ha prestado demasiada atención a las mujeres. Al ver a Megan, se da cuenta de que la chica no se encuentra bien. Ha perdido peso y lo mira con ojos vidriosos, y Charlie ve como en un espejo sus luchas internas contra la ansiedad. La han conducido por el camino que discurre entre la narrativa de la villana que han escrito para ella, y ahora está a punto de derrumbarse por el estrés.

—Megan —empieza a decir.

—Te quiero —le suelta antes de que Charlie diga nada más. Apenas repara en que es la primera vez que alguien le dedica esas palabras. Ojalá no procedieran de una mujer que tan solo desea ganar una competición.

—Megan —prueba de nuevo, pero esta vez lo interrumpe un nuevo golpe en la puerta. Se trata de Delilah, también maquillada en exceso, seguida de su responsable.

—Charlie, lo siento —anuncia al irrumpir en la habitación—, pero tenía que venir a decirte que Megan está loca.

Charlie se encoge al oír esa palabra.

—Me dijo que iba a acostarse contigo esta noche para que no pudieras mandarla a casa.

—¡Delilah me tacha de puta porque es virgen y una estrecha! —Megan salta del sofá.

—Porque tachar de puta es mucho mejor —dice Charlie. Nadie lo oye. Delilah y Megan se gritan la una a la otra, y los cámaras graban la escena con gran alegría. Delilah sigue escupiendo palabras como «chiflada» e «inestable», y Charlie está de vuelta en WinHan, oyendo los susurros en los pasillos. Es ofensivo. Es horrible.

Detrás de las cámaras, Jules está lívida, pero sujeta a Parisa antes de que la publicista ensarte a los productores con los tacones de sus zapatos Louboutin. Incluso Ryan Parker parece estar incómodo. Cuando Charlie clava la mirada en Dev, sin embargo, lo ve contemplar la pelea con frío desapego. No comprende cómo Dev es capaz de quedarse ahí y dejar que se desarrolle la escena, por qué permite que dos mujeres se acosen emocionalmente en pos del entretenimiento.

Pero a eso se dedica el programa *Y comieron perdices*. Explota a las personas durante sus momentos más vulnerables, y un equipo de gente por lo general bastante decente lo permite. Dev ya ha presenciado otros momentos tensos —cuando el novio le chilló a Kiana, cuando Megan fue a por Daphne—, y a Charlie no debería sorprenderlo ver que se queda donde está, permitiendo que se desarrolle el enfrentamiento. Tanto da lo que hagan detrás de la puerta cerrada de la habitación del hotel en la cama que comparten, porque al final Dev siempre dará prioridad al programa.

Charlie no puede creer, después de todo, que no se haya percatado hasta ahora.

De pronto, se encoleriza. Quiere enfrentarse a Maureen Scott y a su tóxico programa, pero no sabe cómo, no posee ningún poder ante la situación.

Pero...

—Ya basta —se oye decir—. Estoy harto de consentir este comportamiento.

—Charles —comienza Megan, con falso tono de disculpa.

Charlie se levanta del sofá y procura componer una expresión de seguridad.

—Lo siento, pero creo que las dos deberíais iros.

—Tienes razón —asiente Delilah. Decide interpretar el papel de la racional de las dos—. Hablaremos mañana cuando todos nos hayamos tranquilizado.

—No, creo que deberíais iros del programa. De forma permanente.

Las dos mujeres rompen la cuarta pared y se quedan mirando a los cámaras y a los productores, claramente confundidas. No es así como les dijeron que iba a terminar la noche, pero Charlie no piensa ceder. Sabe que en estos momentos, en algún lugar de Los Ángeles, un equipo de edición está explotando miles de horas de grabación —casi todos los minutos que ha vivido él en el programa han sido documentados para que su participación se traduzca en capítulos de ochenta minutos sin anuncios—, y Maureen Scott está ahí, manipulando las imágenes de Megan para que esa escena suponga la culminación de su papel de villana. Charlie no tiene poder sobre gran cosa, pero sí tiene en su poder la posibilidad de cargarse esa escena.

—Os mando a casa a las dos ahora mismo —dice— porque no me interesa conocer a mujeres que permiten que los productores las manipulen hasta comportarse de este modo.

Un doloroso silencio se instala en la habitación, tan solo roto por los lloriqueos de Megan.

—Os acompaño hasta la puerta.

Los productores se dan prisa en empaquetar las cosas de ambas, y los cámaras bajan las escaleras como alma que lleva el diablo para poder grabar cómo las furgonetas negras se llevan a las dos mujeres que han sido expulsadas. Charlie se reúne de nuevo con su equipo. Parisa y Jules están orgullosas de él. Ryan está divertido. Y Dev, junto a la nevera, la misma nevera en la que lo empotró hace un par de días, está cabreadísimo.

—No me puedo creer que hicieras eso —le sisea Dev cuando termina el drama y regresan a su habitación, con la puerta cerrada—. Maureen se va a enfadar.

—No me puedo creer que tú hicieras eso —le espeta—. El que está enfadado soy yo.

—¿Yo? —Dev se alisa la camiseta, manchada de sudor—. Yo no he hecho nada.

—Exacto. No has hecho nada mientras Delilah le soltaba cosas espantosas a Megan.

Dev resopla mientras saca una camiseta de la bolsa sin deshacer, y debe olisquearla para comprobar que está limpia.

—¿Qué se supone que iba a hacer, Charlie? Es mi trabajo, y tu ardid para criticar a los productores delante de las cámaras me ha hecho quedar fatal en mi trabajo.

Charlie se sienta a los pies de la cama e intenta masajearse la cabeza para contrarrestar la cefalea que se le está formando entre las cejas por la tensión.

—¿Tu trabajo? —repite—. Muy bien. Solo eres mi responsable, y la próxima temporada serás el responsable de Angie cuando sea la siguiente princesa.

—Angie nunca sería la siguiente princesa. Empieza a estudiar Medicina en otoño.

—Eso ahora mismo da igual. —Respira hondo tres veces. No han discutido nunca, y Charlie desconoce las normas—. ¿No ves que tiendes a ignorar los aspectos más dañinos del programa cuando no se ajusta a tus ideas del romance de cuento de hadas?

Es evidente que decir eso va en contra de las normas. Dev lo mira perplejo.

—¿Qué? No. Yo no hago eso.

—Dev, la manera en que el programa trata la salud mental, y con tu depresión...

—Mi depresión no tiene nada que ver con el programa.

—Te pasaste una semana deprimido, y nadie del equipo hizo nada al respecto. Te ignoraron tan felices, siempre y cuando yo actuase delante de las cámaras. Y te hacen trabajar hasta la extenuación. ¿Acaso puedes sacar tiempo para hacer terapia, aunque sea por internet?

—No estoy yendo a terapia. —Dev se remueve delante de la cama, a la defensiva.

La mente de Charlie reproduce de inmediato la imagen de Dev hecho un ovillo en la cama de Múnich.

—¿Ah, no?

—No. —Intenta encogerse de hombros, despreocupado, pero el disfraz de Dev el Divertido empieza a escurrirse—. En realidad, no lo necesito.

Charlie está con el agua al cuello. No sabe cómo mantener una conversación seria con alguien que le importa tantísimo, alguien a quien le aterra perder.

—Tu tratamiento es decisión tuya —empieza a decir, con la boca seca—, pero en Múnich no me parecía que estuvieses genial.

—Estoy bien —se apresura a asegurarle Dev—. Siempre estoy bien. No pasa nada, colega.

—¿En serio acabas de llamarme «colega»?

Dev se lleva las manos a las caderas y se queda mirando a Charlie sentado en la cama, como si lo retara a desmontar su farol. El rostro de Dev es una perfecta máscara de calma. Charlie quiere arrancarle la máscara de un tirón. Quiere agarrar a Dev por los hombros y zarandearlo. «Para. Deja de fingir que estás bien. Conmigo no tienes que fingir».

Charlie se aprieta la punta de los dedos contra los ojos cerrados hasta que ve puntitos. Ojalá dispusiera de las palabras adecuadas para conseguir que Dev lo entendiese; le gustan todas las versiones del Dev auténtico. Desea pasar otros veinticuatro días con Dev el Defensivo y con Dev el Apasionado y con Dev el Hambriento Colérico y con Dev el Romántico Empedernido. Mejillas y barbilla. Labios graciosos y ojos de violín. Piernas y el rastro de vello oscuro en la parte baja del vientre. No quiere pasarse veinticuatro días con la versión de Dev que Dev cree que debe ser para complacer a los demás.

Charlie se levanta y da varios pasos hacia él, y lo intenta.

—Me importas —dice. Le sujeta la cara con las manos, y durante un minuto Dev se lo permite—. Solo quiero que estés bien.

Dev se aparta e interrumpe el contacto físico.

—Que estoy bien. De verdad. No estoy roto y no tienes que arreglarme. No soy como tú y no intento demostrarles a una panda de imbéciles del gremio tecnológico que soy neurotípico.

—Necesitar terapia no significa que estés roto. —Charlie retrocede físicamente—. Llevo yendo a terapia por mi trastorno obsesivo-compulsivo desde los doce años, y no porque quiera demostrarle nada a nadie, solo a mí mismo.

—Pues me alegro por ti, pero yo de verdad que estoy bien. —Dev resopla.

—Yo nunca podría estar con alguien que no se cuida, Dev.

—No estás conmigo —le espeta—. Todo esto es de práctica, nada más.

Dev le dijo hace cuatro días que lo único que le da miedo es la intimidad y el abandono emocionales, así que quizá debería haberlo visto venir. Charlie se ha abierto con Dev de todas las formas posibles, ¿y qué le ha dado él a cambio? Solamente un «colega» y un «estoy bien». La misma mierda de Dev el Divertido de siempre. Qué idiota ha sido al pensar que significaba algo para él.

Charlie agarra las zapatillas de deporte del suelo, junto a la cama.

—¿Qué haces?

—Me voy al gimnasio del hotel —gruñe Charlie mientras se pone las zapatillas. No se molesta en atarse los cordones. Necesita salir de la habitación cagando leches antes de que Dev lo vea llorar.

—Es de madrugada.

—Pues salgo a correr un poco.

—¡Espera! —grita Dev cuando Charlie sale por la puerta—. Estamos en medio de una conversación.

—Creo que la conversación ya ha terminado.

Charlie empuja a Jules y a Parisa, que están en la cocina comiéndose un tentempié nocturno y fingiendo que no han escuchado toda la discusión.

—¡Charlie, detente!

Charlie no se detiene. Sale por la puerta, recorre el pasillo y baja los escalones de dos en dos.

—Charlie.

Dev le agarra el hombro y Charlie da media vuelta. Está enfadado y está cansado y está con el corazón roto y no sabe qué cojones hacer que no sea agotarse con el ejercicio para deshacer el horripilante nudo que se le ha formado en el pecho.

—¿Sabes una cosa, Dev? —dice, y fracasa en su objetivo de no ponerse a llorar delante de él—. Para ser una persona que asegura amar el amor, se te da muy bien apartarlo de un empujón.

Acto seguido, se vuelve y recorre el último tramo de escaleras, consciente de que Dev no va a seguirlo.

Dev

Charlie baja los últimos escalones de dos en dos, empuja la puerta y desaparece. Se ha ido, y hay algo en el ruido que hace una puerta al cerrarse que sugiere un final. Es como si en un santiamén se hubieran esfumado veinticuatro días.

Una progresiva insensibilidad le nace en la punta de los dedos. Se apodera de sus manos, sus antebrazos, sus codos, hasta que se queda en las escaleras sin saber cómo moverse. «¿Qué he hecho?».

Se enfadó muchísimo con Charlie por haberse cargado la escena con Megan y Delilah, aunque Charlie no hizo más que ser Charlie de principio a fin. Sincero y vulnerable y amable. Le ha agarrado la cara con las manos y le ha dicho que le importaba, y Dev ha lanzado el afecto de Charlie al suelo y lo ha pisoteado con fuerza.

«Para ser una persona que asegura amar el amor, se te da muy bien apartarlo de un empujón».

Pero Charlie nunca lo amaría a él. La historia de Charlie termina con una Tiara Final, y quizá vale más que se dé cuenta ahora y no dentro de veinticuatro días. Charlie le confesó todas sus intimidades, se abrió como si fuera un regalo, se lo contó todo. Dev sería muy tonto si creyera que eso significa que pueden estar juntos.

Nunca debería haberlo empezado. Nunca debería haber permitido que Charlie lo empezara.

Dev abre la puerta de la *suite* del hotel. No recuerda cómo ha llegado hasta allí. Su cerebro intenta nadar con estilo braza por debajo del agua. Jules y Parisa están en la cocina. Son las dos de la madrugada, y no se han cambiado la ropa que llevaban en la Misión Grupal en el Kirstenbosch. Parisa viste un caftán amarillo intenso que le recorre las curvas como si fuera miel, Jules viste pantalón corto de pana y una camiseta hecha por sí misma con las caras de Finn y Poe, de *Star Wars*, rodeados de un gigantesco corazón de pintura. Las dos lo miran con una expresión que el cerebro líquido de Dev no consigue interpretar.

—Yo voy a buscar al mío —dice Parisa—. Tú quédate con el tuyo.

Parisa sale corriendo de la habitación, y Dev ahora está sentado en la cama, sin saber cómo. En la cama de los dos. En la cama donde Charlie se abre todas las noches.

—¿Dev? —pregunta Jules, precavida—. ¿Qué ha pasado?

Es obvio que lo sabe. Los ha oído pelearse.

Dev se entierra en unas sábanas que huelen a gel de avena y hace lo imposible por no ponerse a llorar.

—Vete, Jules.

—Venga. —Dev nota como el colchón se abomba ligeramente bajo el peso de su amiga—. Cuéntamelo.

Dev se hunde más en la cama y no piensa en Múnich, cuando Charlie agarró la sábana y se negó a soltarla. Jules opta por un acercamiento distinto. Ella también se abre paso entre las sábanas y se sienta en el medio de la cama, a su lado.

—Dev, por favor. Me importas —susurra contra la fortaleza formada por las sábanas. Esas palabras se reúnen en la garganta de él como si fueran un sollozo—. Cuéntame lo que ha pasado.

—Yo no debería importarte. Soy un monstruo.

—No, no lo eres.

Una tenue luz se cuela entre el edredón del hotel, y Dev solo ve la silueta del rostro de ella, no la cara que pone, al confesarle:

—Me he acostado con él, Jules.

Durante unos instantes, Jules guarda silencio, uno de sus pies delante de Dev, los cuerpos de ambos como si fueran paréntesis.

—¿Se supone que debería sorprenderme que te acuestes con el hombre con el que compartes cama?

—Jules... —Se aprieta las rodillas para aovillarse aún más.

—Dev. —La mano de su amiga tantea en la oscuridad y se coloca en su cuello. Sigue siendo reconfortante—. Ya sé que Charlie y tú estáis liados. Lo sé desde que os besasteis por primera vez en Nueva Orleans. O sea, Parisa y yo podríamos haber compartido sin problemas la cama gigante, Dev.

—¿Por qué has dejado que lo hiciera? —gime contra el colchón—. ¡Me lo estoy cargando todo!

—En primer lugar, yo no te he dejado. Eres adulto. Y en segundo lugar, ¿qué es lo que te estás cargando?

—Pues el programa. En el que trabajamos. En el que ayudamos a gente guapa a encontrar el amor con gente igual de guapa.

—Si te digo la verdad, después de lo de hoy, que le den al programa.

—No. —En cierto modo, esta conversación se amortigua con mucha más facilidad por las sábanas almidonadas—. No lo entiendes. Lo de Delilah y Megan no tiene importancia. Es una distracción del amor, que es lo que él desea. ¡Charlie desea un final feliz de cuento, y yo estoy tan cachondo que me estoy cargando sus posibilidades de conseguirlo!

—¿De verdad es lo único que hay entre Charlie y tú? ¿Es solo sexo?

—Claro que no. Es...

Mierda, Dev ni siquiera sabe qué es lo que hay entre ellos, pero le da la impresión de que empezó hace mucho, ya la primera noche, cuando estrecharon la mano para sellar su pacto y Charlie se olvidó de soltarlo. Al principio, se convenció de que se trataba de ayudar a Charlie a abrirse, de ayudarlo a enamorarse de una de las mujeres, pero, cuando recuerda a Charlie con los ojos a la virulé y en el bordillo después de besar a Angie y en la cocina la primera vez que le permitió que le golpetease el hombro con código morse, no está tan seguro.

—Lo mío con Charlie ha acabado —termina afirmando—. La he cagado y lo he ahuyentado. Y es lo mejor. Es mejor terminarlo ahora que retrasar lo inevitable.

Jules sacude las piernas con intensidad hasta mandar las sábanas a los pies de la cama. En ese momento, la suave luz de la habitación incide en ambos. Dev parpadea y se da cuenta de que ya no se ve atrapado bajo el agua.

—¿Has pensado en..., no sé, en pedirle disculpas?

—¿De qué iba a servir? —Dev se tapa la cara—. Charlie debe estar comprometido con una de las mujeres cuando termine la temporada.

—Entonces, ¿por qué lo besaste?

—Por culpa de los chupitos de tequila —contesta. Pero tampoco está seguro de que eso sea cierto.

—Mira —dice Jules, claramente molesta—. A mí se me dan como el culo estas cosas, pero... eres más o menos mi mejor amigo, ¿vale? Y yo..., en fin, que te quiero y tal.

—Vaya, Jules. Ha sido precioso —ironiza.

—Que te zurzan, lo estoy intentando. Es que... ¿Recuerdas el día que te mudaste para dejar el piso de Ryan?

Dev gruñe de nuevo. Por lo general, ha intentado olvidar todo lo que tenía que ver con su ruptura, enterrar el recuerdo de la depresión que le siguió.

—Comimos *pizza* en el suelo de tu nuevo piso, y te pregunté por qué tardaste seis años en romper con alguien que no te hacía feliz. ¿Recuerdas lo que dijiste?

Dev niega con la cabeza.

—Dijiste que a veces estar cómodo es mejor que ser feliz. —Hace una pausa y se queda mirándolo de una forma que para él es demasiado intensa—. Y no comprendí cómo podía pensar así una persona que está tan obsesionada con la chorrada de los cuentos de hadas que vendemos en el programa. Pero empiezo a entenderlo.

—¿Entender el qué?

Jules le aparta el pelo sucio de la frente. Es un gesto sorprendentemente tierno por su parte.

—Eres uno de los cabrones más divertidos, inteligentes, amables y
apasionados que he conocido nunca, Dev. Y tú también mereces un final feliz de cuento.

Dev contiene las lágrimas con un ataque de tos.

—Vaya, Jules —dice en serio—. Eso ha sido precioso.

Charlie no vuelve a la habitación, y a la mañana siguiente Dev no lo ve
hasta que el equipo se sube en cuatro furgonetas que los llevarán a
Franschhoek, un pueblo a una hora de Ciudad del Cabo, para la Cita de
Cortejo con Daphne.

Ahora que la villana ya no está, el programa tiene una historia que
vender, y esa historia es la de Daphne y Charlie. Necesitan más imágenes de la pareja ahondando en su relación. Franschhoek se encuentra
en el corazón de los viñedos de Sudáfrica, y la pareja se pasa el día
yendo de viña en viña para hacer distintas catas de vinos.

A pesar de que las catas de vinos tal vez sean la mejor idea que ha
tenido Dev nunca, para él es una tortura presenciar la cita. Daphne y
Charlie forman una pareja maravillosa. Se parecen muchísimo: callados y formales, encerrados en sí mismos pero abriéndose lentamente,
como dos bellas flores que florecen al mismo tiempo. Son rubios y están tremendos, y se parecen a todas las demás parejas de *Y comieron
perdices*. Se parecen a Brad y a Tiffany, el primer príncipe y la primera
princesa que Dev vio enamorarse en el programa cuando él tenía diez
años.

Daphne y Charlie son el desenlace, y Dev ha sido una breve subtrama
que seguramente podría eliminarse de la adaptación cinematográfica de
la vida de Charlie.

En un viñedo llamado Leopard's Leap, Jules saca una botella de
Chenin blanco de las provisiones del equipo, y se marchan para sentar-

se al sol y alejarse del ajetreo del set. Parisa no los ha acompañado para la Cita de Cortejo —ha insistido en que debía quedarse en Ciudad del Cabo para trabajar—, así que Dev ni siquiera puede preguntarle qué le ha dicho Charlie sobre la pelea. Y no puede preguntárselo a Charlie porque Charlie se niega a hablar con él.

Después de que los dos se muestren abiertos y cariñosos, Charlie y Daphne se dirigen a un restaurante que se ubica al lado de un hotelito. Comparten una conversación íntima durante una cena iluminada por velas, y el productor que hay en el interior de Dev se entusiasma. Esa escena valdrá oro cuando se emita el programa. Es la semana seis. Solo quedan cuatro semanas. Todo sigue el plan previsto.

—Yo, eh... —empieza a tartamudear Charlie delante de las cámaras—. Los productores me han dado esta tarjeta.

Charlie saca un sobre de color crema de debajo de su salvamantel individual, y Dev nota un vuelco por dentro. Charlie lee la tarjeta en voz alta.

—«Un día romántico merece una noche romántica. Os hemos reservado una habitación en este encantador hotel y...».

Dev no necesita oír el resto. Deja atrás a los cámaras y a los ayudantes hasta dar con Ryan, el productor supervisor encargado de la toma.

—¿De qué cojones va eso? ¿Una cita nocturna? ¿Por qué no se me ha informado?

Las cámaras ya se mueven para grabar la siguiente escena.

—Porque sabíamos que reaccionarías así —responde Ryan—. Mira, los vínculos emocionales de Charlie con las mujeres son geniales, pero sus vínculos físicos son tibios, siendo generosos, y después del desastre con Megan y Delilah necesitamos algo que podamos vender. Una cita nocturna sorpresa será positiva para conseguir audiencia, y a veces tiendes a sobreproteger demasiado a Charlie.

Dev sigue a Ryan y los dos siguen al equipo hacia la habitación del hotel.

—Tiendo a sobreprotegerlo porque no está preparado para una cita sexual.

—Esta mañana se lo hemos comentado —responde Ryan con calma—. Charlie ha dicho que estaba conforme.

Dev se vuelve y contempla a Charlie y a Daphne, con un brazo en la cintura del otro, contentos por el buen vino y por la buena compañía. Entran juntos entre tambaleos en una falsa habitación de hotel con pétalos de rosas en la cama y cien velas blancas y un cuenco gigantesco de condones en la mesilla de noche. Joder.

Dev debe presenciar cómo la pareja se desploma sobre la cama, cómo Daphne se sienta a horcajadas sobre Charlie como suele hacer él, cómo se besan como Charlie y él se besaban en la cama que compartían. Su acelerado corazón cuenta todos los segundos de los preliminares, y esa, cree, es probablemente la razón por la cual uno no se lía con la estrella cuando trabaja en un *reality show* de citas.

—¡Corten! —exclama al fin Skylar por el pinganillo de Dev. Las cámaras ya tienen suficientes imágenes de la amorosa pareja. Todo lo demás quedará implícito cuando graben por fuera la puerta cerrada.

En la cama, Charlie y Daphne se separan, y, cuando se incorpora, los ojos de Charlie buscan los de Dev entre los miembros del equipo. Significa mucho, pero los ojos grises de Charlie parpadean, huecos. Dev no ve nada más y desea decir algo para que Charlie cambie de opinión.

¿Qué le diría? «No era solo práctica. En ningún momento ha sido solo práctica. Por favor, no sigas con esto».

No tiene ningún derecho a decirle nada a Charlie.

Dev nota un brazo que le rodea la cintura, y supone que es Jules. Al volverse se encuentra con Ryan.

—Venga —le murmura su ex al oído—. Vamos al bar a tomar algo.

Charlie

En cuanto las cámaras y los miembros del equipo se marchan, Charlie y Daphne se separan como imanes que se repelen. Él se queda sentado a los pies de la cama e intenta no pensar en la expresión de Dev, en el brazo de Ryan alrededor de su cintura. Daphne está inmóvil en la otra punta de la cama. Charlie no sabe en qué intenta no pensar Daphne.

Charlie sabe por qué ha aceptado la cita nocturna. Después de haberla cagado con Megan y Delilah, era lo mínimo que podía hacer para aplacar a Maureen y lograr que Dev pareciera de nuevo un buen profesional. Al ver a Daphne, al ver su lenguaje corporal, no está seguro de por qué lo ha aceptado ella.

La muchacha tiene el pelo rubio revuelto por la reciente actuación, y se le ha bajado la manga de la blusa. Charlie casi intenta subírsela, pero sabe por el lenguaje corporal de ella que está nerviosa, así que no la toca. Se queda mirándola desde más de un metro de distancia.

Es un encanto. Sus ojos azules resplandecen bajo la tenue luz de la estancia y los besos le han teñido las mejillas de rubor. Si es sincero consigo mismo, si se permite escuchar la voz secreta de su corazón que siempre ha deseado una especie de compañía, Daphne es la clase de persona con la que se imaginaba. Durante un espantoso segundo, se conforma con esa fantasía. Piensa en lo fácil que habría sido todo de haberse apuntado al programa y haberse enamorado de Daphne Reynolds.

Esa idea le revuelve las tripas. Está enfadado con Dev, pero el mero hecho de pensar en Daphne le parece una traición. No hacia Dev, sino hacia sí mismo, hacia la persona que es en realidad y lo que siente sin ninguna duda en las partes más secretas de su ser. Tal vez la historia con Dev nunca llegó a ser real, tal vez ahora el productor se haya ido a liarse con su ex, pero Charlie sabe que detrás de las cámaras no va a pasar nada con Daphne. Ahora solo debe encontrar una forma de decírselo.

—¡No creo que debamos acostarnos!

Por suerte para él, es Daphne quien se lo suelta con un ciego terror desde la otra punta de la cama.

—Es que... no estoy preparada para... para que nos acostemos —balbucea—. Espero... espero que lo entiendas.

—Lo entiendo. —Charlie coloca una mano en la cama, entre ambos, una invitación para una cercanía platónica que ella puede aceptar o rechazar—. Yo tampoco creo que debamos acostarnos.

Sin embargo, están los dos atrapados en la habitación de hotel hasta el alba, sin cámaras. Y Daphne parece incómoda con algo.

—Daphne —prueba a decir—. ¿Te puedo hacer una pregunta? ¿Por qué te has apuntado al programa?

—Para enamorarme —contesta casi en un acto reflejo.

—Sí, pero a mí no me quieres, y sigues aquí.

—¿Crees que no te quiero porque no quiero acostarme contigo? —Lo mira con los ojos entornados.

—No, creo que no me quieres porque no me quieres.

Puestos a ser sinceros, Charlie ni siquiera sabe si se siente atraída por él. Lo ha notado en cada rígida caricia, en cada beso sin pasión. Ahora que puede comparar, se da cuenta de que no ha sido el único que ha fingido. Besar a Daphne es como besarse a sí mismo. La versión de sí mismo que siempre ha sido con todo el mundo menos con Dev.

—Debería estar enamorándome de ti —dice después de un tenso silencio—. Si me voy a enamorar de alguien..., deberías ser tú. Eres perfecto.

—No soy perfecto ni de lejos —resopla.

—Bueno, ya. Vale. Nadie es perfecto. Pero tú eres perfecto para mí.

—¿Perfecto físicamente, quieres decir?

—A ver, no, en realidad no. —Se señala los hombros—. A mí los músculos no me dicen nada. Quiero decir perfecto. Eres la persona más inteligente que he conocido nunca, y eres amable, y haces que me ría.

—¿Que te rías de mí?

—No. —Por fin lo toma de la mano—. Charlie, eres muy listo y ocurrente. Ojalá yo fuera tan divertida y estuviese tan cómoda conmigo misma como tú.

Vaya. Ahora está llorando en una cita sexual en Franschhoek.

—Uy, ¿qué pasa?

—La idea que tienes de mí está equivocada. Daphne, hay muchas cosas de mí que no sabes.

—¿Por ejemplo?

Como no puede decir: «Por ejemplo, que me he liado con el productor», opta por:

—Tengo trastorno obsesivo-compulsivo.

—Ya lo sé —se limita a responder ella.

—¿Qué?

—O sea, había llegado a esa conclusión. —Se encoge de hombros—. Creía que quizá era solo una grave ansiedad.

—También tengo ansiedad, sí.

—Seguro que ha sido difícil vivir con todo eso, pero no pensarás que eso te vuelve menos maravilloso, ¿verdad? —Daphne le sonríe—. Creo que eres perfecto tal como Dios te hizo.

—Ostras. —Charlie exhala—. Ojalá me enamorase de ti.

—Ojalá yo también de ti. —Daphne le suelta la mano.

Charlie sabe que hay algo que no le está contando.

—¿Sabes? Desde que era pequeña que veo el programa. Los lunes por la noche, mi madre me dejaba que me fuera a dormir tarde, y nos quedábamos embelesadas con las princesas. Es con lo que soñé al crecer. Con carruajes y cenas a la luz de las velas y finales felices de cuento de hadas. Y no he sido capaz de encontrarlo en la vida real. No he llegado a sentirlo con ninguno de mis novios.

No puede evitar imaginarse al pequeño Dev, que también veía *Y comieron perdices* antes de irse a la cama, y de pronto ya no está enfadado con Dev en absoluto. Siente pena por él, por el niño pequeño que se enamoró de las historias de amor en que nadie se le parecía, en que nadie pensaba como él, en que nadie amaba como él.

—Me apunté al programa porque pensaba que por fin lo encontraría —dice Daphne.

—¿Y no es así?

Daphne niega con la cabeza. Ahora también ella está llorando. Vaya par.

—Yo también lo deseo con todas mis fuerzas. Enamorarme. No sé qué problema tengo y por qué no lo encuentro.

Charlie le aprieta la mano mientras repite las palabras que le dedicó Dev en la noche mágica que compartieron.

—No tienes ningún problema, Daphne. Creo que eres perfecta tal como te han hecho millones de años de evolución y de selección natural.

Con eso por lo menos consigue hacerla reír. Charlie piensa en Dev y en el amor que todos merecemos.

—Quizá es que sencillamente persigues la clase de amor equivocado.

Daphne lo mira a los ojos.

—¿Qué otra clase de amor hay?

Dev

—Creo que deberíamos pedir una botella entera, ¿no?

Ryan se sienta en el taburete de la barra y levanta como si tal cosa una mano para llamar la atención del camarero. Es así como siempre se mueve Ryan. Como si tal cosa. Con confianza. El polo opuesto a Charlie.

Será mejor que ahora mismo deje de pensar en cómo se mueve Charlie.

Ryan pide una botella de Shiraz, y Dev se sirve una copa.

—Salud —intenta brindar Ryan, pero Dev ya se la ha bebido entera—. Tengo que reconocerlo, D. Es un gran príncipe. Es amable con las mujeres, es agradable con los productores, es superencantador. Has conseguido conectar con él.

—Sí, salvo por la revuelta de la otra noche con Megan y Delilah.

—Si te digo la verdad, eso hizo que me cayera mejor incluso. —Ryan sonríe por encima de la copa—. Entiendo lo que le ves.

Dev no responde nada.

—He pensado muchas veces en lo que me dijiste. En Los Ángeles. —Ryan se aclara la garganta, incómodo—. Nunca debería haber dicho esas cosas sobre él. No debería haber dicho que Charlie está loco. Fui muy insensible. Debí haber sabido cómo te sentirías tú.

Es casi una disculpa, y una casidisculpa es más de lo que jamás pensó obtener de Ryan, pero en estos momentos no se siente especialmente magnánimo.

—No llegaste a saber cómo actuar conmigo cuando yo no era Dev el Divertido.

—Eso no es justo. —Ryan se enfurece sobre el taburete.

«No», piensa Dev. Lo que no es justo es que ahora mismo Charlie Winshaw esté acostándose con la mujer más increíble del mundo, y que él ni siquiera tenga derecho a sentirse mal al respecto porque es su trabajo. Es lo que ha querido para Charlie desde el principio. No tiene derecho a enfadarse con Charlie por interpretar su papel de príncipe de *Y comieron perdices*, pero sí que puede enfadarse con Ryan por no haber interpretado nunca el papel de novio que brinda apoyo en todo momento.

—A mí sí que me lo parece. Creo recordar muchas semanas en las que no podía salir de la cama y te limitabas a ignorarme.

—¿De verdad quieres que hablemos de eso ahora? —Ryan muestra emoción de verdad y se sirve más vino en un claro intento para afrontar la conversación. Dev sí que quiere hablar de eso ahora. Se siente como una mierda, y la parte ruin de su ser quiere que Ryan también se sienta como una mierda—. Conmigo nunca llegaste a abrirte.

—¿Qué se supone que significa eso?

—Acúsame de querer estar solamente con Dev el Divertido —prosigue Ryan en voz baja—, pero lo cierto es que Dev el Divertido era el único al que me dejabas ver. Cuando estabas mal, me expulsabas de tu lado por completo.

—No es ver...

—Venga ya. Cada vez que te sugería que intentaras ir a terapia de nuevo, me ponías a parir. Cada vez que intentaba acercarme, tú te encerrabas más en ti. Era como si quisieras conservar la idea que creías que tenía de ti. No me dejabas quererte de verdad.

—Dice el hombre que no cree en el amor —resopla Dev junto a su copa de vino.

—Solo porque no quiera sostener las estructuras capitalistas y heteronormativas del matrimonio y la procreación no significa que no te quisiese. ¿Es lo que crees? Pues claro que te quise. Estuvimos juntos durante seis años. Sé que no pude amarte como tú querías que te amaran, pero en mi defensa te diré que el tipo de amor que deseas no existe sin un equipo de productores, un montón de edición y una buena banda sonora.

Ryan se levanta del taburete y saca un fajo de rands de la cartera. Los deja sobre la barra antes de beberse el vino que le quedaba.

—Te encanta orquestar grandes gestos románticos, Dev, pero lo auténtico te da un miedo que te cagas. Por eso te quedaste conmigo durante seis años aun cuando sabías que no teníamos futuro.

«Para ser una persona que asegura amar el amor, se te da muy bien apartarlo de un empujón».

Ryan se va. Para su sorpresa, conseguir que Ryan se sienta como una mierda no ha ayudado en absoluto. Dev agarra la copa de vino, pero se detiene. Está cansado de ahogar las penas en alcohol siempre que su corazón resulta demasiado grande para su pecho. No quiere enterrar sus sentimientos y no quiere seguir escondiéndoselos a todo el mundo. No quiere apartar al amor de un empujón.

Lo que quiere de verdad es estar tan bien como dice que está.

Dev se queda en un triste apartamento de Airbnb con Jules y otros cinco productores, y a la mañana siguiente al levantarse presencia cómo una sola cámara graba a Charlie y a Daphne saliendo de la habitación del hotel con las manos entrelazadas. Aparecen con la cara lavada y compartiendo sonrisas secretas. Jules le da a Dev una caja de galletas Romany Creams y los dos se sientan en la parte trasera de una furgoneta a devorar las emociones de Dev.

Como Megan y Delilah se han ido antes de la Ceremonia de Coronación, el programa está en una situación extraña. No pueden mandar a nadie más a casa hasta la semana siete, pero también necesitan grabar una Ceremonia de Coronación para poder emitir un episodio de dos horas. En una reunión de producción de vuelta en Ciudad del Cabo, Skylar les cuenta el plan. Van a organizar un concierto sorpresa «superespecial».

Por lo general, más o menos en la semana cinco o seis, el programa llama a un músico para que les haga un concierto privado. No es demasiado sorprendente porque lo hacen todas las temporadas, y tampoco es demasiado especial porque el músico suele ser un cantante de *country* desconocido que al equipo no le gusta. Quienquiera que vaya a actuar en esta temporada, debe de estar lo bastante desesperado como para volar veinte horas en una dirección para alcanzar diez minutos de publicidad, así que Dev está convencido de que será especialmente espantoso.

Cuando regresa a la *suite* para ayudar a Charlie a prepararse para la noche, todo el mundo está muy raro, quizá por el hecho de que Dev y Charlie se han liado, y ahora Daphne y Charlie se han liado, y todos deben fingir que es una situación totalmente normal. Aun así, Parisa está más agresiva que de costumbre, hablando por teléfono cabreada desde su habitación, y Jules está más servicial que de costumbre, merodeando alrededor de Dev para saber si necesita algo. Y Charlie, que no ha hablado con él desde lo ocurrido en las escaleras, lo mira antes de que se dirijan a la velada musical y le suelta:

—¿En serio vas a ir así vestido?

Dev comprueba que lleva lo de siempre: pantalón cargo, una camiseta sencilla muy holgada y botas altas.

—Mmm, ¿sí?

Charlie desaparece en la habitación que habían compartido y sale al cabo de cinco minutos con un pantalón caqui plegado, una camisa y la chaqueta vaquera.

—¿Te puedes poner esto, por favor?

Dev no imagina por qué a Charlie le importa lo que lleve o deje de llevar, pero se da cuenta de que Jules se ha peinado con esmero y lleva el mismo conjunto que la noche que salieron en Nueva Orleans, y Parisa se ha puesto un mono floral, que marca sus pechos a la perfección.

—Chicos, ¿qué pasa?

—Que te pongas la puta ropa —le ordena Parisa.

Dev se pone la puta ropa.

Cuando la furgoneta se detiene delante de una pequeña sala de conciertos de Long Street, la manzana ya está preparada para la grabación, y las camionetas de producción están aparcadas junto a la acera. Cuando los cuatro salen del vehículo, por alguna razón ya ha comenzado la grabación, y todos se vuelven para mirarlos cuando entran. Ryan y Skylar están apartados, con mucho más entusiasmo del que esa toma debería despertarles, y, al volverse, Dev ve que Parisa está grabando algo con el móvil, en contra de las normas de *Y comieron perdices*. Se da cuenta de que lo está grabando a él, y el equipo y las concursantes no están observando a Charlie. Lo están observando a él. ¿Qué cojones está pasando?

Se vuelve hacia el escenario en busca de respuestas. Un joven está sentado en un taburete en el centro del escenario, resplandeciente bajo un suave foco amarillo. En cuanto sabe que tiene la atención de Dev, toca los acordes de una guitarra y empieza a cantar. Santa María, madre de Dios: es Leland Barlow.

Leland Barlow, con su glorioso rostro de bebé, está sentado en el escenario de una sala de Ciudad del Cabo, Sudáfrica, y Dev está teniendo un ictus. ¿Está teniendo un ictus?

Se lleva una mano al corazón para intentar averiguar si es real. Si está sucediendo. ¿El equipo de *Y comieron perdices* ha contratado a Leland Barlow, el amor de su vida de voz aterciopelada? Dev tarda hasta que Leland llega al estribillo de la primera canción en darse la vuelta y reparar en que todos lo están mirando.

—¿De qué cojones va esto?

—¡Sorpresa, nene! —grita Parisa.

Dev se vuelve hacia Charlie, que está ruborizado, nervioso y junto a la puerta. Y es entonces cuando comprende que es imposible que en esta temporada de *Y comieron perdices* tengan suficiente presupuesto para pagar a Leland Barlow.

—¿Lo has organizado tú?

Charlie se aparta el pelo de los ojos.

—Sí, bu... bueno —tartamudea—, yo..., pues...

—¿Lo has organizado para mí?

—Las Navidades pasadas te quedaste sin verlo en concierto, y después de lo de Múnich se me ocurrió que te iría bien que te animáramos un poco, así que Parisa habló con el mánager de Leland y...

Charlie deja de hablar cuando Dev se abalanza sobre sus brazos y lo estrecha con tanta fuerza que ninguno de los dos puede respirar. No sabe si las cámaras los están grabando, pero le trae sin cuidado. Charlie le devuelve el abrazo, la tensión desaparece de sus brazos, y durante un segundo es como si hubieran viajado atrás en el tiempo hasta antes de la discusión, hasta los días maravillosos en que compartieron una sola almohada en una cama lo bastante grande como para que quepan tres personas.

Dev está riendo y llorando y muriéndose antes incluso de que Leland baje del escenario después de la primera canción para estrecharle la mano. En persona, Leland es casi tan alto y está casi tan delgado como Dev, y comparten la misma tez oscura.

—¡Estoy obsesionado contigo! —le chilla Dev a la cara—. Pero no de una forma rara ni nada.

Leland Barlow lo mira de arriba abajo y sonríe.

—Puedes obsesionarte conmigo de una forma rara si quieres.

Es oficial: se trata del mejor momento de toda la vida de Dev.

Skylar aparece porque resulta que se trata de un programa de televisión, y van a fingir que el concierto privado de Leland Barlow está dedicado a las cuatro mujeres restantes, no a Dev. Así que Charlie baila con Daphne, Angie, Sabrina y Lauren L. una a una mientras las cámaras los graban y Leland Barlow canta de fondo. En cuanto terminan, sin embargo, Skylar le da permiso al equipo para que se una, y la sala se convierte en una fiesta sin precedentes. Parisa y Jules bailan de un lado a otro en los brazos de la otra, y Dev olvida momentáneamente los celos que le provoca Daphne Reynolds. Da ridículas vueltas con ella hasta que Daphne ríe tan fuerte que empieza a gritar. Luego, Angie se la roba, y Dev comienza a cantar/berrear las letras con Jules, y Jules se cambia por Charlie, y Charlie...

La mano de Charlie le roza el hombro, y el tiempo se detiene: la discusión y el portazo, y Charlie con Daphne y no con él cuando termine la temporada.

Bailan juntos con cuidado, agitando los brazos en plan hetero, sin llegar a mover las caderas en ningún momento. Pecho contra pecho, los pies de uno entre los del otro, mueven y vuelven a mover las rodillas al ritmo de la canción, y Dev recupera el truquillo de tan solo mirarle a la oreja.

—No me puedo creer que lo hayas organizado tú —le dice Dev a la oreja y solo a la oreja—. Después de que me portara contigo como un imbécil.

—Bueno, te portaste conmigo como un imbécil después de que lo hubiese planeado, así que... —Charlie ladea la cabeza—. ¿Te gusta?

Dev interrumpe el baile de mentira.

—Charlie. —Su voz se atasca con la segunda sílaba. Ojalá pudieran bailar juntos de verdad. Ojalá pudiera volver atrás en el tiempo y eliminar la maldita discusión para que así les quedaran otros veintitrés días de besos y sin hablar al respecto.

Ojalá pudieran besarse y hablar al respecto.

—Me encanta.

Charlie da un paso hacia él, le roza la frente con los dedos, y Dev se aparta.

—Perdona, es que... necesito un poco de aire.

Se encamina hacia la puerta de la sala, se apoya en la pared e intenta respirar para asimilar la gran sorpresa que se ha llevado esta noche. No debería extrañarle que Charlie haya gastado una obscena cantidad de dinero para pagarle el vuelo a su estrella de pop preferida hasta Ciudad del Cabo. Charlie Winshaw lo acunó con los brazos toda la noche cuando él estuvo deprimido; le compró el regalo de aniversario de sus padres y lo llevó en volandas para atravesar una montaña; leyó su guion; y siempre se encarga de transportar su bolsa y solo quiere que Dev esté bien. Esa es la persona que es Charlie. Es un friki atractivo y de gran corazón, con ojos gigantescos y pelo perfecto y rostro anguloso, y esta noche le ha sonreído. No era la sonrisa tímida, sino la de oreja a oreja, la que suele reservar para cuando están a solas, como si hubiese inventado un nuevo tipo de sonrisa solo para ellos. Dev adora esa sonrisa.

Y adora la forma en que Charlie se ruboriza siempre que lo toca (o lo mira o le dice algo). Adora la forma en que Charlie se abre paso entre la fachada de Dev el Divertido y no se asusta por lo que encuentra al otro lado; la forma en que lo obliga a esmerarse para hacerlo reír; la sensación que tiene el cuerpo de Charlie bajo sus manos y la sensación que tienen las manos de Charlie sobre su cuerpo. Adora la forma torpe en que Charlie lo besa cuando está entusiasmado, y la forma en que encaja debajo de su barbilla, y la forma en que se suaviza su rostro después, y es una mierda y es injusto, porque es algo que nunca debería haber sucedido.

—¿Qué haces aquí? —Es Jules. Se recuesta en la pared, a su lado—. ¿Estás bien?

—No. —Dev tiene la sensación de que su corazón está subiendo una cuesta—. En realidad, estoy supermal.

—¿Qué pasa? —Su amiga le apoya la cabeza en el hombro.

—Jules... —Traga con dificultad a través de la presión que le atenaza la garganta, porque a estas alturas no decirlo parece muchísimo peor que decirlo—. Estoy enamorado de él.

—¿Ah, sí? No jodas —se ríe Jules.

Dev se ríe, y luego se echa a llorar.

—No, en serio. Es que estoy enamorado de él de verdad. —Intenta contener las lágrimas, en vano—. ¿Qué voy a hacer?

Jules le acaricia el brazo.

—¿Has pensado en la posibilidad de no resistirte y amarlo sin más, so idiota?

Charlie

Durante un segundo, da la impresión de que a lo mejor se ha equivocado. A lo mejor no fue estúpido al creer que había algo. Dev estaba justo ahí, justo donde Charlie quería tenerlo, y lo miraba como si le importase, como si Leland Barlow hubiera arreglado todo lo que debería haber arreglado él. Pero Charlie lo ha presionado y Dev se ha apartado. Dev siempre se aparta.

Intenta disfrutar de ese momento, de ese momento maravilloso, caótico e imposible en que Leland Barlow canta para el equipo del programa. La sonrisa de Daphne es tan grande que puede que salga despedida de su cara, y Angie baila con él todas las canciones lentas, y Parisa está a su lado y se quedará otros dos días. Charlie quiere permanecer allí, en esa sala, en esa maraña de extremidades y en las sonrisas de gente a la que considera amiga. Pero Dev no está.

Charlie se escabulle de un círculo que se forma alrededor de Skylar para bailar. Fuera encuentra a Dev y a Jules apoyados en una pared. Dev está llorando.

—Ah, hola, Charlie —dice Jules con la voz suave que suele guardar para Dev—. Ya me iba adentro.

—No hace falta que te marches.

—En realidad, sí. Los dos deberíais hablar. —Jules se separa de la pared. La puerta se cierra tras ella con un clic, y es como si Charlie y Dev estuvieran atrapados en el interior de una estancia diminuta y claustrofóbica. Dev está a su lado, mirándose los pies.

—¿Ha sido demasiado? —Charlie se relame los labios.

—No ha sido demasiado. —Dev levanta la vista y lo mira—. Ha sido lo justo. Charlie, lo siento mucho.

—¿Qué es lo que sientes? —Charlie ocupa el lugar de Jules contra la pared.

—Lo de la otra noche. Haberme portado como un imbécil con lo de Megan y Delilah, y haberme portado como un imbécil aún más con tus preocupaciones acerca de mi depresión. Resulta que, según Ryan, tiendo a alejar de mí a la gente cuando se preocupa por mi salud mental.

Al oír el nombre de Ryan, Charlie nota como sus entrañas se resienten. En Franschhoek no quiere pensar en Ryan y en Dev.

—Yo no debería haberte presionado.

—No, estuvo bien que me presionaras. —Dev se vuelve hacia Charlie y él también, dos líneas paralelas recostadas en la misma pared—. Tenías razón. Hace mucho tiempo que he descuidado mi salud, y cuando volvamos a Los Ángeles voy a buscar un nuevo terapeuta.

—Me alegro por ti. —Lo dice en serio, pero las palabras se antojan vacías. Lo único que quiere es acercarse a Dev. Lo que siempre ha querido ha sido acercarse a Dev, sin que le importase con qué fuerza se apartase de él. Quiere acercarse y acercarse y seguir acercándose.

—Yo también me alegro por ti —añade Dev enseguida—. Por ti y por Daphne. Espero que lo sepas.

Charlie tarda un minuto en entender por qué están hablando de Daphne.

—¿Crees... crees que anoche Daphne y yo nos acostamos?

—¿No os acostasteis?

—No, Dev. —Charlie se echa a reír—. Solo fue por el programa. Nos pasamos la noche poniéndonos mascarillas faciales coreanas y viendo *Tienes un e-mail*.

—Ah. —Dev baja los hombros, aliviado, y una pizca de esperanza se cuela en su interior. Charlie alarga una mano y agarra el extremo de la chaqueta vaquera de Dev.

—Y... ¿Ryan y tú?

—Por supuesto que no. —Dev se inclina hacia delante y apoya la cabeza en la de Charlie.

Charlie sabe que está sonriendo como un idiota cuando su frente se recuesta en la de Dev, y sabe que el mejor escenario posible significa veintitrés días. Un puñado de noches en habitaciones de hotel privadas y un puñado de días de fingir. Al final de la temporada, le pedirá matrimonio a Daphne de mentira. Se los verá juntos, y en ningún momento podrá permitirse salir con Dev. Siempre y cuando Dev trabaje para *Y comieron perdices*, y siempre y cuando Charlie quiera que el país crea que ha sido la estrella perfecta, nadie puede enterarse de lo suyo.

Pero Charlie necesita saber si algo de lo que ha ocurrido era real.

—No fue de práctica —confiesa.

—¿Eh?

—¿Podemos ser sinceros el uno con el otro durante cinco segundos? —Charlie agarra la huesuda cadera de Dev—. Para mí no fue de práctica en ningún momento.

Dev le rodea los hombros a Charlie con los brazos, y durante un segundo Charlie se imagina que están bailando una balada de Leland Barlow.

—Para mí tampoco era de práctica.

Dev inclina la cabeza hasta que las bocas de ambos se encuentran, y Charlie nota como unas partes de su ser se realinean y encajan en su sitio. No se preocupa por que los sorprendan juntos a las puertas del concierto porque ahora mismo solo le preocupa absorber el calor corporal de Dev y el olor dulce y ahumado que desea entre sus sábanas.

Se separan sin aliento, y Dev se sube las gafas con dos dedos.

—Charlie, solo quedan veintitrés días hasta la Tiara Final.

—Ya son veintitrés días de más de lo que nunca pensé que tendría con alguien que me importase —dice Charlie. Agarra la parte delantera de la chaqueta vaquera de Dev y vuelve a tirar de él—. Démonos veintitrés días sin fingir que son de práctica.

Cree que Dev no estará de acuerdo. Está preparado para suplicarle, para discutir por todos los motivos por los cuales no deberían sentir culpabilidad por hacer eso a espaldas del programa. Pero Dev se limita a besarlo de nuevo.

—Vale —asiente—. Veintitrés días.

—¿Bailas conmigo? —Charlie le tiende una mano.

Esa pregunta le regala como respuesta su sonrisa preferida de Dev. No es la radiante que esboza cuando algo lo apasiona ni la divertida con la que se enamoró Charlie al principio. Es la sonrisilla con que Dev se reprime a fin de no entregarse por completo. A Charlie lo conquista cada vez que la ve.

Dev acepta su mano y, durante unos cuantos minutos, bailan en la fría noche, las manos de Dev entrelazadas en su nuca; las de Charlie, en su cintura; Charlie recostado debajo de la barbilla de Dev mientras la débil melodía de una canción de Leland Barlow suena a su alrededor. Es *Those Evenings of the Brain*.

Bailan, y Charlie finge nuevamente; finge que están dentro, bailando donde todos puedan verlos.

Nota para los editores:　　**Día de emisión:**

Temporada 37, episodio 7　　Lunes, 25 de octubre de 2021

Productor:　　**Productora ejecutiva:**

Jules Lu　　Maureen Scott

Escena:

Daphne regresa a Ciudad del Cabo después de la cita nocturna en Franschhoek

Ubicación:

La *suite* de las concursantes

[Plano general de Daphne entrando en la habitación del hotel.]

Angie: Vaya, vaya, mirad quién vuelve de haber dormido fuera.

[Plano que incluye a Angie haciendo un baile sexi.]

Sabrina: *Bow Chicka Wow.*

Lauren L.: ¿No es un poco raro que celebremos que Daphne se haya acostado con el novio que compartimos las cuatro?

[Primer plano de Daphne rompiendo a llorar.]

Angie: Oh, no, ¿qué pasa, Daph? ¿Qué ha ocurrido?

[Varias imágenes temblorosas de Angie abrazando a Daphne, y luego las cuatro mujeres se apelotonan y se desploman en el sofá. Angie sujeta la mano de Daphne en su regazo, Sabrina le acaricia la espalda, Lauren intenta alisarle el pelo.]

Sabrina: ¿El sexo ha sido horrible? Tenía el presentimiento de que sería horrible. Lo sé por cómo besa.

Daphne: No nos… No nos hemos acostado.

Lauren L.: ¿Está mal que sienta alivio?

Angie: ¿Por qué no te has acostado con él?

Daphne: Porque no era lo correcto. Porque nunca jamás es lo correcto.

[Plano general de las tres mujeres consolando a Daphne mientras llora.]

Nota de Maureen para los editores: ¿Por qué cojones íbamos a incluir esta escena? Cortadla de raíz y ampliad la pelea entre Megan y Delilah.

SEMANA SIETE

Amed, Bali (Indonesia) – Domingo, 18 de julio de 2021
4 concursantes y 21 días restantes

Charlie

Se despiden de Parisa en el aeropuerto de Ciudad del Cabo antes de que ella tome el avión hacia Los Ángeles y los demás hacia Bali. Todos lloran menos Parisa, que los mira a los ojos y asegura:

—Yo no pienso llorar. —Los reta a llevarle la contraria mientras las lágrimas le corren el rímel por la cara—. Chico sexi. —Suspira y se despide por último de Charlie con un abrazo. Le agarra la cara con las manos y lo besa en las dos mejillas—. Estoy contentísima de haber podido compartir esta experiencia contigo.

A continuación, mete una mano en el bolso y extrae una bolsa marrón de la compra con un pliegue en la parte superior.

—Un regalo de despedida.

Charlie desdobla el pliegue y encuentra...

—¿Se puede saber de qué vas?

—También he incluido unos dibujitos, por si acaso —añade, despreocupada.

Charlie mete la bolsa en el bolsillo delantero de su equipaje de mano.

—Adiós, Parisa. Haz el favor de irte, anda.

La mujer se echa a reír.

—Te quiero, chico sexi. —Y, a pesar del epíteto, resulta mucho más real que cuando se lo dijo Megan—. Dime que tú también me quieres a mí —le exige, y le da un puñetazo en el brazo.

—Te quiero, Parisa.

—Ya lo sé, nene. —Sonríe. Y se marcha.

Bali es la definición de manual de un paraíso. Necesitan un día entero de vuelos y de furgonetas de alquiler para llegar hasta la casa en la que vivirán la próxima semana, pero el trayecto merece la pena. La propiedad está rodeada de palmeras, que se retiran para dar paso a las ondulantes montañas pardas que se alzan detrás de la casa. En Bali, hay muchos pájaros cantores y muchos templos hindúes resplandecientes en los que reina un fuerte incienso y el cielo azul, y también está Dev.

Dev está a su lado en el avión y a su lado en la furgoneta. Está en su cama de la casa que comparten con Jules —que lo sabe y le da igual—. Está junto a él cuando se queda dormido al son del croar de los *geckos tokay*, y está junto a él cuando se despierta por la luz del sol que entra por las ventanas, todavía recostado sobre su pecho.

—Buenos días —dice Dev el lunes mientras rueda sobre sus brazos. Tiene el ojo izquierdo cerrado y legañoso, y le apesta el aliento a calcetines sucios. Charlie lo besa de todos modos. Tienen el día libre, así que se pasan horas remoloneando en la cama, y solo se levantan cuando el estómago de Dev así lo exige. Desayunan en una hora tardía acompañados de Jules en la terraza, bajo el sol.

—¿Hoy no deberíamos ir a explorar el pueblo? —pregunta Dev mientras se zampa el segundo bocadillo.

—De hecho —Jules se recuesta en la silla—, me he tomado la libertad de organizar algo especial para vosotros dos.

Resulta que les ha planeado una Cita de Cortejo, pero sin las cámaras. Jules les ha alquilado una motocicleta para acercarse al pueblo, y se pasan la tarde haciendo *snorkel* en Jemeluk Bay. Cenan en la azotea de un restaurante, y cuando anochece un *jukung* los lleva hasta el océano Índico, donde ven la puesta de sol junto al monte Agung. Charlie ha estado en un montón de citas románticas durante la temporada de *Y comieron perdices*, pero esa es la más absurdamente romántica de todas.

El *jukung* es estrecho, así que Charlie se sienta delante, y Dev, justo detrás, rodillas junto a caderas. Bali es un lugar muy religioso y conservador, así que deben ser precavidos para no tocarse delante del guía de la embarcación conforme el cielo se enciende de un potente naranja y se disuelve en un fucsia fuerte. Pero, cuando el tono se suaviza y adopta un tono rosado, Dev se inclina hacia delante y apoya la barbilla en el hombro de Charlie.

—Ese de allí —susurra señalando al cielo— es el color de tu cara cuando te ruborizas.

El corazón de Charlie es de mantequilla ardiente, que se filtra por su cuerpo y le calienta el pecho, el estómago, los brazos. Al describir las absurdas citas del programa, Dev le dijo un día que es imposible no enamorarse en un barco.

Charlie debería haberle hecho caso y no haber dudado de él.

Dev

—Ese es el color de tu cara cuando te ruborizas —dice Dev, y Charlie se ruboriza, y unas manchitas rosa claro le cubren el cuello. Deben tener mucho cuidado, no solo porque Bali sea un sitio conservador, sino porque el pueblo es pequeño. Puede haber miembros del equipo en cualquier parte que podrían verlos.

Pero, cuando Charlie se recuesta sobre su cuerpo, Dev no lo puede evitar. Acaricia la mejilla afeitada de Charlie con la suya sin afeitar y le pasa un brazo por la cintura.

—¿Quieren una foto? —les pregunta el capitán del *jukung* con acento nervioso—. ¿De los dos?

—Sí —responde Charlie antes de que Dev diga que no. Le deja el móvil, y los dos se mueven hacia la popa de la embarcación. Charlie le pone un brazo a Dev encima del hombro y los dos sonríen, mejilla contra mejilla.

—Precioso —dice el capitán. Dev no sabe si se refiere a Charlie o si se refiere a Charlie y a él juntos. Quiere creer que se trata de lo segundo.

—¡Lady Gaga! —grita de repente Charlie cuando regresan a la casa. Tira de Dev hacia un restaurante donde tres jóvenes están cantando una oscura versión de *Shallow*. Los turistas bailan inseguros alrededor de la barra, y Charlie, quizá envalentonado por la aceptación del capitán del barco, agarra la mano de Dev y le hace dar vueltas como no pudieron bailar juntos delante de Leland Barlow.

Charlie canta la canción —bastante mal— mientras bailan. El sol ecuatorial ha sacado a la luz nuevas pecas en sus hombros y la humedad hace que la ropa se le pegue a los abdominales, y Dev no puede creer cuánto lo ama.

—Esta será nuestra canción —murmura Charlie en voz baja.

—Esta no será nuestra canción ni de broma.

Pero, cuando Charlie lo fulmina con la mirada, Dev se suma a la armonía del estribillo de Bradley Cooper aun sin quererlo.

Charlie levanta las manos de ambos y planta un beso en el dorso de la de Dev, y el gesto resulta tan natural que es casi como si lo hubiera hecho cien veces antes. Como si fueran una pareja normal y corriente, no dos personas jugando a un final feliz de cuento de hadas durante otras tres semanas.

En cuanto vuelven a la soledad de la casa, Dev le besa el hombro y engulle la constelación de nuevas pecas antes de dirigirse hacia la boca de Charlie.

Charlie sabe a salsa de cacahuetes, y se besan y se besan y se besan hasta que Charlie rodea la parte trasera de los muslos de Dev con las manos y lo levanta. Dev le rodea la cintura con las piernas, y Charlie lo sujeta en alto, como si no pesara nada.

—¿Cómo consigues aguantar? Me siento como Rachel McAdams en *El diario de Noa*.

—Si eres un pájaro, yo también —dice Charlie. Dev lo mira boquiabierto—. Sí, he visto la peli. No crecí en una cueva. Y *El diario de Noa* es un ejemplo perfecto de la tendencia problemática de la cultura romántica popular, y...

Dev se estampa contra Charlie solo para hacerlo callar, y se besan y se besan y se besan de nuevo, con los brazos de Dev alrededor del cuello de Charlie.

—¿Alguna otra fantasía romántica problemática que pueda satisfacer ya que estamos aquí?

—A no ser que en tu ordenadísimo equipaje tengas un torno de alfarería o el mascarón de un barco, no sé qué puedes hacer por mí.

—Creo que hay varias cosas que puedo hacer por ti. —Charlie sonríe.

Lleva a Dev hasta el cuarto de baño y, con un increíble control muscular, lo deposita sobre la taza cerrada del váter, y Dev está convencido de que es lo más sexi que ha ocurrido nunca en la historia del ser humano. Charlie abre el grifo de la ducha y se quita la camiseta.

—Que conste que mezclar limpieza y sexo es tu fantasía romántica, no la mía.

Pero, acto seguido, Charlie lo desnuda con meticuloso esmero, y dobla su camiseta y su pantalón corto y su ropa interior hasta formar una pila que deja junto al lavabo, y en cierto modo eso sí que es lo más sexi que ha ocurrido nunca. Dev le cede a Charlie todo el control, deja que lo meta en la ducha, que coloque su cuerpo bajo el chorro de agua caliente, que le enjabone las manos con el gel ecológico de avena y que lleve las manos a su pecho, los dos cubiertos de espuma.

Charlie está desnudo ante él, y a Dev le cuesta creer que pueda mirar. Charlie está esculpido en mármol y debería estar expuesto en un museo italiano, pero es el cuerpo de Dev el que trata como si fuera una valiosísima antigüedad. Charlie le frota los antebrazos, la espalda, las rodillas. Le frota el interior de los muslos hasta que Dev debe recordarse que tiene que respirar. Nadie lo ha tocado nunca con la ternura y el cariño de Charlie. Nunca ha estado tan a gusto con nadie. Nunca ha dejado que nadie viera tanto de sí mismo.

Charlie se arrodilla delante de él.

«Respira —se recuerda—. No olvides respirar».

El agua cae sobre la nariz de Charlie, sobre la clavícula, y le recorre la línea horizontal de los abdominales, y Dev se inclina hacia delante para proteger a Charlie del agua mientras este acoge a Dev dentro de la boca.

—Ay, cariño —dice sin querer. Todo lo que dice y hace lo dice y lo hace sin querer, y con la mano le revuelve el pelo a Charlie y lo agarra con fuerza. Dice «por favor» y «gracias», y se derrumba en el regazo de Charlie cuando ha terminado, los dos sentados en el suelo de la ducha del hotel, envueltos de extremidades húmedas.

Charlie le da un beso fervoroso, y, cuando murmura «Me encanta tu sabor», Dev estalla en carcajadas. Las risas suenan mojadas, retumban en las paredes de la ducha, y Charlie parece tan ofendido como satisfecho consigo mismo.

Se secan y no se molestan en vestirse, sino que se tumban sobre las frías sábanas de la cama. Juegan a piedra, papel o tijera para saber quién decide qué ver; gana Dev, que aun así escoge *The Expanse*, aunque no comprenda el argumento. Charlie se recuesta en el cabecero de la cama y Dev se recuesta en el cuerpo de Charlie. Nunca ha estado tan a gusto.

Dev aparta el portátil con el pie hasta dejarlo a una distancia segura y se yergue para besar a Charlie, un excitante beso que es más manos y dientes que cualquier otra cosa. Cuando se separan de nuevo, sin embargo, hace algo diferente. Intenta hablar, intenta abrirse con Charlie como Charlie se ha abierto con él.

Le habla de su perfecta infancia: vacaciones por Europa y veranos en las islas de Outer Banks, cubiertas todas sus necesidades materiales. Padres que lo querían y lo apoyaron en todo momento, un cerebro que nunca se detenía y un corazón que era demasiado grande.

Siempre fue un niño feliz, hacía amigos con rapidez, sacaba buenas notas, y por eso fue todavía más extraño que atravesara fases en que se volvía arisco e introvertido, fases en que lloraba con la tontería más nimia y en que fingía estar enfermo para evitar ir a la escuela varios días seguidos. Sus padres se preocupaban durante esas fases y por la noche discutían acerca de médicos y medicamentos y especialistas que estudiaban los chakras y el flujo de la energía. Lo querían, y él detestaba provocarles dolor. Por lo tanto, fue más fácil fingir ser Dev el Divertido, esbozar una sonrisa, para así no ser una carga. A fin de cuentas, no tenía motivos para estar triste. Todo iba muy bien.

Le habla de los novios que él sabía que nunca podrían amarlo a su vez, los novios que nunca se molestaron en averiguar qué hay al otro lado de Dev el Divertido, los novios que nunca lo llamaron guapo, y Charlie le agarra la cara con sus manos gigantescas y lo estrecha hacia sí.

—Eres el hombre más atractivo del mundo.

—Para nada.

—Que sí —insiste Charlie, y le da besos por las mejillas—. Se te da genial comprender a la gente. Ojalá te vieras como te veo yo.

Charlie

—¿Una Misión Grupal que se basa exclusivamente en los tocamientos? ¿De quién ha sido la idea?

Es la mañana del miércoles, y Dev está chillándole a uno de los realizadores. Por desgracia, el realizador le está gritando a su vez, y ninguno de los dos oyen el murmullo de Charlie:

—No pasa nada.

—Ha sido idea de Maureen Scott que las concursantes aprendan a dar masaje balinés. Si tienes algún problema con eso, Dev, ¿por qué no la llamas tú mismo?

—De verdad que no pasa nada —prueba a decir Charlie de nuevo. Pero Dev sigue gritando:

—¡Deberías haberte dado cuenta! ¿Te has pasado toda la temporada durmiendo o qué? A Charlie no le gusta que lo toquen, y...

—No pasa nada, Dev —exclama Charlie, esta vez más alto. Dev se detiene, se vuelve y mira a Charlie. Bueno, mira a la oreja de Charlie. Para ese día dedicado al masaje balinés, Charlie y las concursantes llevan batas semitransparentes por encima de la ropa interior. La de Charlie está decorada con plumerias de color rosa, y le llega por los muslos. Está... En fin. Está muy gay, y, cuando ha salido del camerino, Dev se ha puesto blanco como la cera y ha dejado de mirar nada que quedase al sur de la barbilla de Charlie.

—No tienes que decir que no pasa nada —protesta Dev—. Está en tu dosier. Es culpa suya.

El realizador de exteriores le dedica una beatífica sonrisa mientras le hace la peineta con ambas manos.

—¿De qué cojones va esto? —chilla a Ryan a todo el mundo y a nadie en particular al irrumpir en el set—. ¿No habéis leído su dosier, imbéciles? ¿Por qué hacemos masajes en la Misión? ¡A Charlie no le gusta que lo toquen!

A Charlie le cuesta creer que sea el mismo hombre que hace siete semanas le gritó mientras intentaba montar a caballo.

—No pasa nada, Ryan. De verdad. No me importa.

—¿Estás seguro, colega? —Ryan le pone una mano en el hombro.

—Estoy segurísimo, «colega».

Ryan se encoge de hombros y corre a preparar a las concursantes, y el realizador de exteriores va a reunirse con los cámaras. Solo Dev sigue cabreado por la situación.

—De veras que agradezco que salgas en mi defensa —le murmura Charlie—. Pero, si me eliminas todos los posibles desencadenantes de mi camino, nunca desarrollaré estrategias de superación. No pasa nada si a veces me enfrento a problemas. No me molesta esta Misión.

Obstinado, Dev se clava la barbilla en el pecho, y Charlie lo comprende enseguida. La rabia de Dev no tiene nada que ver con Charlie y sus problemas.

—¿Te molesta a ti esta Misión?

—¿Por qué iba a molestarme? —Dev se sube las gafas por la nariz.

—No lo sé. Quizá estés... ¿celoso?

—No estoy celoso —bufa Dev, claramente celoso. Charlie le roza la mano con los nudillos al pasar por su lado para intentar reconfortarlo con el único gesto que se permiten en los platós. Es extraño regresar al mundo de las mentiras cuando fuera de las cámaras con Dev todo es superreal.

—Hola, me llamo Wayan —dice la bajita balinesa cuando las cámaras están ya listas. Les enseña a las mujeres el arte del masaje, les explica los distintos aceites y técnicas, antes de que Charlie se vea obligado a desnudarse debajo de una fina toalla para que las chicas puedan darle masajes cuasiseductores una a una. Fracasan estrepitosamente. Daphne parece tenerles más miedo que él a los gérmenes, Lauren L. se pasa todo el rato riéndose y Angie lo masajea como si estuviera hiñendo una masa de pan muy tozuda. Seguro que le deja marcas. En su defensa, no hay nada en absoluto erótico en un masaje erótico con público alrededor, y casi se queda dormido cuando Sabrina le frota las pantorrillas con una desagradable cantidad de aceite.

Se incorpora de pronto, sin embargo, cuando Sabrina se desplaza para masajearle otra cosa.

—Lo siento. Lo siento mucho. ¡Perdona! —dice Charlie, a punto de caerse de la camilla de masajes mientras intenta ocultarse detrás de la toalla—. ¡Lo siento mucho!

—Te he mentido —le suelta Dev al cabo de cinco minutos cuando Charlie intenta ponerse el resto de la ropa en otra sala—. Estaba muy celoso.

—Ya lo sé, cielo.

—Sé sincero con nosotros, Charlie: ¿era tu primera vez?

—Dejadlo en paz. —Dev le lanza el resto del plátano frito a Skylar en la cara.

—Pero una cosa está clara —tercia Ryan—. Ha sido un valiente movimiento de última hora. Sabrina ha dado en el clavo.

—¿Dónde dices que me ha dado? —Charlie toma prestada la típica inclinación de cabeza de Jules.

Todos los presentes en la terraza junto a la piscina se echan a reír. Jules se derrama un poco de vino tinto en el pijama desde la posición que ocupa a los pies de la tumbona de Dev. La creciente mancha no lo preocupa en absoluto.

Charlie levanta el mojado cuello de su tercera Radler de limón.

—Y la pobre Wayan se ha quedado ahí, con el aceite de masaje en las manos. Estoy seguro de que me ha visto la polla.

—Charles, hasta yo te he visto la polla —le aclara Skylar.

—¿Podemos celebrar el hecho de que Charlie acabe de pronunciar la palabra «polla» en voz alta sin hiperventilar? —interviene Dev, y alza la soda para brindar—. ¡Por haber corrompido a Charlie!

—¡Salud!

Skylar, Jules y Ryan levantan la copa en el aire.

—Es el alma de *Y comieron perdices* —tercia Ryan—. Conseguir que millonarios de empresas de tecnología se desnuden en televisión.

Dev se inclina sobre la tumbona para entrechocar su lata con la botella de Charlie.

Charlie pega un buen sorbo.

—El problema es que pensaba mandar a Sabrina a casa el sábado, pero... ¿no sería... indecoroso rechazar a una mujer dos días después de que me haya ofrecido una paja?

Todos los presentes reflexionan acerca del dilema moral. Jules es la primera en responder.

—¿Lo podemos llamar una oferta o deberíamos llamarlo un intento de acoso sexual?

—Creo que se le ha escurrido la mano —dice Skylar, seguramente para evitar que Charlie los denuncie.

Con expresión sombría, Dev le pone una mano en el hombro.

—Creo que ya sabes lo que tienes que hacer.

—¿Casarme con ella? —suspira Charlie.

—Exacto.

—¡Un momento, un momento, un momeeento! —Skylar se incorpora con tanto entusiasmo que vierte media cerveza y casi se cae ella misma sobre el hormigón de la piscina—. Si sabes que esta semana vas a mandar a casa a Sabrina, ¿significa que ya sabes a quién vas a elegir?

Dev se tensa en la tumbona. Su humor alegre se ha esfumado al instante y cierta oscuridad le ensombrece el semblante. A Charlie le encantaría decirle: «No te preocupes. Te elijo a ti. Solo a ti».

Charlie respira hondo tres veces y responde con cuidado.

—Sé a quién me gustaría elegir, sí —dice, y le lanza a Dev una brevísima mirada antes de dirigir su atención hacia Skylar—. Pero todavía no sé cómo va a ir todo.

—¿Vas a elegir a Daphne? —La expresión ebria de Skylar se funde en una mueca—. Pues claro que vas a elegir a Daphne. Es lo que llevamos toda la temporada planeando. Va a ser una temporada muy aburrida y predecible.

—Si lo hiciera a mi manera, Sky, no sería ni aburrida ni predecible.

—¿Cuándo saliste del armario con tus padres? —le pregunta Charlie unas horas más tarde, después de haber conseguido despejar el mal humor de Dev con una segunda cena, un espectáculo de moda con una bata robada y muchísimos besos.

—Dios, me encanta que me pongas cachondo —contesta Dev, y le mordisquea la oreja. Están abrazados en la cama mientras el ventilador del techo da vueltas y en la mesita de noche descansa un plato vacío de un *satay* de pollo de medianoche.

—Dev.

Dev suspira, se sienta y cruza las piernas.

—Mi sexualidad no fue un gran misterio para mis padres. Cuando tenía cinco años, le dije a mi madre que quería casarme con Aladdín, y mis padres me dieron espacio para ser quien era sin hacer de un grano una montaña de arena.

Charlie abraza una almohada con fuerza contra el pecho.

Dev se sube las gafas por la nariz.

—¿Has...? ¿Has pensado en salir del armario? ¿Como bisexual? Es decir, dentro de un par de años, cuando el programa se haya emitido y todo se haya calmado.

—Bueno, en realidad no creo que sea bisexual —murmura Charlie. Dev se recuesta de nuevo sobre las almohadas y lo mira fijamente. No sabe por qué, después de todo lo que ha compartido con Dev, sigue siendo un tema tan difícil de tratar—. Es que... no siento una atracción sexual muy a menudo. O sea, casi nunca. Sin contar con la compañía presente. —Dev hace una encantadora reverencia al oírlo—. Y no sé si es porque la educación que recibí me enseñó a reprimir el hecho de que me atraen los hombres o si es porque... —se aparta el pelo de la frente— ¿a lo mejor entro en el espectro asexual? No sé, Parisa utilizó la palabra «demisexual», y ¿a lo mejor yo soy así? O quizá graysexual, lo he buscado en Google y significa que solo experimentas atracción sexual muy raramente. Es decir, sé que me gusta dar y recibir placer sexual, pero no sé qué significa.

Se detiene en plena verborrea y respira hondo.

—Creo que me refiero a que todavía tengo mucho que descubrir de mí mismo, así que aún no estoy preparado para salir del armario.

—No pasa nada. —Dev le pone una mano en la rodilla—. La sexualidad no siempre es una línea recta que va del armario a fuera del armario. Tómate tu tiempo para explorar y evolucionar y saber qué clase de persona *queer* eres, si es que te importa saberlo.

En la habitación reina el silencio, a excepción del zumbido del ventilador del techo.

—Perdona, ¿no te gusta esa palabra? —Dev retrocede—. ¿Qué letra del alfabeto LGBTQIAP+ eres tú?

—No, *queer* ya va bien. Es que... ¿A ti no te importaría que no lo tuviese claro del todo?

—¿Por qué me iba a importar? —Dev le acaricia la espinilla con el pie.

—Tengo veintiocho años. ¿No debería saberlo ya?

—Hay quien lo sabe a los cinco, hay quien lo sabe a los cincuenta. No es una carrera.

—¿Y no te molestaría? ¿Si estuviéramos juntos?

—¿Juntos? —Dev se queda paralizado sobre la cama.

Charlie sabe que se ha ruborizado. Ha sido un día muy largo, y no debería cruzar la invisible línea del tiempo para referirse al futuro, nada menos. Solo consiguió que Dev consintiera en pasar tres semanas más con él.

—O sea, hipotéticamente. En un futuro imaginario y alternativo en que pudiéramos estar juntos después del programa.

—¿En un futuro imaginario y alternativo me molestaría tu ambigüedad sexual? —Dev se rasca la mejilla sin afeitar y finge meditar al respecto—. Pues no.

Charlie ya se ha humillado bastante al sacar a colación ese tema, y debería pasar página, pero de repente es como una mancha de *whisky* en la camiseta de Dev. Debe sacarlo todo..., y ahora mismo.

—¿No te importaría que no haya tenido ninguna otra experiencia sexual?

—Hasta el momento no me ha importado —lo provoca Dev. Charlie nota que su expresión se ha congelado en una mueca de ceño fruncido, y empieza a nacerle un dolor de cabeza por la tensión. La voz de Dev se suaviza—. Ah, vale. Hablas en serio.

Dev se sube unas mangas imaginarias como si fuera a ponerse en faena, dispuesto a seguir los pensamientos obsesivos de Charlie por cualquier camino que deban recorrer.

—¿En un futuro imaginario y alternativo en que estamos juntos me molestaría el hecho de que no tengas experiencia sexual y me sometas a interrogatorios?

Dev le sonríe. Siempre ríe con Charlie, no de él.

—Mmm. Supongo que en este futuro imaginario y alternativo vivimos juntos, ¿no?

—Qué rápido vas.

—Créeme, nunca te atreverías a entrar en el piso en el que vivo ahora.

—Te creo, te creo.

—Entonces, vivimos en una casa de Venice Beach.

—Vaya, eso debe de ser caro.

—Bueno, pagas tú.

—Y está bastante lejos de Palo Alto.

—Trabajas desde casa —replica Dev, alzando la voz por encima de la lógica de Charlie—. Veamos, tenemos la casa, que seguramente siempre huele a desinfectante con lejía y a gel de avena. Y es evidente que tú dispones de tu propio cuarto de baño, porque necesitas un montón de espacio para tus potingues.

—Y porque tú nunca limpias la pasta de dientes del lavabo.

—Ah, no. Jamás. —Dev niega con la cabeza, solemne. Charlie se echa a reír, pero también tiene cierto nudo en la garganta—. Y supongo que algunos sábados por la noche nos quedamos en casa y *puzleamos* y vemos series ambientadas en el espacio llenas de chicos guapos que no salen unos con otros. Y algunos sábados por la noche salimos a restaurantes donde tú llevas en secreto tus propios cubiertos, y luego volvemos a casa y vemos algo en la tele sobre amas de casa de verdad.

A Dev se le entrecorta la voz, y Charlie se pregunta si la broma del futuro hipotético y alternativo también le ha cerrado un poco a él la garganta.

—Y creo —murmura Dev— que, si esa fuera mi vida, no, Charlie. No me importaría que nunca te hubieras acostado con nadie más, y no me importaría que no sintieras atracción sexual por nadie más. Sería fantástico saber que me has elegido a mí.

Dev vuelve a sacudir los brazos para quitarse de encima esa bonita versión de sus vidas que jamás alcanzarán. Pero Charlie quiere alcanzarla. Está decididísimo a alcanzarla. Aferra a Dev por la parte delantera de la camiseta, lo lleva hasta su regazo y lo besa porque no puede evitarlo. Los dedos de Dev en su pelo, sus brazos alrededor de la cintura de Dev, y la bella simplicidad de besar a alguien que siempre lo acepta, que comprende su cerebro, que no quiere cambiarlo ni describirlo con una etiqueta, que solo quiere que sea más quien es.

Mierda, ama a Dev. Totalmente. Estúpidamente. Quizá irrevocablemente. Piensa en la primera noche, en la sonrisilla arrogante de Dev. «Sé que puedo conseguir que te enamores». Charlie se ríe en la boca de Dev al recordarlo.

—¿Qué te hace tanta gracia? —le pregunta Dev mientras le da un golpe en las costillas.

Charlie niega con la cabeza y besa a Dev en el cuello hasta que vuelve a derretirlo sobre su regazo.

—¿Te puedo enseñar una cosa?

Charlie salta de la cama y Dev pone un mohín ante su ausencia. Se dirige a su equipaje de mano y extrae la bolsa marrón que Parisa le dio en el aeropuerto.

—¿Qué es?

—El regalo de despedida de Parisa.

Dev desdobla el pliegue de la bolsa un poco antes de sumirse en una histérica carcajada.

—¡Condones y lubricante! ¿Parisa te dio cincuenta condones y lubricante? —Dev extrae tres tarjetas—. Ah, y te ha hecho unos dibujos... Madre de Dios. Parisa es una gran artista con el lápiz.

Charlie se desploma sobre la cama e intenta taparse la cara con las manos para esconder su rubor.

—Ya lo sé. Es una cabrona.

—¿Por qué querías enseñármelo?

—Pues... —Mira a Dev por una rendija entre los dedos.

—Ay, Charlie —dice con una voz que es en parte tierna y en parte condescendiente de cojones—. Sabes que para estar satisfecho no necesito hacer las cosas que Parisa ha retratado con tanto detalle en estas tarjetas, ¿verdad? —Dev se tumba y traza tranquilizadores círculos sobre el vientre de Charlie—. Te lo decía en serio. No me importa tu falta de experiencia. Estoy muy satisfecho. No necesito nada más.

Charlie respira hondo y procura recordar las recompensas de ser lo bastante valiente como para pedir lo que uno desea.

—Pero ¿y si fuera yo el que quisiera probar algo?

Dev se queda paralizado de nuevo, y Charlie alarga los brazos y con cuidado le quita las gafas, que deja junto al plato de *satay* de pollo.

—Charlie —empieza a decir Dev con voz atorada por algo. En esas dos sílabas hay una pregunta implícita, y Charlie la responde tirando de él y colocando su cuerpo junto al suyo. Le pasa las manos por el pecho a Dev, con los dedos extendidos, y desea tener las manos más grandes para así pasarse el día tocándolo entero—. Charlie —prueba de nuevo, y esta vez lo consigue—. No hace falta que...

—Ya lo sé, pero quiero que lo hagas. ¿Quieres...? Mmm, ¿quieres hacerlo... conmigo?

—Por Dios, sí. —Dev se arquea e intenta encontrar la boca de Charlie, aferrado a la cintura de su pantalón de chándal y mordiéndole la barbilla con los dientes.

—Pero puede que sea raro —le advierte Charlie.

—Más te vale que sea raro. La rareza es lo que me pone más, la verdad.

Charlie se ríe. Dev se incorpora para agarrarle la cara con ambas manos.

—Hablo en serio. —Su voz es suave, convincente. Es la que emplea cuando Charlie está histérico, cuyo tono y melodía sintoniza a la perfección con la ansiedad de él—. La primera noche, cuando estabas nervioso y sudado, y tenías vómito en el hoyuelo de la barbilla... —Dev baja las manos hasta los hombros de Charlie, y luego le recorre con ellas el contorno del pecho—. Joder, estabas guapísimo.

Charlie se lanza de bruces a un beso largo y ardiente que no termina hasta que los dos están desnudos y sin aliento y duros. Dev lo abraza tanto que parece imposible, antes de volverse sobre el colchón y asegurarle a Charlie justo lo que él necesita oír.

—De verdad, Charlie. No me gustas a pesar de una parte de tu forma de ser. —Le da la impresión de que tanto habla con Charlie como consigo mismo, como si las palabras retumbaran en un eco exclusivo para dos personas—. Me gustas todo tú. Lo sabes, ¿no?

Oír que Dev dice lo que anida en su propio corazón... No sabía que fuera posible querer más a Dev, querer a alguien hasta albergar en su interior una piscina sin fondo que podría pasarse toda la vida llenando. Terminar junto a Dev de esta nueva manera hace que la piscina de su interior se derrame. Es como si se hubiera bajado la cremallera de su propia piel, como si se hubiera quitado el disfraz de sí mismo para pasar a ser su verdadero yo, como si hubiera descubierto algo verdadero enterrado tan profundo que creía que jamás podría ser esa persona, pero ahí está, y Dev está a su lado, sujetándole la mano y guiándolo a lo largo de todo el proceso.

En plena noche, se despierta y busca a Dev, pero lo tiene justo ahí, sus brazos alrededor del cuerpo.

—Te elegiría a ti —susurra Charlie en la oscuridad.

Aunque los ojos de Dev están cerrados, Charlie está bastante seguro de que lo ha oído.

Dev

«Te elegiría a ti».

Es lo que dijo Charlie. «Te elegiría a ti».

Pero hoy Charlie no elige a Dev. La estancia en Bali ha transcurrido demasiado deprisa en una neblina de incienso y piel de Charlie, y ahora se encuentran en otra Ceremonia de Coronación. Esta noche, Charlie elegirá a las tres mujeres que pasarán a las citas Reino en Casa, y después de las citas Reino en Casa escogerá a las dos finalistas, y en ningún punto de los próximos quince días Charlie sostendrá una tiara con las manos y le preguntará a Dev si le interesaría convertirse en su príncipe.

En la otra punta del set, Charlie agarra una tiara enjoyada.

—Daphne —dice, y la mujer se adelanta de la fila para acercársele—. ¿Te interesaría convertirte en mi princesa?

—Pues claro. —Daphne está radiante, y Charlie le sonríe con timidez al ponerle con cuidado la corona en el pelo.

Dev ha sabido en todo momento cómo iba a terminar esta historia. Ahora le quedan dos semanas para averiguar cómo aceptarlo.

Nota para los editores: **Día de emisión:**

Temporada 37, episodio 8   Lunes, 1 de noviembre de 2021

Productor: **Productora ejecutiva:**

Ryan Parker   Maureen Scott

Escena:

Material de archivo posterior a la Misión del masaje (posterior a la Crisis de la Paja)

Ubicación:

Grabado en la casa de Amed, Bali (Indonesia)

Charlie [mascullando, apenas se le oye]: Ya lo sé.

Productor [voz fuera de cámara]: ¿Estás bien? ¿Qué acaba de pasar con Sabrina?

Charlie: Un poco avergonzado, pero es una reacción natural.

Productor: *[Entra en escena.]* Lo que ha hecho Sabrina no ha estado bien. No deberías estar avergonzado. No ha sido culpa tuya. Pero sí que deberías estar avergonzado por la pinta que tienes con esa bata tan minúscula.

Charlie: La quemaría encantado junto al recuerdo de todo el día de hoy.

Productor: Tampoco nos apresuremos…

SEMANA OCHO

San Francisco (EE. UU.) – Domingo, 25 de julio de 2021
3 concursantes y 14 días restantes

Charlie

«Volver a casa» no parece la forma adecuada de describirlo.

Para Charlie, cuando el vuelo que hizo escala en Taipéi aterriza en el aeropuerto de San Francisco, es más bien como si el pasado y el presente colisionaran en el interior de su pecho. Fue allí donde inició el viaje hace ocho semanas, cuando Parisa lo subió en un avión hacia Los Ángeles para ser el príncipe de *Y comieron perdices*. Es donde solía despegar y aterrizar cuando trabajaba en WinHan, Josh y él en asientos contiguos de primera clase rumbo a Londres, Singapur, Tel Aviv, Bombay. Y ahora es donde aterriza para la cita Reino en Casa con Angie, llevando la bolsa de Dev en el hombro y con Jules apoyada encima de él mientras esperan a que salgan las maletas del equipo por la cinta transportadora. Ve como Skylar y Ryan beben un expreso para así reunirse con el equipo del viaje a fin de planear los planes de mañana. Ve como Dev juega a un juego muy tonto con el móvil. Y Charlie piensa en quién era cuando se fue de San Francisco y en quién será dentro de dos semanas, cuando termine el programa.

Una flota de furgonetas transportan a los cansados miembros del equipo hasta un hotel del centro de San Francisco; por el camino pasan por delante del edificio del piso de Charlie, donde ha vivido durante casi tres años ya, el que lleva dos meses vacío. Levanta la vista y busca la ventana de la vigésima planta, orientación sur —su ventana—, y se da cuenta de que lo echa de menos. No tanto el piso en sí mismo, que es frío y estéril, como lo que representa. Habla de él, de su vida, de lo lejos que ha llegado desde el acoso sufrido en la escuela y el acoso sufrido en casa. En la vigésima planta, siempre tuvo la sensación de que el pasado jamás lo alcanzaría.

Podría volver a tenerlo. Dentro de dos semanas, le pedirá matrimonio a Daphne. Ella ya le ha prometido decirle que sí cuando se lo proponga. El programa se emitirá y fingirán estar enamorados en la gran final en directo, y gracias a Dev aparecerá como el príncipe perfecto. Será famoso de nuevo, tendrá un trabajo de nuevo, le permitirán sentarse a un escritorio y estrujarse el cerebro en el curro de nuevo. Le permitirán contribuir a algo de nuevo. Es el motivo principal por el cual se apuntó al programa.

Podría tener todo lo que siempre ha deseado. Entonces, ¿por qué no deja de pensar en una casita en Venice Beach que huele a lejía y a gel de avena? ¿Por qué no se le va el nudo de la garganta?

—Pensaba de corazón que era imposible, pero me equivocaba.

—¿Qué pensabas que era imposible?

—Que no estuvieras guapo. Pero es que ese gorrito —Dev agita las manos— tiene un poder increíble.

Charlie se quita el gorro de la cabeza y enseguida recibe el golpe de la gélida brisa que procede del agua. Están en el parque Golden Gate para grabar su reencuentro con Angie, y siguen rodeados por una niebla matutina que pende sobre la bahía. Están a finales de julio, y Charlie debe volver a ponerse el gorro a pesar de las burlas de Dev.

—Parece que estés calvo —comenta Dev—. A ver, ya sabía que el pelo era una de tus mejores cualidades, pero no hasta qué punto te favorecía en la cara.

—Eres consciente de que tú también llevas un gorro, ¿verdad?

—Sí, pero resulta que a mí los gorros me sientan divinamente. —Dev ladea la cabeza.

Charlie se atreve y le agarra la mano con discreción.

—A ti todo te sienta divinamente.

—Antes de hoy, pensaba que podría decir lo mismo sobre ti. —Dev no aparta la mano, y Charlie se deleita con ese momento, con haber tomado la mano de Dev en un parque, en público, como si fueran una pareja normal (si olvidamos las cámaras, los focos y a los miembros del equipo). El nudo de su garganta tiene el tamaño de una pelotita de golf.

—Por lo visto, habéis conectado muy bien.

Charlie se vuelve y ve que Maureen Scott se les acerca por el parque con sus botas de tacón y la melena plateada enmarañada por el viento. Dev da un gigantesco paso atrás hasta que la mano de Charlie no sujeta más que aire. Charlie sabía que la creadora del programa iba a reunirse con ellos en las citas Reino en Casa durante las dos últimas semanas de grabación. También había intentado por todos los medios posibles olvidar ese hecho. Ante la concienzuda mirada de Maureen, el set es totalmente diferente: Skylar vuelve a engullir caramelos antiácido mientras les chilla a los ayudantes; las decisiones de Ryan parecen un poco más calculadas; los movimientos de Jules irradian un poco de preocupación y sus ojos viajan sin parar de Dev a Charlie, y se desplazan hasta Maureen.

El cambio de Dev es el peor de todos. Está agarrotado y serio y dispuesto siempre a complacerla.

—Charlie está preparado para la toma de introducción cuando Angie lo esté, Maureen.

Maureen entorna los ojos en dirección a los dos y esboza una sonrisa.

—Estupendo.

Cuando Angie aparece en la otra punta del parque, Charlie hace exactamente lo que Dev le indica: corre hacia Angie, la levanta y da vueltas con ella, encantado.

—Yo también me alegro de verte —le responde la chica al oído, sorprendida y confundida.

Charlie dirige los ojos hacia Maureen Scott, que los observa desde detrás del hombro de Skylar. Angie sigue su mirada.

—Ah. Ya lo pillo —dice. Y acto seguido le agarra la nuca y le da un beso—. Pues vendámoslo bien.

Angie sabe cómo venderlo, sin duda. Se le arrima mientras comen en su restaurante mexicano favorito. Le agarra la mano cuando dan una vuelta por la Facultad de Medicina de la Universidad de San Francisco, donde empezará las clases en otoño. Lo besa en lo alto de Lombard Street y, en un momento de sinceridad, confiesa haberse enamorado de él. Al principio, Charlie se siente culpable, pero, cuando las cámaras se apagan, Angie le guiña un ojo y le planta un beso amistoso en la palma de la mano.

—Qué buena es —dice Dev cuando van en una limusina hacia Berkeley para conocer a la familia de Angie—. Qué pena que no vaya a ser nuestra próxima princesa. Aunque lográsemos convencer a la cadena, en realidad Angie quiere ser médico, no la estrella de un *reality show*. Ya ves tú.

Un móvil vibra, y Dev se queda mirando la pantalla que tiene en la mano.

—Te ha llegado un mensaje. —La voz de Dev suena hueca al pasarle a Charlie su móvil.

Charlie observa la pantalla y ve el nombre escrito con letras negritas. «Josh Han».

Le sudan las manos al intentar deslizar un dedo para abrir el mensaje. Las palabras vagan en la nada y su cerebro necesita unos cuantos minutos para colocarlas en el orden correcto, para comprender su significado. Hace casi un año que no habla con Josh; desde el voto de no confianza de emergencia que tuvo lugar a medianoche y que lo expulsó de su propia empresa, y ni siquiera le permitieron ir a recoger las cosas de su despacho. Unos desconocidos aparecieron en su piso con un camión de mudanzas con su sofá de cuero, su viejo juego de ajedrez, sus libros.

«Ey. Me he enterado de que estás grabando en San Francisco», dice el primer mensaje

Segundo mensaje. «¿Te apetece que quedemos? ¿Un *brunch* mañana en LD?».

Tercer mensaje. «Así hablamos de trabajo».

Le han robado el aliento. Es lo que deseaba. Es mucho más de lo que se atrevía a desear, porque se trata de Josh. De su empresa. De la empresa que construyeron juntos. «Un *brunch* con Josh».

—Parece que todo va como la seda —dice Dev desde el asiento opuesto del vehículo. Charlie no puede dejar de contemplar la pantalla del móvil.

Por desgracia, la ansiedad ya se ha adueñado de él antes incluso de conocer a los padres de Angie.

—¡Bienvenidos! ¡Bienvenidos! —exclama entusiasmada la madre de Angie cuando llegan. Le da un abrazo a Charlie sin preguntar, y luego le presentan a toda la familia de Angie: padres y abuelos y tíos y tías y hermanos y primos y tres mensajes de Josh Han y es demasiado, joder.

Ryan y Jules ya le están gritando al equipo del viaje acerca de la ingente cantidad de personas cuando Charlie se escabulle en el primer cuarto de baño para tener un ataque de pánico, el primero en semanas.

—Mierda. —Angie lo sigue—. Lo siento mucho. No debería haber invitado a tantísima gente, pero Maureen quería que fuera algo especial.

Claro que Maureen lo quería. El novio de la primera noche, el traje de lana, Megan y Delilah, el masaje balinés... A veces da la sensación de que Maureen Scott intenta provocarlo de forma intencionada.

—No, no pasa nada. Es que... Siento mucho avergonzarte delante de tu familia.

Angie se arrodilla delante del váter en que él se ha sentado con la cabeza entre las manos.

—No me avergüenzas por tener ansiedad, Charlie. Y tampoco es que seas mi novio de verdad.

Charlie levanta la mirada e intenta respirar hondo.

—Lo siento —dice, y lo siente de veras, de corazón. Angie no merece que la utilicen en un programa de televisión. Ninguna de esas mujeres lo merece—. Siento que entre nosotros no haya pasado nada auténtico.

—Ay, bombón, no pasa nada. Ya lo sé. Lo sé. —Le da una palmada en la pierna e intenta golpetearlo en la rodilla sin conocer código morse—. Me he limitado a dejarme llevar, y no me arrepiento de nada. He podido viajar a sitios espectaculares con chicas espectaculares. Además, todo el mundo sabe que las amistades entre las mujeres son las únicas relaciones del programa que duran realmente.

La puerta del cuarto de baño se abre, y Dev introduce su delgado cuerpo por la rendija. En cuanto Angie lo ve, se retira para que Dev ocupe su lugar a los pies de Charlie.

—¿Cómo estás? —Dev se dispone de inmediato a formar la palabra correcta en código morse sobre la pierna de Charlie—. Ryan ha echado a algunas chicas, así que el salón está bastante despejado ya.

—Gracias. —Charlie pone la mano sobre la de Dev.

Él le sostiene la mirada más de lo que debería delante de Angie.

—De nada.

Cuando Dev ayuda a Charlie a levantarse del váter, alza la mirada y ve que Angie los observa. Les dedica una leve sonrisa.

—Ya lo sé —vuelve a decir. Y Charlie ahora lo entiende. «Lo sabe». Tal vez lo haya sabido en todo momento.

Angie no abandona el personaje en toda la noche, y, cuando termina la cena, sale a dar una vuelta con él por el barrio negro antes de acompañarlo hasta el hotel. Le da un beso profundo, dice que se muere de ganas de verlo en Macon durante el fin de semana para la Ceremonia de Coronación. Pero justo antes de que Charlie se suba al coche, lo estrecha con los brazos y le susurra muy bajito para que los micros no la oigan:

—No es demasiado tarde para dejar de jugar según las normas de ellos.

Dev

A la mañana siguiente, Charlie vomita dos veces, y le tiemblan tanto las manos que le pide a Dev que le haga el nudo de la corbata.

—¿Por qué llevas una corbata para ir a un *brunch*?

—Es que... quiero que Josh recuerde que puedo ser... profesional.

Dev se muerde la lengua para evitar decir nada respecto a dónde puede meterse Josh Han su profesionalidad. Charlie está sudando demasiado como para que él se ponga a bromear.

—Me acompañarás, ¿verdad? No... no puedo ir solo.

—Te dije que iría —lo tranquiliza Dev.

—Necesito que estés allí para asesorarme. —Charlie asiente, histérico—. Para impedir que diga algo inadecuado.

—Tú nunca dices nada inadecuado, cariño. —Dev tira de Charlie por el nudo de la corbata.

Cuando veinte minutos más tarde llegan al restaurante, Josh Han está vestido como cualquier otro trabajador de Silicon Valley al que haya visto, cómo no. Lleva sandalias de senderismo y un chaleco Patagonia encima de una camisa que absorbe la humedad. Es probable que haya gastado muchísimo dinero en aparentar indiferencia, pero Le Délicieux no es un restaurante que Dev pueda permitirse con su presupuesto. Le cuesta recordar que es la vida normal de Charlie: corbatas con nudos Windsor y *brunches* de negocios en restaurantes de precio desorbitado en el centro de San Francisco. Charlie y él solo se han visto en la burbuja de *Y comieron perdices*, pero Josh Han y los camareros de Le Délicieux —que, a juzgar por sus miradas, parecen tener algún problema con el pantalón cargo de Dev— son claros recordatorios de que Dev no encajaría en la vida de Charlie, por más que intente pensar lo contrario.

—¡Chaz! —grita Josh en cuanto lo ve—. ¡Ey, ha pasado demasiado tiempo!

Josh le da un abrazo. Charlie se tensa.

—Todavía te da cosa que te toquen, ¿eh? —Josh se ríe y le da a Charlie la palmada más condescendiente del mundo en el brazo—. Ese es mi Chaz.

No hay ninguna versión de Charlie Winshaw que pudiera aceptar de buena gana un apodo como «Chaz», y Dev está molesto con la cita antes incluso de sentarse a la mesa.

—¿Este quién es?

Charlie se vuelve hacia Dev, incómodo, con el ceño fruncido como claro indicio de ansiedad.

—Es mi... productor. Dev.

«Mi productor».

A Josh le extraña momentáneamente que Charlie haya invitado a su productor a una reunión de negocios, pero al final se encoge de hombros, como si quisiera dar a entender que es algo propio de Charlie. Toman asiento, y Josh ya ha pedido una ronda de *bloody marys* para comenzar. Dev ignora su bebida.

Josh empieza a hablar sobre los beneficios del segundo trimestre y sobre Nasdaq y sobre una cumbre en Tokio mientras Charlie se dedica a sudar nervioso y a empapar la servilleta de lino. Dev se queda mirando al hombre que humilló a su novio y lo obligó a exiliarse de toda una industria.

Perdón. «Que humilló a su estrella».

Josh Han es tan guapo en persona como aparece siempre en los vídeos promocionales y en los anuncios. Lleva el pelo oscuro peinado con esmero, y tiene una mandíbula maravillosa que a Dev le encantaría acariciar antes de asestarle un puñetazo.

Pero es que Dev no puede asestarle un puñetazo a Josh Han porque es la oportunidad de Charlie para conseguir todo lo que quiere.

—La verdad, no me lo podía creer cuando me dijeron que habías aceptado salir en el programa —está diciendo Josh, moviendo el apio en su copa vacía—. Pero las ganas de ver la temporada son brutales. Es lo único de lo que habla todo el mundo.

—Ah, vaya, yo... Eh... —Es como si alguien hubiera accionado un interruptor para que volviese a ser el Charlie que se cayó de bruces de la limusina en la primera noche.

Debajo de la mesa, Dev le pone una mano en la rodilla para calmarlo.

—Tenemos mucha suerte de que Charlie sea nuestra estrella. Si te digo la verdad, es uno de los mejores príncipes de la historia del programa. Creo que la temporada será fantástica.

Josh se ríe, y es evidente que a costa de alguien.

—Deberías haberlo visto en la universidad. Las chicas lo perseguían por el campus, pero él no se enteraba de nada —dice, hablando de Charlie como si no lo tuviera delante—. Creo que no llegó a besar a ninguna hasta... ¿Cómo se llamaba? La del último curso. Recuerda que tuve que organizártelo yo, y aun así conseguiste que fuese como el culo.

Josh se ríe nuevamente, y Charlie se vuelve más pequeñito, encogiéndose en su traje gris.

—Ja. Ja. —Dev pronuncia las dos sílabas de la forma más cortante posible—. Es muy divertido que te burles de él por no cumplir con tu idea hipersexualizada de la masculinidad.

—Ey, ey. —Josh Han levanta las dos manos. A su lado, Charlie le lanza una mirada a Dev.

—En el mensaje, eh, decías que a lo mejor... ¿Algo de trabajo?

Un camarero se acerca a la mesa, y Josh se toma la libertad de pedir para los tres antes de dignarse a mirar a Charlie.

—Sí, de hecho, puede que tenga algo para ti. —Y hasta eso se lo suelta con tal condescendencia que Dev debe apretar los dientes para no ponerse a chillar—. Hemos comprado una nueva *startup* por su aplicación de citas. Es un concepto genial, se parece a TikTok. Pero a nuestros ingenieros les está costando integrar la aplicación a nuestra base de código existente, y nos hemos topado con un montón de problemas. Nadie conoce la base de código de WinHan como tú.

Dev percibe como todos los músculos del cuerpo de Charlie parecen contener el aliento.

—¿Me estás ofreciendo un trabajo?

—A no ser que ya tengas algo apalabrado para cuando termines el programa de cuento de hadas.

Josh sabe que Charlie no tiene nada apalabrado, sabe que ha impedido por completo que su mejor amigo de la universidad trabaje en cualquier empresa tecnológica. Antes, Charlie era un lastre ante los inversores, pero, ahora que cuando por fin se emita su temporada se va a convertir en uno de los hombres más famosos del país, ahora que en WinHan lo necesitan, Josh hace como si no hubiese pasado nada.

—¿Quieres que dirija la *startup*? —pregunta Charlie. Qué esperanzado suena, joder.

—Bueno, a ver, dirigirla no. Solo necesito que integres el código. Te contrataríamos como externo. Sé que desde que saliste de WinHan te ha costado un poco, y he imaginado que lo necesitarías. ¿Y quién sabe? Si todo va bien y consigues mantener bajo control tus pequeñas excentricidades, a lo mejor podamos llegar a hablar de que vuelvas a tu despacho.

Y en este momento Dev debe decir algo, o de lo contrario sí que va a asestarle un puñetazo a Josh Han en su cincelada mandíbula.

—¿Estás de broma?

Charlie consigue pronunciar su nombre entre dientes como advertencia, pero Dev ya no puede más y apenas es consciente de que en un restaurante con cuatro candelabros de cristal distintos no hay que gritar.

—¿Cómo puedes ser capaz de sentarte aquí e insultarlo así, de ofrecerle un contrato como externo cuando su apellido sigue siendo la mitad del nombre de la empresa? Construiste tu fortuna gracias a su cerebro, y ¿ahora quieres que te suplique una oportunidad para que le dejes volver a su despacho? Que te jodan.

—Ey, calma —dice Josh mientras barre el restaurante con la mirada para ver qué gente importante está presenciando el arrebato. Aun humillado, Josh es atractivo y está sereno, y una parte del cerebro de Dev que no está embargada por la rabia se pregunta si alguna parte del cerebro de Charlie se enamoró de Josh Han antes de saber lo que significaba sentir algo por otro hombre. ¿Por eso Josh tiene el poder de volver tan desvalido a Charlie?

Esa idea no hace sino incrementar la ira de Dev. Normal que Charlie comenzara el programa creyendo que por culpa de su forma de ser no merece enamorarse. Todas las personas a las que ha querido se han limitado a reforzar su creencia de que no es suficiente.

—Y no tiene para nada «pequeñas extravagancias», y no hay ninguna parte de su personalidad que deba aprender a controlar para complacerte a ti. Charlie es apasionado y brillante y divertido y sexi de cojones... —ese último detalle quizá se lo podría haber ahorrado, pero prosigue de todos modos—, y, si no puedes aceptarlo tal y como es, no lo mereces, sinceramente. Y no sabes lo que te pierdes, joder.

En algún punto del discurso, Dev se ha levantado, y ahora varios camareros esperan a su lado para escoltarlo hasta la puerta. Ya se escoltará él mismo, muchas gracias.

Enseguida se vuelve hacia Charlie, que está ruborizado y sudoroso y —Dev se atiene a lo dicho— sexi de cojones.

—Lo siento. Te apoyaré pase lo que pase, pero no podía quedarme aquí y presenciar cómo te faltaban al respeto. Te espero fuera.

Y da media vuelta sobre sus Converse y sale del restaurante a toda prisa.

Charlie

Charlie observa como Dev se marcha corriendo y deja atrás el gran piano, que intenta calmar las aguas de la pelea con música tranquilizadora. Los empresarios que han ido a hacer un *brunch* o bien se vuelven para fulminar con la mirada a Dev, o bien apartan la vista, avergonzados, y fingen no reparar en el hombre absurdamente alto, absurdamente delgado y con una chaqueta vaquera absurdamente grande para él que acaba de tener un berrinche.

—¿Qué cojones ha sido eso? —salta Josh.

Charlie se vuelve para enfrentarse a él y nota como la ansiedad le atenaza las entrañas, además del nudo que tiene en la garganta y que no deja de crecer, y que ya es del tamaño de una pelota de tenis. Desde que el día anterior recibiera los mensajes de Josh, le ha inquietado mucho la idea de volver a verlo; es su antiguo compañero de piso, su antiguo mejor amigo, su antiguo socio. El hombre cuya opinión y estima siempre tuvo en gran valor.

La idea de ver a Josh era agobiante, pero es lo que quiere. Una oportunidad para volver a trabajar en una empresa tecnológica. Por eso se apuntó al programa. La posible humillación nacional, las cámaras, los besos con mujeres y los viajes en globo y mucho —demasiado— toqueteo se resume en esto. Ahora se queda mirando a Josh, sentado a la mesa de un lujoso restaurante, y de pronto ni siquiera recuerda qué le gustaba de su antigua vida.

Solo recuerda que le gustaba cómo el trabajo era un escudo que lo protegía de la vida; le gustaba cómo en el mundo interior de su despacho de cristal y cromo no debía pensar en el mundo exterior, donde se sentía alienado y desconectado. Le gustaba que la productividad lo hiciera sentirse valioso, y le gustaba que estar ocupado nunca le dejara tiempo para pensar. Le gustaba que su piso de la planta número veinte lo volviera exitoso a los ojos de los demás; significaba que su vida valía algo, aunque debajo de la superficie todo estuviese vacío. Eso era lo que perdió. Eso era lo que ha intentado recuperar. Una nada recubierta de purpurina.

—No me puedo creer que me acabe de echar una bronca alguien que trabaja en un programa de televisión. —Enojado, Josh agarra el *bloody mary* de Dev, que nadie ha bebido—. ¿Qué ha sido eso, Chaz?

Quizá sea la forma en que Josh desprecia a Dev o quizá sea cómo suena ahora su viejo apodo, pero el nudo que tiene Charlie en la garganta ahora es de seguridad.

—Lo siento, pero me tengo que ir. —Se levanta y casi vuelca la mesa con las rodillas—. De hecho, no, no lo siento. Me voy.

—Espera. ¿Te vas? —le pregunta Josh, aunque Charlie ya se esté alejando de la mesa—. Pero ¿qué pasa con la aplicación? Nos iría muy bien tu ayuda.

—Paso. —No mira atrás.

Llega a la calle cuando la niebla se ha disipado, y parpadea bajo el sol hasta que ve a Dev apoyado en el edificio, mirando el móvil como si fuera un tosco adolescente. Al oír los pasos de Charlie, sin embargo, levanta la vista. Sus ojos de violín casi se vuelven ambarinos bajo la luz, y el sol incide sobre sus mejillas y sobre su barbilla en forma de punta. Charlie ahora sí que está segurísimo.

—Ya lo sé, ya lo sé. La he cagado. —Dev frunce el ceño—. No debería haber perdido los estribos, pero se ha comportado como un imbécil contigo, y no podía...

Charlie da tres pasos hacia él, agarra la chaqueta vaquera con un puño, lo empotra contra la pared y engulle el resto de la frase de Dev. Intenta besarlo con la seguridad que nota floreciendo en su interior, nuevos sentimientos que tan solo empieza a comprender, que todavía intenta procesar. Josh siempre se ríe de él y Dev siempre se ríe con él. Es la diferencia entre un piso en la planta número veinte y una casa en Venice Beach. Es la naciente certeza de que podría pasarse el resto de la vida agarrando a Dev por la chaqueta vaquera y besándolo contra cualquier pared de ladrillo.

Charlie sabe que lo ama. Sabe que lo elegiría a él si pudiera. Pero por el momento no ha llegado a pensar realmente en qué supondría elegir a Dev. Una vida juntos. Un futuro. Dev en su cama desde ahora hasta la eternidad. Su cerebro apenas lo llega a imaginar. Siempre ha estado solo, siempre se ha preparado para estar solo, no tiene ni idea de cómo construye uno su mundo alrededor de otra persona o con otra persona, ni siquiera sabe qué significa. Pero sabe en la garganta, en la boca del estómago, en el constante latido de su corazón, que una vida con Dev sería un algo recubierto de purpurina.

—Charlie —Dev se aparta—, estamos en una calle abarrotada a plena luz del día.

Charlie tan solo tira de él hacia abajo con los dientes, le da las gracias a base de besos en la boca y en la mandíbula y en el cuello, como si fuera código morse.

—Entonces, ¿no estás enfadado por que le haya gritado? —le pregunta Dev cuando Charlie se recuesta en la curva del cuello de Dev.

—No estoy enfadado.

Charlie está de otra forma, y no sabe qué hacer con tanta seguridad.

Según el programa, después de haber pasado una semana separados, Daphne y Charlie se reencontrarán en un parque en el centro de Macon bañados por el sol, corriendo hacia el otro, y Daphne saltará a sus brazos.

En realidad, se reencuentran en un gimnasio de hotel vacío a las seis de la mañana sin cámaras ni miembros del equipo del programa. Las concursantes no pueden quedarse junto a sus familias durante las citas Reino en Casa —Dev le explicó que es para impedir que accedan al mundo exterior, pero en ese momento Dev tenía salsa barbacoa en la mandíbula, así que Charlie no lo escuchó demasiado—. Daphne y Charlie se alojan en el mismo hotel Courtyard Marriott, y es evidente que los dos tienen la misma acuciante necesidad de hacer ejercicio antes de la cita programada.

—¿Qué tal en Dallas? —le pregunta Daphne desde la elíptica, con el pelo rubio recogido en una coleta que se balancea tras ella. Lleva un sujetador de deporte y un pantalón corto de licra, y es sin lugar a dudas la mujer más atractiva que ha visto nunca. Y eso resuelve por lo menos una parte de su ambigüedad sexual. Está claro que las mujeres no lo atraen.

—Horrible —responde desde el banco donde hace *press* de banca—. Me sabe fatal que Lauren no sepa la verdad. Por lo visto, piensa que nuestra relación va viento en popa.

Daphne se queda unos instantes reflexionando.

—Pero todas sabíamos qué había de cierto al apuntarnos al programa. Cualquiera que lo haya visto sabe que la gente siempre tiene motivos ocultos para participar en *Y comieron perdices.* Y estábamos al corriente del peligro de que nos rompieran el corazón.

—Supongo.

Dallas también fue horrible por Dev, porque se está alejando de nuevo, pero no de golpe como antes, sino gradualmente. Hay momentos en que su voz suena vacía, momentos en que su mirada va a un sitio al que Charlie no puede acceder. Y luego le suelta una broma, se ríe de algo que ha dicho Charlie o hace *playback* con una canción de The Proclaimers en la habitación de hotel de Dallas y lo besa hasta que los dos olvidan todo lo demás.

Cuando Daphne termina la media hora sobre la elíptica, se acerca para sentarse a su lado en el banco.

—Es raro, ¿verdad? Que hoy vayas a conocer a mis padres, digo.

—¿No te sientes culpable por mentirles?

Daphne se agarra la coleta y empieza a trenzarse el pelo.

—¿Sinceramente? No. ¿Eso me convierte en una mala persona?

Antes de que Charlie la consuele, Daphne prosigue:

—No sé por qué, estoy aliviada. Mi madre y mi padre me incordian constantemente para que me eche novio. Aunque sea mentira, mis padres estarán contentísimos de vernos juntos. Y quiero...

—¿Complacerlos? —se aventura Charlie. Daphne se muerde el labio, y Charlie piensa en Josh Han. Piensa en intentar complacer a los demás e intentar complacerse a sí mismo—. Pero ¿eso te hará feliz? Me refiero a mentir a la gente sobre nuestro compromiso.

Daphne no contesta, pero él ya conoce la respuesta. La joven desea un amor de cuento de hadas, aunque también desea que aprueben su normalidad. Se parecen como dos gotas de agua.

—¿A ti te hará feliz? —le pregunta ella al fin—. Me refiero a poder volver a trabajar en una empresa tecnológica.

Charlie se queda mirando una pantalla de televisión acoplada en la pared que reproduce las noticias sin volumen. Daphne le acaricia la mano.

—Es lo que sigues queriendo, ¿no? Proponerme matrimonio al final. Que la gente crea que estamos enamorados.

La puerta de cristal del gimnasio se abre antes de que pueda responder, antes de que Charlie pueda averiguar siquiera cuál es su respuesta, y Dev aparece con su raído pantalón de baloncesto y la camiseta de Stanford de Charlie. Guarda silencio unos instantes y se queda observando a Daphne y a Charlie, sentados juntos en el banco de pesas, con los dedos entrelazados.

—Ah —murmura, y Charlie enseguida le suelta la mano a Daphne—. Perdón, es que... no estabas en tu habitación y tenemos que repasar el horario de hoy —dice.

Significa: «Me he despertado en nuestra cama y no estabas».

Charlie se levanta e intenta imitar la profesionalidad de Dev.

—Sí, por supuesto. Deberíamos repasarlo.

Da un paso hacia Dev, pero Daphne se pone en pie y le agarra el codo.

—Oye —dice en voz baja, y se aproxima mucho a él, sin saber que esa cercanía afectará al hombre que está junto a la puerta—. Ya casi ha acabado. Pronto tendrás todo lo que querías.

Se pone de puntillas y le da un beso en la mejilla.

—Lo siento —dice Charlie en cuanto se queda a solas con Dev en el ascensor.

—No lo sientas. No pasa nada.

—Dev. —Charlie levanta una mano en su dirección—. Solo hablábamos de...

—Que no pasa nada.

Pero sí que pasa.

Dev

—¿Estás preparado para conocer a tus futuros suegros?

Charlie intenta sonreír, pero termina haciendo una mueca.

—Repetimos —ordena Maureen desde detrás de las cámaras—, y esta vez procura sonar emocionado.

Charlie y Daphne regresan al comienzo del camino que conduce hacia la casa de los Reynold.

—¿Tienes ganas de conocer a tus futuros suegros? —pregunta Daphne con más actitud, el brazo enlazado en el de Charlie.

Charlie la contempla con adoración.

—Estoy preparadísimo —le asegura antes de inclinarse y darle un alentador beso en los bonitos labios.

Dev necesita una copa. O un paquete de Oreos. O una lobotomía. Algo que le borre el dolor de ver a Charlie besando a Daphne.

Anoche, cuando aterrizaron en Macon, Charlie arrastró a Dev hasta su habitación del hotel. Lo desvistió con torpeza, observó su cuerpo desnudo bajo el resplandor de una sola lámpara de la mesita de noche y lo abrazó con fuerza. Hicieron el amor lenta y profundamente, como si se estuvieran despidiendo, y, cuando Dev se ha despertado por la mañana, Charlie no estaba allí. Su ausencia en la cama compartida le ha provocado un agujero en el pecho, lo ha impulsado a recorrer el hotel a medio vestir en busca de Charlie, y se lo ha encontrado aferrando la mano de Daphne.

Debe aceptar que pronto solo tendrá mañanas sin Charlie.

Charlie levanta una mano para llamar a la puerta principal, pero el padre de Daphne la abre antes de que lo haga.

—¡NeeNee! ¡Y Charlie! ¡Bienvenidos! ¡Pasad, pasad!

Charlie y Daphne entran en la casa. Dev no puede seguirlos.

Se queda sentado en una de las furgonetas del equipo y observa las imágenes desde un monitor portátil, y, cuando nadie lo ve, se saca el móvil y contempla el selfi que se hicieron en Ciudad del Cabo, con Charlie apoyando la sien en su barbilla.

—Esperemos que el reverendo Reynolds provoque un poco de drama —dice Maureen—. Necesitamos un enfrentamiento con un padre de la vieja escuela, un poco posesivo, para darle chispa a este aburrimiento.

El reverendo Reynolds la decepciona de la mejor de las maneras.

—¿Un diseñador de aplicaciones ateo? —Richard Reynolds se ríe—. No es exactamente lo que esperábamos, ¿verdad que no, Anita? Pero lo cierto es que estamos muy contentos de que nuestra NeeNee por fin haya traído a un hombre a casa.

—¡Papá! —Daphne se ruboriza y clava la mirada en su plato de tarta de manzana.

—A ver, cariño, es que nunca nos habías presentado a ningún chico. Empezábamos a preocuparnos.

Charlie se inclina hacia delante y toma la mano de Daphne.

—Es un honor ser el primero —dice, como un perfecto príncipe. El sonrojo de Daphne se agudiza.

—Voy a dar una vuelta —avisa Dev a Jules antes de salir de la furgoneta.

—¿Te acompaño? —La voz de su amiga está llena de preocupación.

—Estoy bien. —Le dedica una breve sonrisa de Dev el Divertido para dejarla tranquila, antes de desaparecer en la noche. El hogar donde creció Daphne se ubica en un vasto terreno en las afueras de Macon, con árboles delimitando las lindes. Se dirige más allá del resplandor dorado de las luces de la parte trasera de la casa en dirección a los altos y oscuros árboles y al silencio. Allí, sus sentimientos tienen más espacio para respirar.

—Dev —lo llama una voz conocida—. ¡Espera!

Se detiene recostado en un haya mientras la sombra de Ryan avanza en la penumbra.

—¿Qué pasa? —le pregunta—. ¿Por qué te has marchado?

Dev encoge levemente los hombros, movimiento que Ryan probablemente no pueda ver.

—Ya sabes cómo va. Una vez que has visto una cita Reino en Casa, las has visto todas.

Dev apoya la cabeza en la corteza del árbol y levanta la vista al cielo entre las ramas fragmentadas. No recuerda cuándo fue la última vez que divisó tantísimas estrellas.

Ryan se aclara la garganta.

—Supongo que todo es mucho más complicado ahora que te estás tirando a la estrella.

Dev gira la cabeza. Debe de haberlo oído mal. Debe de haberlo entendido mal.

—¿Có... cómo?

—Seguro que es más complicado —insiste Ryan, con el tono más indiferente que nunca. No da a entender nada más, aunque Dev sienta que se le cae el alma a los pies por el terror—. Estás viendo como el chico con el que te acuestas conoce a sus futuros suegros.

«Ryan lo sabe». El cerebro de Dev asimila con dolor ese descubrimiento y sus consecuencias. Creía que disponían de más tiempo. Había guardado los días que le quedaban con Charlie como las chocolatinas de un calendario de adviento, y creía que disponían de mucho más tiempo. Pensó que terminaría con la propuesta de matrimonio de Charlie a Daphne; no pensó que terminaría con la gente descubriendo lo suyo.

Dev no decide qué hacer ni qué decir ni cómo mover los brazos. ¿Debería negarlo? ¿Aceptarlo? ¿Negociar con Ryan? «Por favor. Por favor, no se lo cuentes a nadie. Por favor, déjanos tener un poco más de tiempo».

—¿Cómo...? —intenta decir—. ¿Qué...? ¿Por qué?

—Venga, Dev. —No hay nada presuntuoso ni vengativo en las palabras de Ryan, tan solo su habitual tranquilidad de espíritu—. Metiste a su mejor amiga en un avión y él llevó a tu cantante de pop preferido hasta Sudáfrica.

Lo dice como si fuera lo más obvio del mundo. Tal vez lo sea.

—He estado en tu puesto. Antes de esta temporada, yo fui el responsable del príncipe durante cuatro años, y ¿alguna vez me recuerdas haber pasado los días libres con el tipo en cuestión? ¿Me recuerdas compartiendo con alegría una habitación con él durante dos meses? Pues claro que no.

—Por favor, no se... se lo digas a... a nadie —balbucea Dev cuando al fin puede volver a formar frases enteras—. Sé que me estoy cargando el programa, pero...

—¿El programa? Dev, a mí me importa una mierda el programa. El que me importas eres tú.

Dev recuerda los días en Franschhoek, cuando Ryan no le contó la cita nocturna; recuerda que Ryan intentó hablar con él sobre Charlie en el bar; y recuerda la pelea que tuvieron en la segunda semana. Se percata de que es una conversación que Ryan ha intentado mantener con él desde hace cierto tiempo.

—Dev, ¿a quién se le ocurre liarse con la estrella del programa?

—Me he enamorado de él —confiesa sin pensárselo.

—O sea, ¿al final serás tú quien aceptará la Tiara Final o será Daphne Reynolds?

—No seas cruel. —Dev se encoge.

—No soy cruel —dice Ryan. Y, en realidad, no lo está siendo. Su tono es cansado y un poco triste, pero no es cruel—. Soy pragmático. ¿Qué va a pasar, Dev? Dentro de una semana, ¿Charlie se va a prometer con Daphne?

—A ver, ha firmado un contrato, así que...

—¿Así que vas a dejar que el hombre con el que te has acostado detrás de las cámaras se comprometa con una mujer en la televisión? ¿Y luego, qué? —lo presiona Ryan—. ¿Charlie y tú vais a seguir viéndoos en secreto mientras va a otros programas con su nueva prometida? ¿Vas a entrar en el armario por él? ¿Vas a vivir fuera de las cámaras de la vida de Charlie Winshaw eternamente?

—¡No lo sé! —Dev respira hondo tres veces y aguanta el aire tres segundos cada vez. Todo le da vueltas. Es una noche húmeda, sofocante. No ha pensado en nada de eso todavía, y no quiere encontrar una solución a su futuro precisamente con Ryan Parker.

Pero, si lo piensa, si lo medita aunque sea durante un segundo, lo sabe. Lo haría. Viviría fuera de las cámaras de la vida de Charlie si Charlie se lo permitiese. Si Charlie quisiera estar con él, haría casi lo que fuese para tener la casita en Venice Beach, incluido ocultarse como un Rapunzel gay esperando a los momentos en que Charlie fuera a verlo a escondidas.

Siempre ha sabido cómo termina esta historia, porque lleva treinta y seis temporadas terminando igual. Dev no tendrá un final feliz de cuento de hadas, pero se conformaría con menos si eso significase estar con Charlie. Porque la alternativa, perder a Charlie, lo devastaría.

—Charlie y yo... sabemos que no tenemos futuro —le dice a Ryan cuando el silencio se prolonga demasiado entre ambos.

—Pero dices que estás enamorado de él —murmura Ryan. Le agarra la mano a Dev y le da un apretón, un apretón que le recuerda que tiempo atrás fueron amigos antes de todo lo demás—. ¿Por eso estabas deprimido en Alemania?

—Cuando volvamos a Los Ángeles, retomaré la terapia. —Las palabras acuden rápidas. Automáticas.

—Ajá. Esa película ya la he visto.

Dev quiere asegurarle a Ryan que esta vez será distinto. El Dev que era con Ryan no es el Dev que está con Charlie. Charlie no es Ryan, y, cuando él se aparta, Charlie se acerca; y, cuando él se sumerge en el pozo, Charlie permanece a su lado.

Pero Charlie solo permanecerá a su lado durante otros diez días, así que ¿de qué sirve explicarlo?

—¿Se lo vas a contar a Skylar?

Ryan se ríe y le suelta la mano.

—Skylar ya lo sabe.

—No lo sabe. No puede ser.

—Sí que lo sabe y sí que puede ser. No es tonta, y no sois demasiado sutiles.

—Pero... —Todo vuelve a dar vueltas. ¿O quizá sea el mundo el que da vueltas? Sea como sea, necesita sentarse en el suelo. La tierra está muy caliente y su cuerpo está muy débil, y se desploma—. Si Skylar lo supiera, me despediría. Me he cargado la temporada.

—No es así. El programa va de drama, y Charlie ha dado bastante drama.

—El programa va de amor —replica Dev.

—No. —Ryan niega con la cabeza—. D, el amor es una consecuencia accidental del programa.

Dev se lleva las piernas contra el pecho y entierra la cara entre las rodillas.

—A Skylar le da igual que te acuestes con Charlie —dice Ryan con calma desde arriba— siempre y cuando Charlie sea el protagonista hetero de cuento de hadas que exige la cadena. Y gracias a tu espectacular trabajo como su responsable, es lo que va a ser. Pero tú... Te mereces ser algo más que el secreto de alguien, Dev.

Dev se golpea la palabra «calma» en código morse sobre las pantorrillas e intenta recordar cómo se respiraba. Intenta recordar que ya sobrevivió a perder a Ryan. Podrá sobrevivir a perder a Charlie también. Aunque en esta húmeda noche de Macon, Georgia, las dos situaciones no parezcan equivalentes.

—Además —añade Ryan antes de regresar a la casa—, no es Skylar quien debería preocuparte. Es Maureen.

Dev se rodea con más fuerza las piernas y nota como se derrumba por dentro, como una estrella moribunda.

Charlie

Sus dedos toquetean nerviosos el nudo de la pajarita del esmoquin; al mirarse en el espejo, ve que el sudor se le acumula en la frente. Van a tener que retocarle el maquillaje antes de la Ceremonia de Coronación. En caso de que antes sea capaz de descubrir cómo vestirse, claro.

La cabeza rapada de Skylar asoma por la puerta de su camerino.

—Te necesitamos dentro de cinco minutos. ¿Todo bien por aquí?

—¿Has visto a Dev? —Charlie intenta formular la pregunta con voz firme, pero al final las palabras desprenden el pánico que le clava las zarpas en los órganos internos.

—Ryan le ha pedido que preparara el set. ¿Te puedo ayudar con algo?

—Con la pa... pajarita —tartamudea mientras los dedos vuelven a escurrírsele sobre la tela—. No puedo.

Skylar se acerca y coloca sus tranquilas manos sobre las temblorosas de él.

—Déjame a mí.

La directora es más bajita de lo que creía Charlie y debe ponerse de puntillas para tener una buena perspectiva de la pajarita. Cuando la conoció hace dos meses, le pareció exuberante e indómita.

—Una noche importante —dice—. ¿Cómo estás?

Charlie está sudando y temblando, y a duras penas consigue hilvanar frases coherentes.

—Creo que sabes de sobra cómo estoy.

Skylar le sonríe mientras sus manos consiguen plegar la tela hasta conseguir un nudo perfecto.

—¿Sabes a quién vas a mandar a casa?

Charlie asiente. La ansiedad no es por enviar a Lauren hoy a casa. Es la decisión obvia, la única mujer que no sabe que todo es una farsa. La ansiedad es por lo que significa mandar a Lauren a casa. Estará un paso más cerca del final del camino, y todavía no ha averiguado qué hacer con la seguridad y con ese algo recubierto de purpurina y con el hecho de que Dev se está alejando de él.

Skylar se aparta y admira su trabajo.

—Entonces, ¿qué es lo que te preocupa?

En su tono hay algo que indica que no se lo pregunta como directora de *Y comieron perdices*; se lo pregunta como la mujer que le enseñó la coreografía de *Bad Romance* en una discoteca de Nueva Orleans. Como la mujer que se emborrachó con él en una terraza de Bali.

—Nunca pensé que fuera de verdad —empieza a decir. No puede responderle como si no fuese la estrella del programa, así que se apresura a añadir—: Con Daphne, me refiero. Nunca pensé que sentiría cosas auténticas por alguien del programa, y no sé qué hacer. ¿Cómo sabes que vas a querer a alguien para siempre?

Skylar se queda mirándolo; su rostro una máscara inescrutable. Da dos pasos atrás y se deja caer en una silla plegable.

—¿Sabías que antes de conocer a mi actual pareja estuve casada con un hombre durante diez años?

Obviamente, Charlie no lo sabía. Skylar nunca habla de su vida privada más allá del programa. Que él sepa, no tiene vida privada más allá del programa.

—Mmm. —Mete una mano en el bolsillo de sus vaqueros y extrae un paquetito de caramelos Tums—. Diego. Era un buen hombre. Me trataba muy bien, y, aunque no me atraía, aunque me repugnaba la idea de acostarme con él, fui bastante feliz.

Charlie se remueve incómodo, pero no se permite apartar los ojos de los de ella mientras le confiesa intimidades con voz lenta y rítmica.

—Era consciente de que me atraían más las mujeres, pero tampoco sentía un especial deseo por acostarme con ellas, así que dejé eso a un lado durante años y años, hasta que al final decidí apuntarme a un grupo de apoyo para adultos con dudas. Fue allí donde conocí a mi pareja actual, a Rey. Elle fue la primera persona a la que oí utilizar la palabra «asexual» como algo que no fuera una broma.

Skylar hace una pausa, y la mirada de Charlie baja hasta el suelo.

—¿Por qué me estás contando esto?

La directora ignora su pregunta y continúa con su historia.

—Después de la sesión grupal, me acerqué a Rey y empezamos a hablar. Durante mucho tiempo, solo fuimos amigues. Elle fue quien me ayudó a descubrir que soy birromántica, fue quien me ayudó a sentirme bien con la repulsa que me despertaba el sexo. Me entiende como soy, y también me ayuda a convertirme en una mejor versión de mí misma.

Charlie piensa en Dev y en la bella sencillez de que alguien te entienda.

—Te lo cuento, Charlie, porque me has preguntado cómo saber si vas a querer a alguien para siempre, y lo cierto es que, a pesar de lo que le aseguramos a la gente en el programa, el amor duradero no está garantizado. Yo no sé si voy a amar a Rey el resto de mi vida, pero ahora mismo no me imagino un futuro en que no esté elle. Y para mí eso es suficiente.

Charlie se toquetea el esmoquin y desea encontrar una manera de agradecerle que haya compartido eso con él, de hacerle saber cuánto significa para él.

—Creo que debes decidir si ahora mismo lo amas lo suficiente como para intentar amarlo para siempre. —Skylar engulle un antiácido.

—¿Amarlo? —jadea Charlie—. Amarla. A Daphne. Amo... amo a Daphne.

Skylar se levanta de la silla y vuelve a acercársele, y levanta una mano para apartarle los erráticos rizos de la frente para que esté listo ante las cámaras.

—Hijo, no se me escapa nada de lo que ocurre en mi set.

No lo dice como amenaza, no lo dice enfadada. Pronuncia la palabra «hijo» como Dev pronuncia «cariño», como si Skylar supiese que también ha querido ser siempre el hijo de alguien.

—Pero ¿y si no sé cómo elegirlo a él? —le pregunta a la directora de *Y comieron perdices*.

—Casi hemos llegado al final de nuestra aventura para encontrar el amor —anuncia Mark Davenport ante las cámaras—, y esta noche Charlie va a tomar la decisión más importante de todas.

Charlie se encuentra junto a una mesita en la que solamente hay dos tiaras. Al otro lado de la estancia, Daphne, Angie y Lauren L. forman una fila, a la espera de conocer su decisión.

—¿Estás preparado para escoger al dúo finalista? —pregunta Mark. Charlie se aclara la garganta y agarra la primera tiara.

—¡Un momento!

Al levantar la vista, ve que Daphne abandona la fila con los ojos azules muy brillantes.

—¿Puedo...? Charlie, ¿puedo hablar contigo un minuto antes de la ceremonia?

Mientras cruza la estancia, Charlie intenta no buscar a Dev entre los productores que están junto a la pared del fondo. Daphne conduce a Charlie y a los cámaras hasta una salita diminuta.

—¿Qué pasa? —pregunta, porque está claro que algo pasa. Daphne se retuerce las manos y frunce el labio inferior.

—Creo —empieza a decir— que esta noche deberías enviarme a mí a casa.

Charlie procura moderar su reacción ante las cámaras. No sabe cómo seguir con Dev, ni siquiera si es posible que estén juntos cuando termine el programa, pero sí que sabe que la única forma de tener una posibilidad es que Charlie se comprometa con Daphne. Todos necesitan que la temporada sea un éxito.

—¿A qué te refieres?

—No quieres comprometerte conmigo —dice Daphne con los hombros erguidos—, y no creo que un compromiso de mentira vaya a hacernos felices, la verdad.

—Pero... no es de mentira. —Sin querer, Charlie mira hacia las cámaras.

—Sí. Acordamos un compromiso de mentira, pero creo que nos equivocábamos.

—¿No querías que la gente te viese con pareja?

—Lo he pensado mucho... y no lo sé. —Daphne se coloca el pelo detrás de las orejas—. Quizá tenías razón con lo que dijiste en Ciudad del Cabo. Quizá estoy persiguiendo el tipo de amor equivocado. Quizá necesito averiguar lo que quiero de verdad, y no puedo hacerlo si me paso los próximos seis meses prometida contigo. No puedo hacerlo si sigo fingiendo que soy alguien que no soy. —Daphne lo agarra de la mano—. ¿No quieres averiguar tú lo que quieres de verdad?

Él ya sabe lo que quiere de verdad. Lo que no sabe es cómo lograrlo.

—Yo...

—¡Corten! —Maureen Scott irrumpe en la salita con sus taconazos y empuja a un cámara—. ¡Corten! ¡Apagad las cámaras! ¿Qué cojones estáis haciendo?

Charlie se encoge ante la rabia de Maureen, pero Daphne se pone firme.

—Me envío a mí misma a casa.

—Y una mierda bien gorda —le espeta Maureen. Charlie nota como el terror le asciende por el esófago; ojalá pudiese ver a Dev entre el resplandor de los focos. Maureen les está gritando a varios miembros del equipo y Skylar intenta salvar la escena, y en algún punto, debajo del creciente zumbido de su ansiedad, se da cuenta de que todo va a venirse abajo.

Dev

Todo se está viniendo abajo.

Lleva varios días viniéndose abajo lentamente. Ryan lo sabe y Skylar lo sabe, y ahora Daphne Reynolds habla de falsos compromisos delante de las cámaras. La temporada ha estado pendiente de un hilo, y ahora Daphne ha cortado el hilo con un machete.

—¡Reunión de producción! ¡Ahora! —grita Maureen, y Jules debe agarrar a Dev por el codo y guiarlo junto a Skylar y Ryan a medida que Maureen se abre paso rumbo a la atestada sala donde se ha cambiado Charlie antes de la Ceremonia de Coronación. Daphne y Charlie también están allí—. ¿Se puede saber de qué mierda vas? —le pregunta Maureen a Daphne—. ¿En serio eres tan tonta como pareces?

Daphne retrocede en dirección a un espejo.

—No puedes enviarte a casa —continúa Maureen—. Has firmado un contrato. ¡Hemos construido toda la temporada con vosotros como pareja!

—Pero es que no... no nos queremos —masculla Daphne.

—A nadie le importa una mierda si os queréis. —Maureen echa la cabeza hacia atrás y se ríe—. El programa no va de amor.

Algo se hunde en el interior de Dev, y luego se hunde él, sentado en el fondo de la piscina con la presión de varias toneladas de agua sobre la cabeza. Barre la sala con la mirada y ve a Charlie, y procura utilizar sus rizos rubios y sus ojos grises y su hoyuelo en la barbilla para anclarse al presente.

—Maureen, quizá deberíamos hablarlo con calma —tercia Skylar. Ha levantado las dos manos entre Daphne y Maureen.

—No hay nada de lo que hablar. Nuestra perfecta princesa se va a comprometer con nuestro príncipe. Es la historia que hemos estado contando, y así es como va a terminar.

Dev mira a su jefa y ve como su melena plateada se balancea elegante y enmarca su malvado rostro.

—Si Charlie me pide matrimonio —exclama Daphne con voz sorprendentemente clara—, le diré que no. No me puedes obligar a decir que sí.

—Y a mí no me puedes obligar a pedirle matrimonio —añade Charlie. Dev siente una rara mezcla de orgullo y temor ante la repentina seguridad de la voz de Charlie—. Daphne tiene razón. Me he cansado de fingir ser algo que no soy.

—Tú no te cansarás de fingir hasta que venza tu contrato. —Maureen lo señala a la cara con rabia.

—¿Y si Charlie le propone matrimonio a Angie? —sugiere Jules con una vocecilla casi amortiguada por los gritos.

Maureen se vuelve para mirarla a la cara y bufa.

—Ya te he dicho que esta temporada no la va a ganar una bisexual.

Dev ve como esa afirmación queda reflejada en la cara de Daphne, ve que abre la boca, espantada. Charlie está igual de afectado. Mira a Dev a los ojos, y su expresión formula una sencilla pregunta. «¿Lo sabías?». ¿Sabía que su jefa se negaba a permitir que una mujer bisexual fuera la siguiente estrella o la ganadora de la temporada?

—Ay, no me miréis así —les espeta Maureen a ambos—. Esto no tiene nada que ver con mis creencias. Voto al partido demócrata. Apoyo los derechos de los gais. Os contraté a todos vosotros —dice, señalando a Dev, Skylar, Ryan y Jules con un gesto. Dev nunca se ha sentido tan utilizado, como una casilla que hubiese que tachar. Maureen prosigue—: Pero el programa debe atraer a un gran público. Le voy a dar al país lo que quiere, y lo que no quiere es una princesa bisexual.

Durante un minuto, en el camerino todo el mundo está callado, siete cuerpos adultos apiñados en un silencio horrorizado.

—¿Lo que quiere el país? —repite Daphne lentamente.

—¿Y si yo fuera gay? —pregunta alguien al mismo tiempo.

Es la voz de Charlie la que perfora la tensión de la habitación como un árbol caído en el bosque. Todo el mundo se queda mirándolo. Nadie respira. Y menos que nadie Dev.

—¿Y si te dijera que soy gay? —insiste Charlie, sus ojos grises fijos en los de Maureen—. ¿Y si te dijera que no puedo comprometerme con ninguna de las mujeres al final de la temporada porque soy gay? ¿Y si te dijera que me he enamorado de un hombre...?

Charlie nunca ha pronunciado antes esa palabra. «Enamorarse». Dev quiere disfrutar de cómo suena en los labios de Charlie, pero Skylar y Ryan se vuelven al mismo tiempo mientras la lengua de Daphne se queda atrapada en un leve sonido de incredulidad.

—¿Que tú... qué?

—¿Y si te dijera que me he enamorado de un hombre —Charlie avanza como el hombre valiente, apuesto y naíf que es— y que quiero elegirlo a él?

Maureen se pone las manos en la cintura, se queda mirando al hombre al que Dev ama y dice:

—No vas a querer jugar a ese juego conmigo, Charles. ¿Crees que nunca hemos tenido príncipes gais? ¡Pues claro que sí! Me importa una mierda lo que hagas y con quién lo hagas cuando las cámaras no estén grabando, pero cuando te graben vas a fingir estar coladito de amor por ella. —Señala a Daphne con cólera.

Charlie mira alrededor; a Dev, a Jules, a las personas que conocen la verdad y no dicen nada por miedo.

—¿Y si me niego? —pregunta con voz entrecortada.

Maureen se queda inmóvil lo que dura una de sus respiraciones.

—Entonces editaremos el programa y dejaremos que todo el mundo vea lo loco que estás en realidad.

Las palabras de Maureen eliminan todo el aire de la habitación, y el cerebro de Dev no dispone del oxígeno que necesita para comprenderlo. Pero lo intenta. El novio de la primera noche. El traje de lana. Daphne abalanzándosele en el baile. Megan y Delilah. La Misión Grupal del masaje. Durante toda la temporada, Maureen ha ido poniendo a Charlie en situaciones límite (porque sabe lo de su salud mental, sabe lo de WinHan, claro que lo sabe) y ahora lo está chantajeando con esas imágenes.

Y Dev tan solo piensa en seis años.

Ha excusado muchas veces a Maureen, ha justificado muchas de sus acciones durante demasiado tiempo, y ahora es cuando comprende la verdad. Maureen no ha sido nunca su aliada ni su amiga, y el programa nunca ha ido de amor. Ha desperdiciado seis años de su vida.

Charlie observa a los callados productores allí presentes, que siguen sin dar un paso adelante por él. A los productores a los que creía importarles. Mira a Dev.

—En fin —dice, y Dev lo oye en su voz. Está intentando mantenerse fuerte. Dev desea ayudarlo, pero no le quedan fuerzas para darle. Está hueco por dentro, vacío de emociones, una cáscara en el fondo de un pozo—. Supongo que entonces seremos felices y comeremos perdices.

Daphne es la única persona que lo llama cuando se precipita hacia la puerta.

Charlie

—¡Charlie, espera!

Charlie no espera. Recorre el pasillo a toda prisa y entra en el salón de baile, donde Angie y Lauren L. siguen esperando con expresión confundida. Debería estar ansioso ahora —espera que el miedo tome las riendas de la situación—, pero en estos instantes la rabia está ocupando demasiado espacio en su interior. Está cabreadísimo.

Está cabreado con Jules, que solo ha apoyado su relación con Dev cuando le resultaba conveniente. Está cabreado con Skylar, que le ha atado la pajarita y le ha dicho que escogiera a Dev y, aun así, no lo ha defendido. Está cabreado con Maureen, obviamente, por ser quien siempre creyó que era.

Y está muy cabreado con Dev.

Casi no se da cuenta del momento en que Daphne regresa del camerino, con el maquillaje retocado, y ocupa su lugar entre Angie y Lauren, pero sabe que debe de haber regresado en algún punto. Sabe que agarra una tiara y que pronuncia su nombre, y que ella da un paso adelante. Cuando le pregunta: «¿Te interesaría convertirte en mi princesa?», Daphne Reynolds responde que sí, a pesar de todo. Sabe que le entrega la segunda tiara a Angie y que envía a Lauren a casa, pero no recuerda ninguno de los detalles ni nada más, porque la rabia tañe en sus oídos con demasiada intensidad.

Después, Ryan intenta hablar con él. Skylar lo lleva aparte. Jules se disculpa. La rabia silencia las palabras de todos ellos.

Termina en el asiento trasero de una limusina. Termina en un ascensor. Termina junto a la puerta de su habitación de hotel. Cuando mete la tarjeta y abre la puerta, encuentra a Dev en el interior, sentado a los pies de la cama que anoche destrozaron. Y Charlie está cabreado, pero también está dolido, y casi no puede evitar desplomarse en los brazos de Dev en cuanto están a solas.

—Ha sido horrible —llora contra la curva del cuello de Dev.

Dev le acaricia el pelo con los dedos, le separa los rizos como hace siempre, pero al hablar lo hace con voz hueca.

—Ya lo sé, cariño. Ya lo sé. Lo siento mucho.

Charlie se permite llorar un poco más, se permite disfrutar de la sensación de los brazos de Dev y del cuerpo de Dev antes de apartarse.

—¿Qué vamos a hacer?

Los ojos de Dev están vidriosos. Muy lejos de allí.

—No hay nada que hacer. Todos hemos firmado contratos. Le pedirás matrimonio a Daphne y os prometeréis, y el programa se emitirá, y al final conseguirás todo lo que quieres.

—Yo quiero estar contigo —dice Charlie. Porque es la verdad. Aunque Dev hubiese sido un cobarde mientras Maureen lo amenazaba, y aunque Charlie esté muy enfadado ahora, lo entiende. Dev se ha pasado seis años, se ha pasado casi toda la vida, joder, pensando que el programa era el cuento de hadas perfecto, y acaba de presenciar la fea realidad por primera vez. Charlie entiende por qué Dev no podía salir en su defensa, por qué no podía alzar la voz.

Lo que no entiende es por qué Dev se aparta de él en estos momentos.

—Los dos sabíamos cómo iba a terminar esto, Charlie —dice al escurrirse de debajo del peso de Charlie. Se acerca a la mesa de la habitación y pasa un dedo por el extremo de una libreta de la cadena Marriott—. Los dos sabíamos que había una fecha de caducidad.

—¿Y si no quiero que termine? ¿Y si quiero... —casi dice «la eternidad», pero Dev está junto a la mesa con postura rígida, y esa palabra no consigue salir entre sus labios— más?

Dev cruza los brazos sobre el pecho. Charlie lo interpreta como lo que es: un débil intento por parte de Dev para protegerse.

—No hay nada más a lo que aspirar. Queremos cosas distintas.

—Creía que los dos queríamos una casa en Venice Beach.

—¡Era una fantasía! —estalla Dev—. ¡No funcionaría!

—¿Por mí?

—¡Por los dos! ¡Porque tú eres una estrella de un *reality show* y yo soy tu productor!

—Solo durante otra semana.

Dev se pasa los dedos por el pelo.

—¿Quieres tener hijos, Charlie?

Es lo último que esperaba que Dev le preguntase, y cualquier intento de respuesta termina muriendo dentro de su seca garganta.

—Porque yo quiero tener hijos. Cuatro. Y quiero casarme. Quiero llegar frente al puto altar vestido con un esmoquin blanco atroz que te avergüence, y no quiero pasarme otros seis años con alguien que no quiere lo mismo que yo.

Todo empieza a girar muy lejos del control de Charlie. Creía, estúpido de él, que el incierto futuro de ambos era algo en lo que podían adentrarse juntos, pero ahora le da la sensación de que se dirigen en direcciones opuestas, un equipo disfuncional en una carrera de relevos.

Intenta hallar un pensamiento claro, una emoción clara, una cadena clara de palabras, y ofrecérselo a Dev. Quiere encontrar una forma de conseguir que Dev lo comprenda.

—Hace dos meses, me apunté al programa creyendo que no merecía enamorarme, y ¿ahora quieres saber si he pensado en casarme y en tener hijos? No, Dev. Nunca he pensado que esas cosas fueran una opción para mí. No digo que no las quiera... Solo digo que ahora mismo no lo sé. Necesito tiempo para aclararme.

Dev lo mira y se sube las gafas por la nariz con dos dedos.

—No quiero tiempo, Charlie. Quiero alejarme antes de que acabemos dolidos.

—Yo ya estoy dolido.

—Charlie...

—Dev. —Lo aborda del único modo que conoce, del único modo que le queda—. Te quiero.

Espera sentirse mejor después de haberlo verbalizado. Sin embargo, se siente desnudo y expuesto sobre la cama. Le ha entregado a Dev algo delicado, y Dev lo mira con expresión de que tal vez lo hace añicos para ver qué pasa.

—No me quieres.

—No me digas lo que siento. Te quiero.

Dev niega con la cabeza. Charlie está a punto de darle un puñetazo. Está a punto de aferrarse a sus tobillos como un niño pequeño y no soltarlo jamás. Cuando ve las silenciosas lágrimas que se acumulan detrás de las gafas de Dev, no hace ni lo primero ni lo segundo.

—Te quiero, Dev —repite. Y lo repetirá hasta que Dev se lo crea—. Me gusta todo de ti.

Charlie se levanta para agacharle la cabeza y poder besarle las mejillas manchadas de lágrimas.

—Te quiero porque intentas comprender a mi cerebro, aunque se te dé fatal ser paciente, y porque te apasionas con las cosas más tontas, y porque eres la persona más hermosa que he visto nunca. Me encanta cómo me haces reír. Me encantan tus odiosos pantalones cargo, y me encanta lo cascarrabias que te pones cuando tienes hambre, y me encanta lo tozudo que eres, y no te quiero a pesar de todo eso. Te quiero por todo eso.

Dev suelta un sollozo al oír sus propias palabras parafraseadas por Charlie.

—Sé que ahora mismo estás mal —continúa Charlie—. Sé que el programa no era lo que tú querías, y entiendo que te alejes porque te da miedo lo mucho que nos va a doler, pero te quiero. Te quiero tantísimo ahora mismo que no me imagino dejándote de querer. Y no pasa nada si todavía no me quieres. Tengo suficiente amor por los dos. Pero deja de alejarte de mí, por favor.

—Charlie. —Son las dos sílabas más preciosas del mundo cuando Dev las pronuncia. Dev se inclina hacia delante y le besa la boca, la barbilla, los párpados, las orejas, como si estuviese creando un mapa sensorial del rostro de Charlie—. Te quiero. ¿Cómo no iba a quererte?

—Pues permíteme que te elija a ti. —Charlie le aferra las muñecas para que no se mueva—. Que nos elija a nosotros. Por favor.

Desesperado, Dev se agarra a la parte delantera del esmoquin de Charlie. Entierra la cara en el tejido, y a sus palabras les cuesta abrirse paso hasta el exterior.

—Los dos sabíamos que no íbamos a tener un final feliz de cuento de hadas.

—Quizá sí. —Dev se aleja flotando, y Charlie cree que, si lo sujeta lo bastante fuerte de la cintura, podrá retenerlo a su lado—. Solo quédate, Dev. Elige quedarte.

A la mañana siguiente, Charlie tarda unos instantes en comprender por qué Dev no está en la cama. Por qué su equipaje ha desaparecido.

Porque la chaqueta vaquera de Charlie y su gel de avena se han esfumado. Por qué hay una hoja arrancada de una libreta en la almohada a su lado, doblada con cuidado en tres pliegues.

Charlie lee la carta. Una vez. Dos veces. La lee diez veces. No se echa a llorar; por lo menos no ahora, no al comprender que Dev no va a volver. No hay miedo, no hay ansiedad, no hay obsesión. Solo hay una dolorosa sensación de seguridad sobre quién es y qué debe hacer.

Salta de la cama y recorre el pasillo de un hotel de Macon, Georgia, rumbo a tres puertas más allá. Llama, y Skylar Jones responde con los ojos dormidos y todavía en pijama.

—¿Charlie? ¿Qué pasa?

Charlie respira hondo tres veces.

—¿Podemos hablar?

Nota para los editores: **Día de emisión:**
Temporada 37, episodio 9   Lunes, 8 de noviembre de 2021
Productor: **Productora ejecutiva:**
Ryan Parker   Maureen Scott
Escena:
Confesiones con Lauren Long durante su cita Reino en Casa
Ubicación:
Grabado en Dallas (EE. UU.)

Lauren L.: ¡No me puedo creer que Charlie está aquí! ¡Llevo muchísimo tiempo soñando con este momento! Es lo que siempre he querido, tener a alguien como él a quien llevar a casa. Es el hombre que siempre he imaginado en mi futuro, ¡y ahora es real! ¡Voy a presentarles a mi futuro esposo a mis padres!

TRES MESES DESPUÉS DE GRABAR

Raleigh, Carolina del Norte (EE. UU.) – Lunes, 8 de noviembre de 2021

Dev

Un lunes por la noche del mes de noviembre, se emite el penúltimo episodio de la temporada de *Y comieron perdices* con Charlie Winshaw ante veintitrés millones de espectadores. Dev Deshpande no es uno de ellos. Los lunes por la noche son el momento en que pide cita, y fuera del despacho del este de Raleigh está oscuro mientras su terapeuta bebe un par de tazas de té de menta.

Dev mete la mano en una caja llena de *spinners* y otros juguetes, y extrae una pelotita de color morado fluorescente. Sabe ahora que su necesidad para mantenerse ocupado, para no dejar de moverse en ningún momento, era una forma de evitar enfrentarse a las partes de su vida que no funcionaban, pero también sabe que tener algo que hacer con las manos le facilita un poco esos enfrentamientos. En los últimos tres meses, ha aprendido muchas cosas de él mismo en ese despacho.

Alex Santos vierte las hojas de té en dos tazas idénticas y luego cruza la estancia rumbo al sofá que comparten.

—Bueno —dice Alex, con la cabeza ladeada de tal manera que a Dev le recuerda a Jules. Hoy no quiere pensar en ella, pero se obliga a confrontar los pensamientos demasiado potentes que nadan por su pecho—. ¿Cómo estás?

—Estoy bien. —Dev aprieta la pelotita morada.

Su terapeuta le lanza una mirada interrogativa, y Dev lo entiende. Estar «bien» ha sido su mantra durante mucho tiempo.

—De verdad que estoy bien. Sobre todo, aliviado. Ya casi ha terminado.

—¿Cómo van a cambiar las cosas en cuanto la temporada termine de emitirse? —Alex se mueve en el sofá.

—Pues, a ver, supongo que el equipo dejará de llamarme y de mandarme mensajes y correos cada cinco segundos —empieza. No ha hablado con nadie desde Macon. Se ha borrado todos los perfiles de las redes sociales, y elimina todos los mensajes sin leerlos. Incluso los de Jules, hasta que esta dejó de intentar contactar con él. Dev se ha construido una pequeña vida (en casa de sus padres, todos los días escribe en el dormitorio de su infancia, y solo sale para acudir a las sesiones de terapia bisemanales y para sacar a pasear al perro maltés de su madre por el parque), pero por lo menos es una vida sin *Y comieron perdices*. Sin la toxicidad ni las mentiras—. Y, en cuanto termine la emoción del programa, no tendré que preocuparme por si veo su cara en portadas de revistas en la cola de la caja del supermercado.

—¿Te sigue constando verlo?

—¿Sabes una cosa, Alex? —Estruja la bolita morada con más fuerza—. Un día de estos harás una afirmación contundente, y será entonces cuando demos un paso adelante en nuestra terapia.

—¿Quieres una afirmación contundente? —Alex frunce el ceño con gesto reprobador—. Utilizas el sentido del humor para distraerte de tu verdadero dolor emocional.

—*Touché.*

Alex sonríe y se levanta para agarrar el té. Dev tardó semanas en arrancarle una sonrisa a su terapeuta, pero resulta que alguien gruñón y práctico era lo que necesitaba después de haber puesto fin a su antigua vida. Necesitaba a alguien a quien no pudiera convencer de que estaba bien. Alex siempre sabe cuándo está echando balones fuera y siempre se lo dice.

—Vale, sí, lo hago para distraerme. Y sí, todavía me cuesta verlo en las portadas de las revistas. Todavía... lo quiero. Creo que siempre lo querré. —Deja el juguetito para aceptar la taza de té que le ofrece Alex. Rodea la caza caliente con los dedos.

—Si todavía lo quieres, ¿por qué no estás con él?

—¡Porque el amor no basta! —No pretendía chillar, pero Alex, que se ha acostumbrado a sus arrebatos emocionales, apenas se sobresalta—. El amor no lo conquista todo. Charlie era nuestra estrella. Yo era su productor. Aunque la situación no se hubiese ido a la mierda con Maureen, nunca podrían habernos visto juntos en público. Fui muy idiota al pensar que nuestra historia iba a terminar de otro modo, y espero que, cuando el programa haya acabado, por fin sentiré que tomé la decisión correcta.

—¿Al marcharte? —Alex da un sorbo a la taza.

—A ver, sé que tomé la decisión correcta. Me elegí a mí —dice, regresando a una conversación que han mantenido una docena de veces en el despacho—. Ya no podía seguir trabajando en un programa que trataba así a las personas. No podía quedarme a presenciar cómo Maureen Scott fuerza —está a punto de pronunciar el nombre de él, pero cambia de idea en el último segundo— su final de ficción. Y comieron perdices es tóxico, y tuve que marcharme para estar bien. Y ahora estoy mejor.

Y lo está de verdad. No supo hasta qué punto estaba mal hasta que no indagó en todas las cosas que estaba ignorando. En su depresión, sí, pero también en su sueño de escribir, que dejó aparcado por el programa. En su creencia fundamental de que su existencia no merecía atención alguna. En su dependencia del alcohol para entumecer sus emociones cuando la situación se volvía dura. En su necesidad de complacer a los demás antes que a sí mismo. En su miedo crónico a permitir que viesen a alguien que no fuera Dev el Divertido. El callado resentimiento que siente hacia sus padres por haber intentado entenderlo con esmero, pero sin haberlo logrado nunca.

Pero está aquí, enfrentándose a esas cosas. Está completamente sobrio, por lo menos hoy. Toma medicamentos para la depresión y se está concentrando en su propia carrera y está esforzándose por aprender a amarse a sí mismo. Sabe que es probable que deba pasarse el resto de la vida esforzándose por conseguirlo. Nada de eso habría sucedido de haber permanecido en el programa.

—Sé que crees que abandonar por completo *Y comieron perdices* no fue la mejor decisión, pero no creo que estuviese así de bien si me hubiese pasado nueve semanas viéndolo enamorarse de Daphne Reynolds en un viñedo.

Alex se coloca los dedos debajo de la barbilla. Dev tiene la teoría de que su terapeuta es un miembro secreto de la Familia Cuento de Hadas; siempre que Dev menciona un detalle de la manipulación del programa, frunce el labio superior. Por supuesto, si resulta que está viendo *Y comieron perdices* semana tras semana, jamás se lo habría mencionado.

—Cuando la temporada acabe por fin, creo que estaré preparado para regresar a Los Ángeles y para pasar página del todo de esa parte de mi vida.

—¿Crees que no saber lo que sucede en la temporada te dificulta el pasar página?

—No. —Se encoge de hombros—. Sé lo que sucede. Lo viví.

Alex no añade nada durante unos cuantos minutos; se limitan a sorber el té y a mirar por la ventana. Ha empezado a llover.

—¿Crees que también estarás preparado para empezar a conocer gente de nuevo?

Dev respira hondo tres veces y golpea la taza de cerámica con los dedos en el patrón conocido que, al parecer, no consigue olvidar.

—No... no lo sé. Creo que quizá las ideas que tenía del amor eran todas equivocadas.

—¿A qué te refieres?

—Los cuentos de hadas no son reales. Los finales felices no existen. Me he aferrado a esos falsos ideales románticos, a esos ideales románticos heteronormativos acerca del matrimonio y la monogamia y la domesticidad, durante toda mi vida, y quizá ha llegado el momento de que deje de basar mis ideas sobre el amor en esas narrativas imaginadas. Ahora soy feliz. Ahora estoy bien. He firmado un contrato con un agente para mover mi guion. Estoy persiguiendo mis objetivos. ¿Por qué he dejado que el mundo me convenciera de que sin amor no soy suficiente?

Alex se inclina hacia delante y deja la taza sobre la mesa que tienen justo delante.

—No sé si estoy de acuerdo —dice lentamente— en que los finales felices de cuentos de hadas no existen ni en que los ideales románticos son heteronormativos por naturaleza.

Es la aseveración más definitiva que ha hecho nunca, y los ojos de Dev se clavan en la alianza de boda del dedo de Alex. Se pregunta, no por primera vez, quién espera en casa a su terapeuta después de las sesiones de las 19 horas.

—Pero tienes razón, Dev. No necesitas el amor romántico para ser completo ni para ser feliz. Si no deseas esas cosas, entonces pues no las quieres. —Alex mueve las manos como si estuviera conjurando un hechizo mágico—. Pero debo asegurarme de que renuncias a tus viejos ideales románticos porque no los quieres. No porque creas que no te los mereces.

Dev visualiza una casa, un puzle en la mesa de centro, plantas en las ventanas. La taza se ha enfriado en sus dedos.

—Si te hago una pregunta, ¿me responderás con sinceridad?

Las comisuras de la boca de Alex se curvan hacia abajo, pero asiente.

—¿Ves *Y comieron perdices*?

—Mi mujer sí —responde Alex con franqueza, y Dev se lleva una sorpresa—. Todos los lunes por la noche. Organiza una auténtica fiesta para verlo. Hacen apuestas. Y beben mucho vino.

—Suena bien. —Dev sonríe.

—Si te hago yo una pregunta, ¿me responderás con sinceridad? —Alex arquea una ceja en su dirección desde el otro extremo del despacho.

Dev asiente.

—¿Sigues quedándote dormido todas las noches mientras escuchas sus viejos mensajes de voz?

Está mejor, pero no es perfecto, y echa mano del sentido del humor cuando es lo único que puede hacer para impedir que se le parta el corazón.

—¿Sabes una cosa, Alex? A veces haces que me resulte muy difícil quererte.

Cuando la sesión termina, sale por una sala de espera vacía y deja atrás un montón de revistas sobre una mesita del rincón. Sabe que no debe mirar. Mira de todos modos. La *US Weekly* que está encima de la pila muestra una foto de su rostro, y Dev percibe el dolor conocido en las costillas cuando el corazón golpea los límites que ha erigido él. La cara de la portada está cansada, dolorida. El titular reza: «¿CONSEGUIRÁ CHARLIE WINSHAW SU fINAL DE CUENTO DE HADAS?».

Sabe que no debe hojearla. La hojea de todos modos. Allí, en el rincón, hay una fotillo con borde blanco. Daphne y él, hombro con hombro, debajo de un paraguas de lunares, se sonríen. Un subtítulo: «¿COMERÁN PERDICES?».

Una imagen y dos palabras que atraviesan su fingida indiferencia. Llora en la sala de espera de su terapeuta, luego llora en el coche y después conduce en círculos por Raleigh hasta que puede volver a casa sin que parezca que ha llorado.

Cuando entra en la casa de sus padres a las nueve y algo, los ve sentados en el sofá e intentando aparentar normalidad con demasiado ahínco. El hecho de que los dos estén leyendo sendos libros los delata, pero también ve una botella de vino en la mesa de centro, el mando a distancia sobre el reposabrazos del sofá y la expresión sonrojada y culpable de su madre como prueba del delito. Estaban viendo el programa. Lo ven todos los lunes por la noche cuando él se ausenta para ir a la terapia. Cree que lo ven con una mezcla de curiosidad y deseo por protegerlo, pero ahora está demasiado agotado por haber llorado como para tenérselo en cuenta.

Su padre levanta la vista del libro como si estuviese tan ensimismado en la lectura que no lo ha oído entrar.

—Ah. Hola, hijo. Ya has vuelto.

—Devy —dice su madre—, ¿qué tal ha ido la terapia?

—¿Sabes? La impresora ha vuelto a hacer ruido —interviene su padre—. ¿Crees que podrías echarle un vistazo?

—¿Te apetece cenar? Hay sobras en la nevera.

Vivir con sus padres con veintiocho años es agotador, pero los dos se esfuerzan mucho. Y Dev se esfuerza mucho en aceptar sus esfuerzos.

Promete que mañana le echará un vistazo a la impresora, se calienta las sobras y cena en la encimera de la cocina, y luego le da un beso a su madre en la mejilla antes de acostarse.

En su habitación, se imagina que cerrará la puerta y que, por arte de magia, se sentirá con más fuerzas de las que tiene. Le traerá sin cuidado qué día de la semana es y la foto de la portada de la revista y todo lo demás.

Sin embargo, no es así, y se limita a sacar la chaqueta vaquera del armario, en cuyas profundidades la guarda. Se tumba en la cama, se hace un ovillo y saca el móvil.

Durante el primer mes después de que Dev se marchase de Macon, Charlie lo llamó a diario y le dejó cortos mensajes de voz. Súplicas desesperadas, breves y tristes.

—Por favor, llámame. Solo quiero hablar.

—Te quiero, y tú me quieres a mí. Es así de sencillo, Dev.

—Estoy intentando respetar tu salud, pero no puedes huir de nosotros.

—Hola, soy yo. Quería saber qué tal. Seguiré contactando contigo, Dev. Nunca dejaré de contactar contigo.

Aunque Dev había eliminado todos los mensajes de texto sin leerlos y había ignorado todas las llamadas de los miembros del equipo, todas las noches, antes de irse a dormir, escuchaba los audios de cinco segundos de la voz de Charlie. Los reproducía una y otra vez, regodeándose con el sonido de cada sílaba que pronunciaba la lengua de Charlie.

Los mensajes no solían durar más de diez segundos, salvo el último, que Charlie le dejó hace cinco semanas. Ese dura un minuto y cuarenta y cinco segundos, un mensaje caótico que abre a Dev en canal cada vez que piensa en él. Charlie no lo ha vuelto a llamar desde entonces.

Dev quiere ser lo bastante fuerte como para ponérselo ahora. También quiere ser lo bastante fuerte como para no utilizar el gel de avena que compra en Amazon a montones porque oler como Charlie es una manera de conseguir que las pocas semanas que pasaron juntos parezcan reales. Durante los últimos tres meses, ha conseguido grandes avances con su salud mental, y creyó que, en cuanto empezara a ponerse bien, se daría cuenta de que Charlie era un error gigantesco y autodestructivo. Creyó que ponerse bien significaría que el agujero en forma de Charlie que tenía en el pecho desaparecería. Quiere librarse de todas esas ideas románticas y absurdas.

En ese caso, ¿por qué sigue echándolo de menos? ¿Por qué fue Charlie la primera persona a la que quiso llamar cuando firmó un contrato con un agente para que representase su guion? ¿Por qué es Charlie la primera persona con la que quiere hablar siempre que sufre una crisis en la terapia? ¿Por qué es incapaz de resistirse a darle al botón de reproducir y a ponerse el teléfono en el oído?

—Ey, hola. Soy yo. Otra vez. Sé que seguramente no escuchas estos mensajes, y sé que seguramente te da igual, y sé que seguramente debería parar. Lo mejor para los dos es que pare. Jules cree que debería subirme a un avión y presentarme en casa de tus padres y decirte cómo me siento. Dice que es lo que haría un Príncipe Azul. Yo le he dicho que es lo que haría un acosador.

En ese punto, Charlie se ríe, como se ríe siempre, y esa risa mete el dedo en la llaga de todos los agujeros del corazón de Dev.

—Si quisieras verme, ya nos habríamos visto. Habrías venido a Los Ángeles. Por cierto, ¿te he dicho que ahora estoy viviendo en Los Ángeles? Bueno, como no hablamos, supongo que no te lo he dicho. Mantengo tantas conversaciones imaginarias contigo (en la ducha, de camino al gimnasio, mientras preparo la cena) que a veces olvido que en realidad no hemos hablado desde Macon. Pero sí, me compré una casa. Está en Silver Lake, y mis vecinos son todo hípsteres, así que supongo que lo detestarías, pero era la única casa en venta que podía comprarse de inmediato.

»Fue muy raro... Después de comprármela, merodeé una y otra vez por las habitaciones con la agobiante sensación de que me faltaba algo. Así que las llené de muebles, y dejé que Parisa colgara cuadros en todas las paredes, y compré plantas para ponerlas en todas las ventanas, y tardé días en darme cuenta de que lo que me faltaba eras tú. No dejo de esperar verte junto a una ventana, o en el tercer dormitorio sentado al escritorio para trabajar en tu guion, o en la cocina quemando tortitas. En realidad, creo que me gustaba la idea de tenerte en mi futuro, y todavía no he averiguado cómo vivir sin tenerte en él.

En ese punto, pasan varios segundos en silencio, donde solo se oye el ruido de la línea telefónica y el débil sonido de tres lentas exhalaciones.

—Eso ha sido egoísta por mi parte. Bueno... Todo el mensaje es egoísta. Me alegro de que no los escuches. Es que creo que necesitaba decírtelo. Para así aprender a estar sin ti.

Dev escucha el mensaje una y otra vez hasta que se queda dormido arrullado por la voz de Charlie, y el martes por la mañana, cuando se despierta antes de las siete, tiene treinta y seis llamadas perdidas, algunas del equipo, pero la mayoría de los números no los reconoce. Hay docenas de mensajes y de correos, y mete el móvil debajo de la almohada. Sale de la cama, esconde la chaqueta vaquera en el fondo del armario y baja a la cocina a por un café. Una parte de él desea preguntarles a sus padres qué ocurrió en el episodio de anoche como para provocar un aluvión de mensajes sin precedentes, pero al entrar en el comedor se sobresalta ante la presencia de gente que no son sus padres en su casa a primera hora de la mañana.

Está tan sorprendido que tarda un buen minuto en percatarse de que es el equipo de *Y comieron perdices*. En Raleigh, Carolina del Norte. Una semana antes de que graben la final en directo del programa.

—¿Qué cojones es esto?

Dev no sabe si formula la pregunta dirigida a sus padres, que merodean por la cocina sirviendo café a sus invitados, o a los invitados. Skylar Jones está observando sus fotos de bebé colgadas en la pared. Parisa Khadim se sirve ella misma leche de la nevera de sus padres. Jules Lu le está preguntando a su madre de dónde ha sacado las zapatillas de estar por casa. Ryan Parker está sentado delante del portátil de sus padres.

—Es la conexión con la impresora —está diciendo el padre de Dev—. La última vez que estuviste aquí nos lo arreglaste, pero la lucecita roja ha vuelto a encenderse y no para de hacer ese ruido.

—No se preocupe, señor Deshpande —dice Ryan con paciencia—. Yo me ocupo.

—En serio. —Dev va a volverse loco—. ¿Qué estáis haciendo aquí?

Todos dejan lo que estaban haciendo y se vuelven para enfrentarse a él por primera vez en tres meses. Por primera vez desde que Maureen Scott amenazó a Charlie y él se escabulló de madrugada para dejarles limpiar el desastre.

Al principio, nadie se mueve. Luego, Jules —con sus vaqueros bajos y su moño y su camiseta de un concierto de *NSYNC— cruza la estancia como si fuera a darle un abrazo. Le da un puñetazo en el brazo.

—Menudo mejor amigo estás tú hecho. No has respondido a ninguna de nuestras llamadas, imbécil.

—Au. ¿Habéis volado hasta Raleigh para pegarme?

—No —responde Ryan mientras la impresora imprime una página de prueba—. Hemos volado para obligarte a verlo.

Y es entonces cuando Dev se da cuenta de que en la televisión de plasma de sus padres está preparado el primer episodio de *Y comieron perdices*. Está congelado con la empalagosa sonrisa de Mark Davenport, justo delante de la fuente del castillo.

—No.

—No queremos tener que sujetarte para que lo veas, pero lo haremos —lo amenaza Jules.

—De hecho, en mi equipaje de mano he traído cuerdas —añade Skylar.

Dev no comprende por qué lo están haciendo, por qué han volado tres mil kilómetros para obligarlo a ver una temporada que ya está terminada. ¿Por qué no le dejan pasar página?

—Verlo es lo mínimo que le debes —salta Parisa enfadada. Es bastante evidente que ella ha volado hasta Raleigh para asesinarlo. Dev no la culpa.

—Lo siento, pero no puedo verlo.

Su madre cruza la cocina con el pijama de seda y la bata de su padre, entreteniendo con seguridad a productores de Hollywood y a publicistas en su casa como si lo hiciera a diario.

—A ver qué te parece esto, Devy... ¿Y si preparo *frittata* para todos y ponemos el primer episodio? Si el primero no te gusta nada, no tenemos por qué ver el resto.

—Tus amigos han volado desde Los Ángeles. —Su padre hace un buen intento por ponerse serio—. Sería de mala educación que hubiesen venido para nada.

—Vale, de acuerdo. —Acepta, aunque solo sea porque mañana irá a la terapia y así podrá contarle a Alex que ha dejado de evitarlo, y quizá entonces, quizá después de ver a Charlie tener citas con mujeres durante nueve episodios, por fin dejará de echarlo de menos.

Dev se sienta en el sofá entre Skylar y Jules, y todos los demás toman asiento donde pueden. La potente melodía del programa se adueña de la estancia, y Mark Davenport aparece en la pantalla, elegante y joven, como siempre.

—¿Estáis listos para conocer a vuestro Príncipe Azul? —pregunta con extrema dulzura. A Dev se le constriñe el corazón en el pecho, pues sabe que en breve va a ver a Charlie en la pantalla. Jules le agarra la mano izquierda. Skylar le agarra la derecha. Las dos lo aprietan—. Os hemos preparado una sorpresa espectacular —añade Mark en la pantalla—. Esta temporada no se parece en nada a ninguna de las anteriores. Es un punto y aparte.

—Es lo que decimos en cada temporada —masculla Dev. Jules le da un golpe en la pierna para que se calle.

Mark Davenport prosigue con la narración. La primera imagen de Charlie es una toma borrosa sobre un caballo en la pésima sesión que provocó el nuevo empleo de Ryan. A continuación, la cámara se desplaza hacia el acantilado donde está Charlie, con el pelo revuelto y encantador, y Dev se atraganta con los viejos sentimientos. Apenas se parece a su Charlie; tiene las extremidades rígidas y una postura demasiado hierática y una mueca que le demuda el rostro. Aun así, es el hombre más apuesto al que Dev haya visto nunca.

Mark cierra la introducción del programa.

—¿Estáis preparados para una nueva aventura para encontrar el amor? Bienvenidos a *Y comieron perdices*.

Aparece el logo del programa, y es ahí donde suele empezar de verdad. Sin embargo, vuelve a aparecer Mark Davenport, esta vez en el plató donde graban la final en directo, caminando con elegancia.

—Ahora, antes de que comencemos, debo advertiros... Nuestro príncipe de esta temporada no está pulido. No siempre está listo para las cámaras. Esta temporada de *Y comieron perdices* es distinta. Vamos a levantar el telón para que tengáis un acceso inaudito a todo lo que ocurre en el set. Nada está vedado.

Dev sabe que varias cosas están vedadas, pero el inicio del programa ha vuelto a absorberlo por completo. Una pausa para los anuncios, y luego Daphne Reynolds baja de un carruaje, y Dev regresa a esa noche, abochornado de nuevo por Charlie. La interacción de Charlie con Daphne es muy triste. Está agarrotado y no muestra interés, y la segunda humillación es tan extrema que Dev está a punto de insistir en que apaguen la tele cuando ocurre algo ciertamente sin precedentes.

Dev aparece en la pantalla. Entra en escena y mueve las manos ante las cámaras. Se oyen sus palabras al pedir cinco minutos antes de que eche a correr hacia la limusina.

—¿Qué...?

—Estate atento —le sisea Jules.

Y lo está, y ve algo que esa noche no vio mientras iba a la limusina a convencer a Angie para que bailase con Charlie. Mark Davenport se acerca a Charlie y le pone una mano en el hombro.

—Sé que estás nervioso, pero no te preocupes. Dev, tu responsable, es el mejor. Va a cuidar de ti a las mil maravillas. No dejará que parezcas un idiota delante de veinte millones de espectadores.

Mark se echa a reír, Charlie suelta una suerte de graznido, y luego Dev baja de la limusina y vuelve hasta Charlie. Levanta los brazos y le pasa los dedos por el pelo para colocarle bien la corona. Charlie se ruboriza cuando lo toca, y es lo que ven los espectadores. Charlie, al cabo de una hora de conocerlo, se pone más nervioso con Dev que con Daphne.

—Puedes hacerlo —dice Dev, y Charlie le dedica una tímida sonrisa que le revuelve algo al Dev que está en el sofá—. Creo en ti.

Dev desaparece del plano, y vuelve a comenzar el programa normal, en el que Angie baja del carruaje tirado por caballos.

—Chicos, ¿qué es esto?

—Es lo que hemos intentado conseguir que vieras —dice Jules socarrona—. Es *Y comieron perdices.*

De nuevo en la pantalla, muestran lo que ocurre cuando las chicas terminan de bajar del carruaje y Skylar ha pedido que cortasen.

—¡Estás triunfando! —le dice Dev a Charlie. Charlie le devuelve la sonrisa, radiante y de oreja a oreja, y es como ver una parte de Charlie que se abre por primera vez.

Cuando el segundo episodio comienza al instante, Dev no se mueve del asiento. Hay muchísimas imágenes de Charlie y Dev que él desconocía: imágenes de Dev sentado junto a Charlie el día que Megan fingió una lesión en la Misión del torneo de justas; imágenes de Dev intentando calmarlo un poco más tarde esa misma noche después de que Charlie besara a Angie por primera vez; imágenes de los dos riéndose en el plató, imágenes de ellos bromeando entre toma y toma, muchísimas imágenes de Dev retocándole el peinado a Charlie.

A pesar de eso, sigue siendo una temporada normal de *Y comieron perdices*. Sigue habiendo las Misiones Grupales, las mujeres halagan a Charlie, Charlie halaga a las mujeres. Todo el drama se desarrolla como está previsto cuando las mujeres se pelean en el castillo y Megan se convierte en la villana, y durante el suspense de las Ceremonias de Coronación. El equipo de edición se ha limitado a abrir el alcance de las cámaras para dejarle cierto espacio a Dev.

Los episodios pasan volando. Cuando Charlie tiene el ataque de pánico con Daphne en el baile y corre hacia los brazos de Dev, es evidente por la cara de Dev que la estrella le importa más de lo que debería. Verse enamorándose de Charlie es como volver a enamorarse de él.

Dev se queda sentado en la sala donde descubrió el programa *Y comieron perdices*, y no se mueve, no se levanta para ir al baño, solo come cuando su madre le mete comida directamente en la boca. Ve la escena con Charlie y Angie en Alemania cuya existencia él desconocía.

—Quiero que Dev vuelva a estar bien —dice, lastimero.

—Corazón, ya lo sé. Ya lo sé —responde Angie, y todo el país debe de saberlo también.

Dev ve la noche con Leland Barlow. Hay entrevistas que nunca había visto. Daphne, entusiasmada:

—¡El otro día me contó el plan! Creo que Dev se va a llevar una gran sorpresa.

—Creo que puede ser lo más bonito que haya hecho nadie por su productor. —Angie lo sabía, la muy cabrona.

Acto seguido, Charlie se lo cuenta a la audiencia:

—Dev, mi responsable, pasó por momentos complicados en Alemania, y yo quería hacer algo para animarlo. El programa iba a contratar a un cantante de *country* para ir a Ciudad del Cabo, pero conseguí hacerles cambiar de opinión.

Emiten el momento en que Dev perdió la cabeza al ver a Leland Barlow, y luego emiten la fiesta con las concursantes y los miembros del equipo. Jules danza con Dev hasta dejarlo en brazos de Charlie, y los dos bailan de forma muy rara en la noche en que Dev se dio cuenta de que se había enamorado de Charlie.

Y luego ve la última noche.

En la Ceremonia de Coronación de Macon, Daphne pide hablar con Charlie, y las cámaras los siguen hasta una salita. Allí, en la pantalla del televisor de sus padres, Daphne le cuenta a Charlie que está cansada de fingir, hasta que Maureen Scott irrumpe en la escena.

El programa se interrumpe de pronto y muestra a Charlie sentado en la cama de una habitación de hotel. Dev tarda unos segundos en reparar en que se trata de ese hotel. Del Courtyard Marriott. El último lugar donde vio a Charlie Winshaw.

—Ha llegado el momento de que sea sincero —les cuenta a las cámaras en una sesión de confesiones—. Me apunté al programa por el motivo equivocado. Quería una oportunidad para relanzar mi carrera, y ahora sé que fui injusto... con las mujeres que participan en el programa para enamorarse y con las personas que trabajan aquí. Pero la cuestión es que... —Hay lágrimas acumuladas en sus bonitos ojos grises—. No creía que fuera posible enamorarse en el programa. Y me equivocaba.

La imagen regresa junto a Mark Davenport en el estudio. Está sobre una tarima, con su traje a medida, con expresión sombría y optimista al mismo tiempo.

—Ha sido un curioso viaje hasta este punto, y seguro que no ha sido el viaje que vosotros esperabais. Si os digo la verdad, nosotros tampoco lo esperábamos. Pero es lo que tiene el amor, ¿verdad? —dice con brillo en los ojos—. A veces aparece cuando menos te lo esperas.

Con respecto al amor, este programa pretende ayudar a la gente a conseguir su final feliz de cuento de hadas. ¿Lo conseguirá nuestra estrella? Os esperamos la semana que viene en la apasionante final. No os la vais a querer perder.

Y ya está. Se ha acabado. No hay nada más que ver porque no han grabado la final en directo. No ha sucedido todavía.

Dev se levanta del sofá, incapaz de contener la energía nerviosa de su interior. Su cuerpo estalla con un agudo dolor por haber permanecido sentado en la misma posición en el sofá el día entero. Mira por la estancia. A su padre, sentado a la mesa de la cocina. A Ryan, dormido en el sillón de su padre. A Parisa, sentada en el sofá junto a su madre, y a Jules y a Skylar, que seguían a su lado en el sofá. No se han separado de él. Ni una sola vez durante doce horas seguidas.

Todo el mundo lo mira, y Dev no sabe por dónde empezar, así que empieza por lo más obvio.

—¿Cómo habéis convencido a Maureen?

—Maureen Scott ya no forma parte del equipo de *Y comieron perdices* —responde Skylar.

—Un momento. —Dev vuelve a sentarse—. ¿Cómo?

—Es lo curioso de discriminar a alguien por su orientación sexual —tercia Parisa, muy seria—. Que es ilegal. Al obligar a Charlie a comprometerse con una mujer después de haber salido del armario, Maureen cometió una ilegalidad. Charlie me llamó cuando pasó lo de Macon, y lo pusimos en manos de abogados.

—Maureen pensaba que, como Charlie había firmado un contrato, podía obligarlo a quedarse dentro del armario —añade Jules—. Pero la cadena lo interpretó de otra forma cuando Parisa presentó una denuncia por discriminación. Enseguida decidieron que lo mejor era cortar de raíz su relación profesional con Maureen.

Parisa hace una especie de burlona reverencia al ver boquiabierto a Dev.

—Maureen consiguió una indemnización de diez millones de dólares, así que no es del todo una victoria para la justicia social, pero, en cuanto se fue, la cadena no tuvo ningún problema en adaptar la historia para reflejar la verdad de la temporada. Pudimos reeditar enseguida los primeros episodios y luego reajustar la última mitad.

—Teníamos a nuestra disposición la dispensa que firmaste para emitir imágenes tuyas, pero aun así intentamos ponernos en contacto contigo antes de que se emitiera el programa. Por desgracia, te dio por negarte a hablar con ninguno de nosotros durante tres meses —informa Parisa, en cuyo tono se detecta que, debajo de su actitud fanfarrona, está herida de verdad.

—¿Nos?

—Ya sabes que me encantan los dramones y las relaciones públicas, y este programa es el mayor dramón que existe. Me contrataron como nueva jefa de relaciones públicas durante su remodelación.

Dev jamás pensó que nada de eso fuera posible. Jamás pensó que esa versión de *Y comieron perdices* fuera posible. Jamás habría previsto ese final.

—No... no me lo puedo creer. No me puedo creer que hayáis emitido eso.

—Era la verdad —dice Skylar, encogiéndose de hombros. Dev se queda mirándola. Sin caramelos antiácido, sin estrés. Incluso ha vuelto a crecerle el pelo. Poco a poco. Pero es un hecho—. Pero, si te digo la verdad, la temporada no habría existido de no haber sido por la insistencia de Charlie. Todos cometimos errores al trabajar para Maureen. Permitimos cosas que no deberíamos haber permitido. Nos callamos cuando deberíamos haber protestado. Siento mucho no haber sido una mejor jefa, Dev. Debería haberme manifestado cuando supe que lo estabas pasando mal.

—No quería que supierais lo de mi depresión —dice con toda franqueza—. No quería que nadie viese esa parte de mí.

—Todos tenemos nuestras cosas, Dev. —Skylar niega con la cabeza—. ¿Crees que yo no voy a terapia por mi ansiedad? ¿Crees que a veces no necesito medicamentos y ayuda?

Nunca lo habían hablado en el set, así que lo cierto es que no lo sabía. Con Maureen a cargo, el mantra era: «A trabajar mucho y a cerrar el pico». No había espacio para hablar de las emociones. No había espacio para respirar porque ese era el precio de hacer la clase de televisión que la gente exige ver.

—Dios, si el programa ya estaba pasando por apuros... ¿Cómo ha reaccionado la Familia Cuento de Hadas a esta temporada?

—Ha habido momentos duros. —Skylar se acaricia las mejillas—. No todo el mundo de la Familia Cuento de Hadas quería seguir viendo el programa cuando resultó evidente que estábamos mostrando una relación gay. Por supuesto, no lo dijeron tal cual. Aseguraron estar molestos por que hubiésemos permitido que nuestra estrella se liara con su productor fuera de las cámaras, pero era obvio qué era lo que los molestaba. Hubo algunos... boicots.

—Pero también hemos atraído a un montón de nuevos anunciantes y a nuevos espectadores —interviene Ryan, de pronto muy despierto—. Si te digo la verdad, creo que saltarse las normas será lo que tal vez salve *Y comieron perdices*.

El cerebro de Dev, que va a toda máquina, sigue dando vueltas al asimilar esas revelaciones, amontonadas como piezas de *jenga*.

—¿Y qué me decís de *US Weekly*? ¿La foto de Daphne y Charlie?

—Llevas mucho tiempo en este mundillo, Dev. —Parisa pone los ojos en blanco—. ¿No deberías identificar sin problemas las artimañas publicitarias?

—Daphne será nuestra próxima princesa —le explica Jules— y necesitábamos que estuviera muy presente en la mente de la gente antes de que hiciésemos el gran anuncio en la final.

—Si *Y comieron perdices* se está remodelando, ¿elegís a la insulsa Daphne Reynolds como vuestra próxima estrella? —Dev le lanza una mirada a Parisa.

Los cuatro intercambian una extraña mirada.

—Con Daphne la cosa se puso... —Ryan busca una palabra lo bastante vaga— interesante cuando te marchaste.

—Estábamos convencidos de que era imposible que no supieras lo que estaba ocurriendo en la temporada —lo interrumpe Jules. Dev piensa en su terapeuta, que claramente lo sabía y respetó los límites que se marcó él. Piensa en sus padres, que veían el programa en secreto todos los lunes. No sabe si está agradecido o enfadado por que se lo hayan ocultado.

—Y entonces me puse en contacto con Shameem, y nos enteramos de que has vivido en una cueva sin redes sociales —prosigue Ryan—, y pensamos que debíamos intentar enseñártelo por si hay alguna posibilidad de que quieras...

—¿De que quiera qué?

—Dev —dice Parisa—. Charlie lo ha dado todo. Ha peleado para conseguir una temporada que cuente la verdad, y lo último que el mundo vio fue que lo dejaste tirado en Macon sin decirle nada. Le rompiste el corazón. —Suena muy dolida, y Dev sabe que es porque él le ha hecho daño a la persona a la que ella más quiere en el mundo, y querer a alguien significa compartir el dolor de esa persona también—. Pero la temporada no ha terminado. Todavía falta la gran final en directo, todavía hay una posibilidad de que lo arregles.

La verdadera razón por la que han atravesado el país en avión por fin está sobre la mesa. Deben acabar el programa, deben terminar una historia, deben darle un final feliz a su historia de cuento de hadas. Dev piensa en la temporada que acaba de ver y en el agujero en forma de Charlie que tiene en el corazón. Piensa en la casa de Silver Lake, en las plantas junto a las ventanas, en Charlie con un jersey mullido. Piensa en una cama cuyas sábanas siempre huelen a gel de avena, y en una vida que siempre está llena de él. En el extremo de una mesa del comedor de sus padres hay una bandeja y un cuenco, que han cruzado el mundo gracias a Charlie Winshaw.

Luego piensa en quién era él hace tres meses y en quién es ahora y en quién quiere ser y...

—Lo siento, pero no puedo.

Y da media vuelta y se marcha del salón.

Es Jules la que se presenta, es Jules la que lo encuentra llorando sobre una chaqueta vaquera en la cama de su infancia. Se sienta en el borde del colchón, y Dev espera a que le suelte un apasionado discurso sobre por qué debería arriesgarlo todo para confesar en un programa de televisión el amor que siente por un hombre.

—A mí también me abandonaste, ¿sabes? —dice al final, sin empatía y llena de rencor—. Fue una putada.

Puesto que prefiere que le griten a que intenten engatusarlo, se incorpora y le agarra la mano.

—Jules.

Ella lo detiene.

—No quiero que te disculpes, ¿vale? Lo entiendo. No estabas bien, y debías hacer lo que era mejor para ti. Y la realidad de nuestra amistad es que siempre has guardado cierta distancia. Nunca me has dejado entrar en tu mundo. Lo he hablado con mi terapeuta y...

Dev arquea la ceja derecha.

—Sí, voy a ver a un terapeuta. Todo el mundo va a terapia, joder —le espeta—. A mí tampoco se me da demasiado bien abrirme a la gente. No me gusta ser vulnerable con nadie, pero me preocupa que nunca me permitieras ver tu yo auténtico porque te diese miedo que no fuera a quererte por completo.

Las palabras de Jules lo afectan tanto como la portada de la revista y dejan al descubierto el miedo que siempre ha acarreado en su interior. Y que todavía acarrea.

—Por si estoy en lo cierto, quiero asegurarme de que sabes que te quiero por ser quien eres, aunque seas un imbécil y un cobarde que ignora a sus amigos durante tres meses —exclama, expresándose de un modo que es típico de Jules Lu. Y luego hace algo que no es nada típico de Jules. Le agarra ambas manos, se las lleva al corazón, justo encima de la cara de J. C. Chasez—. Te mereces mi amor por ser como eres, y también te mereces el amor de él.

Dev se echa a llorar de nuevo, pero Jules no le suelta las manos, no le permite ocultar las lágrimas.

—Te mereces el amor que has orquestado para otras personas durante los últimos seis años. Te mereces un final feliz de cuento de hadas.

—¿Un final feliz de cuento de hadas? —resopla, y una indecorosa cantidad de mocos se le acumula sobre el labio superior. Jules finge no darse cuenta mientras le deja que vaya a por un pañuelo—. Tú no crees en los finales felices de cuento de hadas. Crees que nuestro programa es ridículo.

—Nuestro programa es ridículo. Una vez hicimos que las mujeres bajaran esquiando la pendiente de una montaña de Suiza en bikini. En pleno invierno. La gente que se apunta a nuestro programa está tan desesperada por casarse que se engaña pensando que se ha enamorado. Apenas la mitad de las parejas duran más de seis meses.

—¿Qué me dices de Brad y Tiffany? Llevan quince años casados, y tienen tres hijos.

—Sí, los exhibimos muy a menudo.

—O Luke y Natalie, o Greg y Jane, o Brandon y Lindsey...

—La cuestión es que la mayoría no se enamora en dos meses —lo corta Jules—. Pero a veces conoces a alguien y lo sabes de inmediato. Y entonces los subimos en un barco en Bali, porque ¿quién puede resistirse a enamorarse en un barco?

—A mí no me cites mis propias palabras.

Jules le aprieta la mano con una fuerza imposible.

—La lista que has recitado de las pocas parejas del programa que funcionan... ¿No notas que tienen algo en común?

—¿Que todos tienen nombres que se encuentran fácilmente en una placa de matrícula de *souvenir*?

—Y que todos son blancos, sí. Blancos y heteros y de clase media y cristianos y auténticos bombones.

Dev se echa a reír, evitando por poco otra situación con mocos.

—En *Y comieron perdices* se nos da bien vender un tipo de historia de amor muy concreto. La mayoría de los que se presentan al programa se parecen mucho, pero Charlie...

El mero hecho de oír su nombre hace que a Dev le dé un vuelco el corazón.

—Alguien como Charlie no debería haberse apuntado nunca a nuestro programa, pero lo hizo. Es muy especial.

—Ya sé que lo es. —Dev se enfurece—. Es la persona más increíble que he conocido.

Jules se queda mirándolo como si tuviera ganas de darle un bofetón.

—Entonces, ¿qué mierda de problema hay?

—¿Y si soy como nuestros concursantes naífs? ¿Y si...? ¿Y si el amor que he deseado encontrar toda la vida no existe? ¿Y si no existen los finales felices de cuento de hadas?

Jules baja las manos entrelazadas de ambos y se las coloca en el regazo, pero sigue sin negarse a soltarlo.

—No creo que los finales felices de cuento de hadas sean algo que te ocurra, Dev. Creo que son algo que tú eliges tener.

Nota para los editores: **Día de emisión:**

Temporada 37, episodio 10   Lunes, 15 de noviembre de 2021

Productor: **Productor ejecutivo:**

Jules Lu   Ryan Parker

Escena:

Entrevistas con Angie Griffin, Lauren Long y Daphne Reynolds en la final en directo

Ubicación:

Estudio de Burbank

Mark: ¿Estáis decepcionadas por cómo ha terminado todo?

Angie: ¿Decepcionadas? Ja, qué va. Mira, yo me apunté al programa por una apuesta. No me mires así, Mark. He hecho cosas peores para beber gratis. Supuse que, en el mejor de los casos, viajaría a sitios chulos con gente maja antes de empezar a estudiar Medicina. Y estaba en lo cierto, esa parte ha sido increíble. Pero nunca he creído que ninguna de las parejas del programa se enamorasen de verdad. Supongo que sigo sin creerlo, ya que nos pasamos casi toda la temporada fingiendo, pero lo curioso es que sí que me enamoré del programa. Sí que me enamoré de Charlie. Sí que me enamoré de Daphne, que se ha convertido en una de mis mejores amigas. No es un amor romántico, pero creo que es igual de importante.

Mark: ¿Habéis aprendido algo en el proceso?

Lauren: He aprendido que es posible enamorarse tanto de una idea hasta el punto de que te ciegas a la realidad. Y he aprendido que quiero algo que sea verdad.

Mark: Si pudierais viajar en el tiempo y daros un consejo a vosotras mismas antes de empezar el programa, hace seis meses, ¿qué consejo os daríais?

Daphne: Le diría que dejara de perseguir la idea del amor de otra persona. Y le diría que se merece la clase de amor que desea de corazón.

LA GRAN FINAL EN DIRECTO

Burbank, California (EE. UU.) – Lunes, 15 de noviembre de 2021

Charlie

—¿Me puedo quitar la puta corona, por favooor?

Jules alisa una arruga de la corbata morada de Charlie y lo mira con la cabeza ladeada.

—De ninguna de las maneras.

—Pero si ya no soy ningún príncipe —protesta—. Solo soy un hombre que va a hablar en un plató de televisión con otro hombre de cómo un tercer hombre me ha roto el corazón.

—Pues habla con la puta corona puesta. —Deja de retocarlo el suficiente tiempo como para preocuparse por su estado emocional—. ¿Estarás bien?

—Sí, Jules.

—¿Has ensayado las preguntas que te mandé?

—Sí.

—Y sabes que, si en cualquier momento estás incómodo o necesitas una pausa, solo debes...

—Ya lo sé.

—¿Estás bien de verdad?

—Estoy bien de verdad.

Sí que lo está. Dentro de cinco minutos, Charlie se sentará en un sillón del plató de Burbank delante de Mark Davenport y delante de cuatro cámaras, público y una audiencia de veinte millones de espectadores para comentar la temporada que lleva nueve semanas emitiéndose. Se verá obligado a recordarlo, se verá obligado a revivir el dolor. Ha tenido tres meses para asimilar lo que ocurrió en Macon, aunque, para la gente del país que lo ha visto, acaba de ocurrir, ya que el episodio se emitió la semana pasada. Va a tener que reabrirse todas las viejas heridas por el bien del entretenimiento televisivo, pero no pasa nada. No pasa nada de nada.

Desde su posición detrás de unas tarimas, Charlie ve que está a punto de comenzar. Los focos del estudio están listos y los ayudantes de Mark lo han colocado en su puesto. Oye la voz de Skylar al anunciar:

—¡Treinta segundos! —Y comienza la cuenta atrás, que se traga los tres últimos números mientras el corazón de Charlie repiquetea contra su pecho.

«Tres... Dos... Uno...».

—Bienvenidos, miembros de la Familia Cuento de Hadas, a la gran final en directo de la temporada más atípica de la historia de *Y comieron perdices*. —El público del plató aplaude, y alguien de maquillaje le da rápidos retoques a Charlie—. Esta noche, vamos a hablar con nuestro príncipe y veremos cómo está desde que terminaron las grabaciones de forma inesperada en Macon. Sabemos que se apuntó al programa con intenciones más bien innobles en lo que a encontrar a su princesa se refiere, pero al final nuestro príncipe encontró algo mejor. Echad un vistazo.

En un monitor, Charlie ve que el programa muestra una recopilación de todas las escenas en que Dev y él aparecieron juntos. Toda su relación, acompañada de una canción de Leland Barlow y dispuesta en un precioso montaje. Charlie imagina que su propio cuerpo se convierte en piedra, en algo implacable, para que los recuerdos no penetren en él.

—Ha llegado la hora de recibirlo. ¡Demos la bienvenida a Charlie Winshaw!

Jules le da una rápida palmada en la espalda, y, acto seguido, Charlie aparece ante los focos. El público se vuelve loco. Él no ve a la gente

—los focos del plató son generosos y tan solo recortan la silueta de las personas—, pero sí que oye sus gritos.

—¡Charlie, te queremos! —grita una voz aguda.

—¡Yo seré tu príncipe! —grita una más grave.

Tímido, saluda con ambas manos en dirección a la sombría multitud. Sabe que parece un tipo raro, pero hoy le da igual.

—Oh, vaya. ¡Gracias, gente! Muchísimas gracias.

Tropieza con el único escalón que conduce a la tarima donde lo espera Mark. El público se ríe, pero Charlie sabe que esta vez se ríe con él.

—Bueno, creo que están contentos de verte —bromea Mark Davenport cuando toman asiento.

Charlie se desabrocha el botón de la americana y se recuesta en el sofá con actitud desenfadada.

—Mmm, ¿seguro?

Su nerviosismo provoca nuevos aplausos, y ¿no es una locura que su verdadero yo sea la versión de Charlie Winshaw que a la gente le gusta más?

—Bienvenido al programa después de varias semanas alejado. ¿Qué tal te ha ido desde que terminamos de grabar el programa?

—Me ha ido... —empieza a decir Charlie. Se toma unos instantes, inhala tres veces. Y al exhalar por tercera vez añade—: Bueno, durante un tiempo ha sido una mierda, ¿o no?

Una parte del público se ríe. El resto emite sonidos de empatía.

—Al principio fue duro —admite sincero, porque lo que el público quiere es sinceridad, y porque ser lo más sincero posible es lo que quiere él—. Que te arranquen el corazón en un programa de televisión es horrible. Pero, por suerte, en el programa he hecho unos amigos estupendos. Angie y Daphne, pero también miembros del equipo que me han ayudado en el proceso. Al final, no cambiaría mis experiencias en el programa por nada.

Mark asiente, cómplice, porque lo sabe, por supuesto. Charlie le envió por correo sus respuestas de antemano.

—Cuéntanos.

—Como sabéis —comienza Charlie, señalando al público—, me apunté al programa porque pensaba que tenía que demostrarle algo al mundo. Cuando tenía doce años, me diagnosticaron trastorno obsesivo-compulsivo, y ya con veintipico, trastorno de pánico, pero crecí en una familia que no aceptó, respetó ni validó esas partes de mí. Mi familia siempre me ha hecho sentir como si esos aspectos de mi identidad me hicieran menos merecedor de felicidad.

»Cuando empecé el viaje del programa, quería convencer al mundo de que era algo que no soy, pero curiosamente el tiempo que he pasado en *Y comieron perdices* me ha ayudado a ser más yo mismo. He aprendido que merezco amor, tanto platónico como romántico.

El público estalla en otra ronda de aplausos estruendosos. Los sentimientos son los suyos, pero las palabras son en gran parte de Parisa, que se sentó hace tres noches con él en el suelo de su sala de estar y lo ayudó a encontrar la forma adecuada de expresar lo que esa aventura ha significado al tener permiso de ser él mismo.

—Sé que tu objetivo era volver a trabajar en una empresa del sector tecnológico. ¿Lo has conseguido? —pregunta Mark, como han ensayado.

—Me han hecho varias ofertas de trabajo, sí, pero la verdad es que mi deseo de trabajar en una empresa de tecnología procedía de mi creencia de que mi profesión daba fe de mi valía. Nunca me hizo feliz. Me he dado cuenta de que el trabajo que hacemos en la Fundación Winshaw es importante, así que por el momento no busco otras oportunidades laborales.

—En la Familia Cuento de Hadas, todos estamos muy orgullosos de ti, Charlie —dice Mark para cambiar de tema con suavidad—. Pero ahora vayamos al grano de lo que nos importa de verdad. —El público se ríe—. ¿Has hablado con Dev desde que terminaron las grabaciones?

Charlie nota como le arde el cuello alrededor de la camisa, como se le constriñe el pecho. Respira hondo tres veces, se golpea la rodilla con los dedos y responde.

—No, no he hablado con él. No creo que quiera hablar conmigo, pero, si te soy sincero, creo que es lo mejor.

Mark no dice nada, y Charlie sabe que en teoría debe seguir hablando para llenar el silencio, pero no ha guionizado esa parte. Era demasiado duro sentarse delante de Parisa e imaginarse contándole lo de los mensajes de audio, las conversaciones imaginadas con Dev, entrar en una habitación y seguir esperando verlo. Que, a pesar de todas las pruebas que demostraban lo contrario, creía de veras que podría contactar con él y mantenerlo a su lado.

—La cuestión es que a veces en este programa... A ver, no te ofendas, Mark. Sabes que he terminado adorando *Y comieron perdices*. Pero a veces el programa te lleva a creer que una relación te puede ayudar a arreglarte. Por más que durante la temporada haya crecido, ese crecimiento dependía de Dev, y cuando se marchó me di cuenta de que mi felicidad no puede estar supeditada a otra persona. He aprendido cómo estar bien por mi cuenta, y donde esté Dev espero que esté haciendo lo mismo.

—Pero, si pudieras volver a hablar con Dev —lo incita Mark, inclinado hacia delante—, ¿qué le dirías?

—No... no creo que pueda volver a hablar con Dev —confiesa Charlie. Es la clase de sinceridad que lo sorprende, la sinceridad que lo deja sin aliento. Lo único que hace es hablar con Dev en su cabeza, pero la idea de verlo de nuevo, la idea de aprender a despedirse de él otra vez, duele demasiado—. Sería demasiado duro hablar con él. Creo que quizá Dev y yo somos dos personas que estábamos destinadas a entrar muy brevemente en la vida del otro. No estábamos destinados a tener un final feliz de cuento de hadas, pero eso no significa que la felicidad que experimentásemos fuera menos importante ni menos real. Creo...

Detrás de él, un productor empieza a gritar, y Charlie deja de hablar al pensar que por fin van a hacer una pausa para la publicidad. Tal vez por fin disponga de dos minutos para correr entre bastidores y llorar en privado, porque da igual lo sincero que intentes ser, hay cosas que solo te pertenecen a ti.

Sin embargo, Skylar no exclama: «¡Corten!», y los productores siguen chillando, siguen maldiciendo en un volumen que los micrófonos del plató seguro que captan. Cuando Charlie se vuelve hacia el origen de la conmoción, ve a alguien que corre hacia el set. Durante unos instantes, está horrorizado. Si bien la mayoría del público ha respondido a su temporada con un aluvión de amor, sigue habiendo peligros al ser una persona *queer* que habla abiertamente de su salud mental, incluso siendo un hombre blanco privilegiado como él. Sabe que Angie y Daphne han tenido que enfrentarse a cosas mucho peores que él después de que se emitiese el programa.

—Vaya, no era así como lo habíamos planeado —dice Mark con una pizca de fastidio al contemplar al hombre que se ha adentrado en el plató. El espontáneo se detiene en el extremo de la tarima, y Charlie entorna los ojos contra los focos del plató y ve unos vaqueros negros ceñidos y una chaqueta vaquera ridículamente grande.

Es Dev.

Dev

«No creo que pueda volver a hablar con Dev».

Es lo que ha dicho Charlie. Es lo que Dev se temía. En cuanto se subió al avión, en cuanto se sentó en el asiento trasero de una limusina de camino al plató, en cuanto se ha sentado en el camerino y ha visto cómo el hombre al que ama habla de lo feliz que está ahora sin él. ¿Por qué iba a querer Charlie hablar con él? Después de todo lo que ha sucedido, ¿por qué iba a querer volver a verlo?

Charlie ha pronunciado esas palabras —«No creo que pueda volver a hablar con Dev»— y Dev ha salido del camerino a toda prisa. Una parte de él quería correr afuera y llamar a un Lyft. Pero ha acabado yendo hasta el plató.

Nunca ha estado al otro lado de las cámaras. Ese otro lado es terrorífico.

Los focos son demasiado calientes y demasiado potentes. Dev entrecierra los ojos para intentar acostumbrarse. El público está recortado en la penumbra, y él da un tembloroso paso adelante y se queda paralizado. Skylar está fuera de las cámaras maldiciéndolo.

El público reacciona a la inesperada presencia de Dev con un jadeo colectivo, y Charlie se levanta lentamente del sillón. Está distinto. Lleva el flequillo más corto y ha perdido algo de peso, pero es otra cosa. Es la forma en que se yergue, con confianza, con firmeza, con seguridad acerca de qué hacer con los brazos.

Están a menos de diez metros, separados por el suelo brillante del plató y por dos meses de recuerdos y por tres meses de no hablarse.

—Hola —dice Charlie, rompiendo el silencio primero.

—Hola —contesta Dev.

Todo está demasiado callado y demasiado inmóvil, y eso hace que el cerebro de Dev se convierta en un micrófono desconectado. Olvida todo lo que pretendía decir. Ha escrito el guion de esa escena una docena de veces para otras personas, pero no tiene ni idea de qué se supone que debe decir siendo él. Siendo real. Y dice:

—Joder, sé que lo mandé todo a la mierda.

Y luego:

—Uy, no se puede decir «joder» en un programa en directo. Ay, joder.

Se pasa una mano por el pelo e intenta respirar hondo tres veces. Levanta la mirada y ve que Charlie le sonríe desde casi diez metros, y esa sonrisa resulta alentadora. Dev da un paso adelante.

—Lo que intento decirte es que lo siento. Sé que no quieres hablar conmigo, pero creo que te debo una disculpa como mínimo.

Dev da otro paso adelante, ve como Charlie se tensa y se detiene.

—Siento haberme ido sin decirte nada, pero pensé que era imposible que fueras a elegirme de verdad, así que me elegí a mí mismo. No creía que en el mundo de *Y comieron perdices* hubiera sitio para mí, para nosotros, pero has reescrito todas las normas, joder. Jolín.

Dev calla unos instantes y mira a Charlie, lo mira de arriba abajo. Se da un minuto para apreciar la extraordinaria belleza de este hombre en traje gris, por si acaso es su última oportunidad. El minuto se alarga. Dev no se mueve, y Charlie no se mueve, y es como si no hubiese cámaras. Como si no hubiese público. Como si Skylar no estuviera soltando improperios por los pinganillos, y como si Mark Davenport no estuviera allí sentado con una sonrisa. Solo está Charlie. Solo está Dev.

—Me parece más una excusa que una disculpa —dice Charlie para romper el momento.

—¿No pueden ser las dos cosas? —Dev se encoge de hombros tímidamente, con la esperanza de que en cierto modo su encanto lo ayude a salir de esa escena de ridículo en público. Aunque, bueno, dejó en ridículo a Charlie en público cuando se marchó, así que tal vez sea lo que se merece—. Siento haberme rendido cuando la cosa se complicó. Siento no haber visto otra forma en que pudiese terminar nuestra historia. Pero no siento haberme ido, porque necesitaba aprender a cuidar mejor de mí mismo.

—Ya lo sé —dice Charlie. Da un paso adelante, así que Dev da otro paso adelante, y ahora Charlie solo se encuentra a la distancia exacta de dos veces la altura de Dev—. ¿Esa es la única razón por la que has venido a hablar conmigo delante de veinte millones de espectadores? ¿Para disculparte?

Quiere decir que sí. Quiere sonreír y reírse y ser Dev el Divertido. Charlie no quiere hablar con él, y habría sido muchísimo más fácil echar mano de su antigua conducta como ha echado mano de la chaqueta vaquera, esconder su dolor tras una sonrisa de indiferencia. Porque no hay nada más aterrador que encontrarte delante del mundo y afirmar que mereces enamorarte.

Pero entonces piensa en lo que le dijo Jules. Quizá el programa sea una basura. Quizá (bueno, seguro) el amor de cuento de hadas no exista. Charlie Winshaw no es un príncipe azul, pero sigue siendo superespecial, y quizá Dev también merece estar encima de la tarima. Quizá se lo merecen los dos.

—No —responde Dev—. He venido a decirte que te quiero, Charlie. No creo que sepa cómo no quererte, y estoy todavía más enamorado de ti ahora que hace tres meses. Quiero la casa y los puzles y las plantas en las ventanas..., si tú también lo sigues queriendo.

El rostro de Charlie se transforma en la expresión de la que Dev se enamoró al principio, con el ceño fruncido y una pátina de sudor nervioso en la frente.

—¿Vas a volver a alejarte de mí?

—No.

Charlie da tres pasos adelante con rotundidad. Conforme desaparece la distancia, desaparece todo lo demás, y la conversación se reduce a los dos solos, a unos centímetros. Charlie no habla y Dev no sabe qué más decir. No dispone de las palabras perfectas porque no es perfecto, y Charlie tampoco es perfecto, y todo eso es tan pero tan imperfecto que Dev resopla.

—Sigo queriendo tener hijos —suelta.

—Mmm, ya. —Charlie sonríe—. Creo que me lo mencionaste.

—Y casarme.

—Eso también me suena.

Charlie está justo delante, y Dev sabe que le toca a él acercarse. Así que se acerca. Le agarra la mano, entrelaza los dedos con los suyos, y, cuando Charlie se lo permite, Dev se ve embargado por una estúpida esperanza.

—Pero ¿el esmoquin blanco es negociable? —Charlie se muerde el labio inferior.

—No, no es negociable. —Dev niega con la cabeza, muy serio.

Charlie agarra el cuello de la chaqueta de Dev.

—Por desgracia —empieza a decir, y Dev contiene el aliento—, estás tan sexi en esta chaqueta vaquera que no puedo resistirme.

La tensión desaparece de su pecho, y Dev se ríe a carcajadas por primera vez en tres meses.

—Por eso me la he puesto, obviamente.

Dev está tan esperanzado que le da la impresión de que la esperanza lo asfixia, y se inclina hacia delante un poco, una prueba minúscula.

Charlie imita su gesto, se pone de puntillas y besa a Dev en un programa que va de amor de cuento de hadas. Delante de Mark Davenport y del público de un plató en directo y de veinte millones de espectadores. Besa a Dev con las manos y con los dientes y con la lengua, y Dev le devuelve el beso con «lo siento» y «te quiero» y «te prometo».

Besar a Charlie es como si todas las partes que conformaran su ser hubieran encajado con certeza. Besar a Charlie es como la escena final de una película, y no tiene nada que ver con la escena final de una película, y quiere pasarse el resto de su vida diciéndole a Charlie lo que necesita y siendo lo que Charlie necesite.

—Te quiero, Charlie. —Le introduce las palabras en lo más profundo de la garganta, donde solo les pertenezcan a ellos—. De principio a fin.

Charlie se echa atrás para poder mirarlo a la cara.

—Yo también te quiero de principio a fin. —Y entonces lo besa de nuevo con fuerza, luego con ternura, luego como en la ducha de Bali, como si Dev fuese algo valioso y delicado.

—Bueno, Familia Cuento de Hadas —los interrumpe Mark Davenport, seguramente para que el beso no exceda los estándares de la televisión en hora de máxima audiencia—, aquí lo tenéis. Nuestro Príncipe Azul sí que ha logrado encontrar el amor, y ahora solo nos queda hacer una cosa.

Mark Davenport alarga el brazo para agarrar algo que tiene detrás de la silla. A continuación, se levanta y se dirige hacia ellos. Lleva en las manos un cojín azul marino con un objeto que resplandece bajo los focos del plató.

—Por el amor de Dios. —Dev se tapa la cara con las manos.

—Solo hay una manera de poner fin a esta temporada —dice Mark Davenport, y le entrega a Charlie el cojín con la corona, idéntica a la que lleva él en la cabeza. Es la Tiara Final, la Ceremonia de Coronación que no tuvo lugar está ocurriendo allí, en el estudio, con dos hombres. Dev sabe que es una estupidez —adultos que juegan a los cuentos de hadas—, pero le da la sensación de que tiene diez años y lo ve por primera vez.

—Por favor, no te rías —dice Charlie con tono serio, aunque esboce una sonrisa ridícula ante la completa absurdez de todo eso. No solo del programa en sí, no solo de ese momento, sino de todos los instantes desde el primero, cuando Charlie cayó de bruces de un coche delante de Dev. Citas de práctica y citas de verdad, y Nueva Orleans y Ciudad del Cabo, y quizá, tal vez, otros lugares también. Lugares que visitarán juntos, lado a lado en asientos contiguos de primera clase. Comida que devorarán y montañas que cruzarán y una casa a la que siempre regresarán.

—Dev Deshpande, ¿te interesaría convertirte en mi príncipe?

Si el final feliz de cuento de hadas es algo que se elige tener, entonces Dev decide tenerlo.

—Sí —responde.

EL ESTRENO

Los Ángeles (EE. UU.) – Lunes, 11 de abril de 2022
20 concursantes y 64 días restantes

Dev

—¿Estáis preparados para conocer a vuestra princesa?

Mark Davenport se encuentra delante de una burbujeante fuente con el castillo al fondo, enmarcado a la perfección en la pantalla de cincuenta pulgadas del televisor de ellos.

—La última temporada de *Y comieron perdices* se saltó todas las reglas, y terminamos con una nueva pareja en nuestra Familia Cuento de Hadas.

—¡Bravooo! —grita Dev a la televisión. Charlie responde enterrando la cabeza en diez cojines. Allí, en la intimidad de su propia casa, se ruboriza. A Dev siempre lo maravilla el hecho de que Charlie lograse sobrevivir a dos meses de grabaciones y a los últimos seis meses de incesante atención por parte de los medios de comunicación.

—Después de que se emitiera la última temporada, recibimos una apabullante oleada de apoyo, sobre todo de miembros de nuestra Familia Cuento de Hadas que se alegraban muchísimo de verse representados en la historia de amor de nuestro programa —dice Mark—. Y a nadie le impactó tanto lo que vio como a nuestra querida Daphne Reynolds. Echad un vistazo.

El programa muestra un resumen del recorrido de Daphne la temporada anterior, que básicamente es una sucesión de imágenes en las que Charlie y Daphne se dan el lote. Dev no tiene ningún problema en verlas. Le traen sin cuidado. Pero, por si hubiese una mínima posibilidad de que le molestaran, Charlie alarga el brazo y le aferra la mano. Para recordarle cómo terminó esa historia.

También aparecen otras imágenes. Imágenes en que Megan increpa a Daphne en el castillo, imágenes en las que Angie y Daphne se escabullen juntas para huir del drama, imágenes en las que a Daphne le cuesta procesarlo todo delante de las cámaras durante las sesiones de confesiones.

El resumen salta a la entrevista que le hicieron a Daphne en la final en directo después del reencuentro entre Dev y Charlie. Se sienta en el sofá con un espectacular vestido plateado sin tirantes y repasa sus experiencias con Mark Davenport.

—Lo cierto es que no llegué a enamorarme de Charlie. Intentaba obligarme a sentir algo porque creía que, si me enamoraba de él, solucionaría lo que creía que era uno de los grandes problemas de mi vida.

—¿Y de qué problema se trata? —pregunta Mark Davenport para animarla a seguir.

Daphne suspira, y hay un ligero brillo de lágrimas en la comisura de sus ojos azules.

—Crecí en una familia profundamente religiosa. Con eso no quiero decir que mi familia no sea tolerante o que no me apoye... —El programa superpone un recuadro en la esquina de la pantalla donde se ve a la adorable familia sureña de Daphne saludando desde un camerino—. Es que, desde que era pequeña, jugando con Barbies y viendo las películas de Disney, siempre pensé que mi futuro debía pasar por cruzar una iglesia en dirección hacia mi príncipe. Perseguí ese futuro y salí con chicos, pero nunca me permití preguntarme por qué ninguna de esas relaciones acababa de cuajar.

Daphne vuelve a suspirar, y el público permanece atento a cada una de sus palabras.

—Y entonces participé en este programa, y conocí a muchísima gente procedente de lugares y entornos muy distintos, y viví experiencias vitales diferentes, y empecé a sospechar que quizá yo también buscaba otro tipo de historia de amor. Algo que no me había permitido reconocer. Cuando Charlie intentó salir del armario en Macon, algo en mí... hizo clic. Supe qué era lo que me estaba ocultando a mí misma. Soy lesbiana.

Un grupo de mujeres lesbianas muy estridentes de la primera fila aúllan locas de felicidad, y Daphne sonríe con timidez.

—Salí del armario con mi familia, y es como si me hubiese quitado un gran peso de encima. Creo que no habría llegado nunca a este punto sin haber participado en el programa.

—En serio, ¿quién hizo el *casting* de la última temporada? —pregunta Dev desde el sofá—. ¿Acaso la cadena intentaba que fuera un festival *queer*?

—Yo no recuerdo que pareciese un festival *queer* mientras lo grabábamos —dice Charlie, y Dev se prepara para encolerizarse—. Salvo por ti, cariño. Tú siempre serás mi persona *queer* preferida.

—Faltaría más.

El programa regresa al castillo, en cuya puerta este se encuentra Mark Davenport ya preparado.

—Familia Cuento de Hadas, sin mayor dilación, permitidme que os presente a nuestra nueva estrella: ¡Daphne Reynolds!

Daphne aparece montando un caballo blanco, con una postura perfecta sobre la silla. Lleva pantalones de montar, botas negras y una vaporosa blusa blanca que la hace parecer un príncipe en carne y hueso. Daphne se quita el casco y sacude su larga cabellera rubia.

—¿Te habría gustado estar allí? —Charlie le aprieta la mano con fuerza.

¿Le habría gustado formar parte de la primera temporada homosexual (intencionada) de *Y comieron perdices*? Por supuesto que sí. Una parte de él siempre adorará *Y comieron perdices*. Le encantan la magia y la energía y el modo en que se dispone el romance ante las cámaras. Le encanta una buena sesión de besos contra una pared de ladrillo. Le encantan el drama y los corazones rotos y las lágrimas y la música y los primeros besos.

Y sí, de acuerdo, el programa es una mierda. Exige que los participantes compitan para enamorarse. A veces los explota en los momentos en que son más vulnerables. Lo exagera todo hasta la absurdez. Pero ¿acaso no se trata de eso? ¿No es por eso por lo que la gente ve *reality shows*? ¿Para huir de la realidad?

Sin Maureen, el programa será mucho más progresista, pero sigue siendo *Y comieron perdices*, y Dev está contento de verlo como espectador, desde la comodidad de su sofá, con Charlie sentado a su lado.

—De hecho, no. —Dev se inclina y le da un beso a Charlie—. Creo que no lo necesito.

Charlie abre los brazos y Dev se recuesta sobre su pecho.

Mark Davenport les sonríe directamente a ellos desde la pantalla del televisor.

—A lo largo de las próximas diez semanas, Daphne se embarcará en una aventura para encontrar a su princesa de cuento de hadas. ¿Estáis preparados?

Dev está preparadísimo.

AGRADECIMIENTOS

Para ponerme ya en plan homosexual un poco más si cabe, Oscar Wilde dijo que la vida imita al arte mucho más que el arte imita a la vida. En el caso de este libro y de mi proceso de escritura, no le faltaba ni un poco de razón. Cuando empecé a escribir la novela en 2019, todavía no había salido del armario, y solo fue a través de la escritura del viaje de Charlie hacia la autoaceptación como fui capaz de escribir el mío. En 2019, tampoco iba a terapia, y durante muchos años había hecho ejercicio en exceso para ignorar la gravedad de mis necesidades de salud mental. En cuanto me di cuenta de que la historia de Dev solo podía terminar con su decisión de estar emocionalmente bien, acepté que yo necesitaba tomar la misma determinación.

Así que, antes de nada, gracias por haber leído el libro, por haber aceptado a estos personajes con los brazos abiertos y, por extensión, por haberme aceptado a mí. Significa muchísimo para mí, y espero que encontréis algo en estas páginas —alegría, risas, amor— que podáis llevaros a vuestra propia vida.

Esta historia no la podría haber escrito sin la ayuda de muchísima gente. Gracias a mi extraordinaria agente, Bibi Lewis, que creyó en este libro desde el principio y que «lo pilló» desde la primera llamada muy temprano por la mañana. Gracias por tu compasión, por tus cuidados y por tu paciencia con mis neurosis en cada etapa del proceso.

Gracias a mi editora, Kaitlin Olson, que ha mejorado muchísimo este libro con sus acertadas preguntas, sus adecuadas sugerencias y su afán por quitar mayúsculas. Has comprendido tan bien a los personajes y la historia que me has ayudado a entenderlos mejor. Has convertido la novela en algo de lo que sentirme orgullosa, y mi gratitud no se puede expresar con palabras.

Gracias a todo el equipo de Atria Books que ha invertido su tiempo en que esta historia cobrase vida. Sobre todo, a Polly Watson (una editora de mesa increíble, que hizo que la parte de la edición de los diálogos fuera una de mis partes preferidas del proceso), a Jane Hui (por contestar mi sucesión de correos), Isabel DaSilva, Megan Rudloff, Jill Putorti, Sherry Wasserman, Libby McGuire, Lindsay Sagnette, Dana Trocker, Suzanne Donahue, ¡y a Sarah Horgan y a Min Choi por la cubierta más perfecta de la historia!

Gracias a Hannah Orenstein por su generoso apoyo a otros autores, y por su compromiso para construir una comunidad generosa. A todes les escritores y lectores betas que han creído en este libro, me siento muy halagada.

Gracias a mi familia por apoyarme en la escritura mucho antes de que esta novela existiese. A mi padre, Bill, que me transmitió el amor por la escritura y me enseñó a soñar. A mi madre, Erin, que es sin lugar a dudas la mejor persona que ha vivido jamás. A mi padrastro, Mark, que me construyó un escritorio y me compró un ordenador con el sistema operativo DOS de segunda mano para que con catorce años pudiese escribir libros en mi habitación. A Kim y a Brooklyn, que de inmediato se apuntaron al carro. A mi abuela O'Reilly, que nunca sabrá que he cumplido un sueño, pero cuyas huellas están en él de todos modos. Y a mi abuelo Cochrun, que nos contó muchas historias cuando éramos pequeñas y me llenó el corazón de palabras.

Mi mayor agradecimiento en la familia va para Heather, la mejor compañera de viaje y hermana-amiga que esta servidora de signo acuático podría pedir. Gracias por sentarte a mi lado durante tantísimos momentos de llanto, por intentar convencerme de que mi ansiedad es una narradora poco fiable y por preguntarme siempre cómo podías ayudarme. Eres la segunda mejor persona que ha pisado este mundo. Nada de esto existiría sin ti.

Gracias a Michelle Agne, que lo leyó en primer lugar, y a Meredith Ryan, que lo leyó más veces; las dos me habéis salvado de muchísimas obsesiones mientras me aventuraba a publicar una ópera prima durante una pandemia. Os dedico el libro a las dos porque no solo me ayudasteis a que *The Charm Offensive* fuera la mejor versión posible, sino que también me ayudáis día tras día a que yo sea la mejor versión posible de mí misma y me enseñáis qué significa ser vulnerable, ser valiente y querer de forma incondicional.

Gracias en especial a Andie Sheridan por su apoyo y por todos los consejos y conversaciones acerca de contar una relación *queer*. Atesoro las opiniones que me diste y el tiempo que invertiste en ayudarme a que Charlie y Dev dijeran lo que yo necesitaba que dijesen. Eres mi modelo literario, y me muero por tener en las manos muy pronto un libro escrito por ti.

Gracias a todo el mundo que respondió a mis preguntas y me dejó plantearle ideas, pero en especial a las siguientes personas: a Bryan Christensen por tu increíble sabiduría narrativa y por sentarte junto a mí durante cinco horas en un frío invernal para hablar de las correcciones; a Peter Lu por responder con tanta generosidad a mis dudas sobre informática (cualquier error en ese ámbito es mío e inintencionado); a Skylar Ojeda por la información de primera mano que me diste sobre la vida de una productora de televisión (cualquier error es mío y seguramente intencionado, la verdad); a Thamira Skandakumar y a Shrisha Menon por vuestras interesantísimas conversaciones acerca de la representación y por el peso emocional que les dais; a todes les que me ayudaron a hacer lluvias de ideas para las Misiones Grupales, los empleos de las concursantes y los posibles títulos, y sobre todo gracias en especial a Leanna Fabian, que soportó ser mi compañera de piso el verano en que escribí la novela y aguantó todo tipo de preguntas rarísimas. Gracias a

Hayley Downing-Fairless por ser mi fotógrafa pandémica y por hacer fotos de autore que no detesto.

Gracias a todes les maravilloses debutantes de 2021 que me permitieron experimentar este viaje a su lado, y a todes les autores que me dejaron entrar en su correo para hacerles preguntas. Gracias a les libreres, bibliotecaries, blogueres, *bookstagrammers* y crítiques. Gracias a les creadores de contenido *queer* que me han ayudado a encontrar mi verdadero yo al compartir el suyo con el mundo.

Gracias a mi terapeuta, Karen, porque, aunque podría haberlo hecho sin elle, estoy muy contenta de que no haya sido así. Gracias por recordarme que debía parar y disfrutar de todos los bonitos momentos del camino. Les terapeutes que ayudáis a la comunidad *queer* salváis vidas, y el trabajo que hacéis es verdaderamente incalculable.

Por último, gracias a todes les alumnes del Instituto Mountain View que se han sentado en mi clase en los últimos once años. Espero que no hayáis leído este libro (en serio, no es para niñes), pero, por si acaso llegáis a leerlo, quiero que sepáis que nunca es demasiado tarde, nunca se es demasiado mayor y los sueños nunca son demasiado grandes. Y, si soñáis con escribir, debéis saber que creo en vosotres. Vuestra historia es importante, joder. Solo vosotres la podéis contar.

¿TE GUSTÓ
ESTE LIBRO?

escríbenos y
cuéntanos tu opinión en

 /Sellotitania    /@Titania_ed

/titania.ed

#SíSoyRomántica